A LA SOMBRA DEL HIJO

-Edición especial-

IVAN OBOLENSKY
Traducida por Germán González Correa

SMITH-OBOLENSKY
MEDIA

Elogios: *A la sombra del hijo*

La nueva novela de intriga y misterio, de un novel escritor que se está consagrando como un gran narrador de thriller y cuyas obras permitirán a sus lectores pasar unas gratas horas de lectura. Muy recomendada.

-Felipe Ossa, Librería Nacional Colombia

Es admirable en Iván Obolensky su enorme capacidad para mantener en permanente equilibrio el conjunto, la estructura central mientras al fondo van revelándose detalles, sub/historias que luego se ensamblan perfectamente a la totalidad argumental.

El modo en que se entretejen los distintos caracteres en un muy bien calculado juego de primeras y segundas intenciones, la sutileza con la que los diálogos mantienen "in crescendo" la tensión narrativa, la claridad y el dominio de un lenguaje siempre preciso, agudo y ágil, son características fundamentales del autor, como ya lo habíamos visto en *El ojo de la luna*.

Y, con todo, no hay pesadez, no hay dificultad estilística en esta obra que impida para el lector el placer, antes que nada, de una magnífica narración en la que concurren tanto las pasiones, como el misterio, la ambición y la generosidad, el amor, la belleza y el terror, la magia y la buena cocina, el refinamiento, el arte, la poesía entre tantas otras cosas.

-Pedro Arturo Estrada, poeta

Esta es una novela que cumple a cabalidad su cometido: Contar de la mejor manera una historia. Con gran maestría, dueño de esa prosa elegante que lo caracteriza y de un fino humor que a veces puede ser incisivo, siempre inteligente, Ivan Obolensky desarrolla con mano segura una brillante narración que no decae en ningún momento. *A la sombra del hijo*, con su mezcla de misterio, romance, intriga y unas secretas historias de familia, esos pequeños y grandes juegos de poder que son reveladores, alumbrará los días y las noches de sus lectores convirtiéndose, sin lugar a duda, en una de las mejores lecturas del año.

-María Cristina Restrepo, novelista y traductora literia

La serie de *El ojo de la luna* por Ivan Obolensky

———— • ————

El ojo de la luna
Libro 1

Disponible en formato electrónico y en tapa blanda.
El libro original en inglés, *Eye of the Moon,* está disponible en
formato electrónico, tapa blanda, y audiolibro.

A la sombra del hijo
Libro 2

Disponible en formato electrónico y en tapa blanda.
El libro original en inglés, *Shadow of the Son,* está disponible en
formato electrónico y tapa blanda.

Dark of the Earth en inglés
Libro 3
Traducción en el 2025.

Para obtener más información sobre Ivan Obolensky,
visite su sitio web: ivanobolensky.com

A la sombra del hijo

LIBRO 2

Una novela

Ivan Obolensky
Traducida por Germán González Correa

A Mary Jo, por su aliento y confianza.

Mapa de personajes

Familia Dodge

Maw es la matriarca.
Robert Bruce es su perro.
Sus hijos son **John Dodge** y **Bonnie Leland.**

Alice era la media hermana de John Dodge. Su primer matrimonio fue con **lord Bromley.**

John Dodge está casado con **Anne** y **Johnny** es su hijo.

Familia Von Hofmanstal

Hugo (el barón) se casó con **Elsa** (baronesa), tuvieron dos hijos: **Bruni** y un hijo menor, que vive en Europa.
Bruni es la comprometida de Percy.

Familia de Percy

Percy creció en la casa Dodge y Johnny es su mejor amigo. Su madre, **Mary**, se casó con **Thomas** y vive en Florencia, Italia.
Lord Bromley es el padre de Percy.

Personal doméstico de Rhinebeck

Stanley (el mayordomo) está casado con **Dagmar** (la cocinera); sus ayudantes son **Simon** y **Jane**. **Raymond** es el chofer personal de John Dodge.

Otros invitados en Rhinebeck

Malcolm Ault era amigo de Alice y es el agente de lord Bromley.
Dr. Angus Maxwell Hughes Cobb) es el médico personal de lord Bromley.

Prólogo

P ara aquellos que han leído *El ojo de la luna*, he proporcionado
a continuación una breve sinopsis de ese volumen para que
puedan apreciar mejor los muchos hilos que continúan en *A la
sombra del hijo*.

Sinopsis de *El ojo de la luna*

Lady Alice, una legendaria socialité, murió leyendo un ejemplar
de *El libro egipcio de los muertos* en su finca de Rhinebeck, en el
norte del estado de Nueva York. A Johnny Dodge, su sobrino, y a
su amigo, Percy, quien creció con Johnny en el apartamento de los
Dodge en la Quinta Avenida, se les había dicho durante años que
ella simplemente había muerto. Sin embargo, las preguntas
continuaron surgiendo y la prensa nunca dejó de pasar la historia
por completo.

Una mañana temprano y años más tarde, en 1977, Johnny
aparece en la habitación de Percy en el hotel St. Regis y lo invita a
asistir a la celebración especial del aniversario de sus padres en
Rhinebeck. Percy acepta a pesar de un distanciamiento entre los dos
amigos que comenzó cuando su asociación comercial implosionó
varios años antes.

A la fiesta de cinco días en casa asisten Hugo, el barón von
Hofmanstal; Elsa, la baronesa; y Bruni, su hija. También están
invitados la abuela de Johnny, Mary Leland, conocida en la familia
como Maw, con su hija, Bonnie, la media hermana del padre de
Johnny, John Dodge. Ha existido una feroz competencia entre los
dos hermanos sobre quién heredará la extraordinaria fortuna de su
madre. También se espera a Malcolm Ault, un hombre muy alto y
amigo de la familia.

Al llegar antes que los otros invitados, Johnny y Percy deciden investigar un poco sobre Alice y descubren una pequeña estatua que sostiene una esmeralda en bruto y una carta escrita por Alice que fue devuelta al remitente, sin poder reenviar. El contenido menciona la estatua y un inquietante incidente en las selvas del Ecuador que les hace cuestionar todo lo que les habían contado. Johnny y Percy recurren a Stanley, el original mayordomo de Alice, para obtener más información. Stanley está de acuerdo, pero solo si prometen hacer lo que él pida en algún momento en el futuro.

Prometen y Stanley les dice que no mucho después de su matrimonio con lord Bromley, su señoría encerró a Alice en un baúl para obligarla a hacer lo que él quisiera. Cuando él trató de convencerla de que vendiera a Rhinebeck, Alice, con la ayuda de Stanley, drogó a lord Bromley y lo envió a su club en Nueva York en el mismo baúl. Su señoría sobrevivió a duras penas. Una vez recuperado, Stanley le informó que Alice se estaba divorciando de él y que lo llevaría a la bancarrota si no estaba de acuerdo. Lord Bromley accedió, pero juró que se vengaría.

Stanley luego menciona que Alice tenía una pesadilla recurrente sobre el antiguo Egipto. En esta, fue maldecida y obligada a permanecer en medio de la vida y la muerte para siempre. Sus experiencias en el baúl la convencieron de que la maldición no solo era real, sino que estaba activa en el presente. Después de deshacerse de su señoría, decidió hacer todo lo que estuviera a su alcance para levantar la maldición. Estudió el ocultismo, las prácticas chamánicas y la arqueología, mientras coleccionaba artefactos antiguos. Al final de su historia, Stanley les muestra el depósito secreto detrás de una pared en el apartamento de Alice que contiene los tesoros y libros que acumuló.

Al día siguiente, Johnny quiere saber más sobre el ocultismo y toma prestado del repositorio un volumen sobre la invocación de demonios. Él usa la pequeña estatua y una tintura que Alice había usado para ayudar en la invocación. Le desliza un poco de tintura a

Percy. El experimento no es concluyente, pero Percy adquiere una nueva intuición después de tomarlo.

Percy se enamora de Bruni, pero su padre, el barón, siente una aversión instantánea hacia él, poniendo en duda desde el principio su posible relación con ella.

Percy y Johnny finalmente descubren que la celebración del aniversario no es la razón por la que los invitados están presentes. La finca necesita dinero para sobrevivir, y se está llevando a cabo en secreto una subasta silenciosa de los tesoros de Alice para recaudar los fondos necesarios.

Ahora que Percy tiene más de veinticinco años, Stanley le entrega una carta de Alice en la que ella le revela que su verdadero padre es lord Bromley. Además, descubre que el comportamiento de su padre se volvió abusivo solo después de que quedó inconsciente en un accidente de equitación. Para honrar la felicidad del amor que compartió con el padre de Percy y debido a que Percy es la personificación del hijo que nunca tuvieron, Alice le informa que ahora es el dueño de Rhinebeck y todos sus tesoros, siempre que no sean retirados de la finca. Percy revela esta información en la cena de aniversario e informa a los invitados que los tesoros de la finca no están a la venta, lo que lo pone en conflicto con todos los compradores y con el Sr. Dodge, quien ha organizado la subasta.

Al día siguiente, en una reunión con el Sr. Dodge, el actual fideicomisario de la herencia, Percy se entera de que la insolvencia y la necesidad de recaudar el dinero a través de la subasta es el resultado de una serie de errores financieros por parte del Sr. Dodge. Percy lo perdona y se encuentra una solución a la insolvencia de la propiedad. El barón y lord Bromley, a través de su agente, Malcolm Ault, acuerdan comprar los tesoros dividiendo el costo mientras se decide que los tesoros permanezcan en Rhinebeck con una condición: Bruni y Percy acuerdan casarse. Percy le propone matrimonio y Bruni acepta. La novela termina con la crisis financiera resuelta y Rhinebeck con un futuro más esperanzador.

Hay, por supuesto, muchos detalles que han quedado fuera de esta breve sinopsis. Suceden muchas cosas en *El ojo de la luna,* pero, al menos, se reorientará lo suficiente como para disfrutar de lo que sigue.

También debo añadir una vez más que se trata de una obra de ficción. Los personajes de esta novela no son reales, aunque algunos de los nombres son de personas que vivieron. La mayoría de ellos han fallecido. Ninguno de ellos dijo o hizo las cosas que he escrito. También establecí el tiempo de la acción en la década de 1970 antes de los teléfonos celulares y las computadoras.

Gracias por adquirir esta edición especial. Este libro ha sido publicado exclusivamente para canales de distribución extendidos como bibliotecas y librerías. Incluye un extracto de una entrevista que le hice a Pedro Arturo Estrada de Casa Museo Otraparte.

Por último, al final de *El ojo de la luna,* Percy se aleja de Rhinebeck y por un momento cree escuchar a alguien que lo llama para que regrese, pero cuando se gira para mirar, todo lo que ve es el camino detrás de él que se desvanece en la niebla. Sobre ese punto, sugiero que sigamos leyendo para saber qué pasa.

J ohnny Dodge y yo habíamos regresado a Nueva York después de arreglar mis asuntos y de trasladar mi despacho de contabilidad forense desde Los Ángeles. Era un miércoles por la mañana, en la primavera de 1977, y me encontraba sentado en una de las sillas para los clientes de su oficina en Dodge Capital cuando sonó el teléfono.

Johnny contestó y me pasó el auricular por encima del escritorio.

—Parece que el barón te está buscando.

Recibí el teléfono.

—¿Percy?

Reconocí la voz.

—Barón.

—Llámame *Hugo*.

—Hugo.

—Necesitas una oficina.

—Es cierto. Es lo que sigue en mi lista de pendientes.

—Bueno, hazlo. Por otra parte, reúnete mañana conmigo en el 21, a las siete de la noche. Cenaremos, los dos solos. Hay algunos asuntos que debemos discutir. No llegues tarde.

—Por nada del mundo.

—Muy bien —dijo y colgó.

Hugo era el barón von Hofmanstal y mi futuro suegro. Técnicamente nos tuteábamos, pero yo solía llamarle por su título. Hugo me corregía esporádicamente. Yo creía que decirle *barón* acariciaba su ya prodigioso ego. Al fin y al cabo, era pequeño de estatura y un poco rechoncho, como Napoleón. Hugo se parecía al emperador y tenía una presencia similar. Era a la vez carismático e intimidante. También tenía un carácter cruel y violento. Le gustaba batirse en duelo, cazar, hacer tratos y aplastar a quienes se atrevían a cruzarse en su camino.

Por regla general me cuidaba de no ofender a nadie, y con Hugo tenía especial precaución, pero aún debía establecer un protocolo coherente sobre cuándo llamarle *Hugo* y cuándo dirigirme a él como *barón*. Era una de las muchas cosas que intentaba resolver mientras batallaba con el hecho de que él y yo nos veíamos muy a menudo. Una relación así no estaba exenta de ventajas. Para empezar, estaba su hija y a la vez mi prometida, Brunhilde, o Bruni para sus amigos. Le devolví el teléfono a Johnny.

—Estabas pensando otra vez en ella —dijo, mirándome a través de su escritorio.

Vestía su atuendo típico de oficina: traje oscuro, camisa color crema y corbata azul oscura, con pequeños lunares blancos. Llevaba su pelo rubio algo largo, a la moda.

—Así es. Estás celoso, por supuesto.

—No lo creo. ¿Estás disfrutando de tu futuro suegro?

—Bueno, tal vez no. Hugo quiere cenar conmigo mañana en el Club 21.

—¿Solo ustedes dos?

—Solo los dos.

—Excelente. Tal vez te confiese sus secretos más oscuros, ahora que eres parte de la familia, o casi.

—Lo dudo, pero te contaré lo que pueda.

—Asegúrate de que así sea. Hablando de otro tema —que dudo de poner sobre el tapete, pero que debo exponer, ya que es el siguiente punto de nuestra lista—: la oficina. ¿Qué te parecería renovar nuestra sociedad?

Esta era una decisión que no podía aplazarse más. Johnny era mi mejor amigo. Crecimos juntos en la casa de los Dodge, donde yo residí varios años, ya que mi madre y mi padrastro pasaban mucho tiempo en el extranjero. Habíamos formado una sociedad comercial que sucumbió por causa de la abuela de Johnny, conocida como *Maw* en la familia Dodge y como *la Arpía* en el mundo empresarial. Johnny había llegado a un acuerdo con ella, quien nos recompensó por su sabotaje deliberado a nuestra pequeña empresa. Desde entonces, había pensado mucho sobre la renovación de nuestra sociedad y, finalmente, había llegado a la conclusión de que era el momento de empezar de nuevo.

—Bien. Estoy de acuerdo. Intentémoslo una vez más.

—¿Estás seguro?

—Estoy seguro. Esa fue una época feliz para los dos, si no consideramos el final. Pero debo dejar claro que continúo con mi práctica de contabilidad forense por ahora. Con suerte, mis honorarios cubrirán los gastos generales mientras reunimos algunos activos. También es una oportunidad de ampliar la oferta de servicios.

—De acuerdo, pero puede haber cambios cuando estemos establecidos.

—Me parece justo. Tendremos que informar a tu padre, y puede que no le haga mucha gracia perderte para la práctica privada.

—Yo no estaría tan seguro de eso. Francamente, me vendría bien la oportunidad de extenderme un poco, y él ya no tendría que preocuparse todo el tiempo por lo que hago. Podría funcionar para los dos. Voy a abordar el tema y a conseguir su aprobación. Él y mi madre irán a Rhinebeck esta tarde. Podría ir yo también, informarles esta noche y regresar mañana.

—Me parece bien. En cuanto al despacho, empecemos con algo funcional y no demasiado ostentoso.

—Aquí tendría que discrepar. Una buena ubicación y una presentación sofisticada pueden ser bastante eficaces para vencer las reticencias de los inversionistas. Una apariencia demasiado austera hará que la gente piense que trabajamos con poco dinero y que no estamos a la altura de sus negocios.

—Pero, si es demasiado extravagante, tendremos muy pocos recursos para operar.

—Es cierto. Sin embargo, tengo buenas noticias: nuestras antiguas oficinas están disponibles. ¿Qué tal si llamo al agente inmobiliario y lo organizamos?

—De acuerdo.

Johnny se disponía a tomar el teléfono cuando entró otra llamada. Descolgó, escuchó un momento y preguntó: «¿Quién habla?». Tras una pausa, dijo: «Un momento» y puso en espera al interlocutor.

—No sé si quieres atender esto. El que llama dice que es el marido de Bruni.

—Eso es inesperado.

—¿Qué quieres hacer?

—Hablar con él.

—¿Estás seguro de que es prudente?

—No, pero parece que las noticias viajan rápido, y algunas cosas no pueden evitarse indefinidamente.

Johnny me pasó el teléfono y desactivó la llamada en espera.

—¿Así que tú eres Percy? —La voz al otro lado de la línea tenía acento francés y sonaba lejana.

—Sí, soy yo.

—Me llamo Bernard Montrel, soy el futuro exmarido de Bruni. Escuche, porque tengo poco tiempo. Aunque parezca improbable, no albergo ningún rencor hacia usted. Dudo que hubiera podido hacer mucho para evitar la posición en la que está. Yo estuve en un lugar parecido. No tenía forma de saber lo terrible que sería. Enfrenta usted peligros similares y por eso lo busqué. Alguien debe decir algo. No confíe en nadie de esa familia. Su lealtad es solo para ellos mismos. Lo envolverá en hilos sedosos y lo hará dar y dar vueltas, antes de exprimirlo. Recuerde que tuve la cortesía de avisarle con tiempo. *C'est tout.*

La línea se cortó.

4

—¿Problemas? —preguntó Johnny.

—Sin duda.

—¿Por qué no me sorprende? Cuéntame.

Repetí lo que había dicho Bernard. Johnny no contestó de inmediato, sino que se echó hacia atrás en la silla y miró, a través de la ventana, el edificio de oficinas de enfrente.

—Creo que esto se puede calificar como un *momento Yago* —dijo por fin, volviéndose hacia mí—. Hay veneno en las palabras de ese hombre. Si fueras Otelo te aconsejaría que lo ignoraras por completo, pero no lo eres. Eres mi amigo y mi lealtad es solo para ti, independientemente de tu futuro matrimonio o de otras relaciones. Puede que no te guste lo que tengo que decir. ¿Quieres que continúe?

—Que no me guste lo que tienes que decir no sería particularmente nuevo, ¿verdad?

—Supongo que no, pero esto es diferente. Sé cómo soy cuando me involucro con alguien. Apenas puedo ver con claridad y escasamente escucho razones. Si alguien habla en contra de la persona que amo, me cuesta contenerme.

Las relaciones amorosas de Johnny habían sido una fuente inagotable de problemas. Eran persistentes, tumultuosas y nos creaban a los dos un sinnúmero de dificultades. Era a mí a quien acudía en busca de consejo, que invariablemente malinterpretaba, entendía de manera errónea o simplemente ignoraba en los momentos críticos.

—Lo entiendo —dije—. Siempre me cuidé de comentar tus asuntos amorosos por esa razón. En ese sentido somos diferentes, pero entiendo tu punto de vista. Es algo personal.

—¿Recuerdas cuando conocimos a los Von Hofmanstal y nos llenamos de sospechas sobre ellos?

—Creo que yo estaba un tanto paranoico en ese momento.

—Es cierto, pero recuerda que tuvimos razón en nuestra apreciación inicial. El barón quería los tesoros de Alice y estaba allí para conseguirlos. Mis padres, en cambio, nos dijeron más de una vez que eran gente buena y que valía la pena conocerlos. Mis sospechas se aquietaron, pero en realidad nunca desaparecieron. Ahora, no me malinterpretes, creo que Bruni es un buen partido para ti y tengo una gran opinión de tus futuros suegros, pero ellos tienen sus propios planes. No son parte de mi familia. Y el exmarido de Bruni no presentó ninguna prueba, pero, si yo fuera él, dudo que hubiese gastado el tiempo y el esfuerzo necesarios para encontrarte. Aparte de un intento genuino de advertirte, no veo ningún otro motivo para seguirte la pista. ¿No te parece?

—Es bastante probable —respondí—, aunque percibí cierto tono vengativo en sus palabras.

—Puede que haya algo de eso. Habla con Stanley. Si él dice que las afirmaciones de Bernard no valen nada, entonces sácalas de tu mente, y yo haré lo mismo. Pero, si piensa que hay algo, me gustaría saber qué te aconseja.

—Quizás este fin de semana.

—Mientras más pronto, mejor. De hecho, sería recomendable que vayamos a Rhinebeck ahora. Podrías hablar con Stanley, revisar tu propiedad y yo puedo conversar con papá. Después, cenaríamos todos juntos. Tú y yo podemos volver mañana temprano. Además, siempre está la cocina de Dagmar para alimentar el alma, una oportunidad que no se debe desperdiciar. Ella también podría decirte algunas cosas.

—¿Por qué ahora, si voy a ir el viernes?

—Ya abordo ese punto. Mi consejo adicional es que hables con Bruni. Cuéntale lo de la llamada, pero creo que la charla con Stanley debe ser privada. No porque desconfíe de ella, sino porque permitirá una conversación más fluida que quizá no sea posible este fin de semana, cuando ella esté allí.

—Sin Bruni, entonces.

—Eso es lo que recomiendo.

Tenía algunas reservas en cuanto a volver antes de lo previsto, pero regresar en este momento parecía la mejor opción, dada la naturaleza de la llamada.

—Muy bien. Estoy de acuerdo. Sería una medida prudente. Dicho esto, estoy más que dispuesto a acoger cualquier secreto, maquinación o excentricidad de los Von Hofmanstal. Tomé esa decisión cuando decidí casarme con Bruni. Es parte del paquete y acepto todas sus implicaciones.

—Así es como debe ser. Tener mucha información nunca es inconveniente. Es la falta de ella la que trae problemas, por lo que he visto. Tienes la oportunidad de acabar con todas las sospechas y eso solo puede ser bueno.

—O de inflarlas.

—Eso también es cierto, pero, si fuera yo, preferiría estar prevenido. ¿No te parece?

—Sí.

—Entonces, está decidido. Le diré a mi asistente que consiga un auto y arregle una cita con el agente inmobiliario. Pasando a otro tema, que esta última llamada pone en primer plano, te vas a casar y nuestra relación va a cambiar. Ambos tendremos que adaptarnos y eso puede ser difícil. Pase lo que pase, no quiero convertirme en una molestia o en una carga para ti.

—No creo que eso sea posible. Estamos entrando en una nueva dinámica, eso es todo y, como volvemos a ser socios, es probable que pase tanto tiempo contigo como con Bruni. No me preocupa eso, aunque a ti pueda inquietarte.

—Me inquieta un poco. Aun así, me siento mejor habiéndolo mencionado. Hablaré ahora con mi asistente y te daré un poco de privacidad para que hagas tu llamada.

Mientras Johnny se marchaba, me acerqué a su escritorio y marqué a la oficina del barón. Bruni era su abogada interna. Respondió una recepcionista y, tras una breve espera, me puso en contacto con mi prometida.

—Percy, ha pasado mucho tiempo.

—Un par de horas, pero se asemejan a la eternidad.

—Así es. El tiempo parece detenerse cuando estamos separados. ¿Qué pasa?

—Recibí un par de llamadas interesantes. La primera fue de tu padre. Quiere que nos veamos mañana para cenar en el Club 21, los dos solos.

—Qué suerte. ¿Pedirás el lenguado?

—Ya que él paga, con toda razón. También me ha llamado tu ex.

—¡Oh! ¿Y qué te dijo?

Con esa pregunta y ese tono, Bruni había pasado a su modo profesional. Repetí la conversación reciente al pie de la letra.

Ella hizo una pausa.

—Bernard es hábil. Se las ha arreglado para que sepas que acepta que él y yo hemos terminado, pero siembra a la vez una semilla de duda entre nosotros, con la esperanza de que crezca. Es problemático, pero no tendremos que preocuparnos por él durante mucho tiempo. También debes saber que mi familia, tu futura familia, *siempre* tiene una agenda. Nunca habrá un momento en el que no se esté tramando algo. Mi padre enloquecería si no fuera así. Le gustas mucho a mis padres, lo que significa que serás parte de lo que sea que tengan en mente, y yo también quiero eso. Por cierto, lo que sucedió anoche fue delicioso, pero esta noche tengo que trabajar. Llegaré muy tarde.

—Eso podría ser beneficioso. Debo decirte también que Johnny y yo decidimos renovar nuestra sociedad, pero él quiere la bendición de su padre. John y Anne estarán en Rhinebeck esta noche como parte de un fin de semana largo. He pensado en ir con Johnny y volver mañana temprano. Tendré la oportunidad de hablar con Stanley, revisar el apartamento de Alice y hacer los arreglos necesarios antes de que tú y yo vayamos el viernes.

—Creo que suena bien. Y también me parece buena idea una sociedad con Johnny. Están hechos el uno para el otro. Por otra parte, tengo que revisar una monumental propuesta de negocios antes de una reunión mañana. Puede que incluso duerma en la oficina.

—¿En tu escritorio?

—Hay un dormitorio aquí. Es pequeño, pero hay una ducha y guardo algo de ropa.

—Te echaré de menos.

—Y yo a ti. No puedo esperar a ir a Rhinebeck contigo el viernes. Por cierto, yo no leería ninguna historia de fantasmas esta noche antes de dormir.

—De ninguna manera. Pienso descansar como un bebé.

—Mañana hablamos. Te amo.

—Y yo a ti.

3

C olgué el teléfono. Mientras esperaba que Johnny terminara los preparativos, pensé en Rhinebeck. Inevitablemente, eso puso en marcha el tren de pensamientos que había entrado y salido de mi mente desde la última vez que estuve allí. Quería saborear la belleza intemporal que me esperaba, pero me sentía inquieto. Aquella vez, cuando la limusina subía por el camino, oí que alguien me llamaba, implorando que volviera. La voz fue lo suficientemente clara como para hacerme girar y volver la vista atrás, pero, cuando miré a través de la niebla que se arremolinaba en la estela del auto, no vi a nadie.

En ese momento dudé de si lo que había escuchado era algo real o mi imaginación me estaba jugando una mala pasada. Mientras vivía en Rhinebeck, en algunas ocasiones, cuando caía la tarde, escuchaba sonidos peculiares o vagos murmullos. Los susurros viajaban entre las sombras del salón, detrás de las cortinas de la biblioteca, o pasaban junto a mí cuando me dirigía por las escaleras al piso superior. Entonces me daba vuelta, o los seguía, pero siempre se alejaban hasta que no lograba escucharlos más. Hablaba con Johnny sobre esto, pero él se encogía de hombros y decía: «No he oído nada de eso. Podría o no ser tu imaginación. El lugar es extraño, ¿qué te puedo decir?».

Tal vez Johnny no pudiera confirmar lo que yo había escuchado, pero los dos coincidíamos en que había algo extraño en el ala oeste, donde vivió y murió su tía Alice. Mientras crecíamos, solo entrábamos en su apartamento cuando nos invitaba, y esas ocasiones habían sido breves y poco frecuentes. Luego de que Alice muriera y partiera a lugares que apenas alcanzábamos a imaginar, a veces nos sentíamos observados. Un frío se apoderaba de la casa y los espacios alegres se tornaban oscuros y sombríos. Los empleados se mostraban nerviosos y propensos a susurrar. Incluso Stanley se veía afectado, y su habitual servicio espectral se volvía más vacilante e inseguro. Dagmar, en su cocina, se irritaba con cualquiera que no se moviera con rapidez, lo que, según ella, era común en todos.

Johnny y yo nunca supimos la causa de estas sensaciones, solo percibíamos que la casa se sentía intranquila y perturbada. En esos momentos nos convertíamos en unos angelitos, hasta que la impresión pasaba y podíamos volver a nuestras travesuras normales sin mucho que temer, aparte de que nos asignaran más tareas cuando nos pasábamos de la raya.

Desde mi primera visita, la casa había proyectado un aura de misterio y una inquietante sensación de vigilancia. Corrientes profundas se movían bajo la superficie. Recordé el exterior gris oscuro de Rhinebeck asomando entre la niebla en una tarde amenazante de diciembre, justo antes de Navidad.

Johnny me había hablado de los numerosos escondites secretos de la finca, pero más que nada quería presentarme a Alice, su tía favorita. No solo tenía una extraña habilidad para frustrar las travesuras —me contó—, sino una alarmante clarividencia, que resultaba curiosamente reconfortante. En ese momento Johnny no podía articular esos sentimientos, pero sí advertirme que debía cuidar mis pensamientos, ya que podía apostar cualquier cosa a que su tía podía leer la mente, incluso la mía. Consideré las implicaciones y me sentí un poco intimidado desde el principio.

Si podía leer mi mente, sabría lo vacilante que era mi existencia y cómo anhelaba tener un sentido de pertenencia. También percibiría la soledad y la oscuridad dentro de mi alma, y eso era más de lo que estaba dispuesto a transmitirle a alguien. Esto me llenaba de inquietud mientras sufría el largo trayecto que me llevaba hacia ella.

Habíamos bajado por la pendiente hasta la glorieta que marcaba la entrada. Vi cómo se abría la puerta principal y salía una mujer alta, de cabello negro azabache y con un vestido fino de color crema que parecía desafiar al día gris. Esperaba sola en lo alto de las escaleras. Sonrió cuando el auto se acercó, pero por un momento percibí algo más. Puede que también ella esperara nuestro encuentro con una sensación de inquietud, y me pregunté por qué. Conocía a Johnny y a Raymond, el chofer de John, de modo que la razón de esa emoción pasajera debía de ser el encuentro con la nueva niñera o conmigo. Era inconcebible que yo pudiera suscitar tal sentimiento, pero en ese breve momento de vulnerabilidad sentí compasión por ella. Vi que esta mujer, aunque era adulta, estaba tan sola y temerosa como yo.

Mientras rodeábamos el camino de entrada hacia la puerta principal, vi salir a un hombre con un chaqué. Él le cubrió los hombros con un chal color índigo y luego se hizo a un lado. El auto se detuvo, pero Johnny no esperó a que Raymond abriera la puerta. La abrió él mismo mientras la niñera protestaba, y me arrastró con el entusiasmo que le produjo ser el primero en presentarme a su tía.

Johnny saltó los escalones conmigo y anunció: «Este es Percy. Se queda con nosotros».

La señora sonrió y se inclinó ligeramente hacia mí mientras me tendía la mano. Inmerso todavía en ese momento de conexión, me acerqué y abracé su cintura. Ella se rio y dijo:

—Vaya, hombrecito. Aquí hacemos las cosas de forma un poco diferente, pero te lo agradezco igualmente. Soy Alice.

Retrocedí un poco nervioso, pero cuando miré sus ojos oscuros, brillaban con un placer que parecía enfocarse solo en mí.

—Me llamo Percy —dije.

—Sí, así es. Y este es Stanley —dijo volviéndose hacia el hombre del traje oscuro que estaba a su lado. Algo cruzó entre ellos y luego él me miró. Le tendí mi mano, pero no la tomó. La dejé caer a un lado. Me examinó con unos ojos azules brillantes que podrían esconder cualquier emoción o ninguna. No habló, solo asintió. Y de ese modo Stanley, unos segundos después que Alice, entró en mi vida como yo había entrado en la suya.

—¿Soñando otra vez?

Me sobresalté. Johnny había entrado y me observaba desde la puerta. Me estremecí y dije:

—Estaba pensando.

—Ah, sí. Pareces un poco inquieto. Háblame de eso en el auto. Está enfrente.

4

Un chofer del servicio de limusinas nos abrió la puerta y se dirigió al puesto del conductor. Arrancó y atravesó el tráfico de Nueva York, mientras Johnny y yo nos relajábamos en la parte trasera. Una vez en marcha, Johnny subió la ventanilla divisoria y le hizo una pregunta al conductor, quien no respondió.

—No puede escucharnos, así que podemos hablar libremente. Bien, pareces agitado. Cuéntame.

Dudé antes de responder y, en lugar de hacerlo, miré el paisaje por la ventana. Una vez más, me pregunté si lo que oí al salir de Rhinebeck había sido real o imaginario y no pude concluir nada. Además, había empezado a reconocer la posibilidad de que estaba irremediablemente mal preparado para manejar una hacienda del tamaño de Rhinebeck. ¿Qué pasaría con los legados intangibles y con los que dependían de mí si fracasaba? Si lo hacía, no se me perdonaría nada, había dicho Dagmar, y habría consecuencias. Pero exactamente cuáles y por parte de quién, no lo sabía.

Con los años había llegado a creer que lo que fuera que hubiese en el centro místico de Rhinebeck no era del todo amistoso. Siempre había percibido una neutralidad reticente que podía desaparecer en cualquier momento. La conciencia de esa presencia me había asustado mientras crecía, especialmente en la oscuridad de la noche, cuando me despertaba sin ninguna razón excepto la de sentir que algo había perturbado mi sueño. Ignoraba esas provocaciones lo mejor que podía, pero no siempre tuve éxito.

Cuando despertaba y la luz de la luna entraba por la ventana redonda de mi habitación, miraba por debajo de las sábanas las formas familiares de mi escritorio y mi silla. Nada parecía fuera de lugar, aunque nunca podía estar seguro. Mi imaginación luchaba con cosas que no lograba ver, y me tapaba la cabeza con las mantas para aplacarla. El sueño acababa por vencerme, pero no antes de que la angustia me extenuara. Otras veces, cuando no había luna, me sentaba en la oscuridad y susurraba suavemente a lo que fuera que me estaba escuchando: «Vete». El silencio o una bocanada de aire era la respuesta.

Después de muchos sucesos de este tipo, no pude contener más mi ansiedad. Le conté a Johnny lo que había experimentado. Su respuesta fue sencilla:

—Haz un trato —dijo—. Y eso fue lo que hice.

Seguí su consejo y llegué a una especie de acuerdo. Esa noche, susurrando a la oscuridad, acordé no decir nada a nadie sobre las perturbaciones que me despertaban, pero solo si me dejaban en paz. Pareció funcionar. Los incidentes se hicieron menos frecuentes. Una semana después le agradecí a Johnny su consejo. Movió su cabeza como diciendo que las paredes podrían oírnos y luego asintió. No volvimos a hablar del tema.

De vuelta al presente, suspiré y miré al campo. Me sentía ansioso.

Finalmente, tras una larga pausa, me volví hacia Johnny.

—He estado un poco reacio a regresar a Rhinebeck, si quieres saberlo. Puede que te sorprenda, pero así es. Oí que alguien, o algo, me llamaba mientras nos alejábamos la última vez. Podría haber sido mi imaginación, pero elegí ignorar esa llamada, y ahora estoy de vuelta. No sé qué pasará. Además, la intuición de la última vez que estuve en Rhinebeck ha desaparecido.

—¿Se ha ido?

—Ha desaparecido. Su silencio comenzó en el mismo momento en que nos fuimos.

—Eso es preocupante. ¿Qué crees que está pasando?

—Realmente no lo sé. Estoy pisando territorio desconocido.

—¿Qué pasó exactamente cuando nos fuimos? Nunca me hablaste de eso.

—No lo mencioné porque no estaba seguro de haber escuchado algo realmente. Mientras nos alejábamos, una voz me llamó para que volviera. Sentí en esa voz urgencia y quizás anhelo. Era aguda, pero indefinida a la vez. No podría decir con precisión de dónde venía.

—Ya veo —dijo Johnny—. Yo no escuché nada, pero eso no quiere decir que tú no la hayas oído. Si quieres mi sincera opinión, no conozco a mucha gente que pueda cambiar de carrera, descubrir que lord Bromley es su padre, comprometerse, hacerse con una hacienda del tamaño de Rhinebeck, prometer a no se sabe quién que va a mantenerla y, tener además a los Von Hofmanstal como futuros suegros sin sentirse, al mismo tiempo, fuera de lugar. Todos esos cambios volverían loco a cualquiera. Puede que simplemente estés sintiendo mucha aprensión, incluso si lo que escuchaste fue real.

—Es posible, pero estoy preocupado.

—Lo sé. Crees que no estarás a la altura. Siempre lo crees. Pero realmente, Percy, no podrás liderar todo esto si ves catástrofes a cada paso… No si esperas ganar alguna vez. Cometerás errores. Es normal. Ahora tienes Rhinebeck a tu cargo. Bien o mal, ir a California a empacar tus cosas y mudarte aquí fue esencial para que asumieras ese papel. ¿Correcto?

—Sí, pero tal vez no me devolví cuando debía. Ahora me preocupa haber condenado esta misión desde el principio.

—¡Escúchate! Realmente, Percy, el futuro no está escrito en piedra. Al menos no lo estaba la última vez que lo comprobé. Tienes que calmarte. Ya te he visto antes de ese humor. ¿Por qué no tomas una siesta mientras reviso algunos papeles? Dudo que hayas dormido mucho y ponerte al día solo puede ayudarte. ¿Le has comentado algo de esto a Bruni?

—No, no lo he hecho. Apenas si sabía cómo expresarlo hasta ahora.

—Está bien, lo hablaremos luego, cuando hayas descansado. Duerme un poco.

—Lo intentaré. Y gracias por escuchar.

—Por supuesto.

Mientras me acomodaba en la suave silla de cuero del auto, pensé que dormir era una buena idea. Podría necesitar toda mi energía, a juzgar por todo lo sucedido en mi visita anterior.

5

Dormí hasta que Johnny me despertó. Me sentía mejor y se lo dije.

—¿Ves? Necesitabas descansar y, por cierto, duermes con la boca abierta.

—No, no es cierto.

—Sí lo haces.

—Tal vez.

—Es un hecho, pero me alegra verte mejor. Llegaremos a la entrada en un minuto o dos. ¿Tienes algo más que decir?

—No. No sé qué esperar, pero eso es normal, supongo.

—Así es. Todo irá bien, ya lo verás.

No iba a discutir este punto. Mi preocupación solo había conseguido agotarme. Me senté y miré al frente mientras el auto giraba hacia la carretera privada. Las primeras horas de la tarde eran de viento y nubes altas. La luz del sol jugaba a través del dosel de hojas en movimiento y salpicaba el asfalto con patrones danzantes que el auto dejaba revoloteando tras de sí.

Giramos por la suave pendiente hasta llegar a la fachada de la casa. La puerta se abrió y Stanley salió con su habitual traje de mañana. Dejé escapar un suspiro de alivio. El auto se detuvo y el chofer me abrió la puerta, mientras Stanley bajaba los escalones. Me dedicó una breve sonrisa y dijo:

—Bienvenido. Un poco antes de lo esperado, por lo que veo.

—Sí, parece que no puedo alejarme. Me alegra verte, Stanley.

—Y a mí verlo. En breve habrá un refresco en el salón.

—Maravilloso. Después de eso, necesito tu consejo.

—Estoy a su servicio.

Stanley le dio la bienvenida a Johnny y lo guio a través de la puerta principal hacia la calma que nos esperaba adentro. Pasamos junto al reloj de pie de la entrada, a nuestra izquierda, con sus cinco navíos de batalla en la esfera que se inclinaba hacia adelante y hacia atrás, contando los segundos y, a la derecha, ante la larga mesa con un jarrón lleno de gladiolos frescos junto al busto de Alejandro. Stanley abrió la puerta del salón y dijo:

—Solo será un momento.

Al salir, en el aire quedaron motas de polvo danzando bajo la brillante luz del sol que entraba por las puertas francesas de la habitación y formaba rectángulos dorados y alargados sobre la alfombra. El espacio era más alegre de lo que recordaba. Johnny me seguía de cerca.

—¿Ves? —dijo—, todo sigue aquí. No hay nada de que preocuparse.

Se paseó por la habitación. Yo permanecí en el centro y simplemente respiré profundo.

Stanley entró con dos copas de Cristal en una bandeja de plata.

—Un aperitivo —dijo mientras nos servía y se volvió hacia mí—. Estaré disponible en mi despacho para consultas una vez que se hayan instalado. A Dagmar le gustaría saludar, pero primero lo primero. Descansen de su viaje. Lo que tengan en mente podrá esperar. Están en casa, adonde pertenecen.

Cuando se retiró, cruzando las puertas del comedor, me quedé de pie frente al Constable, admirando el cielo gris y nublado y el paisaje pastoral del cuadro. Ahora era mío. Nunca lo habría imaginado. Me volví hacia Johnny cuando me alcanzó y se paró junto a mí.

—Salud —le dije e hice tintinear su copa.

—Salud —respondió.

—Han sido dos semanas llenas de acontecimientos. Me alegré tanto al ver que la casa seguía aquí, con Stanley esperando para saludarme, que casi le doy un abrazo.

—Sí, me di cuenta, pero por suerte no lo hiciste. No puedo imaginar cómo se lo habría tomado.

—Yo tampoco. Un día lo haré, para ver qué hace. —Volví a mirar a mi alrededor—. Estoy muy contento de haber vuelto.

—Yo también. Excelente champán, por cierto.

—Sí. Me preguntaba si beber exclusivamente Cristal era económicamente prudente.

—La decisión del Cristal fue una de tus mejores ideas —comentó Johnny, leyendo mi mente—, pero observo que empiezan a formarse nubes de responsabilidad financiera. Supongo que esa es la diferencia entre un invitado y un anfitrión. Cámbiala si es necesario, pero bebamos y disfrutemos por ahora. Somos socios de nuevo. Es un buen día. Por nuestra nueva asociación —dijo Johnny mientras levantaba su copa.

—Por nuestra nueva asociación —dije levantando la mía—. ¿Quién lo hubiera pensado?

—De verdad, quién lo hubiera pensado —replicó Johnny—. Además, estás comprometido. ¿Podrías haberlo imaginado?

—De ninguna manera. Es el mundo al revés, pero aquí estamos. La vida es extraña y, sin embargo, completamente maravillosa. Por cierto, gracias por todo tu apoyo, en caso de que no lo haya mencionado.

—Puede que no lo hayas hecho, pero de nada. Además, otras cosas llegarán.

—Creo que tienes razón. Deberíamos hablar rápidamente con Stanley y Dagmar, antes de que aparezcan tus padres.

—Papá dijo que llegarían a última hora de la tarde. Todavía tenemos algo de tiempo, pero, de cualquier forma, no perdamos ni un minuto.

Dejamos las copas vacías junto a la barra y nos dirigimos a la cocina. Dagmar estaba allí, trabajando. Me acerqué y le di un abrazo. No me importó lo apropiado o inapropiado que fuera. Ella hizo un arrumaco, se separó luego un poco y me miró a los ojos durante un largo segundo.

—Veo que hay algunas cosas de qué hablar, pero tengo más preparativos que hacer para la cena de esta noche, ahora que son cuatro. Vete. Conversaremos más tarde. Stan está en su oficina.

Podría parecer que le hablaba a un niño de diez años, pero no me importó. Ella era una fuente de afecto y atención que me ayudaba, incluso ahora, a poner los pies sobre la tierra. Dejamos a Dagmar en su cocina y bajamos por el pasillo hasta el despacho de Stanley. Estaba en su escritorio, reclinado en la silla.

—Vaya descanso —dijo—, eso tardó solo quince minutos. Aunque todavía es temprano, creo que un vaso de mi reserva privada asentará bien las cosas. —Se dio vuelta y preparó tres vasos de líquido ámbar en copas de cristal tallado. Nos pasó dos a Johnny y a mí y levantó el suyo—. Disfrutemos esta excepcional bebida y nuestra mutua compañía. Salud.

El sabor ahumado era mejor de lo que recordaba. Luego de un tiempo adecuado para reflexionar sobre la calidad de la bebida, Stanley levantó la vista en mi dirección.

—Quiere preguntarme. Supongo que Johnny está al tanto de sus pensamientos, ya que está a su lado. ¿Por dónde quiere empezar?

Pensé durante un segundo en lo que debía decir y comencé.

—En primer lugar, mi agradecimiento por tomarte el tiempo. Tengo dos asuntos…

Le resumí la llamada telefónica de Bernard y los pensamientos de Johnny y los míos sobre el tema.

Stanley asintió.

—Desea saber si hay algo en su advertencia. ¿Y la segunda cuestión?

Le conté lo que había sucedido cuando me fui de Rhinebeck y mi desasosiego desde entonces.

Cuando terminé, Stanley reflexionó un momento.

—Creo que es mejor que empecemos por la voz que oyó al alejarse antes de retomar el otro asunto. Su señoría Alice tuvo una experiencia que podría ser interesante. No responderá su pregunta por completo, pero diré lo que puedo.

21

Ante estas palabras, Johnny inclinó su cuerpo hacia adelante. Cualquier información sobre Alice era siempre bienvenida.

—Por supuesto —dije.

—No fue mucho después de que su matrimonio con Arthur Blaine se rompiera en las selvas de Ecuador. Como mencioné, su regreso sin él estuvo marcado por períodos de euforia seguidos de depresión y rabia. Fue una época difícil para nosotros dos. Ella encontró una manera de mitigar su sufrimiento en algunas sustancias que afectaban su mente. Por mi parte, tuve que luchar para no interferir. Aunque sospechaba que ella buscaba alivio, me equivocaba. Rara vez hacía algo sin un propósito mayor.

»Un día me preguntó de improviso, mientras discutíamos sobre distintos gastos domésticos, si creía en otras dimensiones.

»La pregunta era interesante y preocupante a la vez. Cuando era muy joven escuché historias en Escocia que parecían indicar que el tiempo no es el mismo para todos. Leyendas de castillos, pueblos y personas que desaparecen y nunca vuelven a ser vistos, mientras que otros se esfuman solo para regresar a la vida desde otro lugar.

»Le dije que sabía que Rip Van Winkle era una de esas leyendas locales, y que había oído historias de estas cosas, pero que nunca había experimentado el fenómeno por mí mismo.

»La recuerdo sentada detrás del escritorio en su estudio, cuando se inclinó hacia atrás y me preguntó, sin ningún rodeo: «Stanley, ¿has oído alguna vez voces en esta casa?».

»Habíamos terminado de revisar las cuentas y, cuando levanté la vista para responder a su pregunta, me di cuenta de que la contabilidad había sido una excusa para hacerla. No sé cómo, pero lo supe. Le pedí que me explicara. Ella miró hacia otro lado y luego, reclinándose de nuevo, dijo: «He empezado a oír murmullos y, de vez en cuando, voces claras».

»—¿Recientemente?

»—Sí.

»—No he notado ninguna voz en particular. Eso no quiere decir que no las haya habido. Ocasionalmente, he sentido que me observan, pero, cuando giro para ver quién está detrás, no veo a nadie.

»—Ah —fue todo lo que dijo. Yo no tenía ninguna reserva para hablar con ella de esas cosas. Habíamos sostenido muchas conversaciones y ella sabía mucho. Además, nuestras charlas me permitían estar al tanto de cómo se sentía. Creo que su señoría lo percibía y las alentaba.

»—¿La atemorizan? —le pregunté.

»—¿Las voces? No, la verdad no. No es lo que dicen, ni siquiera es el hecho de que las oiga, sino mi incesante cuestionamiento de mi propia cordura por escucharlas.

»—¿Qué ha ocurrido? —pregunté, y me dijo que había experimentado recientemente con una sustancia llamada N-dimetiltriptamina. Tenía extraordinarias propiedades alucinógenas, aunque notablemente breves. Dijo que no se trataba de una droga en sí, sino de una molécula natural que se encuentra en la glándula pineal humana. Las sensaciones que generaba eran intensas, pero extrañas. Al principio se sintió comprimida, como si estuviera encerrada en una piel apretada. La sensación de constricción se intensificó hasta alcanzar un clímax extraordinario, momento en el que se desprendió de la membrana que la retenía y se halló en otro lugar, en un mundo de color diferente, predominantemente naranja. Allí encontró a personas que parecían tan reales como nosotros, que estaban ansiosas por hablar y entusiasmadas al conocerla, pero rápidamente descubrió que no eran con quienes ella necesitaba hablar. Todo lo que parecían querer era la conexión. No sabían nada de su apremio. Aunque disfrutó de la experiencia, dejó de practicar con ella. Poco después empezó a escuchar las voces.

»—Le pregunté si había una conexión y me contestó que a veces se preguntaba si habría otro mundo paralelo al nuestro, separado de nosotros por muros en nuestras mentes. De vez en cuando creía que se debilitaban y que podíamos oír a otros que hacían su propio camino, ajenos a nosotros en este lado. Ella planteó que cada lado procesa la vida de manera diferente.

»—Como en otra dimensión —comenté.

»—Exactamente —respondió ella.

»Nuestra conversación terminó en ese momento, y yo volví a mis obligaciones. Durante estos años he pensado en esa conversación. Creo que ella tenía razón. Es posible que haya otros mundos superpuestos al nuestro. Existen lugares físicos, no solo estados mentales del ser, que parecen facilitar interacciones de una naturaleza peculiar, si no mística. Tal vez nuestras mentes sean como receptores de radio sintonizados en una frecuencia específica. Si la sintonía cambia, ¿cuáles serán nuestras percepciones? También es posible que se generen patrones de interferencia que en determinados lugares distorsionen el espacio y el tiempo normales o uniformes. Me he preguntado siempre por el papel que desempeñan las ceremonias antiguas y modernas que se celebran solo en determinados lugares. Quizás, algunas almas y sitios están más en sintonía que otros y ciertos puntos físicos amplifican esa experiencia. Esta propiedad puede ser uno de esos lugares.

Stanley sonrió y me miró directamente.

—Lo que oyó pudo ser una advertencia de que se estaba moviendo hacia la zona en la que tales patrones de interferencia se presentan, si es que eso son. Si desea más detalles, quizá quiera consultar con Dagmar.

—Gracias por esa información. Hablaré con ella. ¿Quizás debamos retomar ahora la advertencia de Bernard?

—Muy bien. He investigado un poco más sobre los Von Hofmanstal desde su última visita, utilizando varios de mis contactos que tienen un conocimiento íntimo de su historia. Reuní en un archivo lo que encontré, por si desea leerlo. Pero podría ahorrarle tiempo si resumo lo que descubrí. ¿Le parece bien?

—Por supuesto —respondí.

—Muy bien, permítame comenzar diciendo que los Von Hofmanstal proceden de antiguas raíces austríacas, cuya conducta, dada su larga historia, no siempre ha sido ejemplar. En cualquier caso, dudo que exista una familia que, luego de ejercer un poder efectivo durante un período prolongado, en aras de la conveniencia, si no de la supervivencia, no se haya visto obligada a desviarse de lo que podrían considerarse las mejores prácticas. Cada una de ellas tendrá cadáveres enterrados aquí y allá, hechos que deben pasarse por alto y algunos descendientes que resulta mejor dejar fuera del árbol genealógico. Los Von Hofmanstal no son una excepción.

Me removí en mi silla mientras Stanley continuaba.

—Son herméticos, calculadores y oportunistas, y también exitosos. Sus actividades antes y después de la Segunda Guerra Mundial son prueba suficiente de su pragmatismo y habilidad en el pensamiento estratégico.

»Por ejemplo, cuando Hitler subió al poder, el viejo barón sabía que llegaría un momento en el que tendría que elegir entre apoyar o resistirse a la creciente influencia del nacionalsocialismo, al que la familia tenía mucho que agradecer. Su riqueza e importancia familiar habían crecido mediante inversiones significativas en varias farmacéuticas alemanas durante los años treinta. La financiación de Temmler Pharma resultó especialmente lucrativa gracias a las recomendaciones de Fredrich von Hofmanstal, el hermano mayor del barón, quien poseía una mente brillante y no aspiraba más que a ser un científico. Como Alemania tenía las mejores escuelas, lo enviaron allí. Se especializó en toxicología y más tarde se asoció con el fisiólogo Otto Ranke. Sus consejos eran muy solicitados y, cuando la estrella de Fredrich ascendió, Hugo fue enviado al Oeste, a Inglaterra, para proteger la fortuna de la familia en caso de que el éxito de su hermano y el resurgimiento de Alemania fueran temporales. Esto se reveló luego como una notable visión de futuro.

»Cuando finalmente estalló la guerra, Hugo permaneció en Londres, ayudando a los aliados. Allí se convirtió en un elemento vital para los movimientos de suministros y material. Al igual que su hermano, su importancia creció y, con ella, su capacidad para influir en las decisiones sobre la redistribución de la propiedad una vez finalizada la guerra. Poco se sabe de lo que le ocurrió a Fredrich. Resultó incluido en la lista de desaparecidos en acción y se lo dio por muerto tras el frustrado asedio alemán a Stalingrado. Su cuerpo nunca se recuperó, y los esfuerzos por descubrir su destino fueron infructuosos. Al fallecer el viejo barón, el título pasó a Hugo.

»Lo que quiero decir aquí es que los Von Hofmanstal se sobrepusieron a una crisis que los superaba en magnitud al no comprometerse nunca plenamente con un bando u otro, a pesar de las consideraciones éticas, ideológicas o morales. Ellos buscan su propio beneficio y el legado familiar se mantiene en primer plano, independientemente del clima político, económico o cultural. En cuanto a cuál será ese legado, no lo sé con precisión, aunque existen algunos indicios. La familia lleva tiempo coleccionando artefactos de naturaleza oscura y uniendo fuerzas con quienes poseen objetos similares. Quienes pueden permitirse la posesión de tales cosas no carecen de influencia. Quizás todo lo que busquen sea reunir poder para sí mismos, pero quizás haya algo más. Son taciturnos por naturaleza, así que sus objetivos no son fáciles de descifrar.

»Además, los Von Hofmanstal tienen por política evitar la publicidad, excepto en casos en los que sea absolutamente necesaria. Esa es, en pocas palabras, la naturaleza de la familia con la que se va a vincular. Lo que dije no pretende denigrarlos, es una declaración de los hechos tal y como los conozco. Son poderosos, y el poder es tan adictivo como peligroso. Todas las grandes familias tienen designios y asuntos similares. Dudo que eso sea una novedad, ¿no?

—Nada particularmente nuevo —respondí—. Tal vez le pregunte al barón, mañana en la cena, como parte de mi propia investigación.

—¿De veras? —dijo Johnny—. Me gustaría escuchar lo que tiene que decir al respecto.

—A mí también me gustaría —añadió Stanley—. Pero tendría cuidado. Una vez que se está al corriente, ese conocimiento no puede dejarse de lado, y a veces esto puede conducir a decisiones desagradables.

Johnny se removió en su silla.

—Los hombres muertos no cuentan cuentos. Tal vez sea eso lo que insinuaba Bernard.

Stanley sonrió, se echó hacia atrás y juntó los dedos.

—Yo no iría tan lejos, al menos no todavía. Sin embargo, hay algunas cosas que debería saber; no sobre la familia en general, sino sobre su prometida en particular. En un principio tuve la intención de no decir nada de esto, pero ahora creo que debo hacerlo. No quiero que se encuentre en una posición de desventaja si esta información sale a la luz en un momento incómodo y lo toma desprevenido.

—¿Qué información sería esa? —pregunté. Tuve un mal presentimiento.

—Se trata de dos muertes que tuvieron lugar cuando ella era una niña.

6

—Dos? Bruni había hablado de la muerte accidental de una institutriz. ¿A qué te refieres con una segunda?
—Mi mundo se tambaleó.

—Hubo dos muertes —continuó Stanley—. Ambas eran institutrices, y fue la segunda la que suscitó preguntas inquietantes y obligó el traslado de Brunhilde a Estados Unidos para contener los acontecimientos. Los dos casos encadenados forman un cuadro inquietante, pero los hechos solo cuentan una parte de la historia y omiten el contexto necesario para comprenderla plenamente y permitir condenar o exonerar legítimamente a las partes implicadas, incluso cuando una de esas partes es, en efecto, culpable. Por favor, quiero que sepa que no es mi intención poner en duda el carácter de su prometida. Por lo que he visto, es una dama inteligente, agradable y comprensiva. Las muertes pueden haber sido accidentales y no deliberadas, como se comentó en su momento. Es muy fácil sacar conclusiones precipitadas. Permítame contarle lo que sé y que le dé mi opinión cuando termine.

—Por favor, continúa —dije mientras miraba a Johnny, quien parecía pensativo.

—Los hechos son estos: dos institutrices murieron mientras criaban a su prometida, ambas con pocos meses de diferencia y en el mismo lugar. La primera de las muertes resultó de un resbalón y una caída por la escalera principal del castillo Von Hofmanstal, en Austria. Brunhilde tenía entonces doce años y fue la única testigo. Ese día se encontraba en la residencia con algunos empleados mientras sus padres estaban de viaje de negocios. Quienes estaban en la casa oyeron un grito, acudieron corriendo y encontraron a la institutriz tirada al pie de la escalera. Cuando vieron que era imposible reanimarla, llamaron al médico, quien la declaró muerta e informó a la Policía. La investigación que siguió determinó que la desafortunada niñera había dado un paso en falso, cayó hasta el final de la escalera y se rompió el cuello. El veredicto: muerte accidental.

»Tres meses después, los padres estaban fuera nuevamente cuando otra niñera cayó varios pisos desde una ventana. Brunhilde contó que las dos leían en su biblioteca personal cuando la mujer escuchó algo en el patio y se levantó de su silla para averiguar qué sucedía. Abrió la ventana y miró hacia abajo. Como no podía ver con claridad lo que pasaba, se encaramó en un baúl que estaba en el piso. Al asomarse, perdió el equilibrio y cayó de bruces. Su grito se cortó bruscamente cuando golpeó el pavimento. Según los testigos, el sonido fue similar al de un disparo. Brunhilde contó a las autoridades que, en un momento, la niñera estuvo a punto de recuperar el equilibrio y que, aunque se abalanzó sobre la mujer para intentar salvarla, su ropa se le escapó de las manos.

»Mientras que en el primer caso los recuerdos de Brunhilde sobre los eventos fueron la fuente principal de información acerca de lo sucedido, en el segundo no ocurrió lo mismo. Una criada que estaba limpiando la habitación de los padres se asomó por casualidad en el momento mismo en el que la institutriz cayó al vacío. Aunque no tenía una visión completamente clara, contradijo el relato de Brunhilde diciendo que la vio empujarla. Esta versión del percance se difundió tanto como puede suceder con un rumor sensacionalista.

»¿A quién creerle? ¿Se trató de un crimen o de un accidente? Al principio, el castillo, el pueblo y la comunidad vecina estaban divididos, pero la opinión se inclinó gradualmente contra la señorita Von Hofmanstal por dos razones. La primera fue su afirmación en el sentido de que no había resentimientos entre ella y la nueva institutriz. Este testimonio fue desmentido por varios miembros del personal del castillo, que declararon de forma rotunda haber escuchado discusiones entre las dos, algunas de ellas fuertes y airadas.

»La segunda fue el sospechoso retraso en la presentación de la segunda testigo. Muchos de los lugareños imaginaron que los Von Hofmanstal habían tratado de acallar las acusaciones de la criada. Esta también se mostraba muy contrariada por no haber tenido la oportunidad de expresar su versión de los hechos y, en lugar de aceptar dócilmente el informe oficial, contó su historia a los periódicos. Fue una noticia sensacionalista. Su relato se expandió como fuego y varios tabloides le siguieron la corriente. Cada uno de ellos publicó con diferentes palabras que la hija del barón había asesinado a su institutriz, y probablemente también a la anterior. Citaron a la criada diciendo: «Hay que hacer algo. Ningún miembro del personal está a salvo. Temo por mi vida».

»Luego de esta traición pública, la criada fue despedida, pero en lugar de que la gente interpretara el hecho como una consecuencia lógica, se lo consideró como una represalia por expresar lo que había visto. Las opiniones sobre el tema se volvieron más acaloradas y estridentes.

»El creciente sentimiento negativo y los informes sensacionalistas de los periódicos tuvieron efecto. Ya fuera por el renovado interés popular, por la indignación misma o por la oportunidad de figurar públicamente, el ímpetu se movió a favor de una nueva evaluación oficial sobre las conclusiones presentadas en las dos investigaciones. Cuando apareció la noticia, los titulares anunciaron que el resultado probablemente evidenciaría lo que el público sabía desde el principio: que una malcriada y vengativa Brunhilde von Hofmanstal había llevado a la muerte a sus dos institutrices en arrebatos de petulancia infantil.

»En ese momento, las relaciones públicas se habían descontrolado por completo. La familia había querido siempre permanecer en el anonimato, pero ahora tenía que manejar un escenario de pesadilla.

»Al ver que no se podía ganar la batalla en la mente del público, los Von Hofmanstal recurrieron al método probado de comprar el escándalo para que no existiera. A pesar de lo que había hecho, compensaron y llevaron a la testigo, con toda su familia, a otra localidad. Siempre que pudieron compraron el silencio, tanto interna como externamente, y a cualquier precio. A cambio de pagos considerables convencieron a la Policía y a las autoridades judiciales locales para que suprimieran cualquier intento de reabrir las investigaciones. Incluso, se reunieron personalmente con los directores de varios de los periódicos que habían hecho eco de la historia y amenazaron con presentar una demanda en su contra. Hubo un caso incluso en el que un director se negó a dejar de lado el asunto, así que compraron la publicación y lo despidieron.

»Gracias a los incansables esfuerzos de la familia, las noticias negativas se apagaron, se reconfirmaron las conclusiones oficiales y la atención del público pasó a otros asuntos. Una vez restablecida cierta calma, trasladaron discretamente a su hija a un internado en Estados Unidos, donde permaneció fuera de la vista del público y lejos de cualquier otra atención mediática.

»Al cabo de varios años, Brunhilde volvió a Austria sin que siquiera se mencionara su regreso. El asunto de las niñeras estaba enterrado en lo que tenía que ver con la opinión pública.

»Aunque todo esto puede ser perturbador, lo que me parece especialmente inquietante es lo que ocurrió varios años después con la criada.

7

—Seguro que la mataron, ¿no? —preguntó Johnny. Una tensa sonrisa cruzó el rostro de Stanley.

—Tal vez. Un día, simplemente desapareció. Meses después se descubrió su cuerpo casi descompuesto en el claro de un bosque, no muy lejos del pueblo donde ella y su familia habían sido reubicados. Había permanecido a la intemperie durante algún tiempo y se había consumido en parte. Además, le faltaba la lengua. La identificaron por un relicario que llevaba en el cuello desde su infancia.

»Por supuesto, se sospechó de los Von Hofmanstal, pero ninguna prueba relacionaba a la familia con el macabro hallazgo. Además, la forma en que murió fue una dura advertencia para aquellos que pudieran mostrarse dispuestos a formular acusaciones o a presentarse con información adicional. El crimen, si es que lo fue, sigue sin resolverse todavía.

—¿Crees que Bruni o sus padres lo hicieron? —preguntó Johnny.

Rápidamente me miró.

—Lo siento, Percy. Eso fue desconsiderado.

—Así es —contesté—, pero esa es la pregunta, ¿no? Todo el asunto es preocupante, aunque no se ha probado en un sentido ni en otro. ¿No es así, Stanley?

Stanley asintió con la cabeza.

—La duda no es una sensación sana. Yo diría que son necesarias más pruebas antes de sacar una conclusión final. Puede que tenga que preguntarle usted mismo, pero habría que pensar bien cuál es el mejor momento. Me interesaría saber la respuesta.

Stanley me miró. Advertí que estaba preocupado. Yo sentía lo mismo, hasta el momento había sido ambivalente, pero ahora escuchaba su historia con una creciente sensación de alarma. Bruni tenía un lado oscuro. Lo sabía. Para mí, era parte de su atractivo. Sin embargo, le gustaba controlar su propia narrativa y a menudo omitía las partes que consideraba que no la presentaban de la mejor manera. Estas imperfecciones que decidía ocultar me llegaban por sorpresa, de soslayo, como la noticia de la segunda niñera. Yo había esperado que entendiera que siempre le daría el beneficio de la duda. Ahora, tenía un sentido de consternación y aprehensión. ¿Qué más podría haber? ¿Era posible que fuera una asesina? ¿La había malinterpretado tanto? Sabía que podía ser extraordinariamente ingenuo. Era una terrible debilidad que había descubierto recientemente y que podría conducirme a mi propia destrucción si no la controlaba, pero no percibía en Bruni una naturaleza tan violenta e imprudente que permitiera tal desenlace. Sin embargo, ella estaba hecha de acero resistente, como sus padres. La amaba, pero no sabía si mi amor podría resistir los embates de mis sospechas.

Miré a Stanley.

—Hablaré con Bruni de todo esto. ¿Cuándo?, no lo sé. Tal vez le pregunte al barón sobre todo este asunto mañana. ¿Alguna idea, Johnny?

—Vaya familia la de los Von Hofmanstal, pero después de conocer parte de nuestra propia historia en las últimas semanas, no me sorprende que seamos amigos. Te puedo decir una cosa: si alguna vez tengo que bajar un largo tramo de escaleras con Bruni, lo haré del brazo, bien agarrado. Sé que ese humor negro es de mal gusto, pero me preocupa. Hay muchas cosas que no sabemos de ella. Preguntarle a Hugo podría ser un buen comienzo, pero ¿y si se ofende? Las repercusiones podrían ser catastróficas.

—Es posible —respondí—, pero dudo que el barón desconozca los rumores. La confianza se construye entre dos. Tal vez él pueda explicarlo. Aun así, todo esto es historia antigua. ¿Hay algo más reciente que pueda confirmar o respaldar la advertencia de Bernard? ¿Sabes algo de él, Stanley? Yo, ciertamente, no.

—No mucho, aunque hace poco pregunté por él a un antiguo contacto en Provenza. Me dijo que Bernard Montrel nació en Argel, se educó en Francia y ahora dirige varios negocios de éxito que ha expandido desde allí al resto de Europa. En muchos círculos tiene fama de vividor y se dice que ha perdido y ganado más de veinte millones de francos en una sola noche en el Casino de Montecarlo, en Mónaco, donde reside. Mi amigo también se enteró de que el barón y el señor Montrel participaron en una transacción comercial que salió mal y que supervisaba Bruni. No pudo decirme si fue antes o después de su fuga para casarse. Aparte de eso, no sé nada más reciente que pueda justificar la advertencia. Lamentablemente, en este punto debemos detenernos. Tengo deberes que cumplir y que empiezan a apremiar.

—Por supuesto. Stanley, has sido más que útil —respondí.

Cuando se ponía en pie oímos el crujido de la grava bajo las ruedas en el camino de entrada a la casa. Me alegró ver que Stanley se mantenía tan alerta como siempre.

8

Salimos en fila del despacho de Stanley, atravesamos la cocina y entramos en el vestíbulo. Allí se nos unió Simon para ayudar con el equipaje. Stanley llegó a la entrada principal y bajó los escalones mientras Raymond abría la puerta del coche a Anne Dodge, la madre de Johnny, quien salió y miró a su alrededor.

Nos vio a Johnny y a mí y sonrió.

—Queridos, qué agradable sorpresa. No los esperábamos a ninguno de los dos hasta el viernes. —Besó a Johnny y luego a mí, acercándose—. Llegaron temprano.

Le respondí sonriendo:

—Johnny y yo vinimos a pasar la noche. Tiene algo que discutir con su padre. Regresaremos en la mañana. ¿Cómo estás?

—Con ganas de un fin de semana largo. Sigue firme tu visita con Bruni el viernes, ¿no?

—Por supuesto.

—Bueno, bien. Creo que John tiene algunas noticias.

—No puedes mantenerte alejado, ¿verdad? —dijo John luego de acercarse a Anne.

—Algo así —respondí.

—Me alegra verte. Que estés aquí me ahorra una llamada telefónica. Tengo una información que vas a querer escuchar y deduzco por tu presencia que también podrías tener alguna noticia, pero ya hablaremos de eso más tarde.

Cuando terminamos de intercambiar saludos, Stanley nos condujo al salón y salió para regresar poco después con un carro con copas de champán y dos botellas de Cristal en hieleras de plata.

Supe que ahora yo era el anfitrión. Me dirigí hacia la barra, pero Stanley tenía ya llenas las copas. Una vez que todos estuvieron servidos se excusó y se alejó, fantasmal, silencioso como siempre.

Una vez más fui consciente de que, aunque poco había cambiado en la superficie, en el fondo todo era distinto ahora. Lo que sucedía y el momento en que sucedía eran ahora mi responsabilidad, aunque Stanley y su equipo se encargaban de que todo funcionara a la perfección. Me asombraba la capacidad de los padres de Johnny para tomarse con calma tales vicisitudes. No había detectado ni un asomo de rencor, solo su profundo afecto. Me pregunté cómo me habría sentido si nuestras posiciones se hubieran invertido. Me aparté para llenar de nuevo mi flauta en la barra y pensar en otras cosas. John me siguió.

—¿Puedo servir tu copa, John? —pregunté, sintiendo su presencia y volviéndome hacia él.

—Por supuesto. El Cristal es un capricho maravilloso.

—Es cierto, pero puede que tenga que reconsiderar esa decisión.

—Esperemos que no. Aunque, para ser sincero, me alivia que esas decisiones ya no sean mías. Es lo que Alice quería, después de todo, y solo puede ser para bien. Debes saber que Anne piensa lo mismo. La hacienda está en buenas manos.

—Gracias por tu confianza, aunque creo que me costará acostumbrarme.

—Seguramente, pero dale tiempo. Cambiando de tema a uno relevante en este sentido, lamento decir que al fideicomiso de manutención aún le falta el millón y medio acordado por Hugo y lord Bromley. Se suponía que iban a transferir los fondos esta mañana, según nuestro acuerdo. Cuando vi que no lo hicieron, llamé a Hugo para preguntarle por el retraso. Me dijo que habló por teléfono con tu padre, quien declaró en términos inequívocos que quería verte, hablar contigo y sentir los tesoros en sus manos antes de desembolsar los fondos. Conforme con esa intención, se encuentra en camino a Rhinebeck.

—¡Santo Dios! No estoy seguro de cuál noticia es peor.

Cada una por sí misma era perturbadora, juntas eran alarmantes y sus implicaciones, abrumadoras. No solo se retrasaba el dinero, sino que probablemente tendría que ver a un hombre que no quería conocer, aunque fuera mi padre. Además, tendría que convencerlo de que cumpliera su parte del trato. ¿Cómo iba a hacerlo? Me estremecí de solo pensarlo.

Hace unas semanas, al recibir la hacienda, me enteré de que el fideicomiso de mantenimiento, que debía proporcionar los fondos necesarios para que siguiera funcionando, era insolvente y necesitaba cuatro millones y medio de dólares más para ser autosuficiente. Johnny y yo habíamos aportado los dos millones que Maw, su abuela, había restituido luego de hundir deliberadamente nuestra sociedad. John había añadido un millón, la mitad de la cantidad que debía al fideicomiso, y faltaba reunir un millón y medio de dólares. Después de algunas negociaciones, el barón y mi padre, a través de su representante, Malcolm Ault, decidieron comprar los tesoros de Alice por esa suma pendiente, dividida entre ellos, al tiempo que acordaron mantenerlos en Rhinebeck, algo en lo que yo había insistido, basándome en el legado de Alice. El trato había exigido un acuerdo formal para que Bruni y yo nos casáramos, un punto que permitía al barón y a lord Bromley unir fuerzas en lugar de competir entre sí. Esa había sido la parte más fácil y agradable de las negociaciones. Ahora tenía que lidiar con mi padre. Mucho de lo que había oído sobre él era perturbador. Una astucia oscura, sádica y maligna anidaba en su interior.

John continuó:

—Me gustaría tener mejores noticias. También te pone en una posición incómoda. ¿Lo invitas a venir o no?

—Exactamente. El barón y yo tenemos una cena programada para mañana en la noche. Tal vez sea eso lo que quiere decirme. Que mi padre venga aquí creará extraordinarias complicaciones.

—A Stanley no le gustará, y me atrevería a decir que a la hacienda tampoco.

—Sí, estoy de acuerdo. Tendré que considerar qué hacer, aunque no veo la forma de no invitarlo. Hugo tampoco ha aportado su cuota.

—Hugo tiene el dinero, eso es seguro, pero no cederá hasta que tu padre haya puesto su parte. Me temo que el barón es así.

—Es un juego de quién da el primer paso. La hacienda realmente necesita esos fondos.

—Así es, y para resolver el asunto te sugiero que invites a los dos a Rhinebeck este fin de semana. También puedes hablar con Hugo sobre la situación durante la cena de mañana y acerca de la mejor manera de proceder. Él y Bromley han estado compitiendo muchos años. La clave, tal y como yo lo veo, es desviar la atención entre ellos y orientarla a otro asunto, pero para ello necesitas más jugadores. Mi madre va a estar en la ciudad este fin de semana y también Bonnie. Depende de ti, por supuesto, pero estoy seguro de que les interesará el desenlace, y ninguna de ellas dejará que Hugo y tu padre acaparen el protagonismo durante mucho tiempo. Para empezar, la estrategia cambia el juego y pone a los dos rivales en desventaja.

—Es una buena idea, y creo que la única opción en este momento. ¿Puedes averiguar si Bonnie y Mary están dispuestas a venir el fin de semana?

—Están disponibles. —John sonrió—. Pero tendrás que ser tú quien las invite. Estoy seguro de que estarán encantadas de aceptar. Lo sé de buena fuente.

—Las llamaré mañana, y gracias por tu consejo.

—Con gusto. Estás en una posición difícil. Cualquier cosa que pueda hacer para ayudar, la haré. Solo necesitas pedirlo.

—Gracias, en verdad. Por cierto, ¿conociste a mi padre?

—Sí —respondió John después de una pausa—. No fue un encuentro muy afortunado. Te contaré en la biblioteca después de la cena.

—Odio interrumpir —dijo Anne acercándose su marido— pero estoy cansada y me apetece tomar una siesta. ¿Me acompañas? —preguntó.

—Por supuesto —respondió él. Se volvió hacia mí—. Nos vemos luego para tomar algo.

Cuando se marcharon, miré a mi alrededor en busca de Johnny, quien contemplaba el campo desde la ventana. Me acerqué.

—¿Quieres caminar? —le pregunté—. Tengo noticias.

—Ya somos dos. Al menos no tengo que sostener la correa de ese maldito perro.

—Bueno, yo no estaría tan seguro de eso.

9

Johnny y yo nos escabullimos por las puertas francesas y salimos al sur del prado. Las sombras de los árboles se habían alargado y las pequeñas nubes hinchadas que salpicaban el cielo enviaban manchas oscuras, que se deslizaban sobre la hierba recién cortada.

—Sabes algo. Cuéntamelo —dijo Johnny mientras caminábamos.

—Sí, pero primero dame un momento.

—Me parece bien. ¿Un cigarrillo?

Johnny me ofreció su paquete. Tomé uno y lo encendí. Él hizo lo mismo. Caminamos y fumamos en silencio mientras nos dirigíamos hacia el dosel formado por los árboles frondosos que bordeaban el límite sur del prado para luego avanzar rodeándolo hacia el oeste y caminar en diagonal, en dirección al banco detrás de los cipreses. Intentaba no pensar en nada, así que me concentré en el bosque, la hierba bajo mis pies y el cielo. A pesar de los problemas que surgían desde todas las direcciones, el entorno me hacía saber que todo permanecería igual mucho después de que yo me hubiera ido. Ese pensamiento me tranquilizó; luego llegamos al banco y nos sentamos.

—Mamá comentó que la propiedad puede tener un problema de financiación —dijo Johnny.

—Tiene razón, pero eso no es ni la mitad. Hoy Hugo le dijo a John que mi padre quiere hablar conmigo personalmente y tocar los tesoros con sus propias manos antes de entregar el dinero. Para empeorar las cosas, viene hacia acá.

—¿A Rhinebeck? ¡Dios mío! ¡A Stanley le dará un ataque!

—Eso mismo pensé, aunque depende de que lo invite. Y no veo la manera de no hacerlo. Mi padre no entregará el dinero hasta que se cumplan sus exigencias.

—¿Por qué no me sorprende? Me recuerda al desastre de Bertie Ajanian. Arreglamos esa espléndida financiación, pero, cada vez que nos sentábamos a firmar, él leía el contrato y decía: «¿Qué pasa con este punto?». O: «Quiero una mejor garantía». O: «Quiero un crédito de treinta mil, porque la financiación está tardando mucho». Pasamos días y días planteando una solución solo para que él repitiera lo mismo una y otra vez. Era como una de esas horribles torturas orientales sobre las que había leído, en las que se hacía creer a la víctima que sería rescatada cualquier día, pero tenía que ofrecer una parte de su cuerpo para evitar que la mataran de una vez. Acabé odiando a ese tipo.

—Lo recuerdo muy bien, y luego firmó con otra persona. Muchas veces me pregunté si ese había sido el plan desde el principio. Pensé que era un imbécil. Me pregunto si mi padre está jugando a algo parecido.

—Es posible, pero ¿con qué fin? Francamente, me gustaría poder decirles a los dos que se vayan al diablo.

—A mí también, pero un millón y medio es una cantidad que hay que reunir ahora mismo y, además, está mi compromiso. Si los ignoramos, y si Bruni y yo decidimos seguir adelante con nuestro matrimonio, quedará para siempre una animosidad entre el barón y yo. Él quiere el control de esos tesoros y es un hombre que siempre se sale con la suya. Podría hacer que las cosas fueran muy desagradables. ¿Quizá fue eso lo que le pasó a Bernard Montrel?

—La amas aún, ¿cierto?

La pregunta parecía improvisada, pero no lo era. Johnny no tenía que decir lo que estaba pensando. Si Bruni estuviera fuera de escena, seríamos libres de explorar alternativas, pero me conocía lo suficiente como para guardarse ese pensamiento por ahora. Tendría que considerarlo en algún momento, y probablemente lo discutiríamos, pero la conmoción por lo que Stanley había revelado aún me hacía tambalear. No estaba preparado para pensar en ello. Mi mundo daba vueltas y el simple hecho de amarla era una forma de detenerlo.

—Así es. —Suspiré—. Tampoco he escuchado aún su versión de la historia.

—Muy cierto. Creo que tenemos que planear algo seriamente, y pronto.

—Estoy de acuerdo. John sugirió una reunión este fin de semana y que invitara a Bonnie y a Maw para equilibrar las posibles fricciones entre Hugo y mi padre. Eso supone, por supuesto, que invite al hombre, algo que no sé bien cómo hacer.

—Entiendo lo que quieres decir. También veo de dónde viene tu comentario sobre el perro. No creas que por no mencionarlo de inmediato lo había olvidado, pero hay asuntos más urgentes. No sé cómo podríamos lograr que Stanley esté de acuerdo con la idea. Podría ser incluso imposible.

—Tendremos que pensar en algo rápidamente. Él tiene una manera especial de descubrir las cosas y de predecirlas mucho antes de que ocurran. Puede ser que ya lo sepa. De hecho, lo veo venir hacia aquí.

—¿Qué?

A través de las ramas que nos ocultaban vimos a Stanley dirigiéndose hacia nosotros con paso decidido. No lo había visto antes fuera de la casa más que en la escalinata de entrada, saludando a los invitados. El hecho de que estuviera en el sur del prado y que se acercara a los cipreses era lo suficientemente inusual como para sospechar que se había enterado de la posible visita de su némesis este fin de semana.

Cuando rodeó los árboles, Johnny y yo nos levantamos. Lo saludé:

—Stanley, creo que nunca te había visto por aquí.

Él esbozó una sonrisa forzada.

—Cuando no hay nadie, encuentro este lugar ideal para reflexionar. Es relajante. Estoy aquí para anticiparme a cualquier posible incertidumbre. He tenido altercados físicos con lord Bromley en el pasado. Encuentro su hipocresía aborrecible, su intimidación despreciable y su alma oscura repugnante. Decir que me desagrada sería un eufemismo. Sin embargo, antepongo las necesidades de la casa a cualquier sentimiento personal. Si desea invitarlo, apoyo su decisión. Haga lo que deba hacer. Siempre tendrá mi apoyo. Mi único consejo es que tenga mucho cuidado. Es un canalla y no es de fiar.

Luego de estas palabras, hizo un gesto con la cabeza y se alejó, pero antes de rodear los cipreses, se detuvo y se dio vuelta.

—Otro asunto: las reglas de la relación huésped-anfitrión son sagradas. En la antigua Grecia, se llamaban *xenia*. Tan importantes fueron esos temas de conducta en el pasado lejano que eran de competencia exclusiva del padre de los dioses. Aquí honramos esos preceptos. Quiero dejar en claro que si se produce una violación por cualquiera de las partes, habrá consecuencias. —Asintió una vez más y se dirigió a la casa.

Nos quedamos sin palabras hasta que Johnny rompió el silencio.

—¡Cielos! Eso fue sorpresivo, pero al menos resuelve uno de nuestros asuntos pendientes. Gracias, Stanley.

—Me pregunto cómo lo supo.

—Es el clásico Stanley, me temo. Pregúntale a él, por supuesto —continuó Johnny—. Pero con seguridad es un secreto que no revelará. Lo que sí debes preguntarle es por esas consecuencias que mencionó, y cuáles son concretamente. Si no me falla la memoria, el anfitrión tiene la obligación de no hacer preguntas hasta que el invitado se alimente y se acomode, y el invitado tiene que ser cordial y no aprovecharse de la hospitalidad del anfitrión, pero eso es todo lo que recuerdo sobre el tema.

»La buena noticia es que no tendremos que preocuparnos por que Dagmar envenene el caldo de tu padre o por que Stanley le clave un cuchillo cuando suba por las escaleras de la entrada, aunque supongo que eso podría cambiar, dependiendo de lo que lord B. decida hacer. No es buena idea ver a Stanley descontrolado, pero debemos continuar. Tenemos una hora más o menos antes de las bebidas, y recuerdo que no tienes ropa aquí. El traje que llevas será suficiente, pero cambia la corbata. Tengo varias. ¿Dormirás arriba o abajo?

—Pensé en dormir abajo y comprobar la firmeza del colchón de la habitación de Alice.

—¿De veras? Bueno, mejor que seas tú y no yo —dijo Johnny con una sonrisa.

—Me temo que sí.

—Si te asustas, sabes que tu habitación de arriba está disponible. Hablando de eso, creo que deberíamos subir ahora mismo, tomar un bloc de notas y repasar todos los temas que tenemos en marcha. ¿Qué opinas?

—Adelante, pero estoy empezando a entender lo que debió de sentir Sísifo.

—Su única preocupación era una roca. Tú, amigo mío, tienes problemas más pesados.

10

J ohnny se sentó en el sofá de cuero con la libreta amarilla y se puso a escribir sus notas sobre los temas que ahora teníamos en frente. Como de costumbre, él llevaba la voz cantante en cuanto a la planificación. Algunas cosas nunca cambiarán y probablemente sea mejor así, pensé. Se le daba bien, y yo me estaba sintiendo inquieto.

Mientras él escribía, yo paseaba por la sala donde había transcurrido gran parte de nuestros años de juventud. Hileras de libros se alineaban en las paredes, desde el suelo hasta el techo, interrumpidas por varias puertas. La del sur conducía a mi antiguo dormitorio, el de Johnny estaba al norte, y la residencia de la institutriz y el baño se encontraban al oeste. La puerta del este daba a la estrecha escalera que conducía a nuestro santuario. Saqué varios títulos y los volví a poner en su sitio mientras pensaba en Stanley y en su anuncio de que no se opondría a la visita de mi padre. Sin llegar a ninguna conclusión inmediata, me senté en uno de los cómodos sillones de lectura mientras Johnny terminaba.

Levantó la vista.

—Muy bien. Enumeré los principales asuntos que debemos resolver. ¿Estás listo para empezar?

—Por supuesto.

—Excelente. Lo primero en mi lista es el déficit en la financiación. Tanto el barón como tu padre deben cumplir con su acuerdo, pero intuyo que hay otros asuntos y quizás otros motivos detrás del retraso. El primer paso es que les hagas llegar invitaciones por escrito para una visita este fin de semana, a partir del viernes. Como nota adicional, yo añadiría una invitación personal a la baronesa. A Elsa le gustas y, francamente, podemos necesitar su ayuda con Hugo. Le entregarás todas las invitaciones al barón cuando cenes con él mañana en la noche. Él puede encargarse de la de lord B., ya que no tenemos idea de dónde está y es probable que Hugo tenga los recursos para averiguarlo y hacérsela llegar. ¿De acuerdo?

—De acuerdo —dije.

—Luego, debes llamar a Maw y a Bonnie. La idea de papá de invitarlas para distraer a Hugo y a tu padre de su rivalidad es buena. Él tiene sus números de teléfono. El factor sorpresa de que estén aquí este fin de semana, aunque sea de bajo impacto en el contexto de este encuentro, puede forzar un ajuste en las agendas de ambos y permitirte volver a ejercer alguna medida de control. Es lo mejor que podemos esperar en este momento. ¿Tiene sentido?

—Lo tiene. Me ocuparé de las dos cosas mañana a primera hora.

—Excelente. En tercer lugar, tendrás que informar a Stanley y compañía que lo que parecía ser un tranquilo fin de semana en el campo se convirtió en un asunto formal, con un total de nueve invitados, además de ti. Con un poco de suerte, esto ayudará a que todos mantengan su mejor comportamiento, dentro de lo que pueda esperarse. También observé que este fin de semana probablemente será costoso, pero creo que debes dejar de lado cualquier idea de economizar, dadas las circunstancias. Yo tomaría un rumbo audaz. Se necesitará más personal y para saber cómo proceder debes hablar con Stanley y Dagmar al respecto. También debo señalar que esta es tu primera experiencia como anfitrión de un gran encuentro. Les pediría consejo sobre lo que debes hacer y sobre los protocolos que deben seguirse. También aprovecharía la oportunidad para ahondar en las sutilezas del asunto de anfitrión-invitado que mencionó Stanley. ¿Me sigues?

—Absolutamente, estoy de acuerdo.

—Ahora, y a pesar de las incertidumbres, Bruni deberá asumir sus funciones como anfitriona. Me doy cuenta de que también tendrás que hablarle sobre las revelaciones de Stanley, pero eso probablemente tendrá que esperar. En su papel, ella deberá manejar algunos momentos potencialmente incómodos, como hablar con su antiguo amante y futuro suegro. Te sugiero que revises cómo piensas manejar este punto. Entiendo, además, que también tú tendrías que considerarlo.

Johnny me miró largamente, como preguntándome si estaba a la altura del desafío. Además, la simple idea de reunirme con el padre que nunca había conocido, que resultaba ser a la vez el infame lord Bromley, claramente me hacía sentir enfermo. Sabía que, a medida que se acercara la reunión, mi agitación no haría más que aumentar.

—No tengo ni idea de qué hacer. Pospongamos eso por ahora y déjame que lo piense un poco más. En cuanto a Bruni, es una negociadora profesional. Probablemente manejará la situación mucho mejor que cualquiera de nosotros. ¿Qué más?

Johnny hizo una pausa, como si quisiera decir algo, pero se contuvo.

—Es suficiente —dijo por fin—. Tenemos tiempo, pero quiero escuchar lo que decidas con respecto a tu padre, y pronto. Lo siguiente en mi lista son los puestos en las comidas. Aunque no parezca importante, los arreglos deben considerarse seriamente. Mi madre es una maestra en estas artes. Por último, habla con Dagmar esta noche. Probablemente después de la cena sería lo mejor. Ella podría explicarte lo que te ha estado sucediendo.

—Ojalá pueda hacerlo, pero posiblemente un poco después de la cena. Le pregunté a John si había conocido a mi padre, y me dijo que sí. Parece que no fue un encuentro feliz. Dijo que me contaría la historia en la biblioteca, al calor de un brandy.

—¿Conoció a lord B.? No lo sabía.

—Tampoco yo. Deberías añadir a tu lista recibir el permiso de tu padre para dejar el bufete, que era el motivo principal de nuestra visita.

—¡Santo cielo! Con todo este jaleo, se me olvidó. Lo anotaré. Bien, por último, y hablando de cosas más mundanas, aquí arriba tengo cepillos de dientes extra, maquinitas de afeitar y otras cosas que te hagan falta.

—Muy considerado, Johnny. Gracias. En su mayor parte, todo es factible.

—En su mayoría, con una o dos excepciones. Bueno, incluso antes de nuestra pequeña charla noté que algo rondaba en tu mente.

Suspiré.

—He pensado en la conversación con Stanley. Me parece que aceptó la llegada de mi padre con demasiada facilidad. Esperaba una fuerte oposición. Dijo que ponía el bien de la casa por encima de sus sentimientos personales, y estoy seguro de que así es, pero la presencia de mi padre aquí podría ser uno de esos golpes de suerte que lleva años esperando. Por lo general, Stanley está varios pasos por delante de nosotros los mortales, y ha tenido mucho tiempo para pensar en una oportunidad así.

—Veo que tu mente tortuosa está maquinando. Yo también lo he notado. Espero que no se deshaga de lord B. hasta que la financiación esté asegurada. Aunque, pensándolo bien, si eres su único descendiente y vas a heredar, ¿qué importancia tendría?

Johnny hizo una pausa y golpeó suavemente sus dientes con el lápiz.

—¿Sabes?, este escenario podría ser exactamente lo que Stanley ha estado esperando. Él combina una mente calculadora con la paciencia necesaria para sacar provecho de una oportunidad tan inesperada, lo que significa que la ha estudiado desde todos los ángulos imaginables. En circunstancias normales, aplaudiría una iniciativa como esta, pero lord B. es tu padre y tu invitado. La dinámica anfitrión-invitado es una limitación bastante severa, a menos que…

Lo interrumpí.

—A no ser que mi padre tuviera realmente algo que ver con la muerte de Alice, entonces Stanley podría argumentar un caso de compensación y justificar el hecho de dejar de lado la restricción de anfitrión-invitado.

—Exactamente. Que tu padre conserve su salud dependería de si tuvo algo que ver. Fascinante. Probablemente no debería hablar de esta manera. Ninguno de nosotros debería, pero intelectualmente tiene su mérito.

—No sé qué pensar. A estas alturas, todo son conjeturas y, sin embargo, lo que estamos pensando tiene un aire muy extraño.

—Así es —dijo Johnny—. Para que Stanley actúe, tendría que saber que lord Bromley fue cómplice y que participó deliberadamente en la muerte de Alice. Pero ya que la causa inmediata de su deceso fue bastante accidental, no estoy seguro de cómo podría llegar a semejante veredicto.

—Yo tampoco estoy seguro, a menos que ya tenga las pruebas necesarias, pero no era eso lo que estaba pensando. No es mi padre el que me preocupa. Es Stanley.

—¿Por qué? —preguntó Johnny.

—Mi padre podría haberse anticipado a esa jugada y quizá tenga un plan propio, ¿no crees?

Johnny se incorporó.

—¡Tienes razón! El propio Stanley podría estar en peligro. Después de todo, es el único hombre que conozco que ha conseguido dar a lord B. una dosis de su propia medicina. De hecho, la repentina condición de tu padre de liberar sus fondos solo después de ver los tesoros de Alice es una forma bastante astuta de que ese sea el desenlace. Definitivamente, estamos en serios aprietos.

—Eso parece, y al invitarlo, habré puesto todo en marcha.

Johnny miró su lápiz por un momento.

—Puede que sí, pero tal vez no. Por lo que puedo decir, el resultado más probable es que entre los dos lleguen a un punto de no agresión. Piénsalo. Empatan en cuanto a planificación, por lo que ninguna de las partes tiene una ventaja apreciable, pero, dada su historia, no pueden sentirse lo suficientemente seguros, uno en presencia del otro, como para retirarse y dejar de lado lo que tengan reservado. Sería como si dos pistoleros profesionales se enfrentaran con las armas desenfundadas, pero ninguno de ellos fuera capaz de apretar el gatillo sin que ambos perecieran, por lo que se llegaría a un punto muerto. ¿Sería eso tan malo?

—No. Eso podría ser lo más deseable y también el resultado más probable. Me siento un poco mejor. Pero recuerda que normalmente algún acontecimiento inesperado, como que alguien abra una puerta en el momento equivocado, es lo que hace que todos empiecen a disparar.

—Has visto demasiadas películas —dijo Johnny—, pero tienes razón. Tal vez hay más involucrados aquí de lo que pensamos.

—Es como si fuerzas más potentes estuvieran actuando.

—Sería una exageración, por supuesto, pero aquí han sucedido cosas más extrañas.

—Muy cierto —dije—. Por eso tengo la sensación de que no importa si invito a mi padre o no. De cualquier manera, estará aquí.

—Estoy de acuerdo. Invítalo o no lo invites, da igual. Son tantas las variables y las dinámicas en juego en este momento, con apuestas tan altas, que lo único que podemos hacer es capear el temporal, tratando de conservar el sentido del humor. Va a ser un fin de semana intenso.

—Sin duda. —Reí—. Me siento mejor después de hablar de esto.

—Y pasando a un tema más amable, es hora de bajar a cenar, pero cámbiate la corbata. Puede que incluso quieras descartar esta.

—¿Qué tiene de malo? —pregunté—. A mí me parece que está perfectamente bien.

—Es color marrón.

—Ah, eso.

Después de cambiar mi corbata por una de Johnny, fuimos al salón para tomar una copa.

11

J ohn y Anne ya se encontraban abajo, hablando junto a la barra. Decidí que me vendría bien un vodka *tonic* con un chorrito de ginebra. Me acerqué al cuadro de Constable para contemplarlo y reflexionar. Esperaba poder relajarme algún día y disfrutar de la tranquilidad de la vida en el campo, pero esa parecía una posibilidad lejana. Por el momento, me alegraba poder olvidar los problemas que me consumían y participar en los rituales que marcaban el Rhinebeck de mi pasado.

Como la cena de esta noche era informal, se serviría a las siete y quince. Esa hora era más el resultado de la costumbre que de otra cosa. Solo los asuntos formales, como los de este próximo fin de semana, comenzarían a las nueve. Sin embargo, a pesar de la informalidad de la noche, advertí que John, Johnny y yo llevábamos traje y corbata, y Anne un vestido negro apropiado para un buen restaurante en la ciudad. Supuse que también era una costumbre, pero, al ponernos un atuendo más formal, asumíamos los modales del caso y el correspondiente respeto por las cosas más finas de la vida, que incluyen la conversación civilizada y las delicias de la cocina de Dagmar.

Mientras Johnny y su padre charlaban sobre mercados, me acerqué a Anne, que estaba sola, y le pregunté si había disfrutado de su siesta.

—Estuvo de maravilla —dijo, volviéndose hacia mí—. Duermo mejor en esta casa que en cualquier otra. No sé por qué, pero siempre ha sido así. Según me dijo John, este fin de semana nos esperan varios invitados.

Ella estaba bebiendo un *whisky* bastante grande, lo cual era inusual. Decidí no hacer ningún comentario.

—Creo que seremos diez, aunque no he podido cursar todas las invitaciones necesarias. Supuse que tú y John asistirían, ya que de todas formas pensaban estar aquí.

—Sí, sin duda aquí estaremos. Dudo que alguien se niegue y, por lo que parece, creo que este encuentro tiene el potencial de superar incluso la tensión de nuestro reciente aniversario. ¿Vendrá Elsa?

—Recibirá su propia invitación.

—Qué detalle. A ella le encanta un toque personal. Estoy segura de que con su obstinación no permitirá que la alejen.

—Ella es una fuerza en sí misma, ¿cómo podría no invitarla?

—Muy sabio. También tengo entendido que tu padre podría hacer presencia. —Su labio inferior tembló.

—Sí, esa también es una posibilidad.

—¿Stanley aceptó? —preguntó con los ojos muy abiertos.

—Me dijo que pesa más el bien de la casa que sus sentimientos personales.

Anne apuró un gran trago de su bebida y suspiró. Ya casi no le quedaba nada.

—Supongo que eso significa algo, aunque no puedo decir exactamente qué.

—Tampoco yo. Realmente, no puedo rechazar la presencia de mi padre, teniendo en cuenta lo que está en juego. Es una de las razones por las que se amplió la lista de invitados. Esperemos que Maw y Bonnie también estén aquí.

—John lo mencionó. Me alegra que hayas seguido su consejo. También le preguntaría a Dagmar qué opina del asunto. Tendrá que desplegar todas sus habilidades este fin de semana. No es que tenga dudas, pero a veces puede ser un poco laxa con sus preparaciones si no está de buen ánimo y no ha sido consultada.

—¿De verdad? ¿Sabes de eso?

—Sí, lo sé. Cuando la provocan, incluso Stanley parece una nenaza.

—¿Una qué?

—Bueno, tal vez esa no sea la palabra correcta, pero entiendes la idea.

—¿Me darías un ejemplo?

—Bueno, supongo que sí. No estoy rompiendo una promesa... al menos no creo que lo haga. Le dije a Dagmar que no se lo diría a nadie, pero como ahora es parte de tu personal, simplemente no veo cómo podría no decírtelo. Tal vez deberíamos ubicarnos junto a la esquina para poder ver la puerta. Stanley tiene un oído extraordinario y preferiría que no me escuchara contártelo.

Anne se dirigió con cierta inseguridad hacia el otro extremo de la sala y yo la seguí. Me situó de manera que pudiera mirar la puerta por encima de mi hombro. No podría decir cuánto de su comportamiento era el resultado de beber con el estómago vacío y cuánto era una preocupación legítima.

—Sé que piensas que estoy siendo una tonta, pero lo entenderías si hubieras visto el aspecto de la pobre Charlotte después de tragar lo que sea que Dagmar haya preparado. Las dos tuvieron una discusión hace años y Dagmar se acordaba de ella. Fue muy impactante. Pensé que la pobre Charlotte perdería la cabeza para siempre. Se paseaba a todas horas del día y de la noche con la más extraña expresión en su rostro. No pudo dormir durante meses y yo no podía intervenir, porque era un asunto entre ella y Dagmar. No iba a interferir, te lo aseguro. Aun así, lo que pasó fue realmente culpa mía. Creía haber consultado a Dagmar sobre la lista de invitados para ese fin de semana, pero luego me enteré de que no lo hice. Una estupidez de mi parte. De cualquier manera, para empezar, solo me gustaba a medias Charlotte, pero, aun así, estuvo fuera de lugar. Quiero decir, verdaderamente injustificado. De todos modos, ¿de qué estábamos hablando? Oh, sí, de consultar a Dagmar. En un momento estaba todo listo para hacerlo y luego, ¡puf! Se fue. Así de fácil... olvidado por completo. Te acordarás de hablar con ella, ¿verdad?

Anne entrecerró los ojos mientras esperaba que yo dijera algo, como si tratara de concentrarse. Se veía inusualmente pálida y se balanceaba suavemente de un lado a otro, como un árbol alto frente a una ráfaga de viento.

—Por supuesto que lo haré. ¿Te sientes bien?

—No, en realidad no del todo. Creo que debería sentarme. Te tomaré del brazo, si no te importa.

La ayudé a sentarse en el sofá y me acomodé a su lado.

Después de un momento y ya recompuesta, dijo:

—Normalmente soy bastante ecuánime, pero este asunto de lord Bromley me molesta. La idea de que ese hombre se quede aquí este fin de semana me ha aterrorizado desde que supe que era posible. Ahora que está confirmado, me siento físicamente mal. ¿Has consultado a Dagmar sobre él?

—Todavía no. Tengo la intención de hacerlo después de la cena.

—Hazlo, pero eso no viene al caso. —Se estremeció ligeramente y su voz se elevó—. ¿Invitar a ese hombre y que duerma en esta casa? De verdad, Percy, ¿qué estás pensando? ¿Tienes idea de las consecuencias? ¿Has perdido la cabeza? Es... es... —Su labio inferior tembló, esta vez seriamente; luego sostuvo la cara en sus manos antes de empezar a llorar. Sus hombros se agitaron hasta que, luego de un estremecimiento, recobró el control—. Lo siento —dijo con voz suave—. Es que... ¿Tienes un pañuelo?

John y Johnny habían escuchado el estallido de Anne y se acercaron rápidamente al sofá. John se sentó en el lado opuesto y le tomó la mano.

—Anne, ¿qué te pasa?

—Necesito un pañuelo —respondió ella.

Johnny le pasó uno. Se sonó la nariz con fuerza y lo apretó con su puño.

—Debo de tener un aspecto espantoso. Para responder a tu pregunta. Este asunto de lord Bromley me sacó de quicio. John, ¿puedes llevarme arriba? Necesito recostarme.

John ayudó a Anne a levantarse del sofá y, sin dejar de sujetarle el brazo, la condujo suavemente hasta la puerta. Cuando la cerró, Johnny me preguntó:

—¿Qué demonios ha sido eso?

—Creo que fue la combinación de una bebida fuerte con el estómago vacío y la noticia de la llegada de mi padre. Cuando le confirmé que venía, dijo que se sentía mal.

—¿Qué pasa con este hombre? Ni siquiera ha llegado y ya hay malestar por todas partes. —La voz de Johnny se elevó—. Todo el mundo parece tener un problema con él. ¿Qué va a suceder cuando lo tengamos aquí?

Miré a mi amigo. Estaba agitado, a pesar de nuestra última conversación. Yo estaba seguro de que se debía a la angustia de su madre. Johnny y yo rara vez la habíamos visto en ese estado. Me detuve un momento y dije en voz baja:

—Supongo que es una pregunta retórica, pero la responderé. No sé lo que va a pasar. Nadie lo sabe, pero va a aparecer aquí, porque todos lo necesitamos. Él es tanto el problema como la solución. Debemos comprender de qué se trata todo y dejar de lado nuestros sentimientos, incluidos los míos. Esto es una transacción comercial. Bueno, no por completo. En mi caso, necesito verlo, aunque solo sea para confirmar que no soy como él, pero, independientemente de ese resultado, cerraremos el trato el domingo de una vez por todas. Tú y yo debemos tenerlo presente, aunque todos los demás parezcan olvidarlo.

Johnny hizo una pausa, tomó aire y pareció recomponerse.

—Lo siento, Percy. Tienes toda la razón. Tengo que controlarme. Esto es un negocio. Todo lo demás es una distracción.

—Así es. Hemos tenido trato con todo tipo de clientes, incluso con los más difíciles. Tú mismo dijiste que cuanto más dinero tienen los clientes, más exigentes son.

—Eso dije, pero creo que en lugar de *exigentes* dije *imbéciles*.

—Es cierto. Hemos concretado satisfactoriamente para todos algunas transacciones riesgosas y muy difíciles, y lo volveremos a hacer. Mi padre probablemente no será diferente en ese sentido. Odio ver a tu madre disgustada. La quiero y verla angustiada es lo último que deseo. Estoy seguro de que estará bien por la mañana. Ya lo verás.

—Con seguridad. —Johnny sonrió—. Son momentos como este los que me dicen por qué eres mi compañero. Todavía hay esperanza para nosotros.

John entró y se acercó.

—Ella estará bien. La recosté en la cama. Un buen sueño la repondrá. A veces es lo único que funciona. Ah, ahí está Stanley. Parece que la noche será solo de caballeros.

Stanley anunció que la cena estaba servida y abrió las puertas dobles del comedor. La mesa estaba dispuesta con tres lugares en el extremo más cercano a las puertas del comedor y más distante de la cocina. Sin necesidad de haberlo pedido, Stanley y su personal se habían adaptado inmediatamente a la ausencia de Anne. Me senté en la cabecera de la mesa, John a mi izquierda y Johnny a mi derecha. Esta noche, los puestos tenían individuales bordados en blanco, pesada cubertería de plata y una fina vajilla blanca. Dos grandes candelabros eran lo único que iluminaba la mesa, dando al comedor un apacible resplandor ámbar. Nos relajamos.

En el pasado, cada vez que tenía frío y me sentía solo, Dagmar parecía darse cuenta. Su remedio a la hora de cenar era siempre el mismo: caldo escocés seguido de un sabroso guiso de carne. Su receta siempre me levantaba el ánimo. Cuando Stanley sirvió el caldo escocés, supe que luego vendría el estofado y así fue. Había sido un día lúgubre y, aunque no sentía frío ni soledad, agradecí su intención. Los dos platos eran exactamente como los recordaba; me llenaron de calor y de una sensación de satisfacción. Como las raciones eran grandes, apenas unas bolitas de helado de frambuesa completaron la comida.

Cuando terminamos, Johnny dijo que se sentía mucho mejor. Yo estuve de acuerdo. Incluso John sonreía.

—John —dije—, creo que deberíamos pasar a la biblioteca.

—Me parece muy bien —respondió.

Mientras los dos salían delante de mí, atraje la atención de Stanley y me quedé atrás para contarle que me gustaría hablar con Dagmar en un rato. Al despedirme, le dije:

—Gracias por dejarme saber que soy libre de tomar decisiones. Determiné entonces que voy a invitar a mi padre en lugar de permitirle simplemente que se presente. Además, este fin de semana tendremos un total de nueve invitados, sin incluirme yo. La señora y la señorita Leland, lo mismo que los tres Von Hofmanstal, estarán aquí. En algún momento deberíamos repasar los preparativos. Tú y yo necesitamos un plan.

—Sería mejor que mañana nos sentáramos juntos para eso —respondió Stanley—. Es probable que este fin de semana sea excepcional, y este tipo de cosas es mejor abordarlas a primera hora del día que a última hora de la noche, cuando es más frecuente que sean los miedos y no las esperanzas las que nos visiten. Hablé con Dagmar. Ella estará disponible cuando esté listo.

—Gracias.

—¿Hay algo que deba saber acerca del lugar donde dormiré esta noche?

—Todo está preparado. Dormirá en el ala oeste. Lo despertaré por la mañana.

—Gracias, Stanley. Si no te veo antes, que tengas buenas noches.

—Lo mismo, señor. —Parecía estar a punto de decir algo, pero se abstuvo.

Luego de esa despedida, me fui a la biblioteca.

12

—Conocí a lord Bromley en persona hace algunos años. Fue Hugo quien nos presentó —dijo John.

Nos habíamos sentado en los cómodos sillones de cuero. El ritual de servir el brandy y encender los puros había terminado, y John comenzó.

—Percy, Anne estaba bastante alterada con la noticia de que tu padre vendrá de visita, y con razón. Cada uno de nosotros tiene una historia. Dudo un poco sobre contarles los detalles, pero creo que los dos son lo suficientemente maduros como para dejar de lado los sentimientos que puedan tener hacia ella y reconocer que Anne fue en su momento una mujer joven, probablemente no diferente de las que han conocido y con las que han salido. A veces eso es difícil de apreciar. La edad nos hace ver desgastados, pero nuestros corazones y mentes son fundamentalmente los mismos.

»Este fin de semana será una prueba para todos. Para mí, para Anne, como ya verás, para Stanley y para ustedes dos. Algunas personas llegan a este mundo para probarnos. Derrumban gran parte de lo que pensamos que es correcto, apropiado o incluso civilizado. Rechazan nuestro sentido de la corrección y, sin embargo, son exitosos y solo sufren en raras ocasiones, según todos los indicios. Desbaratan nuestras ideas de justicia divina o incluso de la ordinaria.

»En el mundo financiero nos encontramos con muchas personas de ese tipo y es común que tengamos que trabajar con ellas. Nos decimos que no deberíamos, y ciertamente preferiríamos no hacerlo, pero la economía es extraordinariamente democrática en ese sentido. Todos debemos ganarnos la vida, y encuentro perverso que esas personalidades sean a menudo las mismas con las que *debemos* hacer negocios.

»El sostenimiento de esta casa es un buen ejemplo. Se necesita dinero. Mucho, y por desgracia esas almas endurecidas a menudo pertenecen a las mismas personas con las que tenemos que tratar para conseguirlo. Nada es gratis, y aquí la cuestión es hasta dónde comprometeremos nuestros estándares, no si lo haremos. Estas personas son despiadadas y nos obligarán a ceder más de lo que nos gustaría y, en muchos casos, más de lo que podemos permitirnos.

»Para tener éxito, a menudo sentimos que debemos ganarles en su propio juego, lo que significa que, con el tiempo, acabamos mirándonos en el espejo y vemos su imagen observándonos fijamente. Nos volvemos duros, insensibles y brutales, porque es necesario. Nos convertimos en lo que más despreciamos a medida que esa otra personalidad se apodera de nuestras vidas, incluso de la manera en la que nos relacionamos con la familia y los amigos. Digo esto porque Bromley es ese tipo de persona, y, para tratar con él eficazmente tú, Percy, tendrás que adoptar una dureza que dudo que te agrade. ¿Lo entiendes?

Miré a John a través del humo del cigarro.

—No puedo decir que esté preparado. Cuanto más se acerca el momento, más ansioso parezco.

John asintió.

—No será fácil para ti. La pregunta es: ¿debemos ser como ellos para vencerlos y tener éxito? No lo creo. Hay una respuesta y existe desde hace más de dos mil años. En toda mi búsqueda, todavía no encuentro otra. ¿Sabes cómo trataban los antiguos griegos a la gente mala?

—Dímelo.

—Hay una historia antigua, muy antigua. Una casa fue robada. Los lugareños atraparon a varios hombres, pero no sabían a ciencia cierta quién había cometido el delito. Se le pidió a un sabio que determinara la autoría. Muchos lo conocían y lo consideraban una suerte de mago o, al menos, pensaban que los dioses lo habían bendecido con una intuición asombrosa. El sabio entregó a cada uno de ellos una vara de madera de igual longitud. Les dijo a todos los presentes, incluidos los sospechosos, que mientras dormían la vara del hombre culpable crecería, de la noche a la mañana, un centímetro o más. Hizo que encerraran a los hombres en celdas separadas. En la mañana, el sabio identificó fácilmente al criminal.

—¿Nos estás diciendo que el bastón del culpable creció un centímetro como predijo el sabio? —preguntó Johnny.

—Todo lo contrario —contestó John—. El criminal le había mordido un centímetro, para asegurarse de que no hubiera crecido.

—Muy ingenioso —dijo Johnny.

—Ciertamente, pero en esa historia está la respuesta. Debemos ser más listos que ellos, en lugar de convertirnos en ellos. Y tengan por seguro que Bromley es un hombre malvado. Les hablaré de nuestro encuentro.

»Fue hace algunos años. Anne y yo llevábamos casados ya algún tiempo. Yo estaba pasando una noche en el castillo de Hugo, de camino a una reunión en Ginebra. Con frecuencia me detenía en su casa, no solo para verle, sino para hacer una pausa en un viaje de negocios y darle otro carácter. Anne estaba con Elsa en París y yo debía reunirme allí con ella cuando mis asuntos concluyeran.

»La primera impresión que tuve de lord Bromley fue la de un hombre enérgico, a la vez apuesto e interesante. Su ropa era inmaculada; sin embargo, sus modales no lo eran tanto. Al escuchar mi nombre, cuando nos presentaron, dijo con sorna: «¿Es usted el hombre que se casó con Anne? Hubiese esperado algo mejor para ella».

»Hugo le pidió compostura mientras estuviera en su casa. Bromley se encogió de hombros y dijo: «Tienes mucha razón, Hugo. Lo siento, Dodge. Ha sido un largo viaje». Se dio la vuelta y le preguntó a Hugo si su gente podía ocuparse del equipaje y acompañarle a su habitación. El barón se encargó de ello y regresó. Antes de la interrupción por su llegada, estábamos sentados en el salón principal frente a la chimenea, tomando una copa. Hugo suspiró. «Lo siento amigo. Bromley puede ser un petardo. Se suponía que llegaría mañana. Tendrás que soportarlo. ¿Será un problema?».

»Yo sabía de él, por supuesto, pero esto sucedió antes de que me enterara del alcance de sus tratos con mi hermana… Bueno, no entraré en más detalles, solo debo decir que fue una suerte que no lo supiera en ese momento. De haber sido así, no sé exactamente qué habría hecho. Supongo que lo averiguaré este fin de semana, pero en nuestro encuentro de entonces yo estaba dispuesto a dejar de lado las opiniones de los demás y hacer prevalecer las mías.

»Recuerdo haberme sentido inmediatamente en conflicto ante su presencia. Lucía tan elegante, refinado y magnético. Su disculpa fue sincera en todos los sentidos y la pronunció de una manera que solo los ingleses pueden lograr, como si acabara de cometer una falta, pero con la expectativa de que, una vez disculpado de manera civilizada, se olvidara. Lo curioso es que yo le seguí la corriente. Sentía rechazo y a la vez curiosidad. Su comentario sobre Anne era hiriente, pero no me pareció que tuviera una intención deliberada cuando lo hizo. Era extraño, y se lo dije a Hugo, quien se encogió de hombros y dijo que así era Bromley.

»Después de un minuto, le pregunté una vez más a Hugo a qué se refería Bromley con su comentario sobre Anne. Hugo parecía receloso. Sabía algo, pero me di cuenta por su expresión de que se mostraba reacio a decírmelo. Ahora bien, Hugo y yo, incluso en aquella época, llevábamos un largo tiempo de amistad. Mi vida ha estado en sus manos en varias ocasiones. Existe una gran confianza entre nosotros y podemos ser extremadamente francos. Me advirtió que me lo diría, pero solo al momento en que me marchara, no antes. Le contesté que era obvio que Bromley y Anne debían de haber tenido una aventura o una relación de algún tipo. Hugo, más bien crípticamente, respondió que hay todo tipo de relaciones, algunas más sanas que otras. En ese momento Bromley entró en la sala.

»Cenamos los tres. A pesar del incómodo comienzo, resultó ser una experiencia entretenida.

»No soy un hombre particularmente celoso. No sé la razón, pero así es. Lo que Anne hubiese vivido antes de conocernos era asunto de ella. Yo no tenía ninguna injerencia en esa situación y cualquier relación que ella hubiese tenido podía rotularla bajo el título de *antes*. El *después* me pertenecía y siempre estaré agradecido por esa bendición. No creo estar siendo despectivo si afirmo que no fui su primer amante. Quizás no debería hablar de esto, pero somos adultos y las personas tienen sus propios motivos.

»Supongo que todo habría acabado bien, y que esto sería todo lo que tengo para contarles, pero Bromley había llevado su propio automóvil y se ofreció a acercarme a la estación de tren. Acepté. Yo no seguí presionando a Hugo para que me contara lo que sabía por la sencilla razón de que sentía que sería una molestia para él. Prefería abstenerme de abordar un tema hiriente, aunque fuera sobre el pasado de Anne. Bromley tenía un Porsche deportivo. Lo conducía extremadamente rápido y con la capota abajo. Las posibilidades de conversar eran nulas. Me bajé con mi bolsa de viaje, pero, antes de marcharse, me dijo como si estuviéramos hablando del clima o de un caballo: «A esa chica tuya le gusta el látigo. Algo para guardar en tu archivo. Buen viaje». Y se marchó, como si nada.

Observé a Johnny. Tenía la mirada perdida. John captó también la expresión de su hijo y dijo:

—Siento que hayas tenido que escuchar esto, pero es lo que no sabemos, esas cosas tan desconocidas que ni siquiera podemos concebirlas, lo que tiene más probabilidades de causarnos daño. Y eso era cierto para mí en el momento en que Bromley se alejaba. Si alguno de ustedes quisiera una pausa en este punto, puedo hacerla, pero sepan que hay más.

Johnny dijo que iba al baño, pero que quería escuchar el resto de lo que su padre tenía que decir. Decidí quedarme.

Cuando Johnny se marchó, le dije a John:

—Esto es duro para él. Es muy sensible cuando se trata de Anne.

—Es cierto, pero, como dije, este hombre nos pondrá a prueba a todos. No pienses ni por un segundo que esto no vaya a surgir. Encontrará la manera de usarlo cuando Johnny se encuentre más vulnerable y entonces, ¿qué? Johnny explotará, exactamente en el momento equivocado. Acción. Reacción. Si ya sabemos la verdad, no necesitaremos reaccionar cuando se confirme que lo que creíamos saber se derrumba. Es menos probable que seamos amenazados. Pensé mucho si debía contarles a los dos, a él en particular, pero un poco de dolor ahora evitará uno mayor más adelante, cuando necesiten todas sus facultades, y créeme que las necesitarán este fin de semana.

Johnny regresó a la habitación. Parecía fuera de sí, pero tenía una expresión resuelta en su rostro, y eso era lo mejor que se podía esperar.

—Continuaré con mi historia —dijo John—. No busqué inmediatamente a Anne, decidí guardarme los comentarios de Bromley. Cancelé el viaje a Ginebra, incluidos mis negocios allí, y fui en busca de tu madre, Percy. Vivía en Florencia y fui a verla para averiguar qué sabía de Bromley que yo ignorara. Me contó lo sucedido, pero solo después de un gran esfuerzo y una gran agitación emocional. En su último año de escuela, Anne había tenido un período oscuro. Ella y Mary fueron compañeras de habitación en Lausana. Anne había estado deprimida, pero pareció recuperarse de forma inesperada. Se veía menos sombría, pero más propensa al extremo opuesto. Corría riesgos constantes, incluso en algo tan sencillo como cruzar la calle. Se reía cuando escapaba por un pelo de morir atropellada. Había empezado también a beber a primera hora del día, y esto alarmó a Mary. Una tarde, Mary regresó inesperadamente a la habitación que compartían mientras Anne estaba en la ducha. Anne salió, sin percatarse de la presencia de Mary, quien vio gran parte del cuerpo de Anne cubierto de moretones, como si la hubieran golpeado con fuerza muchas veces.

Trató de cubrirse, pero Mary ya lo había visto y exigió una respuesta. Anne le explicó que estaba viendo a un hombre y que el dolor la hacía sentirse mejor. Es más, disfrutaba de la sensación. Pasaré por alto los detalles. Mary hizo entonces algo muy valiente. Se enfrentó al hombre en persona y lo amenazó con exponer ante la escuela sus abusos a menos que dejara en paz a Anne. Llegaron a un acuerdo y ahí terminó todo. Hora tras hora y día tras día, Mary ayudó a Anne a superar su crisis.

»No la desamparó hasta que se recuperó. Anne le debe a Mary su vida en muchos sentidos. Se graduaron de la escuela y se mudaron a Florencia para estudiar arte y trabajar en el negocio de las subastas. Allí aprendieron el tejemaneje del mundo del arte. Lo que Mary no le contó a Anne es que ella misma había caído bajo el hechizo de aquel hombre y que se habían convertido en amantes. Mantuvo su aventura en secreto y se aseguró de que Anne no tuviera más contacto con él. Ese hombre era lord Bromley, tu padre, Percy, a quien Anne no ha vuelto a ver. Como dije antes, todos seremos puestos a prueba.

Johnny arrojó su cigarro al fuego y se levantó.

—Creo que lo mataré —exclamó, apretando los dientes.

—¡Siéntate! —ordenó su padre—. ¿No has estado escuchando?

—¡El tipo es una abominación!

—Puede que lo sea —respondió John.

—Igual lo mato —dijo Johnny, echando chispas por los ojos mientras se sentaba de nuevo.

John dio una calada a su cigarro antes de continuar.

—¿Sabes por qué solo tengo un cuadro en mi despacho y ningún otro, Johnny?

—¿Qué tiene que ver eso?

—Lo has visto. Descríbemelo.

—Es un Lichtenstein de gran formato, con la escena de un naufragio todavía ardiente en la lejanía, con la frase «¡Esto me va a costar!» en una de esas burbujas de caricatura.

—Correcto, ¿y sabes por qué tengo ese cuadro, y solo ese cuadro, en las paredes de mi despacho?

—No, no lo sé.

—Lo tengo para recordar mi decisión de cancelar esa reunión en Ginebra. La amarga verdad es que me hicieron una jugada. ¿Adivina quién condujo hasta Suiza y se quedó con el trato que yo había abandonado?

—Mi padre —intervine.

—¿Qué? —exclamó Johnny.

—Precisamente. No voy a olvidarlo nunca. Bromley se presentó en el momento preciso con las palabras precisas, ¿y qué hice yo? Dejé que mi corazón gobernara mi cabeza, y me costó personalmente una gran suma. Le costó a Dodge Capital mucho más que eso. Él sabía exactamente lo que estaba haciendo. Ese es el hombre que vendrá a esta casa y eso es seguro. Es hora de saldar cuentas, pero no se hará con emoción. Se hará con cerebro, porque al final es lo único que tenemos para no parecernos a quienes más nos producen aversión. Johnny, tu madre hizo lo que hizo. ¿Estuvo mal? ¿Cómo podríamos saberlo? No estamos en sus zapatos. Tiene sus defectos, como todos, pero es la mujer complicada que amo y eso es suficiente para mí. Y tiene que ser suficiente para ti también.

Observé cómo Johnny dominaba su rabia. Finalmente asintió y dijo:

—Lo siento, padre. Y lo siento, Percy. Tenemos muchos problemas.

—Quizás —dijo John—, pero quizás no. Tenemos que trabajar juntos y, sobre todo, debemos jugar con inteligencia. Es eso o parecernos a él, y entonces todos iremos a la cárcel por asesinarlo.

———•———

13

D ejé a padre e hijo juntos en la biblioteca y encontré a Dagmar en la cocina sentada en su mesa, el lugar que reservaba para las conversaciones serias.

—Dagmar, lo siento si te desvelé.

—En absoluto —dijo ella—. Estaba preparando el té. Por favor, siéntate.

Ella preparó un servicio. Cuando todo estaba listo y el té servido, se sentó y dijo:

—Volviste antes de lo esperado. Stanley me habló de tus preocupaciones. ¿Quizás puedas contarme algo más concreto?

Hice un breve resumen de los acontecimientos de la última semana. Dagmar se quedó pensativa cuando terminé, aunque le había contado muchas cosas que probablemente ya sabía. La cocina era el centro de información de todo cuanto concernía a Rhinebeck. Los detalles que allí se conocían eran a menudo sorprendentes, pero tanto Dagmar como Stanley comprendían que tomar el pulso emocional de los que estaban a su cargo y gestionar las alteraciones eran tan importantes como la acumulación y el procesamiento de la información. Dagmar se miró las manos y luego dirigió su mirada hacia mí antes de hablar.

—Si buscas qué hacer específicamente en cuanto a los distintos puntos que has mencionado, no puedo decírtelo, aunque tengo algunas ideas, y quizás algunas palabras a las que deberías prestar atención. ¿Quisieras escucharlas?

—Creo que cualquier cosa que digas será útil.

—Muy bien. Seré breve, es tarde. Con respecto a tu prometida, la herramienta más útil en la cocina es un cuchillo afilado. Tu dama tiene un filo duro y probablemente ha hecho cosas que muchos no aprobarían. Es inteligente y hermosa, y eso es tanto una desventaja como una ayuda. Probablemente ha tenido que usar esa dureza para mantener su lugar en el mundo. Su señoría no era diferente en ese sentido. Si tuviera que elegir un compañero de vida, elegiría tener a mi lado un cuchillo con borde duro y afilado. No tengo cuchillos desafilados en mi cocina, y tú tampoco deberías, pero la tuya no es mi cocina.

Dagmar hizo una pausa y dio un sorbo a su té.

—Ahora bien, es probable que este fin de semana esté lleno de tensión. Lo tendré en cuenta cuando prepare los menús, que prefiero que dejes en mis manos. Stanley me informó acerca de los invitados y de su decisión de permitir que tu padre ponga un pie en Rhinebeck. No tengo nada que objetar en ese punto, pero, en cuanto al funcionamiento de la casa, cuanto menos tengas que decidir, mejor. Déjalo todo en nuestras manos, todo. Tu buen juicio será más útil en otras direcciones, a juzgar por lo que dijiste.

»En ese sentido, habrá que cuidar a Johnny. Es un buen muchacho, pero pierde el rumbo cuando se trata de mujeres, en particular de su madre. Se obsesiona, como tú. Mantenlo ocupado, aunque tengas que inventar tareas para que las cumpla. Sucede a menudo. Una empleada de cocina se siente deprimida, problemas con el novio, ¿quién sabe? Le pido entonces que haga de nuevo el plato, no porque lo haya hecho mal, sino porque no lo ha hecho bien. Su atención estaba en su dolor. Hago que cambie su mente hasta que solo queden las manos trabajando. No quiero dolor para los que comen lo que preparo, a menos que yo lo elija. Estar a cargo consiste tanto en encontrar un trabajo adecuado como en asegurar que se complete. ¿Tiene sentido lo que he dicho?

—Lo tiene—respondí—. Dejaré que tú y Stanley hagan todos los preparativos para este fin de semana. También hablaré con Bruni. Tú y yo pensamos lo mismo sobre ella, pero dudo que sea fácil. No es complaciente en absoluto, pero, como señalaste, todo tiene un precio.

—Me alegra escucharlo, aunque me temo que pueden ponerte a prueba. Comprende que es nuestra propia voluntad de aceptar lo que hemos recibido lo que determina cómo nos sentimos, y si somos realmente felices con ello. Ahora, ¿deseas saber si tu don intuitivo volverá?

Habíamos llegado al tema que más me preocupaba.

—¿Regresará? —pregunté.

—Esa es la cuestión. Dones y aptitudes como esos son cosas extrañas. Pueden escaparse de las manos si no tenemos cuidado. Muchas veces, cuando se van, lo hacen para siempre. Ahora, puede que tenga un método, pero quiero que sepas que no está en absoluto garantizado. Lo que puedas recibir podría ser diferente de lo que esperas. Considera cuidadosamente tu decisión antes de elegir. ¿Está claro?

—Así es.

—Muy bien. Antes de que habláramos, le di a Stanley algo para que lo deje junto a tu cama. Bébelo antes de dormir y recuerda: todos los remedios pueden tanto curar como hacer daño. Respondí a tus preguntas y dije lo que tenía que decir. Tengo que despedirme ahora, pues me levanto temprano.

14

P asé por la biblioteca para ver si Johnny y su padre seguían levantados, pero las luces estaban apagadas. Entré, me serví un pequeño *whisky* de malta y encendí un cigarro. Sentado en uno de los sillones de cuero frente a la chimenea, contemplé el resplandor anaranjado de las brasas que se iban apagando. Fumé, bebí y pensé en qué hacer.

John había dicho que podría encontrar una salida a mi laberinto siendo inteligente y brillante. La verdad era que yo siempre había sentido que esas cualidades las tenía Johnny en mayor medida. A veces sentía celos de su lucidez. Los problemas que él nos creaba eran producto de una mente que necesitaba una estimulación excesiva para sentirse viva. Yo era lo suficientemente inteligente para ver en él esa necesidad, pero no lo suficiente para evitar sus consecuencias. En lugar de aprender a pensar por mí mismo, me contentaba con ser su público, aunque el precio de la entrada incluía ser arrastrado al escenario y participar en sus aventuras como si fueran mías.

Nuestra relación cambió cuando escapé a California, pero al volver seguía dependiendo mucho de él. Me di cuenta de que esto no era necesariamente una debilidad. Utilizar los talentos de quienes me rodean no es algo que debe dejarse de lado tan solo para demostrar mi propia valía; no obstante, la decisión de esta noche era solo mía. Me sentía animado por las posibilidades, aunque también estaba ansioso por los posibles resultados.

El dilema me resultaba familiar. A menudo evitaba asumir muchos riesgos por el miedo a perder. Tomar decisiones, pensé alguna vez ingenuamente, debería hacerse sobre una base más firme que confiar en el azar y en probabilidades subjetivas, pero la realidad había demostrado todo lo contrario. Descubrí que el éxito dependía tanto de la suerte y de tomar riesgos calculados como del trabajo arduo. Era una verdad a la que me había resistido y mis numerosos intentos por arriesgarme solo habían perfeccionado mi habilidad para preocuparme y aumentar mi ansiedad.

El don intuitivo que había recibido la última vez que estuve en Rhinebeck había cambiado todo eso. Me había permitido comprender que la suerte va y viene en todo, y con ella algo más. Podía ver los patrones que tenía ante mí y era capaz de arriesgar más y preocuparme menos. También me había sentido maravillosamente vivo y conectado con el mundo.

Me preguntaba si esa intuición había sido una muleta, otra excusa para dejar de pensar por cuenta propia y evitar la responsabilidad personal. Tal vez lo fuera, pero al igual que la relación entre Johnny y yo, necesitaba encontrar un mejor equilibrio. Al considerarlo, supe que daría cualquier cosa a mi alcance para recuperar esa sensación de certeza. Pensé para mis adentros que si la muerte es el único resultado que nos espera, ¿por qué no ser valiente y confiar en que todo saldría bien? Sin duda era mejor que morir un poco cada día.

Me levanté y arrojé el cigarro a la chimenea. Era ahora o nunca. Dejé la bebida a medio terminar para que alguien la limpiara. Desde luego, ya pagaba bastante al personal para que lo hiciera. Estaba harto de tener miedo.

Bajé por el pasillo de la biblioteca y me detuve un momento ante la puerta del apartamento de Alice. Me inquietaba dormir en la que había sido su cama, pero era eso o subir varios tramos de escaleras hasta mi antigua habitación en la parte superior de la casa. También estaba la bebida que Dagmar había preparado y que Stanley, con toda seguridad, había colocado en la mesa de noche. Me reafirmé en mi decisión y abrí la puerta.

Admiré una vez más el buen gusto de la combinación de gris y negro y la alfombra inusualmente gruesa. Stanley, o uno de los empleados, había dejado la luz encendida para mí en la sala de estar. La biblioteca oculta me llamaba silenciosamente, pero despertar a Stanley al activar la alarma era algo que no quería hacer. Apagué la luz y me dirigí al dormitorio a través de la puerta que conectaba los dos espacios. Las luces estaban encendidas y la cama dispuesta para dormir. Encima de una mesa auxiliar, sobre una pequeña servilleta de lino blanco, se hallaba una pequeña copa de cristal tallado, con un líquido oscuro. Junto a la copa había dos volúmenes modestos, pero de aspecto antiguo. Me quité la chaqueta y la corbata y las coloqué sobre la silla, frente a la mesa y al espejo que Alice utilizaba para maquillarse. Todos sus cosméticos, cepillos y peines habían sido retirados. En su lugar se encontraba la foto de Alice vestida de gala con el collar egipcio. La tomé. Ella me miraba desde el interior de un marco de plata pulida. Toqué la superficie sobre su rostro y le agradecí todo lo que había hecho por mí. Dije en silencio una oración para que me ayudara, si podía, y dejé la foto. Me habían preparado un pijama y una bata de baño. Stanley había pensado en todo.

Luego de cambiarme y prepararme para la cama, me senté en el lado más cercano a la mesa y a la bebida. Como de costumbre, no había instrucciones ni indicaciones de lo que pasaría si la tomaba. Tal vez era mejor así, pensé. Levanté la copa y la olí. Percibí un toque de alcohol, lo que significaba que era una tintura de algún tipo, pero no podía anticipar su sabor por el olor. Observé el líquido con detenimiento, pero, aparte de ser opaco y de recordarme al café negro, el contenido no ofrecía más información, incluso después de sostener el vaso a trasluz. Decidido a seguir adelante, me bebí la mezcla de un solo trago. El sabor no era muy recomendable: un toque de menta y canela quizás, pero con un regusto fuerte y terroso. Esperé un efecto, pero no sentí ninguno.

Stanley había dejado un juego de dos volúmenes de la *Biographia Literaria* de Coleridge para que los leyera. Para mi deleite, parecían ser primeras ediciones, publicadas en 1817. Debajo de los volúmenes había una nota con la letra espigada de Stanley, que me aconsejaba leer el capítulo XIV sobre la «suspensión voluntaria de la incredulidad». Me pareció totalmente apropiado. Me tumbé en la cama y comencé a leer la extensa prosa de Coleridge. No sé si fueron sus palabras o la tintura, pero sentí que me desvanecía. Apenas pude apagar la luz de la cabecera antes de sentir que caía.

M e desperté desorientado y casi sin poder moverme, en lo que parecía ser la madrugada. Me hallaba acostado de espaldas, mirando los oscuros troncos de los cipreses que se extendían hacia las corrientes de nubes grises que se deslizaban por encima. «¿Dónde estoy?».

Permanecí quieto para intentar orientarme, viendo cómo las ráfagas de viento batían las copas de los árboles y oí cómo la arboleda circundante gemía y suspiraba en respuesta. Los árboles se inclinaban y se enderezaban con un ritmo sincopado, por encima de mí, llamándose unos a otros con vacilantes gemidos para tranquilizarse.

«Si me quedo quieto como un ratón, nadie me encontrará», pensé.

Me sentí confuso y temblé de frío. Detrás de mi cabeza, muy cerca, oí una única pisada estruendosa, que comprimía la maleza circundante y, después, nada. Contuve la respiración. Los árboles se balanceaban por encima, haciéndome compañía, y una gran gota de lluvia golpeó mi frente. La gota rodó y se deslizó entre mis cejas hasta llegar a mi ojo derecho. No me atreví a moverme.

«Ni siquiera parpadees. Quédate quieto como un muerto».

Oí lo que pudo ser otro paso, más distante. Lo que fuera se había alejado o, al menos, eso esperaba. Permanecí inmóvil, preguntándome si los pasos que se desvanecían eran una treta, otro truco para sosegarme, hacerme sentir seguro y así delatar mi escondite. Esperé, escuchando.

Al cabo de un minuto, empezó a llover en serio. Oía las gotas que golpeaban las ramas exteriores y luego el constante goteo adentro, pero seguí esperando. Solo cuando empecé a temblar por la fría humedad me levanté en silencio, cauteloso y alerta. Miré a mi alrededor. Conocía este lugar. Johnny y yo nos escondíamos aquí hace años. Lo llamábamos *la Catedral*. Era nuestro santuario, un lugar en el que reinaba nuestra imaginación y en el que cualquier cosa podía ocurrir. Aquí inventábamos historias. Debí de haber buscado este lugar como refugio, pero de qué y por qué eran preguntas para las que no tenía respuesta. Me miré las piernas. Todavía tenía puesto el pijama. Estaba empapado y me estaba congelando. Mis pies estaban desnudos. Eso no era imaginario.

Me di vuelta para mirar. La entrada a la arboleda era como la recordaba. Me abrí paso, sintiendo cómo las ramitas y la maleza se clavaban en mis piernas, pies y manos, arañando mi piel. Con dificultad, me arrastré hasta el césped. Me puse de pie y la lluvia fría me empapó por completo. La casa, oscura e inmóvil, seguía allí y, mientras caminaba hacia ella, sentía los pies entumecidos por el agua del pasto empapado que se escurría entre mis dedos. Me pregunté cómo podría volver a entrar sin perturbar a Stanley o a algún miembro del personal. Lógicamente, pensé que debía de haber desbloqueado al menos una entrada en mi huida de la casa. La más cercana era una de las puertas francesas del salón. Vi que se encontraba ligeramente entreabierta.

Aliviado, entré y por poco lanzo un grito. El salón estaba vacío. No había muebles. Ni cuadros, ni tapices, solo el suelo de parqué con una fina capa de polvo. Miré desconcertado a mi alrededor en la silenciosa habitación que parecía una tumba. Varias de las puertas francesas tenían los cristales rotos, y los vidrios destrozados se encontraban esparcidos por todas partes. La casa parecía fría, triste y abandonada. ¿Qué había pasado aquí? ¿Dónde estaban todos? ¿Adónde habían ido? Todo lo que quedaba eran indicios al azar de sus antiguos ocupantes, allí donde una hendidura en el suelo de madera indicaba el peso de la pata de un sofá o donde había estado una mesa. Sentí una extraña mezcla de tristeza con una creciente sensación de pánico.

Sentía mucho frío. Necesitaba una manta, cualquier cosa para calentarme. Tenía que buscar en la casa. Era eso o morir congelado.

Atravesé el salón y entré en el vestíbulo. El mismo estado de abandono se extendía por toda la casa. La mesa y el reloj habían desaparecido. Las hojas secas se apilaban contra el interior de la puerta principal. Al final del pasillo, a mi izquierda, vi que la puerta del apartamento de Alice estaba abierta. Avancé en esa dirección con la única compañía del eco de mis pies mojados y descalzos. Al entrar, vi que la puerta de la biblioteca oculta había desaparecido y que había papeles sueltos esparcidos por el interior. Las estanterías estaban vacías. Cuando me acerqué a la habitación donde había dormido Alice, oí que algo rozaba el suelo detrás de la puerta cerrada de su dormitorio, mi dormitorio. Quedé paralizado. El miedo se apoderó de mí. Giré rápidamente y corrí por donde había llegado. De repente, me sentí aterrorizado. Yo era un extraño aquí, un intruso. ¿Cómo podría entenderlo?

Corrí hacia el área del servicio y a la escalera que conducía a las habitaciones superiores. «Debo de estar soñando, solo que no puedo despertar», pensé. Tenía que esconderme. Pasé por el cuarto donde se guardaban las maletas y vi a mi derecha que la puerta estaba abierta. Me detuve. Un poco de luz se filtraba al espacio desde la ventana del pasillo. Di un paso sobre el umbral. Había montones de equipajes rotos por todas partes. El gigantesco baúl yacía a lo largo de la pared más lejana. Cuando aparté algunos de los trozos rotos para ver con más claridad, algo afilado se clavó en mi pie izquierdo.

Me agaché para buscar lo que me había herido y sentí, más que ver, que lo que pisé estaba atrapado en una especie de rejilla. Liberé el objeto metálico y lo llevé hasta la luz de la puerta. Era la llave de forma complicada que abría el baúl negro que estaba junto a la pared.

Comencé a temblar descontroladamente, no de miedo, sino de un frío mortal. Sabía que en pocos minutos dejaría de temblar y tendría hipotermia. Poco después, moriría. Tenía que recibir calor. ¿Quizás había algo dentro del maletero que pudiera usar? Ya había estado a punto de encerrarme y matarme antes, y me pareció extrañamente irónico que ahora fuera mi salvación.

El temblor era tan fuerte que apenas podía introducir la llave en la cerradura. Al tercer intento lo conseguí. La giré. La tapa se abrió tan suavemente como antes. El hedor que me asaltó era espantoso. En el momento antes de que pudiera taparme la nariz con la mano y darme la vuelta, vagamente vi adentro lo que parecía ser un pequeño cadáver momificado. Aparté la vista para respirar y volví a mirar. Se encontraba acostado de lado en posición fetal, con una mano en la boca, como si se chupara el dedo. Retrocedí hacia la puerta para tomar aire y miré el baúl. El inmaculado satén blanco que cubría la tapa parecía gris bajo la luz tenue. Partes de él colgaban en tiras deshilachadas, mientras que otras estaban salpicadas de manchas oscuras, como de garras.

Supe, como en un sueño, lo que había ocurrido aquí hace tantos años. En mi prisa por esconderme antes de que Johnny me encontrara, debí haber dejado caer la llave en lugar de colocarla en la cerradura. Me tapé la nariz con la mano mientras me acercaba al baúl y miraba de nuevo en su interior. La figura llevaba pantalones cortos, como los que yo usaba ese día.

Lo que me impidió gritar en mi pánico fueron tres cosas que ocurrieron casi simultáneamente. La primera, mis escalofríos cesaron. La segunda, la conciencia de una figura tenue y ligeramente luminiscente detrás de mí y a mi izquierda. Me dijo con voz tranquila: «Tienes que entrar en el baúl. Si no lo haces, morirás de frío. Métete en el baúl». Lo último que escuché, poco después, fue un sonido de algo que se arrastraba en el pasillo, fuera de la habitación.

—¡ESCÓNDETE! —gritó la voz—. ¡ESCÓNDETE! ¡ENTRA AHORA! YA! AHORA! YA MISMO!

Me metí en el baúl negro. Sentí que los huesos del cadáver a mi lado se clavaban en mis pantorrillas, muslos y nalgas. Me acosté de todos modos. Antes de cerrar la tapa, saqué la llave de la cerradura, y esta se deslizó suavemente, antes de hacer un clic. Lo que estaba fuera no podía entrar. Vagamente pensé que tampoco yo podría salir. Sabía que, al morir de frío, todo tenía sentido, pero con una lógica peculiar que solo tienen los desesperados. Mi decisión de encerrarme tenía sentido para mí. Por supuesto que lo tenía.

Estaba muy oscuro y apestaba terriblemente; empecé a perder el conocimiento. Me sentía más agotado de lo que pudiera haber estado nunca. Todo había acabado, y mi vida finalmente había terminado. Estaba tan cansado que hasta respirar representaba un esfuerzo. Antes de rendirme del todo, oí que alguien gritaba: «¡Ayúdenme! ¡Ayúdenme!».

El grito parecía el de una mujer. Cuando me preguntaba quién sería, algo muy grande y fuerte golpeaba y arañaba la tapa del baúl. Mi escondite dio una tremenda sacudida y me desmayé.

16

Desperté sacudiendo las sábanas con los pies, como si fueran cuerdas que me sujetaran a la cama, y me senté de golpe. Estaba en la habitación de Alice, pero en la oscuridad no lograba distinguir con claridad lo que me rodeaba. Mi respiración era un jadeo profundo y convulsivo. Apenas si pude recuperar el aliento. Desenredé las sábanas, me levanté y me incliné sobre la cama, apoyándome en los brazos. Me obligué a calmarme. Sentía un frío horrible. Avancé tambaleándome hasta el cuarto de baño y abrí la ducha, esperando que el agua se calentara rápidamente; necesitaba lo que fuera para entrar en calor. Me metí bajo la ducha sin siquiera quitarme el pijama, sintiendo cómo aumentaba el calor y casi grité del dolor cuando sentí el agua caliente descongelándome los brazos, las piernas y los dedos. El dolor era tan intenso que lo único que pude hacer fue tumbarme en el piso de la ducha y llorar.

Pasado un tiempo, logré ponerme en pie y me quité el pijama. Lo dejé amontonado y empapado en un rincón de la ducha. Después de secarme, pensé de nuevo en él, lo recogí y lo colgué en la puerta. Me alegré sinceramente de estar vivo, aunque eso era todo. No lograba comprender lo que había sucedido. Recogí toda la ropa que había usado la noche anterior y me la puse de nuevo, menos la corbata. De vez en cuando sentía estremecimientos, pero el temblor convulsivo al menos se había aplacado. Me acerqué a la ventana junto a la mesa y aparté las cortinas para mirar el tiempo. La luz era débil y la niebla ocultaba el terreno. La hierba más próxima a la ventana estaba húmeda y gris. Había llovido hacía poco. Cerré las cortinas, encendí una luz y tomé mi reloj. Vi que eran poco más de las seis. Luego observé la copa de cristal vacía. Me dolían el cuello y los hombros y también los pies, aunque mi mente se sentía extrañamente clara y aguda. No sabía si mi horrible experiencia había sido un sueño o simplemente el resultado de un cóctel alucinógeno, pero en todo caso el recuerdo era tan real como cualquier otro que hubiera experimentado. Los detalles de aquella casa abandonada y mi terror se quedaron grabados en mi mente.

Tomé la foto de Alice, preguntándome qué hacer. La miré detenidamente antes de preguntarle a su imagen: «¿Eras tú?». Dejé la foto en el suelo. No contestó y sabía que no lo haría. No había perdido la cabeza, al menos no por el momento. Mi benefactora recorrió muchos caminos en busca de respuestas a sus tormentos, pero yo no sabía si finalmente las había hallado. Por ahora, era demasiado pronto para considerar unas circunstancias tan sombrías. Mi única certeza era que necesitaba un café muy caliente y fuerte. Lo demás era impreciso. Decidí bajar a la cocina.

Nunca antes había caminado por la casa a estas horas de la mañana. El olor a cera era el mismo, pero la luz era tenue y los colores lucían apagados. Crucé por el salón y el comedor hasta la despensa y la cocina. Todo estaba como debía ser. El contraste entre las dos casas era angustioso. Encontré a Dagmar y a Stanley sentados en la mesa de la cocina, tomando té.

—¿Puedo tomar un café? —pregunté y, recordando mis modales, añadí—: Por favor.

Se levantaron y me ofrecieron una silla. Sus ojos, al principio brillantes e interrogantes, mostraron preocupación cuando me senté.

Dagmar se apresuró hasta la estufa y me sirvió café en una taza. Volvió a la mesa y me la entregó. Bebí, sosteniéndola con las dos manos. Su calor era maravilloso. Después de sentir ese frío adormecedor que parecía borrar toda esperanza, dudé de volver a maldecir algo demasiado caliente.

—Ocurrió algo —dijo Stanley mirándome.

—Cuéntanos —añadió Dagmar, observándome también.

Los miré a los dos, sin desprenderme de mi café. ¿Qué les diría? ¿Qué podía decir? Sacudí la cabeza, puse la taza sobre la mesa y, sin soltarla, les conté mi historia. No me interrumpieron.

Cuando terminé, Dagmar cruzó las manos y fijó en ellas su mirada. Tras una larga pausa, dijo:

—Los efectos de lo que bebiste pueden ser extraños.

Levantó la vista hacia mí.

—Ahora debes tener cuidado. Mira las cosas ordinarias, examínalas de cerca, hasta que te sientas más aquí que allá. Aunque no lo creas, siento que tienes un don, que puede ser grandioso. Por desgracia, no todos los dones son agradables. Podría decirte que aprendas a usarlo bien, pero pensarías que soy insensible, y no lo soy. Debes darle tiempo. Por último, te sugiero que te quedes aquí, al menos durante los próximos días. Stanley, ¿por qué no vas con Percy a tu estudio? Debo pensar en lo que sucedió y debo hacerlo sola.

Nos despedimos, Stanley y yo nos levantamos y fuimos a su despacho. Nos sentamos y él sacó una copa de cristal tallado, provista de una dosis doble de su reserva.

—Beba esto —dijo—. Estoy seguro de que le sentará bien.

El *whisky* me ayudó a tranquilizarme y, al cabo de un minuto, le pregunté:

—¿Qué crees que pasó, Stanley?

—No lo sé exactamente —respondió mientras me miraba—, pero empecemos por los hechos. Bebió una poderosa tintura que Dagmar preparó y entonces experimentó algo. Todo lo demás son especulaciones. Los hechos y nuestras interpretaciones de ellos son dos cosas diferentes, con conexiones vagas. Podría argumentar que inconscientemente está seguro de que la casa, y todo lo relacionado con ella, terminará en la ruina. Es una posibilidad y tendría algún sentido.

—Desgraciadamente, lo tendría.

—Es la peor interpretación posible. Pero hay otra. Lo que experimentó podría relacionarse con el pasado y con un posible futuro, específicamente lo que podría haber sucedido si su señoría no lo hubiese encontrado ese día en el baúl.

Stanley se giró y sirvió en un vaso un chorrito de su reserva. Tomó un sorbo antes de continuar.

—Recuerdo aquel día. Usted y Johnny jugaban al escondite, y usted se las arregló para encerrarse en ese baúl. Si su señoría no hubiera intuido que algo andaba mal y no hubiera actuado de acuerdo con sus temores, lo que usted vio bien podría haber sucedido. Recuerdo claramente el susto que usted le dio aquel día, no solo a ella, sino a todos nosotros.

—¿A ti también?

—Sí, claro. El incidente me reveló con fuerza la naturaleza transitoria y efímera de la existencia, de lo rápido que puede girar la vida por un simple impulso: el suyo al elegir ese lugar concreto para esconderse, y el de ella cuando decidió buscarlo. Aquel día, todas nuestras vidas oscilaron peligrosamente, primero en un sentido y luego en otro. Nunca nos percatamos de lo cerca que había estado el desastre hasta después, cuando saberlo no supuso ninguna diferencia. La falta de certeza sobre el resultado y las posibles repercusiones de no haberlo encontrado me perturbaron mucho en aquel momento. Todavía me afecta. Me quedó claro que los sucesos fortuitos pueden afectar por completo nuestras vidas, muchas veces de formas que no valoramos adecuadamente. Fue un momento importante.

—Dios mío. No tenía ni idea. Pensaba que te habrías alegrado, teniendo en cuenta quién es mi padre.

—Precisamente por conocerlo fue que el incidente me afectó de esa manera. Le diré la razón. No mucho antes había confrontado a su señoría con mis sospechas sobre su padre. Cuando confirmó lo que yo intuía, decidí dejar mi empleo. Ella me convenció de que me quedara y llegamos a un acuerdo incómodo. Ambos nos abstendríamos de dar señales externas de nuestros sentimientos internos hacia usted. Yo adopté una indiferencia distante y ella hizo lo mismo.

»Odiaba a su padre y el sentimiento persiste. Odiarlo lo incluía a usted, aunque nadie elige a sus padres ni las circunstancias de su nacimiento. Con el tiempo, reconocí lo injusto de mi actitud y descubrí que no era mi aversión a usted lo que necesitaba mantener a raya, sino lo contrario. Usted era un niño peculiar, inteligente pero extrañamente tímido. Johnny era su contraparte y juntos formaban una unidad inexpugnable. Dagmar y yo nos reíamos a carcajadas, a veces hasta las lágrimas, contándonos sus travesuras. La frase «¿Qué se les ocurrirá ahora?» se convirtió en un chiste permanente entre nosotros.

»Usted y Johnny nos mostraban lo que era sentirse vivo y libre, sin las limitaciones que deben asumir los adultos. Si usted hubiera muerto, el efecto sobre todos habría sido enorme. Su señoría vio en usted una especie de legado. Si hubiera fallecido, se le habría roto el corazón. Johnny habría creado un caparazón impenetrable bajo el cual se habría destruido a sí mismo. La señora Dodge no encontraría consuelo, agobiada por la culpa. El señor Dodge sufriría también, viendo a su esposa volverse inaccesible y luego inalcanzable. Muchas relaciones se habrían quebrado, y esta casa sería una tumba de sueños rotos.

Nos quedamos en silencio durante un rato.

—Parece irreal —dije—, dado que yo no era tan importante.

Stanley me miró.

—No es tan difícil de entender. Los niños son nuestra promesa de futuro. Cuando un niño muere, una luz se apaga en el mundo. Todo ese futuro se va con él, y alguien *debe* pagar. —Tomó un sorbo de su bebida—. Para mí, es una ley de la conducta humana. Los padres o los tutores se culparán inevitablemente a sí mismos o a los demás por la muerte de un niño, incluso sin haber sido responsables. A veces lo son. Pocos matrimonios logran soportar el dolor y la tensión emocional que requiere la recuperación de una pérdida así. Uno de los dos se ensimisma y se suicida emocionalmente o carga al otro con un pecado que puede menguar con el tiempo, pero que nunca será perdonado por completo.

Percibí una profunda herida en su pasado. No pude expresar nada. Después de un tiempo, dije:

—Nunca lo había considerado.

—Esa también es una ley, creo. Rara vez comprendemos los efectos posteriores de nuestras interacciones y relaciones; cómo se diseminan por el mundo. Es la mayor ceguera de la humanidad. Todo lo que hacemos importa. Todo.

Sin hablar, dimos un sorbo a las bebidas, sumidos en nuestros pensamientos. Rompí el silencio.

—Lo que dijiste es cierto. Rara vez apreciamos las consecuencias del simple hecho de vivir. Ciertamente, me pone a pensar. Algo que sí sé, y que esta experiencia me dejó claro una vez más, es que le debo la vida a Alice.

—Así es —asintió Stanley—. Y más aún, si es posible, lo que me lleva al siguiente punto. —Tomó otro sorbo y preguntó—: ¿Recuerda aquella carta de sir Henry, hablando de la noche que durmió en la habitación de su señoría?

—La recuerdo muy bien.

—Tanto usted como sir Henry vivieron experiencias similares, con dos puntos en común: el intenso frío y el aparente grito de auxilio de su señoría; si aceptamos que fue a su señoría a quien escuchó.

—¿Crees que el grito de auxilio era de ella?

—Gran parte de lo ocurrido en su experiencia apunta en esa dirección.

—Así es.

—Si era su señoría, entonces el suyo es ahora el segundo indicio de que cayó en un lugar oscuro. No es una confirmación en absoluto, pero, aun así, resulta profundamente perturbador para mí.

—Yo siento lo mismo. No sé qué se puede hacer al respecto, si es que hubiese algo.

—Por ahora, nada. Debemos esperar a que se produzcan nuevos acontecimientos. También le sugiero que permanezca aquí durante este fin de semana. Para empezar, usted y yo tenemos que ocuparnos de los preparativos. En segundo lugar, podría considerar convencer a su prometida para que venga antes del viernes. Hay asuntos que debe discutir con ella y esta noche sería mejor que mañana, cuando llegarán sus invitados. También tiene una cena programada con su futuro suegro esta noche, y cancelarla sería poco aconsejable. ¿Quizás Johnny pueda ocupar su lugar? Esa es su decisión, por supuesto, pero, como aconseja Dagmar, quedarse sería mejor por ahora. Ella tiene un claro sentido para estas cosas que he aprendido a apreciar. Sugiero que hablemos otra vez en el curso de la mañana, cuando tengamos más tiempo.

—Gracias, Stanley, por todo lo que dijiste. Si me permites molestarte por un termo, despertaré a Johnny arriba con un poco de café. Que Johnny ocupe mi lugar es una buena idea y, como mencionaste, hay mucho por hacer. Debería quedarme.

—Estoy completamente de acuerdo. Permítame traerle un termo y dos tazas.

Mientras esperaba el regreso de Stanley, pensé en sus palabras. Me inclinaba por el punto de vista más oscuro. Es lo que había pensado desde el principio, pero lo que Stanley había expresado también me quedó sonando. Como siempre, había más de una interpretación posible. Había viajado a un territorio extraño, aunque solo fuera en mi mente. Me sentía a la vez abrumado y fortalecido por la intensidad de la visión. Mis problemas personales eran pequeños en comparación y, al reconocer su verdadera medida, había adquirido un mejor control sobre el futuro. Ahora me sentía maravillosamente vivo. Veía todo con ojos nuevos. Tendría que hablar con Johnny.

———— ◆ ————

17

S tanley regresó con un termo y dos tazas.

—Esto debería ser suficiente hasta el desayuno. Si no va a la ciudad, pase por mi oficina a eso de las once. Podremos concretar los detalles de este fin de semana.

Agradecí a Stanley y le dije que hablaría con Johnny para informarle. Lo dejé para que continuara con sus deberes y subí las escaleras.

La puerta del dormitorio de Johnny estaba abierta. Debió de oírme, porque se incorporó. Al ver quién era, volvió a tumbarse.

—¿Desayuno en la cama? Me vas a malcriar.

—Difícilmente —respondí—, pero, si te levantas ahora, te daré un poco de café caliente cuando estés listo.

—Eso estaría bien —dijo Johnny, levantándose. Se puso de pie y me miró más de cerca—. Te ves diferente. Seguro que tienes noticias. No estarías aquí tan temprano de no ser así. Estaré contigo en cinco minutos.

Me acerqué al sofá, apoyé los pies en la mesita y esperé. Johnny fue rápido. Se había puesto unos *jeans* y una camisa Polo y se sentó en la silla de enfrente.

—Verte con traje y sin corbata a primera hora de la mañana es desconcertante —comentó—. Definitivamente necesitas algo de ropa. Mi armario está a tu disposición si quieres ponerte más cómodo, pero cuéntame primero tus novedades y no ahorres detalles. También hablaste de café.

Le serví una taza y, mientras se sentaba y daba un sorbo, le conté mi conversación inicial con Dagmar, mi decisión y el sueño.

—¿Hablaste con Dagmar y Stanley sobre esto?

Le dije que sí y le repetí lo que ambos habían dicho. Johnny parecía perturbado.

—Gracias por ponerme al día. Una noticia así, tan temprano en la mañana, es como despertarse con una invasión alienígena. Quiero decir, cielos, Percy, ¿ahora qué? Pero, antes que nada, ¿estás bien? Pareces extrañamente tranquilo y no estoy seguro de si eso es bueno o malo. ¿Qué piensas?

—La verdad es que no lo sé, pero creo que me inclinaría por lo bueno.

—Eso es algo. Si fuera yo, parecería un idiota tartamudeando, así que creo que me pondré de tu lado. Necesito un cigarrillo y un trago, y ni siquiera son las ocho de la mañana. Ahora vuelvo.

Regresó de su habitación con un trago corto de la reserva de Stanley en un vaso sencillo y un paquete nuevo de cigarrillos. Se sentó nuevamente, abrió el paquete y me ofreció uno. Luego de que los encendimos, levantó el vaso y dijo: —Ahora comienza desde el principio, si puedes. Quiero escucharlo todo otra vez.

—Muy bien —dije y repetí mi historia mientras Johnny fumaba, escuchaba y daba un sorbo a su bebida.

Cuando terminé, permaneció en silencio, pensando. Me di cuenta de que su cerebro trabajaba a mil por hora. Encendió otro cigarrillo y dijo:

—Gracias por repetirme tu relato. Después de haber escuchado tu historia por segunda vez, puedo hacer algunas reflexiones iniciales, aunque, como mencionó Dagmar, lo que contaste es digno de un análisis serio y bien sustentado. Por el momento, creo que la interpretación de Stanley se acerca con más precisión a los hechos, en contraposición al pensamiento, que seguramente consideraste, de abandonar el barco porque todo está a punto de irse a pique. Su versión al menos tiene algo esperanzador, pero con complicaciones, como la posibilidad de que el pedido de auxilio haya sido de Alice.

—También me inclino en esa dirección —dije asintiendo— y la alternativa es demasiado perturbadora.

—Lo es. Nunca olvidaré ese día. Lo que sucedió alteró nuestras vidas de muchas formas, y la menos importante fue que dejamos de jugar al escondite como solíamos hacerlo. Lo más trascendental fue evidenciar que la muerte puede visitarnos en cualquier momento, incluso en el mundo protegido en el que crecimos. Pero fue la casualidad y su cercanía lo que me produjo terror. Lo de Alice al final también es muy inquietante y, en cuanto a lo que golpeó tu escondite, no sabría ni por dónde empezar. Sin especular sobre el significado y la explicación, se podría deducir que ella no está en un lugar feliz, y ese pensamiento es angustiante. Además, ¿qué podemos hacer?

—Nada por ahora, creo.

—Así es, nada por ahora. Tu historia parece sacada de una de esas películas de terror que nos obligaban a ver los sábados por la noche en aquel campamento de Maine. Nos producían un susto increíble —a ti más que a mí, como era habitual con estas cosas—. Todavía no entiendo el beneficio de asustar a un grupo de niños que no han llegado a la pubertad, pero así es la vida bajo la supervisión de los adultos. La razón por la que traigo esto a cuento es porque el miedo intenso, la certeza de una desaparición inminente, seguida de una liberación inesperada, puede tener un efecto profundo en la mente.

—Es como tener una segunda oportunidad en la vida.

—Exactamente. Se dice que las religiones misteriosas de las antiguas Grecia y Roma hacían algo parecido. Si ese es el caso, entonces tú, Cicerón, Platón y tal vez César ahora tienen algo en común. También creo que tu deseo puede haberse cumplido.

—¿Mi deseo?

—Quienes se sometían a los misterios, especialmente los eleusinos, y bebían el diceón experimentaban una transformación. La muerte dejaba de ser un miedo primario, y ese cambio de perspectiva les pudo haber permitido actuar con valentía, algo a lo que siempre has aspirado, creo.

Pensé en ello. Siempre había deseado ser menos temeroso e incluso valiente. Había luchado toda la vida contra mis miedos y mi ansiedad, pero con un éxito moderado. Me sentía cambiado en algún nivel profundo, era cierto, pero desconocía el rumbo de esos cambios. El punto de vista de Johnny era muy diferente al de Stanley y al mío, pero no había que descartarlo en absoluto. Lo que había dicho resonaba de formas que yo aún no comprendía. Puede que incluso tuviese razón.

—Puede que tengas razón —asentí—. Aunque tendré que vivir conmigo mismo un tiempo para ver si es así.

—Por favor, hazlo. —Hizo una pausa y añadió—: Lo digo en serio. Por último, tiendes a inclinarte por las predicciones más funestas, y creo que en este caso sería prematuro e irreflexivo hacerlo. Además, esa perspectiva viola mi primera ley de pronósticos. ¿La recuerdas?

—«Todos los presagios son buenos».

—Veo que no la olvidaste. Así que, por ahora, no más pensamientos sombríos, Percy. Bórralos de tu mente. Es cierto, está ese punto sobre Alice y sí, es algo que me preocupa, pero en este momento yo haría lo que Stanley sugiere. Debemos esperar a que se produzcan nuevos acontecimientos. Somos libres de interpretar nuestras vidas de la manera que queramos. Creo que es preferible la que nos fortalezca. Teniendo en cuenta todo esto, ¿cómo te sientes?

—Mejor, en realidad.

—Excelente. Seguro que discutiremos esto un poco más, pero, por ahora, pasemos a cosas más alegres, como la cena pendiente en el Club 21 con tu futuro suegro. Ese sitio tiene algunas cosechas excepcionales en su bodega, y estaría dispuesto a probar una o dos.

—Seguro que te encantaría. Bueno, de todos modos, te agradezco. Estoy más optimista y siento una mejoría notable respecto a esta mañana. Ahora, siguiendo adelante, como sugeriste, me alegro de que tú también te sientas positivo, sobre todo después de las revelaciones de anoche sobre tu madre. Lo siento.

—No hay que preocuparse por eso —dijo Johnny—. Papá y yo tuvimos una buena charla. Ahora veo a mi madre de forma diferente. Ya no es solo mi madre, sino una persona real. Sé que es un poco extraño, pero siento que ahora puedo ser más realista con respecto a ella, y eso solo puede ser bueno.

—Sí, es algo bueno. —Asentí sonriendo—. Estaba preocupado por ti, pero ya no.

—¿Ves? Las cosas están mejorando. Ahora volvamos a lo de esta noche. Si yo aparezco en tu lugar, es probable que Hugo se sienta un poco molesto. Pensé en decirle que yo pago la cuenta en tu nombre.

Me reí, pero interiormente me asusté ante el tamaño potencial de la cuenta.

—Supongo que eso podría funcionar, ya que es nuestra única opción. Solo te pido que controles la carta de vinos. Ya los imagino abriendo una botella de Lafite.

—Por desgracia para ti, podría ser necesario para convencerlo de que se quede. Por supuesto, lo usaré solo como último recurso. Además, podrían tener algo mejor. He oído que tienen algunas bebidas de malta importantes en su bodega, y esta noche podría ser la oportunidad de descorchar una o dos.

Johnny se rio de mi expresión.

—Saldremos de esta —dijo—. Ya verás.

El entusiasmo de Johnny era contagioso, como siempre, y me sentí mejor. Había dado sentido a algo imposible de entender. Percibí un cambio en mí. En lugar de sentirme tímido, estaba lleno de un entusiasmo por vivir totalmente renovado y diferente. Tardaría algún tiempo en comprender lo que me había sucedido.

18

A pesar de los acontecimientos de la noche, las tareas mundanas cobraron protagonismo. Anne y yo nos sentamos en el escritorio de la biblioteca y escribimos las invitaciones que Johnny debía entregar, mientras él se preparaba para regresar a la ciudad y cenar con el barón.

Anne también parecía estar de mejor humor, tras un largo sueño y un abundante desayuno. Dejé que ella hiciera la mayor parte del trabajo. Su letra era una obra de arte.

—Percy —dijo después de que la última invitación estuvo terminada y sellada —, ¿quieres que te ayude con la disposición de los invitados en la mesa? Soy bastante hábil en eso.

—Sí, por supuesto. Esperaba que me ofrecieras tu ayuda.

—¿Cómo podría no hacerlo? Haré los arreglos necesarios con Stanley.

—Gracias —respondí.

Anne apiló las invitaciones y me las entregó.

—Cuando las enviemos, supongo que estaremos comprometidos con lo que ocurra este fin de semana.

—Así es —dije—. Es una de esas cosas que hay que soportar. No puedo decir que lo esté esperando con ilusión.

—Yo tampoco. Y cambiando de tema, ¿le hablaste a tu madre sobre tu compromiso? No he podido contactarla.

—Todavía no.

—¿Estaría bien si se lo dijera yo?

—Por supuesto. Por favor, hazlo.

—Estoy segura de que estará encantada. También me gustaría disculparme por lo de anoche. No era yo misma.

—Es innecesario. En todo caso, la disculpa debería ser mía por haberte causado algún disgusto. No fue mi intención.

—Lo sé. La noticia de la llegada de tu padre a esta casa me alteró los nervios. Lo conocí hace mucho tiempo durante una mala época de mi vida y, de no haber sido por tu madre, tal vez no estaría aquí ahora. Es la razón por la que lo mencioné. Su inminente llegada me trajo recuerdos que creía enterrados desde hacía tiempo. Será difícil para mí. Encontrarte con él por primera vez tampoco será fácil para ti, pero de alguna manera lo superaremos. Es lo que siempre hacemos. Bueno, dije lo que quería y llamaré a tu madre. Puede que incluso decida venir. ¿Qué opinas?

—Ciertamente aumentaría la tensión un poco más y pondría a mi padre en una posición interesante. Sin embargo, tenerla aquí podría facilitarte las cosas y por esa razón lo permitiría. Todo lo que pueda hacer por ti, lo haré. De todos modos, Anne, gracias por tu ayuda, como siempre. Tendremos que ser valientes los dos.

—Eso haremos. Ahora hablaré con Stanley, pero, antes de irme, gracias por tus palabras. Te lo agradezco más de lo que puedo expresar.

Nos pusimos de pie y nos abrazamos. Ambos necesitábamos ese abrazo. Cuando Anne se fue, escribí una nota apresurada para el barón. Le expliqué que, con tantos preparativos para el próximo fin de semana, Johnny me remplazaría, y que yo cubriría todos los gastos. Estaba bastante seguro de que Hugo vería esta alteración de sus planes como una oportunidad única para probar la bodega del Club 21 a mis expensas.

Recogí todos los sobres y me reuní con Johnny en la entrada. El chofer y la limusina para el viaje de vuelta a la ciudad esperaban abajo.

—¿Debo llamarte? —preguntó Johnny.

—No hace falta, a menos que sea urgente. Vuelve aquí mañana temprano y antes de que aparezcan todos. Lo único que tienes que hacer es entregarle al barón mi carta y las invitaciones. Trata de disfrutar.

—Oh, lo haré, te lo aseguro.

—Eso es lo que me preocupa.

Bajamos juntos los escalones de la entrada. Al final, le dije:

—Por cierto, gracias por tus reflexiones de antes. Me ayudaron mucho.

—Me alegro. Nos abrieron los ojos a los dos y, además, a primera hora de la mañana, pero así es como hacemos las cosas. Bueno, me voy. Me muero de ganas de saber qué pasa si duermen Bruni y tú en esa habitación.

Yo también me lo pregunté.

Nos dimos la mano antes de verlo entrar en el auto y subir por el camino de entrada. Me resultaba extraño no ir con él. Yo también había estado ansiando esa cena. Como consuelo, me pregunté si Dagmar podría ofrecerme un lenguado mejor que el del 21. Consideré la pregunta mientras entraba en la casa y me topé con Stanley en el pasillo.

—Stanley, tengo una petición.

—¿En qué puedo ayudarlo?

—Me apetece un lenguado y un buen vino esta noche. ¿Crees que Dagmar podría servir uno que despertara la envidia del Club 21?

—Eso ya está arreglado. Le dije a ella que el no ir al 21 podría haberlo hecho sentir un poco decaído. Dagmar me aseguró que, aunque allí sirven un buen lenguado, el suyo es superior. Incluso lo deshuesaré para usted en la mesa. En cuanto al vino, tengo algo especial que le vendrá bien: un Clos Blanc de Vougeot excepcional. Encontrará que supera todo lo que hay en la bodega del club.

—Gracias, Stanley. —Sonreí—. Será un vino admirable. John y Anne quedarán muy impresionados. Uno de estos días tendremos que descubrir cómo seguir manteniendo joyas como esa en nuestra bodega. Estaré en la biblioteca haciendo algunas llamadas y te veré después.

—Muy bien, señor.

Stanley se alejó como un fantasma para continuar su ronda y yo me dirigí a la biblioteca. Por insistencia de John, Rhinebeck tenía instaladas tres líneas telefónicas y tres máquinas de fax recién adquiridas. En el despacho de Stanley había un fax y un teléfono, un par en el salón de Alice del ala oeste y otro más en la biblioteca. El fax estaba junto al escritorio, mientras que el teléfono, con una larga extensión, se encontraba sobre una pequeña mesa que podía desplazarse para atender a la persona que llamaba desde cualquier lugar de la habitación.

Tiré del cable del teléfono hasta situarlo junto a uno de los cómodos sillones que había frente a la chimenea y me senté. Levanté el auricular y marqué el número de Maw. Estaba en esos momentos en una suite del St. Regis.

—¿Mary? Es Percy, ¿cómo estás?

—Muy bien. Estaba esperando tu llamada. ¿Listos para este fin de semana?

—Sí, totalmente. Llamaba para invitarte.

—Bonnie, Robert Bruce y yo ciertamente estaremos allí. ¿Robert está invitado?

—Por supuesto.

—Eso bastará. John me informó. Este debería ser un fin de semana excepcional. Apenas si puedo esperar. Estaremos allí sobre las cuatro. Tengo entendido que tu padre está invitado.

—Así es.

—Bueno, será como meter un zorro al gallinero. Por suerte para ti y para mí, yo cazo zorros.

—Es una de las muchas razones por las que quería invitarte.

—Lo estoy deseando —cacareó Maw—. Espera… Sí, en un minuto. Era Bonnie. Quiere decir algo. Bueno, le pasaré el teléfono, pero ten cuidado con ese hombre, aunque sea tu padre. Estaré lista para darle una buena bofetada si se pone rebelde. Empecé a tomar clases de defensa personal.

—Dios santo.

—En efecto, Dios santo. Me muero de ganas de usarlo en una situación real. Puede que tenga la oportunidad este fin de semana. Nos vemos mañana. Aquí está Bonnie.

Unos segundos después, Bonnie se puso en la línea.

—¡Hola, Percy!

—¡Hola, Bonnie!

—¿Ya perdiste a tu novia?

—Todavía no.

—Tengo una sorpresa para ti.

—¿De veras?

—Así es. Nos vemos mañana. Prepárate para una gran impresión.

—Seguramente así será. Quieres complicarme la vida, como si no fuera ya bastante complicada.

—Ese es el propósito de mi vida —dijo Bonnie soltando una risita—. ¡*Ciao*!

Colgó. Me estremecí. Bonnie era como un tiburón que olía la sangre en el agua. No quise imaginar lo que sugería su último comentario.

En el pasillo me encontré con John. Se rio cuando le conté que Johnny sería mi representante en la cena y dijo:

—Ya es hora de que Hugo y Johnny se conozcan. Una excelente cena con algo de bebida seria les hará mucho bien. Se sorprenderán mutuamente. ¿Qué te parece si dividimos la cuenta, ya que a en todo caso se trata de un gasto de negocios?

—Gracias John, temo lo que esos dos van a descorchar sin medida en mi ausencia. Al menos ya puedo respirar un poco más tranquilo.

—Johnny se lo merece. Puede que piense que no lo aprecio, pero no es así. Me dijo que quiere trabajar por su cuenta, contigo como socio. No me opongo, pero le dije que tengo una interesante contraoferta para los dos, que les haré solo después de que consigamos salir indemnes de este fin de semana. ¿Puedes esperar hasta entonces?

—Por supuesto.

—Hablaremos el lunes.

John y Anne salieron a dar un paseo mientras yo me dirigí a la biblioteca. Pensar en aquella conversación con John me permitió aplazar la llamada a Bruni unos minutos más. No es que la estuviera evitando. Quería hablar con ella, pero Bruni tenía la habilidad de saber lo que yo pensaba, y las revelaciones de Stanley sobre su pasado me preocupaban mucho.

A pesar de los acontecimientos de la noche, las tareas mundanas cobraron protagonismo. Anne y yo nos sentamos en el escritorio de la biblioteca y escribimos las invitaciones que Johnny debía entregar, mientras él se preparaba para regresar a la ciudad y cenar con el barón.

Anne también parecía estar de mejor humor, tras un largo sueño y un abundante desayuno. Dejé que ella hiciera la mayor parte del trabajo. Su letra era una obra de arte.

—Percy —dijo después de que la última invitación estuvo terminada y sellada —, ¿quieres que te ayude con la disposición de los invitados en la mesa? Soy bastante hábil en eso.

—Sí, por supuesto. Esperaba que me ofrecieras tu ayuda.

—¿Cómo podría no hacerlo? Haré los arreglos necesarios con Stanley.

—Gracias —respondí.

Anne apiló las invitaciones y me las entregó.

—Cuando las enviemos, supongo que estaremos comprometidos con lo que ocurra este fin de semana.

—Así es —dije—. Es una de esas cosas que hay que soportar. No puedo decir que lo esté esperando con ilusión.

—Yo tampoco. Y cambiando de tema, ¿le hablaste a tu madre sobre tu compromiso? No he podido contactarla.

—Todavía no.

—¿Estaría bien si se lo dijera yo?

—Por supuesto. Por favor, hazlo.

—Estoy segura de que estará encantada. También me gustaría disculparme por lo de anoche. No era yo misma.

—Es innecesario. En todo caso, la disculpa debería ser mía por haberte causado algún disgusto. No fue mi intención.

—Lo sé. La noticia de la llegada de tu padre a esta casa me alteró los nervios. Lo conocí hace mucho tiempo durante una mala época de mi vida y, de no haber sido por tu madre, tal vez no estaría aquí ahora. Es la razón por la que lo mencioné. Su inminente llegada me trajo recuerdos que creía enterrados desde hacía tiempo. Será difícil para mí. Encontrarte con él por primera vez tampoco será fácil para ti, pero de alguna manera lo superaremos. Es lo que siempre hacemos. Bueno, dije lo que quería y llamaré a tu madre. Puede que incluso decida venir. ¿Qué opinas?

—Ciertamente aumentaría la tensión un poco más y pondría a mi padre en una posición interesante. Sin embargo, tenerla aquí podría facilitarte las cosas y por esa razón lo permitiría. Todo lo que pueda hacer por ti, lo haré. De todos modos, Anne, gracias por tu ayuda, como siempre. Tendremos que ser valientes los dos.

—Eso haremos. Ahora hablaré con Stanley, pero, antes de irme, gracias por tus palabras. Te lo agradezco más de lo que puedo expresar.

Nos pusimos de pie y nos abrazamos. Ambos necesitábamos ese abrazo. Cuando Anne se fue, escribí una nota apresurada para el barón. Le expliqué que, con tantos preparativos para el próximo fin de semana, Johnny me remplazaría, y que yo cubriría todos los gastos. Estaba bastante seguro de que Hugo vería esta alteración de sus planes como una oportunidad única para probar la bodega del Club 21 a mis expensas.

Recogí todos los sobres y me reuní con Johnny en la entrada. El chofer y la limusina para el viaje de vuelta a la ciudad esperaban abajo.

—¿Debo llamarte? —preguntó Johnny.

—No hace falta, a menos que sea urgente. Vuelve aquí mañana temprano y antes de que aparezcan todos. Lo único que tienes que hacer es entregarle al barón mi carta y las invitaciones. Trata de disfrutar.

—Oh, lo haré, te lo aseguro.

—Eso es lo que me preocupa.

Bajamos juntos los escalones de la entrada. Al final, le dije:

—Por cierto, gracias por tus reflexiones de antes. Me ayudaron mucho.

—Me alegro. Nos abrieron los ojos a los dos y, además, a primera hora de la mañana, pero así es como hacemos las cosas. Bueno, me voy. Me muero de ganas de saber qué pasa si duermen Bruni y tú en esa habitación.

Yo también me lo pregunté.

Nos dimos la mano antes de verlo entrar en el auto y subir por el camino de entrada. Me resultaba extraño no ir con él. Yo también había estado ansiando esa cena. Como consuelo, me pregunté si Dagmar podría ofrecerme un lenguado mejor que el del 21. Consideré la pregunta mientras entraba en la casa y me topé con Stanley en el pasillo.

—Stanley, tengo una petición.

—¿En qué puedo ayudarlo?

—Me apetece un lenguado y un buen vino esta noche. ¿Crees que Dagmar podría servir uno que despertara la envidia del Club 21?

—Eso ya está arreglado. Le dije a ella que el no ir al 21 podría haberlo hecho sentir un poco decaído. Dagmar me aseguró que, aunque allí sirven un buen lenguado, el suyo es superior. Incluso lo deshuesaré para usted en la mesa. En cuanto al vino, tengo algo especial que le vendrá bien: un Clos Blanc de Vougeot excepcional. Encontrará que supera todo lo que hay en la bodega del club.

—Gracias, Stanley. —Sonreí—. Será un vino admirable. John y Anne quedarán muy impresionados. Uno de estos días tendremos que descubrir cómo seguir manteniendo joyas como esa en nuestra bodega. Estaré en la biblioteca haciendo algunas llamadas y te veré después.

—Muy bien, señor.

Stanley se alejó como un fantasma para continuar su ronda y yo me dirigí a la biblioteca. Por insistencia de John, Rhinebeck tenía instaladas tres líneas telefónicas y tres máquinas de fax recién adquiridas. En el despacho de Stanley había un fax y un teléfono, un par en el salón de Alice del ala oeste y otro más en la biblioteca. El fax estaba junto al escritorio, mientras que el teléfono, con una larga extensión, se encontraba sobre una pequeña mesa que podía desplazarse para atender a la persona que llamaba desde cualquier lugar de la habitación.

Tiré del cable del teléfono hasta situarlo junto a uno de los cómodos sillones que había frente a la chimenea y me senté. Levanté el auricular y marqué el número de Maw. Estaba en esos momentos en una suite del St. Regis.

—¿Mary? Es Percy, ¿cómo estás?

—Muy bien. Estaba esperando tu llamada. ¿Listos para este fin de semana?

—Sí, totalmente. Llamaba para invitarte.

—Bonnie, Robert Bruce y yo ciertamente estaremos allí. ¿Robert está invitado?

—Por supuesto.

—Eso bastará. John me informó. Este debería ser un fin de semana excepcional. Apenas si puedo esperar. Estaremos allí sobre las cuatro. Tengo entendido que tu padre está invitado.

—Así es.

—Bueno, será como meter un zorro al gallinero. Por suerte para ti y para mí, yo cazo zorros.

—Es una de las muchas razones por las que quería invitarte.

—Lo estoy deseando —cacareó Maw—. Espera… Sí, en un minuto. Era Bonnie. Quiere decir algo. Bueno, le pasaré el teléfono, pero ten cuidado con ese hombre, aunque sea tu padre. Estaré lista para darle una buena bofetada si se pone rebelde. Empecé a tomar clases de defensa personal.

—Dios santo.

—En efecto, Dios santo. Me muero de ganas de usarlo en una situación real. Puede que tenga la oportunidad este fin de semana. Nos vemos mañana. Aquí está Bonnie.

Unos segundos después, Bonnie se puso en la línea.

—¡Hola, Percy!

—¡Hola, Bonnie!

—¿Ya perdiste a tu novia?

—Todavía no.

—Tengo una sorpresa para ti.

—¿De veras?

—Así es. Nos vemos mañana. Prepárate para una gran impresión.

—Seguramente así será. Quieres complicarme la vida, como si no fuera ya bastante complicada.

—Ese es el propósito de mi vida —dijo Bonnie soltando una risita—. ¡*Ciao*!

Colgó. Me estremecí. Bonnie era como un tiburón que olía la sangre en el agua. No quise imaginar lo que sugería su último comentario.

En el pasillo me encontré con John. Se rio cuando le conté que Johnny sería mi representante en la cena y dijo:

—Ya es hora de que Hugo y Johnny se conozcan. Una excelente cena con algo de bebida seria les hará mucho bien. Se sorprenderán mutuamente. ¿Qué te parece si dividimos la cuenta, ya que a en todo caso se trata de un gasto de negocios?

—Gracias John, temo lo que esos dos van a descorchar sin medida en mi ausencia. Al menos ya puedo respirar un poco más tranquilo.

—Johnny se lo merece. Puede que piense que no lo aprecio, pero no es así. Me dijo que quiere trabajar por su cuenta, contigo como socio. No me opongo, pero le dije que tengo una interesante contraoferta para los dos, que les haré solo después de que consigamos salir indemnes de este fin de semana. ¿Puedes esperar hasta entonces?

—Por supuesto.

—Hablaremos el lunes.

John y Anne salieron a dar un paseo mientras yo me dirigí a la biblioteca. Pensar en aquella conversación con John me permitió aplazar la llamada a Bruni unos minutos más. No es que la estuviera evitando. Quería hablar con ella, pero Bruni tenía la habilidad de saber lo que yo pensaba, y las revelaciones de Stanley sobre su pasado me preocupaban mucho.

L lamé a la oficina de Bruni y la recepcionista me comunicó directamente.

—Aquí estás, Percy. Te extrañé.

—Yo también. Tengo una noticia. Nuestro encuentro tendrá que esperar hasta el viernes.

—Explícate.

Me di cuenta de que Bruni tendía a acortar sus frases cuando no estaba contenta.

—Es una historia un poco larga.

—Dame la versión corta.

—Muy bien. John me informó ayer por la tarde que mi padre quiere ver físicamente los tesoros antes de pagar. En respuesta, tu padre pospuso su contribución hasta que el mío haga la suya. El retraso significa que al fideicomiso de mantenimiento de la hacienda le falta un millón y medio de dólares. Para resolver los problemas y cerrar el asunto, tú y yo tenemos el honor de organizar una fiesta formal de fin de semana para los dos y, al menos, otros seis invitados, a partir de mañana. Me quedaré en Rhinebeck trabajando en los preparativos, de ahí el cambio de planes.

—¿Quieres decir que tu padre irá a Rhinebeck?

—Correcto.

—¿Lo vamos a hospedar?

—Aciertas nuevamente.

—Debo decir que esto es inesperado. ¿Quiénes son los otros invitados?

—La misma pandilla que el otro fin de semana, con la excepción del hombre alto, Malcolm Ault, pero eso puede estar sujeto a cambios, como es habitual en su caso, y quizás mi madre.

Hubo una pausa. Casi podía oír su mente dando vueltas.

—¿Tu madre asistirá?

—Por ahora es solo una posibilidad, pero podría llegar. ¿Te gustaría conocerla?

—Por supuesto que sí, pero tengo una pregunta. ¿Tu padre y tu madre se hablan?

—Que yo sepa, hace años que no. Por otra parte, ella y yo tampoco nos vemos desde hace tiempo, así que no podría decirlo con certeza.

—Bueno, debería ser un encuentro interesante, casi tan interesante como el de tu madre y mis padres.

—¡Cielos! Ni siquiera había pensado en eso. Podría ser un cataclismo. ¿Qué debería hacer entonces?

—Nada por el momento. Dijiste que era apenas una posibilidad, así que puede que no sea un problema. Prefiero resolver las dificultades que existen, en lugar de las que podrían suceder, así se ahorra un desgaste innecesario. Además, aunque tu madre no llegue, este fin de semana va a ser conflictivo, como suele suceder cuando hay intereses divergentes y grandes sumas de dinero en juego.

—Tienes razón. Si surge algo, lo solucionaremos en su momento. Entonces, ¿estás dispuesta a ser la anfitriona de una fiesta controversial?

—Una última pregunta, ¿habrá cenas de corbata negra y de corbata blanca?

—Sí, esa es la idea. Ambas, en realidad.

—Entonces, definitivamente estoy dispuesta. Tengo un vestido formal nuevo que me muero por usar. Es un poco atrevido, pero te va a encantar.

—Espero que no sea demasiado atrevido —dije.

—No seas mojigato. ¿Te preocupa que vuelva a ver a tu padre?

—Esa idea cruzó por mi cabeza.

—Apuesto a que sí. ¿Y tú? ¿Estás preparado?

—Estoy trabajando en ello —respondí.

—Muy bien. Después de saber quiénes más estarán allí, me siento mejor para encontrarme de nuevo con él. Cualquier posible incomodidad debería quedar eclipsada por las reacciones de los demás. Aun así, verlo requerirá algo de valor por parte de los dos. Hablaremos con más detalle sobre qué hacer cuando estemos juntos. Con todo, diría que será un fin de semana bastante interesante, y eso sin que papá quiera hervirte en aceite por haberlo dejado plantado. ¿Cómo planeas arreglarlo?

—Johnny va a remplazarme. Le di carta blanca para que explore la bodega del 21.

—Eso podría funcionar. Me gusta. ¿Listo para una sorpresa? —dijo Bruni.

—Viniendo de ti, siempre.

—Eso es música para mis oídos. Estuve muy productiva en las últimas veinticuatro horas y logré despejar mi agenda para los próximos días. Tengo una reunión esta mañana y quedo libre. Llegaría en auto esta tarde y podríamos pasar toda la noche susurrándonos cosas dulces. ¿Qué te parece?

—Suena maravilloso.

—¿Maravilloso?

—Estupendo.

—*Estupendo* suena mejor. Nos vemos esta tarde. Tengo que correr a la reunión. Te amo. Adiós.

Cuando Bruni colgó, me di cuenta de que olvidé pedirle que trajera mis maletas. Volví a llamar para dejar un mensaje en la recepción para que no solo trajera las mías, sino que ella misma las hiciera. Teníamos mucho que conversar, pero el simple hecho de hablar con ella aceleró mi corazón.

20

C ontento por la llegada de Bruni, fui a buscar a Stanley. Lo encontré en su despacho.

—¿Es un buen momento para hablar? —pregunté.

—Sí, lo es. Por favor, siéntese y dígame en qué puedo ser útil.

—Tengo varios asuntos en mente, entre ellos, que mañana llegan numerosos invitados, pero antes de que se me olvide, Brunhilde adelantó su viaje y llegará en la tarde. Seremos cuatro para la cena de esta noche.

—Le informaré a Dagmar. La cena será a las nueve y, si se me permite el atrevimiento, tener a su prometida presente añadirá un brillo extra a la velada que compensará con creces la pérdida de una noche en el Club 21. También le dará la oportunidad de discutir esos otros asuntos.

—La muerte de la segunda niñera es uno de ellos.

—Teniendo en cuenta que están comprometidos, una discusión franca al respecto sería del todo prudente, ¿no?

—Sí, por supuesto, pero no tengo muchos deseos de hacerlo.

—Los comienzos suelen ser difíciles —asintió Stanley—. Cada pareja de recién casados trae al matrimonio sus historias, sus prejuicios y sus defectos. Quienes logran desatar los nudos que hicieron como individuos y utilizar los hilos sueltos para tejer juntos algo nuevo tienen una oportunidad. Los que no pueden, finalmente se encuentran desunidos y solos. Es algo sobre lo que tendrá que reflexionar. Su señoría era competente en muchas cosas, pero ineficaz en este aspecto, y le costó caro. Dagmar y yo también tuvimos un comienzo difícil, pero al final nos las arreglamos. Lo que sucedió, y por qué, podría ser constructivo, si desea escucharlo.

—Me gustaría, mucho.

—Me casé con Dagmar como solución a mi soledad cuando su señoría estaba ausente. Puede que en primer lugar su señoría no se alegrara por mi matrimonio, pero con el tiempo pudo ver que era un acierto y llegó a apreciar la excelencia de las muchas artes que domina Dagmar. Trabajando en su cocina, mi esposa prosperó de un modo asombroso. Poco después de nuestro matrimonio, se convirtió en algo más que una simple, maravillosa y talentosa cocinera. Por supuesto, le pregunté por esos cambios. Me dijo que por fin había encontrado su lugar en el mundo y que era libre de ser ella misma. Y era cierto. Todo lo que Dagmar hacía, lo que aprendía y experimentaba formaba un patrón que, visto en su conjunto, era más grande y poderoso de lo que yo había previsto. Me costó acostumbrarme a esos cambios. No estaba preparado mentalmente para aceptarla, no solo como a una igual, sino, en muchos aspectos, como superior. Era mucho más inteligente y perspicaz de lo que había pensado en un principio, y una especie de resentimiento creció en mí.

»Las razones de ese sentimiento pueden atribuirse en parte a la cultura masculina en la que crecí. Yo tendía a considerar a las mujeres como subordinadas e inferiores a los hombres. Su señoría me disuadió rápidamente de esas ideas, pero más en un sentido general. Vivir a diario con Dagmar como esposa era algo totalmente diferente. He llegado a aceptar que ninguno de los dos sexos es superior. Separados, el hombre y la mujer son menos; juntos son más, pero esa visión armoniosa no la tenía en ese momento.

»Para ser franco, Dagmar me desconcertaba. Era como si me hubiera casado con un personaje de la realeza con disfraz de criada, mientras yo seguía siendo un simple sirviente, aunque de alto rango. Fue un trago amargo para mí. El maestro, si es que lo era, se había convertido en el alumno, y sentí celos. Incluso su señoría comentaba que había en Dagmar una grandeza y un genio realmente dignos de contemplar.

»Junto con mis celos creció una fricción más en nuestro matrimonio. Como le mencioné antes, quedé encantado con su señoría desde mi primer encuentro con ella. Ese afecto lo mantuve oculto en mi corazón. Es difícil ser el segundo plato de otro cuando se trata de un matrimonio. Amaba a Dagmar, y haría cualquier cosa por ella, pero la estatura que su señoría tenía a mis ojos y la imagen mental que había construido de ella no podían ser superadas por nadie. Tal vez Dagmar lo percibió al principio, pero con el tiempo su presencia creció y afectó nuestra relación tanto como si se hubiera escondido en nuestro armario un cadáver en descomposición. Finalmente, la incongruencia de mis sentimientos dejó de pasar desapercibida.

»Una noche, al final de nuestra jornada, había acostado a su señoría y entré en la cocina. Luego de mirar a mi esposa supe que teníamos asuntos que discutir. También presentí la prioridad de sus pensamientos y estaba en lo cierto. Dagmar esperó a que me sentara y no se anduvo con rodeos.

»—Solo puede haber una —dijo inmediatamente. El silencio que siguió a este anuncio se prolongó de forma casi insoportable—. Debes elegir —añadió en voz baja.

»—¿Entre quiénes? —respondí.

»—No te hagas el tonto conmigo —dijo—. Eres mejor que eso. Puede ser duro, pero es necesario si queremos seguir juntos.

»La miré fijamente. No sabía qué decir. Al cabo de unos instantes, respondí abruptamente y con resentimiento:

»—¿Cómo voy a hacerlo? No me pidas que haga lo imposible. Yo te traje aquí. Me casé contigo. Fui yo quien lo hizo y fue solo porque su señoría apoyó mi decisión y lo permitió. No he hecho nada inapropiado y deberías creerlo. Me debes eso, al menos.

»—Eso dices y es verdad hasta cierto punto. Además, estás celoso de lo que soy y de quien soy. Por mi parte, siento celos de su señoría, porque está en tu corazón de una manera que yo no puedo. Mi resentimiento hacia ti está creciendo. Tal como están las cosas, solo cabría esperar una tragedia. Si no lo percibes, entonces actúas como un ciego, y eso es algo que no eres. Debo dejar de sentir celos de su señoría y tú debes dejar de sentir celos de mí, o estaremos acabados.

»En pocas palabras, Dagmar había expuesto nuestra situación, y de tal manera que no me dejó ninguna duda de que estábamos cerca del abismo, si no en el borde mismo. Fue un golpe y, al examinar mi responsabilidad, descubrí un egoísmo en mí que debería haber sido obvio. Me había casado con Dagmar como solución a mi problema de soledad. Aunque tuviese mérito, no había tenido en cuenta el punto de vista de mi esposa. Ese comportamiento era vergonzoso. Pero ¿qué debería haber hecho? No había sido mi intención herirla y, sin embargo, lo había hecho y me había engañado pensando que lo que sentía por ella no importaba. Por otro lado, no era posible dejar de amar a su señoría. Nunca podría hacerlo, pero consideré que tal vez conseguiría amar a Dagmar de tal forma que ella se sintiera lo suficientemente satisfecha como para dejar de lado sus celos. Era una solución posible, solo que no sabía cómo lograrlo.

»Dagmar se dio cuenta del impacto de sus palabras y de mi remordimiento, pero no hizo ninguna señal de reconciliarse conmigo. Yo sabía que tenía que reconocer mi error y decírselo. Tomé su mano entre las mías y le dije:

»—He cometido un grave error, no por casarme contigo, sino por ser incapaz de llevar nuestra relación a un nivel en el que la rivalidad deje de ser un problema. Lo haría si supiera cómo, pero no lo sé. Solo puedo prometer que lo averiguaré. Yo también estoy celoso. Eres muy diferente de lo que esperaba. Me siento irremediablemente superado por ti. He tratado de seguirte el ritmo, pero es como si me hallara detenido. Si hay un remedio que puedas sugerirme, lo tomaría, solo que eso tampoco lo sé. Me siento ignorante e insensato. Lo siento de todo corazón.

»Dagmar puso su otra mano sobre la mía. Me dio las gracias por reconocer la verdad y añadió:

»—Tú no eres el único culpable. Yo también cometí un grave error y no sé cuál de los dos es peor. Te oculté algunas cosas de mi pasado. Deliberadamente te hice también sentir pequeño e insignificante, por despecho y resentimiento con lo que no pudiste darme. También lo lamento de corazón. Es el momento de dejar atrás nuestros errores y empezar de nuevo. Tengo un posible remedio para nuestros problemas. ¿Estás dispuesto a intentarlo?

»Le respondí que sí. Se levantó de la mesa y volvió con dos pequeños vasos de líquido oscuro y me dijo:

»—Bebe esto y yo haré lo mismo.

»—¿Qué es? —pregunté examinando el líquido con cierto desagrado.

»—No te matará, si es lo que estás pensando —respondió.

»No pensaba específicamente en eso, pero tenía un aspecto particularmente desagradable, como jugo de ciruela o algo semejante.

»—Espero que no, pero intuyo que es algo más que una bebida —contesté.

»—Es cierto. Deseas llevar nuestra relación a un nivel en el que dejemos atrás la rivalidad. Eso me gustaría tanto como a ti, pero antes de darte más detalles sobre lo que es, deberías saber algunas cosas sobre mí.

»—¿Por ejemplo? —pregunté.

»—Antes de decidirme a ser cocinera, estudié bioquímica aplicada a las plantas, la farmacología y la alimentación. Hice investigaciones. Nunca te lo dije y quizás debería haberlo hecho. La mayoría de la gente, al mirarme, solo ve lo que quiere: una mujer simple y corriente, una cocinera. Lo prefiero así. Podría haber continuado en ese otro campo y hacerlo bien. El laboratorio para el que trabajaba quería que me quedara y me ofreció toda clase de incentivos, incluso dirigir mi propio equipo, pero me negué. Trabajar allí no era mi idea de lo que quería hacer. Me encanta cocinar. Es mi pasión y preferí mi propio espacio de trabajo, donde podría lograr casi lo mismo. Además, los resultados serían míos, no de una empresa. Fue mi elección.

»—¿Entonces no eres solo una cocinera? —pregunté.

»—Soy una cocinera y mucho más que eso —respondió.

»Su revelación me sorprendió, pero luego lo entendí. Tenía sentido.

»Dagmar continuó:

»—Conseguir un trabajo como cocinera no fue difícil. Para empezar, era muy buena. Los jefes no preguntan por tu pasado. Solo piden referencias anteriores y estas son fáciles de obtener si sabes lo que haces. Las cocineras son consideradas almas menores en casas como esta. Hacen tareas necesarias, pero de poca importancia. Nadie las mira dos veces, ¿no es así?

»—Lo es, hasta cierto punto, pero ¿por qué no me lo dijiste?

»—¿Me habrías contratado sabiendo que fui antes una investigadora científica? ¿Te habrías casado conmigo si hubieras pensado que era más inteligente que tú?

»Dagmar había dado en el clavo exactamente. Tenía razón y lo admití. Ella asintió entonces y tomó nuevamente mi mano entre las suyas. Dijo que mi respuesta sincera era la razón por la que se había casado conmigo. También, que su señoría le había prestado varios libros y luego le había permitido el acceso a sus bibliotecas especializadas en plantas, hongos, setas y otros ingredientes inusuales. Su señoría también necesitaba ayuda en la valoración, destilación, fermentación y preparación de diversos compuestos orgánicos complejos, y Dagmar sabía exactamente qué hacer. Al fin y al cabo, era su campo.

—Santo cielo —dije—. ¿Entonces Dagmar ayudó a Alice en su investigación?

—Así fue, y su señoría le proporcionó a Dagmar especímenes físicos y conocimientos exóticos sobre el tema, como procedimientos exactos que utilizaban distintos indígenas, mezclas y la preparación de diversas medicinas, pociones y compresas.

Gran parte de la investigación de Dagmar está guardada en la biblioteca especial, marcada con una etiqueta azul.

—¿Sabes?, eso tiene sentido, Stanley, y me aclara también algunas cosas.

—¿Cómo?

—Recuerdo cuando Johnny y yo teníamos que luchar con el álgebra. Con solo un vistazo Dagmar era capaz de mostrarnos cómo responder a ciertos problemas y cómo funcionaban. Intentábamos que hiciera algunos de nuestros deberes, pero se negaba y nos echaba de la cocina. Nos decía que solo debíamos recurrir a ella como último recurso. Después de varias expulsiones, entendimos el mensaje. Incluso años después nos ayudó a resolver algunas ecuaciones diferenciales desconcertantes, pero nos hizo jurar que guardaríamos el secreto.

—Es un comportamiento típico. Ella me ayudó a organizar la biblioteca y me guio cuando tuve dudas, pero me insistió en que todo lo demás debería descubrirlo por mí mismo. Cree firmemente en la formación personal. Después de relatarme su pasado con más detalle, me contó también que había descubierto un grimorio muy antiguo, que pertenecía a la madre de su señoría y que hacía referencia a una fuente más antigua aún, que describía una ceremonia matrimonial en particular. La pareja debía compartir una bebida especialmente preparada, cuyo propósito era crear un vínculo inquebrantable entre los dos. Dagmar indicó que la bebida que teníamos ante nosotros era solo una aproximación a esa receta, ya que algunos de los ingredientes no se conocían y habían desaparecido con el tiempo. Sin embargo, tenía la experiencia suficiente como para asegurarme de que produciría un resultado similar. Debía tomarse antes de consumar el matrimonio.

—¿De verdad? ¿Funcionó?

—En efecto así fue. —Stanley sonrió—. Y le ahorraré los detalles.

—Supongo que es mejor así. Podría pedirle a Dagmar una gota de la bebida, en caso de que la necesite.

—Si fuera yo, la usaría solo como último recurso. Estas pociones pueden tener resultados imprevistos, tal como sucedió con la de anoche. En nuestro caso, fue un riesgo calculado. Los dos deseábamos preservar nuestro matrimonio a cualquier precio, y por eso la bebimos.

»Dagmar me confió después que la esencia del hombre es derrotar mediante la acción, y la de la mujer defenderse al no perder. El secreto está en el equilibrio adecuado entre ambos, algo que cada persona y cada pareja deben descubrir. Dagmar y yo encontramos ese equilibrio, y después de esa noche, nunca la miré de la misma manera. No solo vi a un ser espléndido, sino a una mujer poderosa y sensual, de extraordinaria inteligencia y comprensión, a la que había pasado por alto y subestimado. Ella necesitaba que mi amor la sostuviera tanto como yo necesitaba el suyo. Fue una revelación y mi vida cambió irremediablemente hacia un mejor camino desde ese momento. A partir de entonces, el amor entre nosotros no ha dejado de crecer hasta niveles insospechados, y con él la confianza entre los dos. Como un anillo que no tiene fin. Es lo que nos pasó. Espero que mis palabras hayan sido útiles y que pueda aprender de mi experiencia.

—Stanley, no sé qué decir más que gracias. Hablaré con Bruni y partiré de ahí.

—Hágalo, por favor. Una vez que eso esté resuelto, y lo estará, deberá concentrar su atención en mantener a sus invitados complacidos y resolver los asuntos financieros pendientes.

»Una serie espléndida de comidas ha sido planificada, incluida una cena de etiqueta el viernes y un banquete, también de etiqueta, el sábado por la noche. Ya se asignaron y se prepararon las habitaciones necesarias. Dagmar está dando los últimos toques a los menús, y yo dispuse el personal adicional necesario. Además, la señora Dodge me informó que hoy mismo tendrá el plano de los asientos. Todo está en orden.

—Me alegra oírlo.

—Nuestra intención es proporcionarle un telón de fondo adecuado y divertido que alivie algunas de las tensiones que generará este fin de semana, teniendo en cuenta la lista de invitados, con su padre incluido.

Stanley me miró. Sabía que mi padre era el tema del que realmente teníamos que hablar. No podía aplazarse más. Suspiré.

—Desde luego, esa reunión me ha rondado por la cabeza, y no me alegra. Pensar en él en esta casa me llena de temor y, por ahora, lo único que tengo son preguntas. No entiendo por qué viene, por qué quiere los tesoros cuando llegue ni por qué se presenta ahora, cuando ni siquiera está invitado.

21

—Entiendo su inquietud —dijo Stanley—. Según sus afirmaciones, podría deducir que él no quiere arriesgarse a que no lo invite.

—Eso tiene sentido, porque definitivamente quiere estar aquí. Supongo que es posible que también desee verme, pero, con su historia, no creo que sea para estrechar mi mano y celebrar que me he convertido en un buen muchacho. Podría haberme invitado a visitarlo en Inglaterra, lo que habría sido mucho más fácil para él, teniendo en cuenta su edad. Verme no es su principal motivación. No puede serlo.

Stanley consideró mi respuesta.

—Si fuera un alma ordinaria, pensaría que ver a un hijo por primera vez, aunque sea ya adulto, debería ser prioritario para él, pero no lo es. También podría estar interesado en dejar una especie de herencia, pero entonces habría permitido el pago de los fondos necesarios, como él mismo acordó, y no ha sido así. En cualquier caso, usted está involucrado de alguna forma, y verlo es parte de su plan.

—Tal vez, pero creo que el hecho de que yo sea el dueño de Rhinebeck se ha convertido en una razón válida para que insista en venir él mismo y, además, probablemente ha puesto en marcha algún plan. Mi primera conjetura fue que quería vengarse de ti. Dijiste que juró que lo haría, y solo es posible si viene hasta aquí. También es de los que guardan rencor y se toman el tiempo para planear una venganza adecuada. Ciertamente, lo hizo en el caso de Alice. Aun así, pienso que acabar contigo sería más una bonificación que su verdadera motivación. La venganza es un lujo caro, y el dinero siempre ha sido un problema para él, por lo que he oído. Debe de tener algún propósito económico y el hecho simple de matarte no lo tiene. ¿Estás de acuerdo?

—Totalmente. El dinero siempre ha sido un gran atractivo para él. Vengarse de mí no sería más que un beneficio colateral, pero no quiere decir que no aprovechará la oportunidad si se le presenta. En cualquier caso, tendré cuidado, si eso lo tranquiliza a usted.

—Bien. Estaba preocupado por ti. También consideré que podría querer la hacienda. Sería el toque final para vengarse de Alice, ya que ella no se la quiso entregar. Ser dueño de Rhinebeck sería como escupir sobre su tumba, aunque él es consciente de que la propiedad necesita fondos, lo que reduce esa posibilidad.

—No creo que quiera adquirir Rhinebeck. Tendría que sacarlo a usted de la escena de alguna manera, y no veo cómo podría hacerlo sin levantar sospechas. Es taimado, pero no un loco. Aunque eso podría debatirse. ¿Hay otras razones que haya considerado?

—Mencionaste a un grupo de coleccionistas que desean reunir poder, y este lugar lo tiene.

—Es probable. Si quiere acceder al poder que vive aquí, entonces debe estar aquí. Si pone sus manos en los tesoros, se sumará el poder intrínseco que estos poseen al suyo. Es una posibilidad. También podría significar que los Von Hofmanstal tienen un interés en ese resultado. Esa idea me inquieta. Por ahora, no hay nada concreto. Cuando dé a conocer sus intenciones, sean las que sean, podremos responder. Hasta entonces, no queda más que esperar.

—Llegué a esa misma conclusión. Le preguntaré a John si puede poner a Raymond a su disposición este fin de semana.

—Eso sería apropiado. —Stanley asintió con la cabeza—. Conoce bien la vida callejera y tiene una presencia intimidante. ¿Algo más?

—Mencionaste la *xenia* y las consecuencias que traería su violación. Quisiera saber más al respecto.

—La *xenia* tiene que ver con el comportamiento de los huéspedes y de los anfitriones. Significa que esta casa es una especie de santuario, en el sentido más amplio de la palabra. El anfitrión es responsable de la seguridad, la protección y el bienestar del huésped. El invitado tiene la obligación de comportarse adecuadamente. Esto último lo menciono para recordarme que debo preservar la seguridad y el bienestar de su padre mientras se encuentre aquí. Puedo mantener a raya mi aversión hacia ese hombre, pero solo hasta cierto punto. En ese sentido, creo que sería prudente explicarle a él que, en calidad de invitado en esta casa, incitar a la discordia y a la desarmonía sería muy desaconsejable, dada la naturaleza de esta hacienda, y que, por su propia seguridad, que usted como anfitrión está obligado a garantizar, debería ser cuidadoso y mantener cierta precaución.

—Bueno, Stanley, creo que nunca he considerado el hecho de ser invitado o anfitrión de esa forma. Me aseguraré de transmitir el mensaje. Supongo que es lo que llamaríamos una defensa ofensiva.

—Exactamente. Así fue como aprendí a comportarme en su presencia.

—Ya veo. ¿Tengo motivos para preocuparme, Stanley?

—De mi parte, no.

—Me alegra escucharlo. Si sientes que flaqueas, me lo dices.

—Tenga por seguro que lo haré.

—Gracias, Stanley. Esta conversación resultó esclarecedora en muchos aspectos. Espero con ansias la cena. Quedas encargado de ello.

—Será un placer.

22

Mientras pasaba por la cocina, pensé en lo que había dicho Stanley. Dudaba de que él fuera a perder los estribos, pero yo no conocía a mi padre, así que no sabía cuán corrosivo podría ser. Tenía que dejar ese tema de lado, por el momento.

Atravesé la casa y salí por la puerta principal con la intención de dar un paseo para planear la manera de abordar el asunto de las niñeras con Bruni y, además, aclarar mis pensamientos sobre todo lo sucedido en las últimas veinticuatro horas. Llegué junto a la pista de tenis y me senté.

Una fila de cuervos se posaba en la valla que la rodeaba. ¿Qué significado tenía? Era parte de un juego interminable dentro de mi cabeza. Cuando mi futuro parecía sombrío, lo que, en mi opinión, era frecuente, buscaba señales que aclararan mi pesimismo. Eran siete, un buen número. Un momento: uno voló. ¿Seis son tan buenos como siete? Decidí abandonar esa línea de pensamiento tan rápidamente como había surgido.

¿Qué pensaría Bruni de tal locura? Y, lo que es más importante, ¿soportaría convivir conmigo? Por otra parte, luego de las revelaciones de Stanley, ¿debería realmente contemplar el matrimonio con una mujer como ella? Hasta ahora había conseguido reprimir la pregunta.

Fui testigo de lo que el amor le había ocasionado a Johnny. Lo hacía olvidar cualquier razón. ¿No estaba yo haciendo lo mismo? Perder a Bruni seguramente me rompería el corazón, pero perder la cordura sería más devastador, y Stanley había planteado preocupaciones legítimas sobre su pasado. Me sentía destrozado. Sabía que aún tenía que escuchar su versión, pero la posibilidad de no tener un futuro con ella me hacía doler el corazón. Además, no sabía con certeza si estaba a la altura para ser su marido. Ella necesitaba una fuerza suave. Lo de la suavidad estaba claro; lo de la fuerza, no tanto.

Pensaba en eso cuando oí el motor de un auto. Me levanté y vi una larga limusina negra que llegaba desde la carretera y se dirigía al camino de entrada de la casa. Cualquier reflexión tendría que esperar. Me dirigí hacia allá.

Me uní a Stanley y a Simon. El chofer abrió la puerta del auto y de allí emergió el motivo de mi angustia.

—Llego temprano —anunció Bruni con orgullo—. Espero que no te importe.

Tenerla cerca me recordó lo hermosa que era. Irradiaba luz. Me acerqué a ella.

—Verte ahora es mucho mejor que más tarde. —Le di un beso de bienvenida.

—Creo que sí. Por cierto, como me pediste en tu mensaje, traje una cantidad extraordinaria de equipaje, incluido el tuyo.

—Excelente. Me aseguraré de que Simon y Harry te ayuden con las maletas.

—¡Maravilloso! —Me sonrió y luego se dirigió a Stanley—. Me alegra verte.

—Bienvenida nuevamente —dijo Stanley con una sonrisa ligera—. ¿Le apetece un aperitivo?

—Siempre cae bien. —Me cogió del brazo y seguimos a Stanley al interior de la casa.

Tras el champán y la cálida bienvenida de Anne y John, Bruni y yo nos retiramos a nuestro nuevo dormitorio. Al desempacar, rápidamente nos vimos rodeados de estuches de maquillaje, distintas lociones, batas, montones de ropa interior, vestidos, pantalones, trajes, zapatos y otros muchos artículos especiales que Bruni consideraba absolutamente necesarios. Miré esa variedad y me sorprendió que tantas cosas hubiesen encontrado lugar en la limusina sin necesidad de utilizar un portaequipajes o un pequeño remolque. Viendo la cantidad de cosas que trajo, asigné para mí un espacio en el vestidor que me pareció suficiente. Bruni analizó mi decisión. Opinó que mi parte era justa, pero tal vez demasiado generosa teniendo en cuenta lo que aún le faltaba guardar. Dije que lo reconsideraría y, luego de examinar lo que todavía quedaba en el dormitorio, le ofrecí reducir aún más mi espacio. Pareció complacida.

Mientras seguíamos desempacando, pensé en cómo abordar el asunto de las niñeras, e incluso me pregunté si debía hacerlo. Me bastó con mirar a Bruni para posponer el tema indefinidamente, pero, como había dicho Stanley, los comienzos pueden ser duros, y ambos teníamos hilos de nuestros pasados que debían desenredarse y volver a tejerse, siempre que pudiéramos hacerlo. La pregunta era justamente si podríamos hacerlo. Las dudas se cernían sobre mí como una nube.

—Estás muy callado. ¿Tienes dudas? —preguntó Bruni.

—Quizás deberíamos pasar al salón, está un poco más ordenado y podremos sentarnos cómodamente.

—Te estás arrepintiendo de casarte conmigo.

—Vamos a sentarnos. —Suspiré.

—¿Es así?

—¿Y tú no tienes ninguna duda?

Pasamos al salón en silencio y nos sentamos en el sofá. Bruni se recostó en uno de los extremos y pasó el brazo por encima del respaldo, mirándome con sus ojos azul cobalto que resaltaban con el color gris azulado de su blusa y una falda color crema. Su belleza me dejó sin palabras. Me senté en el otro extremo, sin salir de mi embeleso.

—¿De qué se trata? —espetó Bruni.

Respiré hondo y dije:

—Quiero saber sobre la segunda niñera, la que resbaló por la ventana, después de que la primera tropezara por las escaleras.

Bruni me miró fijamente y no dijo nada. No reaccionó, solo dejó que el silencio reinara. Finalmente, respondió:

—Te lo contaré, pero antes tengo que hacerte unas preguntas. ¿Recuerdas la primera vez que dimos un paseo y nos besamos?

—Por supuesto que sí.

—En ese momento dije que la franqueza es difícil y tiene capas. Luego te pregunté qué habías hecho para que me embelesara tanto contigo, y cómo lo habías conseguido. Quiero que respondas ahora a esas preguntas.

Al igual que su padre, quería que se respondieran primero sus preguntas, pero ninguna respuesta sería adecuada, ya que yo mismo no entendía esas cosas. Ella también tenía dudas, de lo contrario no las habría planteado. Las cosas no estaban saliendo como esperaba, pero continué.

—Te hablaré de ese fin de semana, pero antes quiero algunas respuestas.

—No, no hasta que me respondas. Lo que pasó entre nosotros esa noche fue por tu iniciativa, y por eso tengo derecho a saber. Ahora, contéstame.

Parecía como si hubiese transcurrido una eternidad desde esa noche en que la tuve entre mis brazos, y sabía que ahora sería el momento de contarle lo que sucedió.

—Muy bien. Primero voy yo y luego tú. ¿De acuerdo?

Bruni asintió con la cabeza. Sus silencios eran tan efectivos como sus palabras.

—La noche anterior a nuestro encuentro, Stanley nos contó a Johnny y a mí la historia de Alice. Cuando mi padre estaba casado con la tía de Johnny, la encerró en un baúl para obligarla a ser más sumisa. Durante su cautiverio, ella sintió que la visitaban unas entidades espirituales a las que llamaba *la gente*. Estar encerrada en la oscuridad coincidía extrañamente con una pesadilla recurrente que tenía desde niña. Uniendo estos dos hechos, Alice llegó a la conclusión de que llevaba consigo una maldición. Experimentó con muchas drogas para tratar de reconectarse con *la gente*, con la esperanza de que le dijeran cómo destruir el maleficio que cargaba. Su madre también estaba muy inmersa en el ocultismo, y Alice, una vez que se separó de mi padre con la ayuda de Stanley, siguió sus pasos. Sentía que era la reencarnación de una sacerdotisa del antiguo Egipto y coleccionaba muchos objetos de la época que la ayudarían en la búsqueda de su expiación. Viste varios de ellos después de la cena, cuando nos comprometimos.

Bruni volvió a asentir, pero no dijo nada.

—La noche de tu sueño —continué—, Johnny decidió invocar a un demonio. Quería comprobar por sí mismo si lo oculto era real o simplemente un producto de la imaginación. Siguió los procedimientos que utilizaba Alice y me pasó una de sus tinturas. Ella había escrito que los brebajes la hacían visible a otras entidades con las que interactuaba. No sé si la invocación tuvo éxito o no, pero me encontré en tu cama. En realidad, te deseé desde el primer momento en que te vi, y conseguí mi objetivo y más. Si el sueño fue físicamente real, no lo sé. No tengo un recuerdo completo de esa noche. También soñamos cosas similares, lo que debes admitir que fue muy inusual. La experiencia contigo fue inquietantemente intensa y casi más vívida que lo real. Tú lo sentiste.

—Fue una coincidencia, y la explicación parece descabellada. No sé cómo explicarlo, aparte de que me sentí abrumada y dominada. Ahora, contéstame: ¿pusiste algo en la comida o en la bebida? Dímelo.

—¡Por supuesto que no! ¿Cómo puedes pensar eso?

Siguió mirándome fijamente antes de asentir.

—Lo siento si te escandalicé. Todos tenemos una historia, Percy. Yo también. Te creo, pero tenía que preguntar. Es una explicación posible que me lleva a la siguiente pregunta: ¿dudas porque temes que no acepte las cosas peculiares que han sucedido aquí contigo, o tienes dudas por lo que has escuchado de mí?

—Ambas cosas pueden ser ciertas, pero ¿qué hay de tus dudas? ¿Puedes decirme que no tienes ninguna?

Se puso de pie y me miró.

—Hablemos entonces de eso. Ambos tenemos dudas, es un hecho. Pero aquí estamos, comprometidos. Tengo que saber de una vez por todas si te estás arrepintiendo o si eres tan cobarde como para querer que lo haga yo por ti. Porque si alguna de las dos cosas es cierta —señaló el dormitorio—, ¡no tengo ni idea de cómo voy a empacar todo lo que hay en esa habitación y llevarlo de regreso a mi apartamento!

Me levanté también y dije:

—Y yo debo saber de una vez por todas sobre tu pasado. Debes decírmelo.

—¡Increíble! Bueno, si es así, quiero un cigarrillo y dar un paseo. No te lo diré en esta habitación.

—Bruni, no quiero causarte molestias, pero...

—¿Molestarme? —interrumpió—. Tienes mucho que aprender sobre lo que me molesta. Lo que dijiste no me molesta. Lo que vas a decir, tampoco. Tu débil intento de darme la opción de cancelar nuestro matrimonio en lugar de tomar tú esa decisión sí me molesta. Si ese es el caso, entonces tal vez yo debería reconsiderarlo. No quiero estar con un idiota simpático, demasiado temeroso de hacer o decir lo necesario. ¡Quiero a alguien que esté a mi lado! Ahora, escucha, porque solo lo diré una vez. Si intentas darme una razón más por la que no debería casarme contigo, voy a empezar a gritar. Entonces sí me verás enojada. Así que, Percy, por última vez, ¿qué quieres hacer? ¡No yo! ¡Tú!

Me acerqué y la tomé por los hombros. Miré sus ojos brillantes y dije con firmeza:

—Bruni, no puedo evitarlo cuando se trata de ti. Me muero por casarme contigo. Realmente lo deseo. Te amo y es lo único que sé con certeza, pero debes hablar conmigo. ¡Debes hacerlo! ¡Por amor de Dios, dime qué pasó! Ahí tienes mi respuesta.

La acerqué y le dije con voz más suave:

—Ahora, ¿qué tal ese paseo? Puedes contarme todo sobre esa niñera mientras miramos los árboles y disfrutamos de la vista. ¿Te parece bien?

—¿Así que realmente quieres seguir adelante? —preguntó Bruni, recostada en mi hombro.

—Sí, quiero.

—Muy bien. Ahora te diré lo que deseas saber. Caminemos —dijo mientras se apartaba de mí—. Trae unos cigarrillos y algo de beber.

Miré sus zapatos de tacón. —Yo me pondría unos zapatos cómodos y un abrigo. Podría hacer frío. Mientras te cambias, recogeré unos cigarrillos. ¿Prefieres vodka o *whisky*?

—Elige tú. Yo tomaré un poco, pero el licor es sobre todo para ti. Vas a necesitarlo.

Me dedicó una sonrisa peculiar mientras la dejaba para ir a la habitación de Johnny, a su escondite secreto. Mientras bajaba bien abastecido, llegué a la conclusión de que la vida con ella sería probablemente mucho más interesante de lo que había previsto. Por otra parte, su vida conmigo en Rhinebeck tampoco carecería de emoción. Bruni se reunió conmigo al pie de las escaleras, con un cortaviento ligero, *jeans* y zapatillas. Yo había tomado prestada una de las varias petacas de Johnny, un paquete de sus cigarrillos, una chaqueta, un par de pantalones y unos zapatos informales. Agradecí que los dos pudiésemos intercambiar la ropa. Mientras me vestía en el piso de arriba, me di cuenta de que podía utilizar mi antiguo armario para todo lo que no cabía abajo. Ese solo descubrimiento justificaba el viaje.

—¿Lista? —pregunté, mientras me dirigía a la puerta principal.

—Sí —respondió ella—. ¿Y tú?

—Listo. Estaba pensando que nuestra vida juntos siempre será emocionante, así que podemos empezar. Conozco el sitio preciso. No está lejos.

Bruni me tomó del brazo, pero no me contó su historia de inmediato. Recorrimos el camino en silencio y luego nos dirigimos hacia el río. El viento soplaba las escasas nubes que se interponían al sol, mientras caminábamos hacia el oeste bajo la frondosa arboleda que bordeaba la carretera. El asfalto se convirtió en grava y luego se redujo a un camino de tierra que finalmente desembocó en un claro. En el centro de este había una roca de granito que parecía el lomo de una ballena emergiendo de un mar verde y exuberante. Subimos a la cima, a varios metros del suelo, y nos sentamos. Podía ver los destellos del río a través del follaje. Encendí un par de cigarrillos y le pasé uno a Bruni. Serví el licor de Johnny en la tapa, que funcionaba como una taza, y se la pasé.

—Tú primero —dijo ella.

—¿No confías en mí?

—Sabes que sí, y después de lo que tengo que decir, no tendrás ninguna duda.

Tomé un sorbo y le pasé la taza. Bruni bebió un trago. Mientras lo hacía, mis pensamientos volvieron a Johnny y a la noche en la que hicimos la invocación. Tuve la horrible sensación de que tal vez ese frasco contenía restos de la tintura de Alice. Johnny había dicho que añadió unas gotas a mi bebida aquella noche, pero conociéndolo, podría haber mezclado una pequeña cantidad más para que fuese eficaz. De ser así, no tenía ni idea de lo que estaba a punto de ocurrir. Bruni seguía con la taza en la mano, pero antes de que pudiera dar otro sorbo la cogí y vacié su contenido en la roca que había a mi lado. La petaca tenía tres cuartas partes de su contenido, más o menos la cantidad adecuada si mis sospechas eran correctas. Con una sensación de inquietud, la volví a guardar en el bolsillo de la chaqueta. Bruni no se dio cuenta, y siguió mirando a través de los árboles los destellos plateados del Hudson. Dio una larga calada a su cigarrillo y lo exhaló.

124

—Bésame primero —dijo volviéndose hacia mí. La besé.

—Gracias —dijo después y se sentó cruzando las piernas—. He pensado en este momento muchas veces. En contarle a alguien la historia de mi infancia como realmente transcurrió. Nadie la conoce mejor que yo.

Se acomodó en silencio mirando al vacío. Me observó de nuevo y comenzó a hablar.

—Cada día resuelvo una lista interminable de crisis, no porque quiera, sino porque es mi deber. Estoy en deuda, como puedes ver, y ese peso no parece aligerarse nunca. Esa carga y mis temores por el futuro me despiertan cada mañana y no me dejan dormir en la noche. La verdad es que te necesito mucho más que tú a mí. Deseo con todas mis fuerzas que todo termine. Quiero sentirme segura y, lo que es más importante —se volvió hacia mí con lágrimas en los ojos—, necesito saberme querida sin reservas a pesar de lo que soy. Gustosamente habría dado mi vida en algún momento a cambio de la posibilidad, incluso mínima, de que eso ocurriera. Ser amada incondicionalmente y sentirme segura son las dos cosas con las que he soñado desde que era una niña. Necesito un hogar, Percy. Verdaderamente, lo necesito.

Bruni se apartó mientras una lágrima rodaba sobre su impermeable y aspiraba nuevamente su cigarrillo. Lo apagó y retomó la palabra al cabo de un minuto. Se volvió y me miró.

—Te dije que no te preocuparas por tu oscuridad y que yo la acogía. Te veo, Percy. Me veo también en ti y tengo oscuridad suficiente para los dos. Sabrá el cielo lo que sucederá si tenemos hijos. Mis padres debieron de sentir lo mismo, pero me estoy desviando de lo que necesito decir y de lo que tú necesitas oír.

Hizo una nueva pausa y susurró:

—Las maté a las dos. Tuve que hacerlo. La primera era bastante mala, pero la segunda... Si creías que Alice estaba maldita, piénsalo de nuevo. Ella tenía a su lado gente y espíritus que la guiaban. Yo no tenía a nadie y era muy pequeña.

B runi empezó a llorar. La abracé y traté de imaginar qué podría haberla impulsado a hacer semejante cosa. Me pregunté incluso si era verdad. Los niños ven todo de forma diferente. Con una experiencia limitada, ¿cómo podrían ver el mundo tal y como es? ¿Quizás se equivocó? Lo único que podía hacer era esperar, consolarla lo mejor posible y guardar silencio.

Cuando las lágrimas pasaron, sacó un pañuelo y se sonó la nariz. Suspiró y dijo:

—Quieres saber lo que pasó y supongo que tengo que decírtelo. Me resulta casi imposible hablar de ese tema. No quiero, pero es necesario. —Tras una pausa, continuó—. Cuando me observo objetivamente, creo que siempre he estado un poco loca. También es posible que me hayan hecho empeorar. Cuando te encuentras completamente en poder de alguien y quiere enloquecerte, ¿no es la mejor salida volverse lo suficientemente loco como para hacer algo al respecto? La locura y el valor no son fáciles de diferenciar.

Bruni miró hacia el Hudson a través de los árboles.

—Debería haber sentido culpa después de la muerte de Nana, pero no fue así. Para algunos ese solo hecho habría activado las alarmas, pero a mí no me molestó. Más bien fueron las sospechas posteriores las que me hicieron cuestionar mi cordura. El personal del castillo empezó a inquietarse por mi versión de los hechos. Veía escepticismo en sus miradas furtivas. Quería gritar en voz alta lo que sabía que era cierto, pero callé.

»La confesión solo habría servido para que me internaran en un manicomio durante el resto de mi vida, y ese no era realmente el camino apropiado. El hecho de que no derramara ninguna lágrima contribuyó a las habladurías. Es más, nunca me sentí más feliz, y se notaba. Mi alegría los hacía cuestionar mi inocencia.

Bruni apartó por un momento la mirada y luego se volvió nuevamente hacia mí.

—La sospecha es difícil de precisar, pero cuando está presente, es tan real como cualquier otra cosa. Además, nunca se detiene. Creo que la gente que me rodeaba y que me vio crecer percibía desde el principio que yo no estaba bien del todo. Después de la muerte de Nana quedaron aún más desconcertados. Si la había asesinado, entonces estaba jugando con reglas que ellos no podían imaginar. ¿Tal vez pensaban que serían los próximos? Me convertí en paria en mi propia casa y esa es una situación que puede fortalecerte o quebrarte. La injusticia y la parcialidad me enojaron mucho. Supongo que sigo enfadada.

Encendió otro cigarrillo.

—No culpo a mis padres por mis primeros años. Estuvieron lejos la mayor parte del tiempo. Me querían y me ayudaban todo lo que podían, que era mucho, pero se tenían el uno al otro y había muchos intereses mutuos. Creo que los sorprendí al nacer. Era una niña. Ninguno de los dos sabía qué hacer conmigo, pues lo que querían era un hijo. En lugar de cambiar sus estilos de vida, contrataron a una niñera, y no a cualquiera. Se llamaba Olga Horst. Yo la llamaba *Nana*. Parece un nombre muy dulce, como para una cabra o un animal de granja cariñoso. No era ninguna de las dos cosas. No recuerdo con precisión cuándo se convirtió en mi niñera. No conservo recuerdos de una época anterior. No sé a dónde fueron esos recuerdos y, sin embargo, ella no siempre estuvo presente. Para mí, solo existió el tiempo en que ella estuvo. Quizás yo tenía cinco o seis años. Es un recuerdo inusualmente vago.

Bruni fumaba en silencio. La observé mientras ella estudiaba qué decir a continuación.

—El dolor es un bien útil. Centra la mente. Seguramente eso me sucedió, pero no me ayudó a tener una infancia feliz. Y, sin embargo, si no fuera por el dolor y por la disciplina férrea de Nana, dudo que hubiera podido desarrollar la voluntad que me ha permitido sobrevivir y lograr lo que tengo. Ser mentalmente fuerte y disciplinada tiene una ventaja y una desventaja. Uno no puede ser así para siempre, y me resultaba difícil saber cuándo era seguro bajar la guardia. Ese defecto ha sido mi perdición en muchos casos, como con mi exmarido y con lord Bromley. Eso te incluye también, aunque espero que contigo sea diferente. Me aceptas por lo que soy, ni más ni menos. Aposté mi futuro a esa convicción; sin embargo, me preocupa tu reacción. Tendremos que ver qué pasa, ¿no?

—Lo veremos.

—Es mi esperanza. Amar a pesar de las razones para no hacerlo es amar de verdad. Yo era así al principio. Un niño hará todo lo que diga un adulto, esperando poco a cambio. Una sonrisa, una mirada, cualquier cosa es suficiente. Están luego los que encuentran detestable cualquier muestra de afecto. Pero un niño buscará tener una respuesta. Nana amaba a Dios, pero odiaba más al Diablo. Una mañana descubrió que me había orinado mientras dormía. ¿Sabes cuántos huesos hay en el pie humano?

—No —respondí.

—Hay veintiséis huesos, treinta y tres articulaciones e innumerables nervios. Las plantas de los pies pueden recibir golpes sin dejar mucha evidencia, y una fusta elástica de madera, sacudida con rapidez y aplicada con fuerza sobre ellas, puede causar muchísimo dolor. Nana creía que Dios reflejaba su bondad en la cabeza y en el corazón, mientras que el Diablo habitaba en los pies. Bendecía a los primeros y golpeaba a los segundos. Ese era mi mundo. Ella era muy estricta. Cualquier equivocación, cualquier error en una lección o en el comportamiento traía como castigo un golpe en uno de mis pies. Me dejaba elegir cuál. Esa elección era de una perversidad muy sutil. Me permitía decidir. Tenía una opción y, por insignificante que pareciera, era mía, y yo elegía cada vez.

»Nana era calvinista. Creía que los que estaban predestinados a la salvación lo demostraban con sus pensamientos y sus acciones.

Los destinados a la condena hacían lo mismo. Decía que yo era inteligente pero malvada, y que mi maldad podía hallarse en mis ojos. Yo odiaba mis ojos. Eran muy azules. Hipnotizaban a los adultos, pero Nana solo veía en ellos una maldad que debía eliminarse. Sin control, esa influencia podría desviarla del camino, que es lo que hicieron, además de otras cosas.

»Mi educación fue estricta, pero no conocí otra alternativa. Un niño puede acostumbrarse a todo. En algún momento, cuando tenía nueve o quizás diez años, me quejé con mis padres. Fue un momento de debilidad. Les dije que Nana me castigaba sin piedad. Ninguno se lo tomó en serio. ¿Por qué habrían de hacerlo? Mis padres habían tenido una educación severa, quizá tan estricta como la mía. Se preguntaban de qué otra manera podría aprender la autodisciplina. Y tenían razón. Mis padres, a pesar de su aparente indiferencia, hablaron con Nana sobre lo que yo les había mencionado. Como rara vez me quejaba, y era tranquila y educada, mi historia debió de impresionarlos.

»Todo estuvo bien hasta que mis padres se marcharon de nuevo. Nana esperó hasta entonces. No pude caminar durante dos días después de su castigo, pero decidí, en mi cama, que nunca más sería traicionada y humillada por mi propia debilidad. Tomé una decisión, la primera más importante de mi vida: no volvería a permitir que Nana me venciera, si podía evitarlo con mi dedicación. Fue una especie de victoria. Con el tiempo, aprendí varios idiomas y dominé tantas asignaturas que incluso Nana apenas pudo encontrar una falla. Asumimos una tregua incómoda hasta que llegué a la pubertad, cuando la evidencia de mi sexo explotó, y eso hizo crecer en ella una pregunta persistente.

»Dame otro cigarrillo y un poco más de esa bebida.

Encendí el de Bruni y se lo entregué. Encendí uno para mí y dije:

—Quizás deberíamos ahorrarnos la bebida.

—Quiero un trago.

—Solo un trago, entonces. —Serví una pequeña cantidad y se la di.

—Dije que esto era para ti, pero supongo que mentí. ¿Puedes creerlo? Pero es muy poco, Percy. Quiero más que eso, y tú también deberías beber. Haremos las cosas juntos ya que estaremos juntos.

Bruni parecía extrañamente animada. Serví nuevamente. Bebimos. Ella fumó y miró a lo lejos antes de continuar.

—Había aprendido a montar a caballo. Era apropiado que lo hiciera y era el único momento en que podía estar lejos de ella. Nana odiaba a los animales y no se les acercaba. Yo montaba cada vez que podía. Como mi cuerpo se desarrolló tan pronto para mi edad, Nana decidió averiguar si era casta. Te ahorraré los detalles, pero el resultado nos sorprendió a las dos.

»Hasta entonces, había vivido entre hechos, cifras y abstracciones. Ese era mi mundo. Cuando Nana confirmó físicamente que yo no era virgen, descubrí mi sexualidad. No ignoraba por completo esa posibilidad. Ciertamente, había leído bastante sobre el tema y estaba familiarizada con la teoría, pero la realidad suele ser muy diferente.

»Nana no sabía nada de las chicas y los caballos, ni que la equitación intensa puede desgarrar esa parte de la anatomía de una joven. Yo tampoco lo sabía. Le confesé mi inocencia y le dije sinceramente que no había tenido la oportunidad de relacionarme con otras personas de mi edad, y mucho menos con un chico. ¿Cómo es posible que no lo supiera? Pero la evidencia era innegable. A partir de entonces, me vigiló de cerca y con cuidado, con un celo inusitado.

»En retrospectiva, fue su lujuria, no la mía, la que selló su destino. Fue un año sombrío hasta el momento en que se rodó por las escaleras. No me dejaba en paz. No podía hablar con mis padres, dado lo que había sucedido antes. Habría represalias y no quería averiguar cómo serían. Además, ¿quién iba a creerme? Al final, supe que nadie me protegería más que yo misma. Era una verdad desagradable, difícil de aceptar con calma, no importa la edad, pero más aún a los doce o trece años.

»Los griegos lo llamaban *ate*, ese momento en que el impulso imprudente se apodera del control. Esa deidad devastó a muchos hombres orgullosos mientras saltaba sobre sus cabezas. Era su don. Pero ¿qué pasa si toca a una chica? Los poetas nunca lo dijeron. Tal vez se concedió lo contrario, como a Dionisio y sus ménades. Tal vez. No creo en dioses o diosas, pero algo sucedió en la parte alta de esas escaleras. Sentí un repentino estallido de valor o de locura y no puedo decir de dónde vino. Sea lo que fuese, me liberó y estoy muy agradecida por ello.

Bruni dejó de hablar y miró a su alrededor como para orientarse antes de continuar.

—Nana dio un paso. Íbamos tomadas del brazo, pero mi pie pisó el suyo. Ser torpe no te convierte en un asesino, pero dejarte llevar es otra cosa, y yo me dejé llevar. Podría haberla salvado, pero decidí no hacerlo. «Déjala que se rompa el cuello», pensé y entonces cayó, de extremo a extremo. Cuando la vi tendida, desparramada, inmóvil en la piedra de abajo, me sentí extasiada. Bajé las escaleras, como si tuviera alas, para asegurarme de que estaba muerta y lo estaba. Me había librado de ella.

»¿Fue eso un asesinato, Percy? —Me miró, buscando en mi rostro si la valoraba menos.

—Tal vez fue simplemente justicia —dije lo que creía.

Bruni suspiró y asintió.

—Yo también lo creía… al menos al principio, pero luego Lina se convirtió en mi institutriz y me encontré de nuevo en apuros. Eso llevó a que me preguntara si tal vez había actuado mal. El primer incidente podría haber sido mala suerte, ¿pero el segundo? Era difícil de explicar. Nana era retorcida, pero Lina estaba loca.

—Después de la muerte de Nana, le sugerí a mis padres la idea de no tener chaperona ni supervisión, pero me dijeron que eso era imposible para una niña de mi edad. Poco después, contrataron a Lina como institutriz. Era una mujer pequeña y rubia, de unos veinte años. Si mi actitud hacia ella hubiese sido diferente, tal vez nos habríamos hecho amigas. Pero protesté contra la decisión de mis padres y le dejé claro a ella, desde el principio, que la odiaba por ello. Lina aceptó mi perorata inicial sin levantar ni una ceja. Cuando se agotó mi ímpetu, me dijo que le importaba un bledo lo que yo pensara. Yo no era su jefe, sino un medio para estar más cerca de su novio, uno de los mozos del establo. Yo podía hacer lo que quisiera. Fiel a su palabra, tanto si estudiaba como si me portaba mal o me enfadaba, Lina no mostraba la menor preocupación ni movía un dedo para amonestarme.

»Analizando ese momento desde su punto de vista, debió de ser difícil. Yo quería que renunciara y me comporté como una princesita engreída para asegurarme de que lo hiciera. Había pensado que a mis padres les resultaría casi imposible contratar a otra institutriz desde que empezaron las sospechas sobre la muerte de Nana, pero el plan se volvió en mi contra. Debería haberme dado cuenta, poco después de su llegada, de que Lina no era normal. Puede que me doblara la edad, pero ella y yo teníamos una retorcida tendencia a imponernos sobre los demás. Cada vez que la insultaba, lo que hacía con frecuencia, ella tomaba represalias. Después de varios de mis amargos arrebatos, Lina empezó a sentarse en una silla de la biblioteca donde yo estudiaba y me miraba fijamente hasta que yo no podía soportarlo. Le gritaba que dejara de hacerlo.

Cuando retiraba la silla, ella permanecía de pie. Era un juego juvenil que poco a poco se fue descontrolando.

»No tardé en aprender a controlar mi temperamento y a ignorarla. Frustrada por mi indiferencia, Lina recurrió al robo. Cada tanto desaparecían un anillo o un par de prendas interiores. Ella negaba haberlos tomado, pero después de que desaparecieron varias cosas mías, volví a perder los estribos. Sin inmutarse, Lina confesó sus hurtos y me dijo que yo no podía hacer nada al respecto, pues tenía fama de mentirosa y mis acusaciones las tomarían por invenciones. En realidad, dijo que yo era una zorrita engreída e impotente y sus robos eran una compensación necesaria por aguantarme.

»Me indigné, aunque lo que ella decía no era del todo falso. Deliberadamente, yo había sido sumamente difícil. Por otra parte, ella robaba y me había llamado *impotente*, mientras me retaba para que hiciera algo al respecto. Entonces pensé que, si ella podía robarme, también yo podía robarle a ella. Me quedaría con su novio.

»Mi plan era simple, pero efectivo. Me aseguré de sonreír, entornar los ojos y apoyarme en él cuando me subía a la silla de montar. Mi táctica funcionó y a medida que caía más bajo mi hechizo, Lina se ponía más celosa. Me advirtió que lo dejara en paz. Le dije que lo haría si ella renunciaba. Aceptó. Yo había ganado. Por desgracia para las dos, las atenciones del novio no se decidieron tan fácilmente. Empezó a evitarla.

»Al principio Lina se sintió abatida, pero luego se enfureció. Me acusó de no cumplir mi parte del trato y me amenazó con hacerme la vida imposible. Pensé que todo se quedaría en palabras, pero me equivoqué. A la mañana siguiente, me desperté y encontré a Lina sentada junto a mi cama, mirándome fijamente con un par de tijeras en una mano y un gran trozo de mi pelo en la otra. No lograba salir de mi asombro. No sabía qué hacer ni qué decir. Lina sonrió y dijo con voz suave que si no convencía a su novio para que la tratara como antes, haría algo mucho peor. Todo el mundo debe dormir en algún momento, dijo, y tenía razón. Me di cuenta de que era vulnerable y de que Lina estaba más loca que yo.

»Decidí rendirme.

»Ese día, después del desayuno, bajé a los establos para convencer a su novio. Por el camino, analicé mi situación. Sabía que yo era la culpable, pero me pregunté cuáles serían las consecuencias si simplemente cambiaba de actitud y me rendía. Había vivido mi vida con un temor constante, y pensarlo me enfermaba. Vomité el desayuno y, cuando terminé, limpié y refresqué mi boca; en ese instante, supe con certeza que nunca más elegiría experimentar una humillación así. Prefería morir. Decidí luchar sin importar las consecuencias. Yo también tenía poder. Un poder sobre los hombres.

»Mientras sostenía mi caballo me acerqué a su novio y lo besé con intensidad. Cuando terminé, lo miré a los ojos y supe que él haría todo lo que le pidiera. Le ordené que dejara a Lina si quería recibir algo más de mí. Aceptó de buen grado, pero dejó ver su nerviosismo. Me contó que Lina había dejado una cicatriz permanente en una antigua rival, cuando la quemó con aceite hirviendo. La chica quedó desfigurada para siempre. Lina me haría lo mismo o algo peor. Pero no me importaba y más bien me sentía eufórica. Me había defendido de la única manera posible.

»Cuando regresé de mi cabalgata, Lina estaba esperando. Me atacó mientras yo desmontaba. Aunque ella era mayor, yo era más alta y fuerte. Luchamos como un par de gatas salvajes. Después de lo que pareció una eternidad, Lina se detuvo. Nos quedamos agachadas, jadeando, incapaces de continuar. Antes de alejarse, tambaleándose, Lina masculló que me diera por muerta. Yo no había ganado, y aun así era una victoria. La miré mientras se retiraba y supe que se había declarado una guerra. Para sobrevivir, tenía que actuar con rapidez, decisión y fuerza. No habría una segunda oportunidad.

»Dispuse que sucedieran dos cosas simultáneamente: negociar una tregua con Lina, en mi biblioteca, a mediodía, y que, a esa misma hora, su novio la llamara desde abajo de la ventana y luego se retirara. Él hizo lo que le pedí y, cuando Lina se asomó para ver qué quería, la empujé. No encuentro otra defensa más que ella me habría matado primero o, como mínimo, me hubiese mutilado. Lo sabía en ese momento y lo sigo sintiendo ahora.

Bruni consideró lo que había dicho antes de continuar.

—En la mayoría de los sistemas legales, habría podido presentar un caso de defensa propia y ganar. Resultó que Lina tenía un largo historial de violencia. Además, yo era menor de edad, y los tribunales suelen ser más indulgentes con los niños. Al final, recurrir a la ley fue innecesario. Mis padres se aseguraron de que no ocurriera. Tenían razón. Comprobar mi inocencia ante un tribunal, enfrentado a la destrucción de la reputación de la familia y mi futura humillación, hizo obvia la elección. La culpa o la inocencia son irrelevantes en el ámbito de la opinión pública. Desde el primer momento y desde entonces digo que ambas muertes fueron desafortunados accidentes, pero ahora tú sabes la verdad. ¿Actué como una asesina? ¿Fueron justificadas mis acciones? He pensado en estas preguntas una y otra vez.

Bruni hizo una breve pausa.

—La razón para convertirme en abogada no fue otra que evaluar el alcance de mi culpabilidad. Descubrí en mis estudios que no existe una ley contra la estupidez. Mi delito, porque lo cometí, no es un delito de derecho, sino de hecho. Empecé y luego hice crecer el conflicto hasta el punto de hacer necesaria la fuerza letal, aunque se interpretara como defensa propia. Me comporté como una mocosa malcriada y el resultado fue la muerte de Lina. En cuanto a la muerte de Nana, no tengo una respuesta tan clara. Si existe una, todavía se me escapa.

»Desde entonces, juré no volver a actuar despreciando de forma tan descarada las consecuencias. Resulta irónico que, a medida que mi belleza crecía, acontecimientos similares ocurrían adonde fuera. Los hombres desfallecían y las mujeres alistaban cuchillos. Conociendo la tragedia que podía desatar, aprendí rápidamente a desactivar esos potenciales conflictos antes de que comenzaran. Los hombres son mucho más fáciles de manipular e intimidar que las mujeres, y me propuse aprender a hacerlo. Con el tiempo, gané una reputación que impedía que cualquier hombre hiciera un avance antes de pensarlo dos veces.

»Respondí tu pregunta, y yo tenía otra, solo que parece que no puedo recordar cuál era. Pero, abrázame. Me siento muy extraña.

Yo también me sentía extraño. El mundo daba vueltas y sentía que iba a caer una vez más. Me aferré a Bruni para salvar mi vida.

26

Desperté solo, tumbado en la roca, mirando una luna llena, suspendida a lo lejos en un cielo de medianoche. El brillo del orbe eclipsaba las estrellas. Nada se movía y todo estaba en silencio. Sentí el frío de la noche a través de mi chaqueta. Me recordaba los últimos días de octubre, esa época del año en la que las cosas se agitan bajo la tierra, el otoño se convierte en invierno y los límites que separan la vida y la muerte son imperceptibles y frágiles. No sabía de dónde me llegaban esos pensamientos. Bajé de la roca para cerciorarme de que podía moverme y para saber dónde estaba.

La luz de la luna, con su blancura helada, bañaba el prado circundante. Los espacios sombreados bajo los árboles lucían oscuros. No veía el camino de regreso a la casa, pero la roca era la misma. Al menos conocía mi ubicación en relación con el camino y comencé a avanzar en esa dirección. No había rastros de Bruni. ¿Quizás se había despertado y había vuelto a la casa antes que yo?

Atravesé un bosque de luz lechosa y tinte oscuro, escuchando el crujido de mis pasos sobre las hojas muertas y el ocasional roce de las ramas desnudas contra con mis pies. La ausencia de cualquier otro sonido aumentaba el misterio del entorno. Me sentía intranquilo.

Cuando llegué al lugar donde debería haber estado la carretera, solo había una amplia extensión de prado espeso, salpicada con algunos árboles deshojados y oscuros. La tierra de color uniforme, que veía al frente, ascendía gradualmente hasta una colina pequeña. Más allá, una línea fina de humo blanco se elevaba en forma vertical y subía hacia la luna. Me dirigí hacia allá. En la cima de la colina, noté una suave depresión circular. En el centro había una pequeña choza de estructura redónda y colores gris y negro. De un agujero en el techo salía el humo blanco.

Bajé la suave pendiente y encontré la entrada, en el otro lado, cubierta por un material oscuro en el que había extrañas marcas blancas. Estaba a punto de preguntar si podía entrar cuando una voz gritó desde el interior: «¡No entres, *demonio*! Sé que estás ahí. Puedes sentarte en la entrada, pero no más cerca». No logré saber si la voz era masculina o femenina, pues estaba amortiguada por la cubierta. Hablaba en un idioma que nunca había escuchado antes y, aun así, lo entendí. Me senté en el suelo helado junto a la puerta.

La voz volvió a gritar:

—¡Yo no te invoqué, *demonio*! ¿Por qué estás aquí?

—No lo sé. Vi el humo que desprende tu fuego —respondí, en lo que creí que era mi idioma, pero las palabras salieron de otra manera.

—¿Estás perdido?

—Sí. No. No lo sé.

—¿Dónde está tu guía, *demonio*?

—¿Guía? No tengo guía —respondí.

—Entonces estás perdido. No puedo ayudarte.

—¿Qué debo hacer?

—Vuelve al lugar de donde viniste.

—¿Y luego qué? —pregunté.

—No vuelvas a vagar por aquí.

—No soy un demonio.

—¿Cómo lo sabes?

—Porque soy humano.

—¿Estás seguro de eso?

—Sí.

—¿Ves los colores?

—No, solo la luz de la luna.

—Entonces *no* eres humano, *demonio*. Vuelve al lugar donde despertaste y hazlo rápidamente... ¿Me oyes?

—¿Oír qué?

—¡Vete, *demonio*! Incluso los espíritus mueren en noches como esta.

—¿Dónde estoy? —pregunté.

—Adiós, *demonio*. Si fuera tú, huiría, pero no soy un demonio. ¡Ahora, vete! ¡TE LO ORDENO! VETE!

A lo lejos escuché un aullido. El sonido subía y bajaba y se elevó una vez más antes de desvanecerse. Sentí un estremecimiento distinto al del frío. Quizás la voz de la cabaña tenía razón. Me levanté y regresé por el mismo camino. Volví a escuchar el aullido. Se oía más cerca y empecé a correr.

«¡Base!», pensé, como si soñara. «Debo tocar la base antes de que me atrape».

Empecé a correr y luego aceleré a toda velocidad hacia la lejana línea de árboles y al río, más allá del prado. El paisaje se movía en cámara lenta, como en un sueño, pero yo corría tan rápido como podía.

Llegué a las sombras oscuras de los árboles y corrí sin parar a través de la maleza. Las ramas me arañaban, pero avancé sin detenerme. Por un momento, reduje la velocidad para recuperar el aliento, y en ese instante oí un fuerte golpe detrás de mí. Lo que me perseguía había golpeado la línea de árboles con un impacto feroz. Me estaba alcanzando a una velocidad imposible de superar. Miré hacia atrás por un instante. Vi que los árboles se balanceaban. Di un giro y mi mente se fundió en pánico. Me abrí paso entre la maleza, saltando por encima de las rocas y esquivando los troncos de los árboles en una desesperación frenética. A través de la niebla y con la visión concentrada, alcancé a atisbar la roca con forma de ballena en medio del prado. Corrí hacia ella, en una carrera salvaje y definitiva que agotó todas mis fuerzas. Oí un rugido justo a mi espalda y me estrellé de lleno contra el lado de la roca. Más que verlo, sentí un brillante destello de luz. El choque me hizo girar y, en un último momento de consciencia, iluminado por la luna resplandeciente, vi algo negro, grotesco y enorme que se movía en cuatro patas, estirándose para devorarme.

27

No podía respirar. Me retorcía en el suelo junto a la roca, desesperado por obtener un aire que no llegaba. Oí a Bruni por encima de mí. «Percy, ¿qué hora es?». Y luego más fuerte: «¿Percy? ¡Percy!».

Debo de haber hecho algún ruido, porque vi su cabeza aparecer por encima de mí. Se agachó a mi lado.

—¡Percy! ¿Estás bien?

Intenté respirar y la miré con ojos suplicantes y desesperados por ayuda, pero no me salían las palabras.

—Debes de haberte caído. Voy a extender tus brazos por encima de tu cabeza, como si bucearas. Inspira por la nariz y espira por la boca. —Me extendió los brazos y después de un momento pude por fin respirar.

—Está funcionando. ¡Por todos los cielos, Percy! Casi me matas del susto. No vuelvas a hacerlo, por favor.

Después de un minuto más tumbado en el suelo, pude incorporarme.

—Descansa un poco —dijo Bruni—, te quedaste sin aire. Es una sensación horrible. La he experimentado algunas veces al caer de un caballo.

Se sentó a mi lado y me abrazó. Después de un minuto, preguntó:

—¿Cómo te sientes? ¿Estás mejor?

Asentí con la cabeza.

—Puedo volver a respirar. Gracias. Fue inesperado.

—Ciertamente, lo fue. ¿Qué había en esa bebida?

—Creo que era una porción sobrante de la tintura de Alice. Johnny debe de haber preparado una cantidad mayor.

—Bueno, eso explica algunas cosas. ¿Puedes ponerte de pie? Déjame ayudarte.

Nos levantamos juntos.

—Apóyate en la roca —me ordenó Bruni.

Lo hice y respiré profundamente, expandiendo por fin los pulmones.

—Estoy bien, creo.

—Todavía te ves muy pálido. ¿Estarás bien?

—Creo que sí.

—Volvamos entonces. ¿Sabes qué hora es?

—Tarde, pero creo que llegaremos a tiempo de cambiarnos para la cena.

—Vamos, toma mi brazo.

Apoyados, caminamos por el sendero hacia la carretera. El dosel frondoso de los árboles oscurecía el suelo y el sendero se extendía ante nosotros con sombras de intensidades distintas. Quería ver la casa para estar seguro de lo que era real y lo que no lo era. Me dolía la cabeza. No sabía si por haberme estrellado contra la roca o por haberme caído y golpeado contra el suelo. En la penumbra, los troncos de los árboles dibujaban rostros alargados que gritaban palabras mudas.

Bruni irrumpió en mis pensamientos.

—Gracias por escucharme. Es muy importante para mí. Ahora que lo has escuchado...

Recordé entonces la historia de Bruni. Parecía algo distante, como de un pasado lejano. En algún momento tendría que contarle lo que había experimentado despierto, pero con la oscuridad que se acercaba, era imposible. Y Bruni esperaba mi respuesta.

—Gracias por hablarme de tu infancia —dije finalmente—. Debió de ser muy difícil. Todavía te quiero. No tienes que preocuparte por eso. Ni ahora ni nunca. Por supuesto, si hay algo más que deba saber... mejor me lo dices después. Está oscureciendo y necesito luz. Tengo mucho frío.

Bruni se acercó y me tocó la cara.

—Te estás congelando. —Se abrazó más a mí—. ¿Qué pasó en esa roca?

—No lo sé bien. Fui a un lugar, y no fue una experiencia agradable. Espero que tú lo hayas pasado mejor.

—Así es. Te lo contaré más tarde, pero gracias por lo que dijiste. Ahora me siento más cerca de ti que nunca. Algo nuevo ha pasado entre nosotros. Puedo sentirlo, pero ahora necesito llevarte a casa. Todo lo demás puede esperar.

Llegamos a la carretera de acceso y, unos minutos después, pudimos distinguir el tejado de Rhinebeck y sus cuatro chimeneas silueteadas contra el cielo. Estábamos cerca y nunca me había alegrado tanto de ver una casa en mi vida. Me sentía bajo una gran presión y aferrarme a Bruni era lo único que me impedía abandonarme. Bruni me miró.

—Todo estará bien, Percy. Ya estoy aquí. Estamos aquí. Vamos a estar bien.

Asentí con la cabeza. Esperaba que tuviera razón. Por el momento, ni sabía qué pensar.

28

B runi estaba delante de nuestro espejo de cuerpo entero, con un estilizado vestido de cóctel negro y unos tacones de charol que le hacían juego. Un gran zafiro azul en forma de estrella, colgado en una cadena de platino, descansaba sobre su escote. Tanto su rostro como la piedra brillaban con una luminosidad interior.

Me ubiqué detrás de ella. Se ajustó el collar un poco y me miró en el espejo. —El estuche de mis aretes está en algún lugar del dormitorio.

—¿Qué aspecto tiene? —pregunté.

—Es un estuche mediano de cuero. Creo que es negro, pero también podría ser azul oscuro… ¿Cómo me veo?

—Como una diosa.

Cuando volvimos de nuestro paseo, tomé una ducha larga, con agua caliente, y me sentí mejor. Cuando salí, ella me miró y dijo:

—Ya no estás tan pálido. La comida y la bebida te ayudarán. Tenemos que prepararnos para la cena.

Mientras ella se apresuraba en el cuarto de baño, yo decidí que necesitaba sentir algunos objetos físicos, como había sugerido Dagmar. Había recogido la ropa que quería llevar a mi armario de arriba. Pesaba más de lo esperado y, mientras subía con dificultad las largas escaleras hasta mi antigua habitación, conté uno a uno los escalones. Contar siempre me había servido para desviar la atención de las cosas que no quería sentir o imaginar y, una vez más, había funcionado.

Había regresado a nuestro dormitorio sintiéndome mejor, vestido con un traje azul oscuro, luego de tomar prestada una de las brillantes corbatas Hermès de Johnny, de las que mantenía ocultas. Cuando por fin las encontré, pensé que un toque de color era algo que no había apreciado antes. Tendría que reconsiderarlo.

Cuando abrí la puerta de nuestro dormitorio, Bruni estaba en ropa interior, revolviendo varias bolsas de ropa, buscando un vestido. Podría haberme quedado observándola así el resto de la noche. Mientras la miraba, apenas podía pensar en otra cosa, lo cual me parecía bien. Había notado, mirando a mi alrededor, que estaba pendiente la tarea de poner algo de orden en el dormitorio. Era un desastre. Esperaba que Bruni y yo compartiéramos la cualidad del orden. Vivir juntos sin duda lo pondría de manifiesto. Mis visiones tuvieron un efecto positivo: apreciaba las pequeñas cosas, como ordenar la habitación o elegir una corbata. Cosas triviales que bien servían como polo a tierra. Además, estaba vivo y Bruni y yo permaneceríamos juntos. Ese pensamiento me alegró el corazón.

La observé parado detrás de ella, estudiando su reflejo en el espejo. Giró la cabeza de un lado a otro y dijo:

—Tengo que ponerme unos pendientes; creo que unos aretes de diamantes, de los grandes. Tendrás que ayudarme. No tengo ni idea de dónde está ese estuche.

—También podría pedirle a una de las criadas que nos ayude a guardar todo mientras cenamos…

Bruni se quedó pensativa.

—¿Lo harías? —preguntó al fin—. Eso sería espléndido, pero dos podrían hacerlo mejor. Si pudieras enviarlas hasta aquí, podría decirles qué hacer, mientras busco el estuche y termino de arreglarme.

Me sonrió.

—Excelente idea —dije—. Lo haré ahora.

Le besé la nuca, justo donde nacían unos vellos suaves, antes de dirigirme a la cocina para buscar a Stanley. Que Bruni tuviera una criada personal podría funcionar. Al pasar por la biblioteca, me pregunté qué había sentido ella en la roca. También tendría que hablar con Dagmar y Stanley de lo que me había sucedido allí, pero no tenía ni idea de en qué momento. Por ahora, me conformaba con estar aquí. Todo parecía muy lejano, incluida la visita de mi padre, lo cual me pareció bastante liberador.

La cocina y la zona de los criados eran un hervidero. Logré ver a Stanley subiendo de la bodega con un par de botellas de vino, cargadas como si fuesen bebés.

—Stanley, odio interrumpir, pero nuestro dormitorio es un desastre absoluto. ¿Puedes prescindir de una o dos criadas durante una hora al menos?

Stanley hizo una pausa.

—Resulta que tengo personal extra. Con tres debería bastar. Cambiando de tema, ¿consiguió resolver los asuntos pendientes entre usted y su prometida?

—Lo hicimos, y algo más. No sé cómo, pero parece que estamos más unidos que nunca. Han pasado muchas cosas desde la última vez que hablamos.

—Son excelentes noticias. Intuyo que hay más cosas que contar y me gustaría conocerlas, pero será mejor mañana, ya que esta noche es imposible. Que hayan resuelto el asunto a satisfacción de los dos no es poca cosa. La ocasión amerita un champán y hay uno excepcional puesto en hielo en el salón. Simon está allí para atenderlo. Apartaré estas botellas y enviaré a las criadas.

—Excelente, Stanley. Gracias. Lo dejo en tus manos.

Entré en el salón. A diferencia de la cocina y el dormitorio, aquí reinaba el orden. Simon estaba junto a la barra. Al verme, descorchó una botella de Cristal, sirvió una flauta para mí y la colocó en una bandeja de plata. Me la ofreció y comentó:

—Esta es una cosecha muy especial. Stanley dijo que debía mencionarlo.

—¿De verdad? No lo sabía. Gracias, Simon.

—De nada, señor.

Bebí un sorbo de champán y era bueno. De hecho, era realmente extraordinario. Miré a mi alrededor. La luz que caía en toda la sala tenía un maravilloso color ámbar. Levanté la flauta para observar las pequeñas burbujas que subían, desde el fondo hasta la superficie, en forma de un efervescente néctar dorado. Nunca había visto un color tan extraordinario.

Anne y John entraron y se dirigieron hacia mí. Anne llevaba un vestido de cóctel negro y John un traje oscuro. Mientras John recogía dos copas, Anne se acercó.

—¿Bruni se quedará después de este fin de semana, Percy? Trajo una cantidad notable de equipaje. No imagino qué podría traer en unas verdaderas vacaciones.

—Es cierto. —Sonreí—. Es posible que nos quedemos un tiempo, pero no sé cuánto.

—¿De verdad? Es una buena noticia. —Me miró más detenidamente—. Debo decir, querido, que te ves realmente enamorado. ¿Qué han estado haciendo?

John le entregó una flauta a Anne. Había escuchado su último comentario.

—¿Enamorado? Bueno, antes de que te explayes en ese tema, un brindis... por el amor y la felicidad.

—Por el amor y la felicidad —repetimos al unísono Anne y yo. Chocamos nuestras copas y bebimos.

—Míralo, John —continuó Anne—. Veo a un hombre perdidamente enamorado. ¿Tú también lo ves? Me recuerda a alguien hace varios años. Miró a su marido por encima del borde de la flauta con una sonrisa cómplice.

John le devolvió la mirada y también sonrió. Los años parecían alejarse de él, y pude verlos mirándose a los ojos mientras el mundo retrocedía, dejándolos solo a ellos.

—El champán es realmente un néctar de dioses —dijo John, interrumpiendo mis pensamientos—. Hay bebidas felices y otras que nos entristecen. En mi opinión, el Cristal es la más feliz de las bebidas espirituosas, y esta en particular va más allá de lo común. Es excepcional, de hecho. Confío en que este fin de semana se resuelvan todos los asuntos pendientes para poder beber más a menudo un champán de esta calidad. Espectacular.

—Verdaderamente lo es —dije—. Ahora, John, sobre este fin de semana, había olvidado preguntarte si permites que Raymond se quede aquí durante los próximos días.

—Ya lo hice. Me pareció prudente.

John estaba a punto de decir algo más cuando entró Bruni. Nos dedicó a todos una sonrisa deslumbrante y se unió a nosotros mientras Simon, enmudecido, le ofrecía una flauta en una bandeja de plata. Bruni le dio las gracias y se dirigió a los tres:

—¡Gracias al cielo por el personal extra! Me va a encantar vivir aquí.

John sonrió.

—Es una idea maravillosa, pero ¿qué pasa con el trabajo? Parece que siempre se interpone en nuestro camino.

Bruni asintió y tomó un sorbo. Observó su copa con una mirada de conocedora.

—Cielos, esto es bueno. ¡Podría ser el mejor champán que haya probado! —Nos miró a los tres y preguntó—: ¿Soy yo o es algo especial?

—Las dos cosas —respondí.

Los ojos azules y brillantes de Bruni se clavaron en los míos durante un largo rato. Anne rio.

—No es solo Percy, John. Míralos. Será mejor que terminemos la cena rápidamente.

John sonrió cuando Bruni se volvió hacia ella y dijo:

—De ninguna manera. Tengo la intención de saborear hasta la última gota de este champán, y más si puedo conseguirlo. En verdad, Anne, creo que este es un caso en el que te miras en un espejo y te ves reflejada también. Ustedes dos lucen muy felices. No crean que no lo he notado. Y en cuanto a que el trabajo se interponga, John, es algo que siempre se puede discutir y negociar. Si Percy y yo decidimos pasar más tiempo aquí, mi padre tendrá que visitarnos. Además, siempre está la biblioteca. Estoy segura de que él querrá revisarla con todo detalle. Puede que incluso quiera quedarse para una visita larga.

—¿De verdad? —preguntamos Anne, John y yo al mismo tiempo.

Stanley interrumpió anunciando que la cena estaba servida y que debíamos traer nuestras flautas. Menos mal. Ninguno de nosotros estaba dispuesto a renunciar a ellas sin luchar. Miré hacia atrás para asegurarme de que Simon traía la botella.

Ocupamos nuestros lugares. Las extensiones que ampliaban el tamaño normal de la mesa habían sido retiradas, creando un entorno pequeño e íntimo para los cuatro. Estaba cubierta con un mantel blanco, bordado delicadamente. Los platos eran también blancos, con bordes verde pálido, rematados por líneas doradas brillantes. Simon sirvió más champán.

El primer plato de Dagmar fue una sopa de langosta con un toque de jerez. El plato principal de la cena, el lenguado, llegó en un carrito que trajo Stanley y, como él había prometido, lo deshuesó directamente en la mesa. Simon sirvió un cremoso puré de papas seguido de brócoli con salsa holandesa. El resultado fue impresionante. El pescado tenía un exquisito equilibrio de mantequilla, limón, perejil y láminas de almendras tostadas. Cuando Stanley llegó con el Clos Blanc de Vougeot, los comensales quedamos en absoluto silencio, como el que reina en una iglesia. Dagmar se lució una vez más.

Fue solo después de terminar el último bocado que Anne dijo:

—Dudo que haya probado un lenguado mejor. Estaba absolutamente magnífico. Y, hablando de otro tema, que dudo de traer a la mesa dada esta maravillosa cena, ¿cuál es el plan para este fin de semana, Percy? ¿Has pensado en algo?

—Sí y no —respondí.

Ella tenía razón. Me había perdido en el presente. Tuve que pensar con cuidado qué decir.

—El objetivo general es relativamente sencillo: un millón y medio de dólares en el banco y el futuro de Rhinebeck asegurado. No está claro cómo lo conseguiremos. Tendré que sentarme con mi padre y conseguir un acuerdo para que haga lo que prometió. Lo que tiene en mente y por qué eligió venir aquí específicamente no lo sé. Imagino que me lo dirá, y entonces la cuestión será encontrar una solución. Es posible que simplemente quiera verme, pero lo dudo. Todos parecen tener un problema con mi padre y hablar con él podría ser difícil. Su mala reputación lo precede. Lo único que pienso es que no podemos morder el anzuelo con nuestras reacciones frente a él, aunque tenga más señuelos que un pescador. Conocerlo será difícil, al menos para mí. Tal vez todos hayamos aprendido algo cuando termine este fin de semana.

—Bien dicho —respondió John.

—No es exactamente Jack el Destripador. En mi experiencia, los adversarios más peligrosos son aquellos cuya personalidad encantadora esconde una tortuosidad difícil de detectar y, más aún, de descifrar. No dudo de que nos tendrá encantados antes de movernos el piso. ¿Qué opinas, Bruni?

—Sabe encantar —respondió ella, después de tomar una cuchara con la que jugó—, pero actuará ante un público difícil. Tal vez nos gane, así que será mejor que descubramos sus planes, para que no nos tome desprevenidos. Una vez que los sepamos, comenzarán los verdaderos juegos. —Bruni levantó su cuchara—. Francamente, me interesa mucho más el postre. El lenguado estuvo extraordinario, el vino magnífico y el champán indescriptible. Stanley, por favor, dile a Dagmar que todos quedamos encantados y quiero que sepas que tus elecciones de vino fueron mágicas. —Le dedicó una sonrisa a Stanley. Él, a su vez, se inclinó y dijo que transmitiría nuestros cumplidos y que volvería con el postre, un suave helado de vainilla casero con el característico pastel de Dagmar.

El postre llegó y la mesa quedó en silencio una vez más. Disfruté de cada bocado cremoso hasta el final, sin que me importara excederme con mi cuchara. Sugerí que pasáramos a la otra sala antes de que empezáramos, literalmente, a lamer los platos. Todos se rieron, pero se detuvieron un momento a considerar esa posibilidad.

Nos levantamos. John y yo dejamos a las damas con su café en el salón antes de dirigirnos a la biblioteca. Él me sirvió un poco de brandy mientras yo encendía un puro. Nos sentamos frente al fuego. Después de prender el suyo, John rompió el silencio.

—Creo que fue una de las mejores comidas que he tenido en mi vida.

—Estuvo excelente —confirmé—. Sentarnos a cenar los cuatro era algo que siempre había querido hacer y la mesa más pequeña hizo el momento más íntimo.

—Rara vez se dispone así la mesa, pero es un cambio maravilloso —dijo John—. Por cierto, Bruni estaba excepcional esta noche, absolutamente impresionante. Parece que le sienta bien estar aquí. Hugo me contó que trabaja sin parar y, aunque eso le guste como empleador, tanto él como Elsa quisieran que ella tuviera un enfoque más equilibrado de la vida.

—Bruni es extremadamente centrada, pero venir aquí más a menudo debería ayudarla con eso. Como mínimo, la mantendrá alejada de la oficina.

—Debería hacerlo. ¿Has pensado en tu boda?

—No específicamente. Ahora mismo estamos más bien aprendiendo a vivir juntos.

John dio una calada a su puro y volvió a encenderlo.

—Es la prueba de fuego. Una cosa son las expectativas y otra la realidad. Mi consejo es que mientras más veces estés de acuerdo con Bruni las cosas irán mejor. Se llama cooperación, y el matrimonio, a fin de cuentas, es un esfuerzo corporativo y cooperativo. Anne y yo congeniamos con bastante facilidad por esa razón y ahora tengo paz en mi vida. Muchos se esfuerzan por conseguirlo y no lo logran.

—Es un logro infravalorado. Ahora, si puedo arreglar los asuntos financieros con mi padre y con Hugo, también podría tener paz.

John asintió con la cabeza y luego sacó el tema que más nos preocupaba.

—¿Has pensado en qué hacer?

—Más de lo que quisiera. Mi padre tiene un plan, estoy seguro. Tengo que averiguar cuál es.

—Sea lo que sea, se revelará a su debido tiempo, probablemente en el momento más inesperado. Debes saber algo, Hugo vino a mí con una propuesta de negocios hace un año. Es probable que él se lo comentara a tu padre cuando yo no quise participar. Se trataba de algo grande y, como ocurre con muchos de estos casos, es posible que no saliera como estaba previsto. Lo digo porque puede haber algún roce adicional entre Hugo y tu padre.

—¿Tendré que interceder de alguna manera?

—Posiblemente. Me gustaría poder ser más específico, pero la confidencialidad me obliga a hablar solo en términos generales. Simplemente, sería consciente de esa posibilidad y sabría que el retraso en la financiación puede tener poco que ver contigo y mucho con lo que está pasando entre ellos.

—Ya veo. En otras palabras, esperemos complicaciones.

—Sí.

—Bueno, gracias por avisarme. Esperaba que todo se resolviera de forma sencilla, pero, por lo que dices, puede que no suceda así.

—Cuando hay dinero de por medio, sobre todo grandes sumas, casi nada es sencillo. Ya dije todo lo que puedo. ¿Nos reunimos con las damas?

—Sí, pero antes, gracias por esa información, John. La tendré en cuenta.

John y yo nos levantamos y volvimos al salón. Una vez allí, agradecí a Anne y a John por su compañía y por una velada espectacular. Bruni y yo dimos las buenas noches y volvimos a nuestro apartamento tomados de la mano. Cuando pasamos por el salón, abrí la puerta de nuestro dormitorio. Reinaba un orden espléndido: el suelo estaba despejado, hasta el último objeto estaba en su lugar y la cama estaba dispuesta de forma acogedora. Bruni se paró a mi lado.

—Qué habitación tan maravillosa. Creo que es hora de que probemos esta cama en serio, ahora que podemos verla.

—Por supuesto —dije.

—Me pregunto cuándo se utilizó por última vez para el propósito que tenemos en mente.

—Quizás nunca. —Bruni me abrazó—. Puede que seamos los primeros. Deberíamos inaugurarla como es debido. ¿Puedes ayudarme con el cierre?

Me dio la espalda para que pudiera desabrochar su vestido.

—Lo haré, pero debo advertirte que dormir en esta habitación podría ser agitado, porque...

Bruni se dio vuelta y puso su dedo en mis labios.

—Mi amor, no tengo ninguna intención de dormir en esta habitación en un futuro próximo.

29

D esperté de un sueño sin sueños. Todavía estaba oscuro y podía oír el viento que soplaba fuera de la ventana, incluso a través de las cortinas. Estiré la mano hacia mi izquierda, pero Bruni no estaba. Me puse una bata de baño y fui a buscarla al salón. El fuego se había reducido casi a cenizas, y Bruni estaba sentada con las piernas cruzadas en el sofá, luciendo un kimono de seda blanco y mirando la luz tenue de las brasas.

—¿Estás bien? —pregunté.

—Sí y no —respondió sin mirarme.

—Cuéntame. Quizá pueda ayudarte. —Me senté a su lado.

—Lo dudo. Sentirme feliz me hace desconfiar y ser supremamente feliz me asusta. A momentos tan placenteros les sigue con demasiada frecuencia un desastre. Percy, soy completamente feliz aquí contigo y eso me asusta mucho. Anoche fue realmente glorioso. Gracias.

—Mi amor, ¿qué puedo hacer? —dije mientras la abrazaba.

—Nada.

—Por si sirve de algo, los griegos pensaban lo mismo, pero no estoy seguro de que tuvieran razón. La felicidad no implica que la tristeza venga luego, y no conozco ninguna ley que establezca que por cada alegría debe haber una medida igual de tristeza.

—Puede que tengas razón, pero debes saber que rara vez no me levanto en mitad de la noche a pensar. Espero que eso no te moleste.

—No me molestará, pero espero que descubras que cada vez lo necesitas menos.

—Me gustaría, si es posible. Pero puede que no lo sea. Me preocupo mucho.

—No lo demuestras.

—Se me da bien ocultar lo que pienso y lo que siento. Soy reservada y eso puede interferir en la felicidad de un matrimonio. No sé si pueda cambiar lo que soy.

—Soy como tú, pero he mejorado, creo. Tú también lo harás, con el tiempo. Lo haremos juntos.

—Pero ¿qué pasa si tenemos hijos? ¿No serán igual de oscuros? ¿No sería eso malo?

—Si tú prefieres estar viva que muerta, ¿ellos no sentirán lo mismo?

—Sí, pero será duro para ellos.

—Es duro para todos. ¿Algo más?

—Soy desordenada.

—Me lo preguntaba. Yo no lo soy. Puedo ayudar y además tenemos el servicio de las habitaciones. Viene con la casa.

—Pero, ¿podemos pagarlo? Estamos viviendo a lo grande y eso me preocupa también.

—Tú y yo tendremos que ver cómo hacerlo. Al menos nos da un incentivo para trabajar como locos cuando haya que hacerlo y luego relajarnos, también como locos.

—¿Cómo es exactamente relajarse como un loco?

—En realidad, no lo hago.

—Eso pensé. Yo tampoco. Pienso demasiado y siempre hay algo por hacer.

—Es lo mismo para mí. ¿Qué te despertó?

—Tuve una de mis pesadillas.

—¿Tienes pesadillas?

—De vez en cuando. Varían, pero se parecen. Normalmente, sueño que asesiné a alguien y dejé el cuerpo en un armario, solo que no recuerdo cómo lo hice. Esta vez bajé al primer piso, donde personas que no conozco me preguntaron si había visto a un hombre que tampoco conocía. Me dijeron que lo vieron subiendo las escaleras. Aunque les dije que no lo había visto, yo sabía que era el hombre del armario. Por lo general, me despierto aterrorizada de que me descubran y me maten. A veces, cuando me doy cuenta de que fue un sueño y de que nada es cierto, lloro de alivio.

—Qué horrible —dije mientras la abrazaba.

—¿Tú tienes pesadillas?

—No. Sí. Últimamente tengo pesadillas muy vívidas y no sé qué hacer.

Bruni se sentó y me miró.

—¿De verdad? ¿Te dan miedo?

—Mucho.

—Soy toda oídos. Me encanta un buen relato sobre fantasmas que produzca miedo. De verdad. Por supuesto, no creo en fantasmas, pero sus historias suelen ser peores que mis pesadillas, así que me hacen sentir mejor.

—Eso es raro.

—¿Cierto? —Bruni se animó como si hubiera encendido una luz. Parecía feliz de tener algo más de qué hablar que de ella misma—. Tienes que hablarme de tus pesadillas. A mi vena perversa le encantan esas cosas. Dime que te gustan las películas de terror.

—No quiero decepcionarte, pero las odio. Johnny y yo tuvimos que soportar muchas en un campamento al que asistimos. Incluso grité en una o dos, en realidad, en la mayoría, menos en las que estaba tan paralizado que ni podía hacerlo. Casi siempre me tapaba los ojos con las manos y miraba por entre los dedos. Mis amigos pensaban que era un miedoso, menos Johnny; él creía que someternos a una tortura tan bárbara era otro ejemplo de los peligros que conlleva la supervisión de los adultos. Me animó a seguir haciéndolo como una forma de protesta. Al año siguiente, el interminable desfile de películas de terror de los sábados por la noche llegó a su fin. Varios padres influyentes se habían quejado.

Al parecer, muchos niños del campamento pensaban lo mismo después de haber hablado con Johnny. Él tenía en esa época algo de revolucionario encubierto.

—Entonces, ¿Johnny Dodge fue realmente Che Dodge en su juventud? —dijo Bruni, soltando una risita.

—En realidad no. Su rebelión era algo rutinario. Como la gente y las instituciones a las que se enfrentaba eran bastante inteligentes, sentía que tenía algunos adversarios dignos. Ese ímpetu desapareció en cuanto descubrió a las mujeres.

—¿De verdad? ¿Quién lo creería? Gracias por contármelo. Hablar de tus pesadillas podría ayudar. Sin duda me ayudaría. Podría volver a dormir.

—Bueno, Bruni. Eso realmente es muy extraño.

—Puede ser raro, pero me quieres, ¿verdad? Puedo ser un poco extraña.

—Eso parece.

—Ahora escuchemos tu historia, Percy. Por favor, cuéntame.

—De acuerdo.

Y eso hice. Bruni se acurrucó contra mí y le conté la ausencia de mi don intuitivo, Dagmar y la poción, la casa abandonada, los comentarios de Stanley y Johnny y luego el incidente en la roca. No sé cuánto tiempo hablé, pero el fuego se había apagado por completo cuando terminé. Bruni escuchaba. Era muy buena en eso.

Cuando se me acabaron las palabras, me apretó el brazo y dijo con voz somnolienta:

—¿Qué hacemos?

—Hablar con Dagmar mañana, y temprano, si es posible.

—Sí, me parece prudente. Me alegro de que me lo hayas contado. Tus sueños son definitivamente más aterradores que los míos. Te abrazaría, pero tengo demasiado sueño para moverme.

—¿Quieres que te lleve a la cama?

—¿Lo harías?

—Pon tus brazos alrededor de mi cuello y sujétate —dije, acomodando los míos debajo de ella.

Conseguí levantarla y tambalearme hasta el dormitorio antes de acostarla, tan suavemente como pude, bajo las sábanas. Su peso era sorprendente. Al llegar a mi mitad de la cama, Bruni ya ronroneaba en medio de un sueño profundo. Pensé que nunca me cansaría de ese sonido.

Nos despertamos con el estruendo de mi alarma.

—¿Qué es eso? —preguntó Bruni, debajo de las sábanas.

—Mi Big Ben.

—Es horrible. Detenlo.

Me acerqué y lo apagué.

—¡Qué alivio! —Bruni asomó la cabeza y se sentó. Parecía una diosa somnolienta—. Eso tendrá que desaparecer.

—¿Cómo vamos a despertarnos entonces? —pregunté.

—Tengo un servicio telefónico, pero seguramente en el futuro alguien llamará a la puerta con una bandeja de té o de café.

—Vaya. No había pensado en eso.

Bruni levantó los brazos por encima de la cabeza y se estiró. Si antes estaba medio dormida, ahora estaba totalmente despierta. Me miró.

—No te hagas ilusiones. Ni siquiera me he lavado los dientes.

—El desayuno es a las nueve.

—Mala suerte. Deberías haber puesto la alarma antes, pero... supongo que podríamos ducharnos juntos.

—Es una buena idea. Así ahorramos agua.

Después de vestirnos, Bruni y yo entramos en el comedor tomados de la mano. Anne y John ya estaban abajo, con aspecto renovado. Bruni me apretó la mano y señaló en su dirección con un ligero movimiento de cabeza. Parecían felices. Yo también lo estaba y anhelaba tomar el desayuno.

La hora del desayuno en Rhinebeck era mi momento favorito del día. Los olores familiares del café, el tocino y las tostadas me asaltaban produciéndome felicidad. Hoy, incluso había salchichas.

Era como estar en el cielo. Bruni y yo saludamos, mientras Anne y John levantaron la vista de sus periódicos. Anne asintió con la cabeza y volvió a la lectura con una sonrisa dibujada en el rostro. John también sonreía. Bruni y yo nos sentamos y empezamos a desayunar. De vez en cuando la sorprendí mirándome. Supongo que yo hacía lo mismo.

Cuando terminamos el último café y no quedaba nada en la mesa, Bruni y yo nos excusamos y fuimos a la cocina a buscar a Dagmar. Un rápido vistazo nos dejó claro que sería imposible hablar con ella en ese momento. Tres ayudantes se ocupaban de diferentes tareas, mientras Dagmar se movía ágilmente entre cada uno de ellos para asegurarse de que seguían sus instrucciones. Bruni y yo nos retiramos de inmediato al vestíbulo.

Nos quedamos junto al reloj y Bruni dijo:

—Dagmar está realmente muy ocupada. Hace que incluso yo me sienta ociosa. ¿Damos un paseo? Así haríamos algo y puedo contarte lo que me pasó en la roca.

—Buena idea —respondí—. ¿Por qué no vamos hacia la cancha de tenis, saludamos a los cuervos, si es que están allí, y caminamos hacia el sur, entre los árboles?

—Claro, por qué no.

Pasamos por delante de la casa y giramos a la izquierda. El día era luminoso y soleado, con una franja de nubes altas y delgadas. Los cuervos estaban en lo alto de los árboles, en el borde del jardín sur, riendo y graznando entre ellos.

—Me pregunto de qué estarán hablando.

—De comida —respondió Bruni.

—¿Tú crees?

—Con algún chisme ocasional.

—Me lo he preguntado muchas veces… Entonces, ¿qué te pasó a ti en la roca? Dijiste que fue una experiencia muy diferente a la mía.

—Completamente diferente. Para empezar, estaba en un lugar bastante extraño. Había terminado mi historia y sentí un alivio indescriptible por poder contar algo que parecía imposible de expresar. Era una euforia pura y luego tuve otra sensación, una especie de felicidad satisfecha. Me sentí tan relajada que me recosté y me quedé dormida, y luego me desperté en pleno día, no al final de la tarde. El sol estaba arriba y yo tenía calor. Parecía el final de la primavera. El bosque que me rodeaba estaba tranquilo y silencioso. Miré a mi alrededor y vi una gran cierva en el borde del prado, de pie bajo los árboles. Parecía una estatua observándome y con sus oídos alerta. Al cabo de un rato, comenzó a acercarse. Su vientre era grande y redondo. La miré mientras se acercaba. Se movía lenta y deliberadamente. Se agachaba y mordisqueaba algunas hojas de hierba y luego avanzaba unos pasos en mi dirección. Yo estaba fascinada y me mantuve lo más quieta posible. Acabó acercándose bastante.

»Levantó el cuello y me miró fijamente. Sus ojos parecían lagos en los que podía perderme. En ellos no tenía cabida el miedo. Simplemente me miraban como si quisieran decir que éramos iguales. Nunca me sentí tan tranquila como en ese momento. No puedo describirlo. Allí estábamos, las dos, juntas.

»He mirado a los ojos a caballos y he visto cómo ellos me devolvían la mirada. Puedes sentir que saben quién eres y que tienen una gran inteligencia, pero esto era diferente. No era simplemente un reconocimiento, sino un conocimiento.

»La cierva se dio la vuelta y caminó lentamente de regreso hacia los árboles. La observé hasta que desapareció. Creo que me volví a acostar y me dormí de nuevo. Me desperté y te pregunté la hora, pero no estabas ahí. Te llamé por tu nombre y oí que algo se movía junto a la roca. Entonces supe que te habías caído. Te encontré de espaldas, mirándome. Bajé de un salto para ayudarte. Yo estaba de vuelta en el mundo. Por fortuna, mi sueño fue muy diferente al tuyo, poderoso y, sin embargo, lleno de paz.

—Así parece.

—Así fue. No soy religiosa, ni siquiera espiritual, pero esa visión, si es que lo fue, me hizo recapacitar. La cierva tenía presencia. Era sagrada. Uso esa palabra porque no conozco ninguna que se le acerque. Al igual que tú, no sé qué hacer con ella.

—Si te fortalece, entonces es bueno.

—Sí. Era claramente femenina. ¿Quizás tus sueños eran totalmente masculinos?

—Estar aterrorizado no es tan masculino, creo.

—Tal vez lo sea.

—¿Cómo es eso?

—Superar el miedo es lo que debe hacer un hombre. Cómo hacerlo es un misterio. Es parte del viaje del héroe, Percy.

Miré a Bruni. No había considerado esa noción.

—Tal vez lo sea. Pero al final el héroe debe vencer a su némesis o ser destruido.

—Así es la historia.

—Entonces tendremos que esperar.

—Lo haremos, pero ahora debemos desviar nuestra atención hacia otros asuntos. Llegarán los invitados y debemos ocuparnos de eso. También debo hacer algunas llamadas. Quiero saber cuándo llega papá y conocer cualquier noticia sobre tu padre. Mientras hago eso, ¿por qué no hablas con Stanley sobre la agenda de hoy? Debemos regresar a la casa, pero antes, bésame. No podremos volver a estar solos durante mucho tiempo.

Nos besamos junto a los árboles en el borde sur del jardín.

—Gracias, Bruni.

—No, gracias a ti, Percy. Esto tendrá que durarnos. Me reuniré contigo cuando haya terminado. No tardaré mucho.

Volvimos a la casa, ella fue a la biblioteca y yo al despacho de Stanley. Pensé en lo que había dicho Bruni y me pregunté si sentir miedo me hacía menos hombre. ¿O lo era más, dada la magnitud de ese miedo? Se podría argumentar cualquiera de las dos cosas, pero, con miedo o sin él, haría lo que tenía que hacer. Lo que sintiera era irrelevante. Al menos eso había aprendido.

S tanley estaba en su escritorio y me ofreció una silla.

—¿En qué puedo servirle? —preguntó.

—Solo quería saber cómo va todo. Bruni está averiguando cuándo llegarán sus padres y el mío.

—Por mi parte todo está listo. ¿Y usted? ¿Está preparado?

—Hasta donde es posible, creo.

—Bien, me alegra oírlo. Cambiando de asunto, ¿habló con su prometida sobre la biblioteca secreta?

—Todavía no. El tema no ha salido.

—Bien. Le recomiendo que mantenga la información sobre su acceso únicamente para usted hasta después de este fin de semana. Incluso sugeriría que esperara hasta que se casen.

—¿Alguna razón en particular?

—Solo una corazonada, pero he aprendido a confiar en ellas.

—Ya veo. Seguiré tu consejo, aunque tengo curiosidad por saber la razón.

—No sé mucho más de lo que le comento. Además, esta sugerencia no hará ningún daño y podría ser útil para descubrir lo que otros estén planeando. Si alguien quiere visitar o revisar la biblioteca, me interesaría saberlo.

—¿No confías en Bruni?

—La pregunta más importante es si usted confía en ella.

—Desde luego que sí, pero es probable que haya antiguos hilos enredados, sobre todo los que tienen que ver con su familia y sus negocios. Estoy seguro de que las dos cosas son complicadas y probablemente llevará algún tiempo desenredarlas.

—De acuerdo. Ser abierto no es sencillo si lo habitual es ocultar lo que se piensa. Ese cambio de comportamiento es difícil, incluso si ella lo quisiera.

—Muy cierto. Aun así, estamos progresando. Mencionaste la biblioteca… ¿Crees que esa sea la razón por la que mi padre viene?

—Creo que es muy probable, aunque no tengo pruebas. Por el momento es una suposición. Y otra cosa: ¿qué tal sus nuevas habitaciones? ¿Son aceptables?

—Muy aceptables. Por cierto, anoche no tuve ningún sueño, así que creo que puedo dormir allí sin más problemas.

Llamaron a la puerta y Bruni entró.

Saludó a Stanley, quien le ofreció una silla. Ella le dio las gracias y tomó asiento.

—Hablé con mi padre. Lord Bromley llegará con él y con mi madre a primera hora de la tarde. También vendrá Malcolm Ault. No está invitado específicamente, pero llegará a última hora de la tarde. Por cierto, Stanley, ¿dónde vas a acomodar a lord Bromley?

—En la habitación en la que usted se alojó la última vez que estuvo aquí —respondió Stanley.

Nos interrumpió el sonido de un coche que hacía crujir la grava en la rotonda. Esperé que fuera Johnny y no ninguno de nuestros invitados.

32

S tanley había abierto la puerta principal y, cuando Bruni y yo salimos, vimos a Johnny bajarse de una limusina negra. Llevaba unas gafas de aviador oscuras y se veía un tanto desmejorado.

Saludó sin entusiasmo a Bruni y a Stanley, me dio una palmadita en el hombro y dijo:

—Nos vemos dentro de unos quince minutos en el salón, con un termo de café. Mientras tú te encargas de eso, trataré de subir las escaleras despacio, manteniendo la cabeza absolutamente quieta. Si por alguna razón se desprende en el camino, por favor, recógela con cuidado y llévala contigo. Probablemente la necesitemos. Tengo noticias.

Bruni y yo vimos a Johnny subir los escalones uno a uno. Ella susurró:

—No puedo imaginar cuánto bebieron. Papá no estaba precisamente animado cuando hablé con él. Aparte de contarme que le daría un aventón a Bromley, no tenía mucho que decir. Me pidió que lo llamara cuando estuviera más recuperado. Creo que lo haré ahora, mientras tú hablas con Johnny. Después podemos comparar notas. Necesitamos un plan.

—Me parece muy bien. Saluda a tu padre de mi parte, si crees que eso pueda ser útil. Hablaré con Johnny. Nos vemos en un rato.

Fui a la cocina donde Stanley preparaba ya un termo, dos tazas y un pequeño vaso con un líquido marrón verdoso que había colocado en una pequeña bandeja.

—¿Uno de los brebajes de Dagmar? —pregunté, examinando el contenido del vaso.

—Ni remotamente. No lo preparo a menudo, pero es un excelente paliativo para esos momentos en los que nos excedemos, pero tenemos un día activo por delante. Dígale que se lo tome todo, seguido de un café. Debería funcionar.

—¿Qué tiene?

—Nunca haga una pregunta si no está preparado para recibir la respuesta.

—Retiro la pregunta.

—¿Le gustaría que se lo llevara?

—No, lo haré yo mismo.

—Siempre es una buena idea. —Stanley sonrió.

Le di las gracias y subí manteniendo en equilibrio la bandeja. Encontré a Johnny tumbado en el sofá con los ojos cerrados y un paño húmedo en la frente. Hacía sonidos extraños, parecidos a un gorgoteo.

—Cielos, Johnny, ¿cuánto bebiste...? No es necesario que respondas. Por suerte para ti, Stanley te envió un brebaje que puede levantar muertos.

—No será una de las pequeñas delicias de Dagmar, ¿verdad? Si es algo así, prefiero no tomarlo. No creo que sobreviva.

—No tienes tanta suerte. Es una receta original de Stanley. Dijo que lo bebieras todo de una vez y luego lo pasaras con un poco de café. Te sentirás mejor rápidamente.

—Me apunto. Déjalo y ayúdame a sentarme. Solo abriré la boca y podrás dármelo.

—Te ayudo a levantarte, pero tú te lo bebes.

—Una propuesta válida. Ayúdame.

Retiré el paño húmedo de su frente y lo puse sobre la mesita. Lo ayudé a sentarse y le entregué la bebida.

—Bueno, cualquier cosa es mejor que lo que siento —dijo mirando el brebaje—. Aquí va.

Lo pasó de un solo trago. Sus ojos se veían desorbitados mientras alcanzaba el café. Derramó un poco en el apuro y bebió con avidez. Me parecía que el café estaba un poco caliente, pero eso no inmutó a Johnny.

—Dios mío, no volveré a beber algo así. De todos modos, creo que está funcionando, aunque no tengo ni idea de cómo actúa exactamente. Ahora vuelvo —dijo dirigiéndose al baño.

Cinco minutos después, Johnny abrió la puerta. Su rostro había recuperado algo de color y sus ojos parecían despejados.

—Buenos días —le dije.

—Lo son, comparado con lo que sentía. Todo se ve mejor ahora. No estoy bien, pero sigo vivo. Supongo que quieres saber mis noticias.

—Sí.

—Y asumo que tú también tienes noticias.

—Sí, pero primero las tuyas.

—Muy bien. Hugo se sorprendió al verme, como puedes imaginar. Lo encontré sentado en un rincón al fondo en el primer piso. Me acompañaron hasta a su mesa, lo saludé y me senté. Le entregué las invitaciones y le informé debidamente que la cena iba por mi cuenta. Se guardó las invitaciones sin abrir en el bolsillo delantero de su saco y me miró fijamente, sin decir nada. Me sentí como un insecto que mira a un sapo justo antes de que este decida tragárselo. Al darme cuenta en ese momento de que él y yo estábamos en una coyuntura crítica, jugué todos mis naipes. Tomé la carta de vinos y señalé una sección con grandes cifras al lado. No podía ver lo que decían exactamente, ya que estaban al revés. Después de unos segundos de mirarme mientras sostenía la lista, bajó la mirada y pareció sonreír. «Tres de estos podrían ser dignos de beberse. Les prestaremos atención. ¿Sabes cómo nos conocimos tu padre y yo?». Y ahí despegó la conversación. Lo que siguió fue la comida más extraordinaria que he tenido, solo que no recuerdo con exactitud cómo terminó, aparte de un gran aplauso y un montón de camareros que nos sacaron por la puerta hacia una limusina que esperaba por nosotros, mientras nos tambaleábamos abrazados. Creo que Hugo babeó mi traje.

Johnny levantó la chaqueta y señaló una mancha en la solapa.

—¿Ves? Ahí está. Esa es la prueba. Fue una noche tremenda. Nunca viví un desenfreno parecido. No sé si dormí ni dónde. No supe cómo llegué aquí y ni siquiera sé si pagué la cuenta, aunque seguramente lo hice. Volví en mí cuando el chofer abrió la puerta y me bajé. Todos ustedes me miraban con cierta preocupación. Eso es todo lo que recuerdo.

—Seguro que recuerdas más. Dijiste que tenías noticias.

—Las tengo. Los detalles están volviendo lentamente a mi memoria. Fue después de que abrimos esa botella de brandy de Napoleón. Al parecer, causó sensación. ¿Más café?

—¿Qué?

—Me gustaría que no fuera cierto, pero así fue. ¿Puedes servirme otra taza, por favor? Tal vez me ayude a recordar un poco más.

—Johnny, me estás asustando.

—Y con razón, pero hay algunas buenas noticias. Hugo está definitivamente de nuestro lado o, al menos, del mío. Me dijo que yo era el mejor tipo que había conocido, aparte de mi padre. Puede que haya sido la bebida la que hablara, pero tal vez no.

—Johnny, creo que voy a matarte si no empiezas por el principio. ¿Has dicho brandy Napoleón o el brandy de Napoleón?

—El de Napoleón. Incluso tenemos una prueba, aunque no recuerdo qué pasó con esa carta. Venía con la botella. Creo que me serviré yo mismo el café, si no te importa. Veo que estás un poco preocupado.

—¿Preocupado?

—Sí, preocupado. —Johnny sirvió más café.

—Atónito sería más exacto. ¿Bebiste el brandy de Napoleón, su brandy personal? Tienes dos segundos para empezar a contármelo todo desde el principio o te estrangularé ahora mismo.

—Tranquilo. No hay motivo para la violencia, al menos no en este momento. Me está volviendo a la cabeza. ¡Qué noche!

—¡Johnny!

—Está bien, está bien. Mantén la calma. Empezamos con Hugo contándome sobre mi padre y sus aventuras juntos. Se conocieron cuando eran muchachos en el lugar más insólito de todos, una escuela de esgrima en España. Nunca supe que mi padre practicara la esgrima, pero al parecer era bastante bueno, los dos lo eran, en realidad. Eran rivales acérrimos hasta que una noche fueron asaltados, después del entrenamiento, por cinco tipos muy duros.

»Juntos, lograron matar a uno de ellos antes de que los otros escaparan. Tiraron el cuerpo a un río y huyeron de la ciudad. Cuando llegaron al castillo de Hugo, en Austria, ya eran amigos para toda la vida. Nunca pudieron averiguar exactamente quién había cometido el homicidio, así que acordaron compartir la culpa. Nunca supe nada de esto.

—¿Tu padre mató a un hombre?

—Aparentemente. Fue en defensa propia, pero, aun así, fue una revelación. No me extraña que sean tan amigos. Al menos tú y yo no tuvimos que llegar a esos extremos para entablar nuestra amistad. Fue después de esa historia que pedimos el Chateaubriand y un Margaux bastante excepcional. En el transcurso de la comida, la mejor botella superaba a la anterior. Después de vaciarlas hasta la última gota, Hugo y el sumiller se juntaban y discutían qué botella debían abrir a continuación. Cuando se hacía una selección, el sumiller casi se echaba a llorar de admiración. Repetía una y otra vez: «¡Una elección excepcional! Simplemente excepcional» y, literalmente, corría a cumplir las órdenes del barón. Se ponían nuevas copas. Retiraban todo el servicio y lo reemplazaban. Al final de la velada, debía de haber al menos ocho camareros atendiéndonos. Era extraordinario. Hugo me contó una historia tras otra en las que él y mi padre iban de aquí para allá y se metían en todo tipo de problemas. Si la mitad de ellas son ciertas, ambos merecen nuestra admiración y respeto. Yo estaba totalmente cautivado. El barón y yo emparejamos copa a copa. Para cuando se sirvió el postre, ya estábamos bastante lejos. En una pausa, me dijo que mi padre era su único y verdadero amigo, y que veía mucho de él en mí. Fue una gran alegría. Me parece que incluso lloró en ese momento. Luego anunció con voz sobria que debíamos conmemorar este momento con algo realmente extraordinario. Llamó con autoridad al sumiller que rondaba por allí. «Quiero la botella. Es el momento». Se hizo un gran silencio. El sumiller empezó a temblar y luego avanzó torpemente para cumplir la orden. Al cabo de uno o dos minutos, un grupo de camareros, ayudantes del sumiller, *maître*, personal de cocina, chefs... la pandilla completa salió en una procesión sombría con una antigua botella que descansaba en un estuche de cuero, forrado con terciopelo azul oscuro. Puede que yo estuviera viendo doble en ese momento. No lo sé. Fue todo un desfile. Se dispuso una mesa con varios instrumentos quirúrgicos y comenzó la apertura. Tanto la botella como el corcho fueron cuidadosamente evaluados por varios miembros del personal. Podría haberse tratado de una operación a corazón abierto por la forma en que actuaban. Todo el proceso duró varios minutos, en el que terciaron varias discusiones urgentes, antes de que finalmente se extrajera el corcho, se vertiera cuidadosamente el brandy y se presentara, junto con la carta firmada por el propio emperador, que demostraba su autenticidad. Se podría haber oído caer un alfiler cuando los dos levantamos nuestras copas y brindamos por nosotros antes de inhalar profundamente y tomar un sorbo.

—¿A qué sabía?

—A brandy, por supuesto, solo que uno excepcionalmente suave. La casa aplaudió. Diría más bien que nos ovacionaron. Hugo estaba de buen humor y permitió incluso que el sumiller lo probara, lo que hizo que el pobre hombre llorara sin control. Tuvieron que llevárselo. Ese fue el momento en que lord B. decidió hacer su aparición.

—¡Espera un segundo! ¿Realmente conociste a mi padre?

—Sí, a lord Bromley en persona, a él y a un hombre llamado Cobb. Hugo me dijo su nombre después. Un tipo formidable. Parecía que alguien le había propinado palizas desde niño y que había seguido recibiéndolas durante algunos años. Nunca entendí la expresión *orejas de coliflor* hasta que vi las suyas. Es calvo, tiene una nariz aplastada hacia los lados y nunca dijo una palabra. Francamente, creo que todos estamos en graves problemas. Especialmente Stanley.

33

—¿Cómo supiste que era mi padre?

—Es una versión tuya más vieja. Tiene el pelo negro, los ojos oscuros y se mantuvo erguido, con esa criatura llamada *Cobb* a su lado. Se veía en muy buena forma y bien vestido. Puede que tenga muchos años, pero su aspecto y su porte son los de un hombre de mediana edad. Fue desconcertante. Hugo y yo hicimos el intento de levantarnos, pero resultó imposible. Lord Bromley me miró y me preguntó:

»—¿Eres mi hijo?

»—No —respondí.

»—Dijiste que estaría aquí —dijo, volviéndose inmediatamente hacia Hugo, retándolo.

»Hugo se encogió de hombros. Lord Bromley parecía bastante molesto.

»—Esto no es lo que habíamos acordado —estalló. Empezó a alejarse, pero dio marcha atrás. Tomó mi copa, la levantó, revisó el color, la agitó y bebió. Se detuvo un momento antes de ponerla en la mesa.

»—El emperador siempre tuvo buen gusto. —Se marchó con el tal Cobb, separando a la multitud como si fuesen Moisés y el mar Rojo.

»En un momento estaba allí y al siguiente se había ido.

—¿Realmente lo conociste?

—Sí, lo conocí. Para cambiar de ánimo, pedí a los camareros que renovaran todo el servicio y me trajeran una copa limpia. Miré a Hugo, quien se limitó a encogerse de hombros de nuevo diciendo:

—Los planes cambian y a veces para bien. Olvídate de él. Deja que te sirva un poco más de este brandy y te hablaré de mi calabozo. Es una gran historia.

Antes de que empezáramos de nuevo, le pregunté a Hugo por qué lord Bromley venía a Rhinebeck.

—Quiere ver a su hijo —respondió—, entre otras cosas, pero ese tema ahora mismo está prohibido. Mañana será otro día. Esta noche, disfrutemos. Bebamos.

Terminamos la botella y en ese momento no era mucho lo que estábamos en condiciones de hacer. Fue bastante catártico.

—¿Catártico?

—Sí, catártico. Nos contamos muchos secretos, porque sabíamos que ninguno de los dos lograría recordar lo que el otro había dicho. Lo que hizo la noche fue escucharnos decir palabras que normalmente no diríamos y luego ver al otro, asentir y aceptar.

—Supongo entonces que fue un tiempo bien invertido. Sin embargo, tengo una pregunta.

—¿Cuál es?

—¿Cuánto gastaste?

—No lo recuerdo. Usé mi tarjeta de Dodge Capital, creo. Recuerdo vagamente que acercaron un teléfono a la mesa y que algún fulano de American Express intentaba decir una o dos palabras, pero lo que ocurrió exactamente lo olvidé. La casa fue muy amable. Nos ayudaron a llegar hasta la limusina, lo que significa que las cosas deben de haber salido bien. Los llamaré, si quieres.

—Me gustaría.

—Quizás esta tarde.

—Muy bien.

—Tendré que informar a tu padre del monto de la cuenta, ya que nos repartimos el pago.

—¿Qué? —Johnny se incorporó—. ¿Cuándo decidieron eso?

—Después de que saliste.

—¿Por qué no me lo dijiste?

—No me pareció importante.

—¿No te pareció importante? ¡Dios mío! —dijo Johnny visiblemente pálido—. ¿Cómo pudiste? ¿Recuerdas la cuenta del bar en el Southampton Bathing Corp? ¿Recuerdas cómo se enfadó esa vez? Y eso que era una cantidad mísera. Esta es mil veces mayor. Deberías haberme llamado para decírmelo, Percy. Realmente deberías haberlo hecho.

—Bueno, no trates de culparme. Ni siquiera estuve allí. En este momento, debes recomponerte. La gente va a empezar a llegar pronto. Por ahora, no tengo ni idea de qué hacer con tu cuenta. Tal vez eso tenga que esperar hasta después de este fin de semana.

—Completamente de acuerdo —respondió Johnny.

Me puse de pie y decidí tratar de olvidar el tema.

—No tan rápido —dijo Johnny—. Casi te sales con la tuya, pero no del todo. Estabas a punto de irte sin mencionar lo que sucedió mientras yo no estaba. Conozco tus métodos. Siéntate y cuéntame. Te serviré incluso un poco de café, lo que en mi estado es poco menos que heroico. Comienza a hablar.

Suspiré y me senté.

—Tienes razón, pero no dejo de pensar en ese brandy. ¿Cuánto crees que costó esa botella?

—Un buen dinero, eso es seguro. Piénsalo. Estás pagando con un recargo de cinco o diez veces más, ya que se sirvió en un restaurante, y ten en cuenta que eso no incluye la propina ni los impuestos. Estoy bastante seguro de que hicimos su agosto.

—No estás ayudando.

—Ya lo veremos. Ahora, pasemos a asuntos más urgentes. Tienes que dejar de lado tus preocupaciones de anoche y seguir adelante. No ahorres detalles. Soy todo oídos.

Mientras hablaba, me di cuenta de que habían pasado muchas cosas desde la última vez que nos habíamos visto. Cuando terminé, se quedó pensativo.

—La historia de Bruni es extraordinaria —comentó finalmente—. No sé qué decir. No podemos juzgarla, al menos yo no puedo. Me lo guardaré, por supuesto, y todo ese asunto del demonio... Aterrador. Una cosa es cierta, ese frasco y cualquier poción de ese tipo quedan vedados para ti por ahora. Por cierto, ¿dónde está?

—Donde lo encontré.

—Bien. Y luego está la historia de Dagmar. Por supuesto, eso tiene sentido. Ella siempre ha sido mucho más inteligente que cualquiera de nosotros. Bueno, que la mayoría de nosotros. Francamente, con la llegada de tu padre acompañado de ese tal Cobb todo se está saliendo de control. Permíteme tomar mi bloc de notas para ver si puedo darle algún sentido. Hay muchas partes diversas y perturbadoras. Mientras tanto, haz algo útil, como traer más café. Necesito pensar.

Tomé el termo y me levanté para cumplir sus órdenes. Johnny estaba en su elemento, y yo quería hablar con Bruni. Sería mi última oportunidad antes de que, en mi papel de anfitrión, resultara problemático hacerlo. Me encontré con Stanley en el pasillo del segundo piso, revisando las habitaciones de los invitados.

—Stanley, tengo algunas noticias. Johnny se encontró con mi padre en el Club 21. Lo acompañaba un hombre llamado Cobb. Al parecer, se veía como un antiguo boxeador. Deberías averiguar lo que puedas sobre él. Parece el doble de problemático que mi padre.

Stanley asintió.

—¿Era calvo, con la nariz achatada hacia un lado y las orejas deformadas?

—Más o menos así lo describió Johnny.

—Nos conocimos hace muchos años. Es interesante que llegue en este momento. Tiene muchas conexiones con el bajo mundo.

—¿Debería preocuparme?

—Déjemelo a mí. —Stanley sonrió—. Ya tiene bastante de qué preocuparse. Parece que mi pasado vuelve a perseguirme. Confío en que haya conseguido a Raymond para este fin de semana.

—John lo puso a mi disposición.

—Bueno, eso debería ser suficiente. Haré los preparativos adecuados. ¿Habrá algo más?

—No, solo pensé que deberías estar informado.

—Se lo agradezco. Su padre llegará en breve. Consúlteme si lo considera necesario.

—Gracias, Stanley. Lo haré.

Lo dejé con sus deberes, pero me pareció que silbaba mientras se alejaba. Nunca lo había oído silbar. No sabía si eso era una buena o una mala señal. Con Stanley, era difícil decirlo.

34

P asé por la cocina y pedí a uno de los empleados que rellenara el termo y se lo subiera a Johnny. En la biblioteca, encontré a Bruni mirando por la ventana.

—Cinco centavos por tus pensamientos —le dije.

Se volvió y sonrió.

—Tendrás que ofrecerme más que eso. No tienes ni idea de lo altas que son mis tarifas. Hice algunas llamadas. Mis padres y lord Bromley están en camino y deben de estar a punto de llegar. ¿Estás preparado?

—No realmente. Si me abrazas un minuto, tal vez lo esté.

Bruni me tomó en sus brazos.

—¿Te sientes mejor ahora?

—Sí.

—Yo también. Sin embargo, tengo una preocupación. Es probable que estemos separados este fin de semana mientras atendemos a los demás. Tendremos que sacar tiempo para nosotros.

—Sí, estoy completamente de acuerdo —respondí—. Deberíamos retirarnos tan pronto como el decoro lo permita esta noche y planear paseos durante las mañanas. Yo también tengo una preocupación.

—¿Cuál es? —Bruni se apartó para mirarme.

—La negociación con mi padre podría complicarse. Cualquier consejo tuyo será útil.

—Vamos a sentarnos un momento —dijo ella.

Nos sentamos, uno al lado del otro, delante de la chimenea. Su modo profesional se hizo evidente cuando empezó a hablar.

—Tengo cierta experiencia en negociaciones. La mayoría de los clientes, así como los abogados de la parte contraria, rara vez dicen cuál es la cuestión crucial al principio de una discusión. Suele ser el tercer o el cuarto punto de la lista. La forma más sencilla de averiguarlo es seguir preguntando cuál podría ser su mejor resultado. Cuando finalmente surja, el punto clave tendrá poco énfasis.

—Soy consciente de ello. Johnny lo hace todo el tiempo.

—No es extraño. Algunos exponen todo a la vez para ocultar los temas importantes entre aquellos que no lo son. Es una variación; el truco está en escuchar y preguntar mucho. Por regla general, si a ambas partes les interesa llegar a un acuerdo, las negociaciones consisten usualmente en encontrar puntos en común y colaborar en las soluciones.

—Eso tiene sentido.

—Este caso es mucho menos sencillo. Cuando un acuerdo negociado de buena fe se desmorona en el último minuto, hay tres razones posibles. La primera es que lo acordado no puede ser entregado por una o por ambas partes. La segunda es que se haya presentado una oferta mejor y quien retarda la decisión la esté revisando. La última es que, al echarse para atrás, el infractor crea que puede forzar un trato mejor.

—¿Crees que este sea el caso?

—Puede ser.

—Eso es preocupante. ¿Hay algo que creas que deba hacer?

—Tener paciencia. Si la última hipótesis es correcta, el punto clave de la negociación no surgirá hasta el último momento, cuando te veas desesperado y más dispuesto a aceptar unas condiciones desfavorables para ti.

—Eso sería lo típico.

—Y no es fácil de manejar. Tu padre puede ser encantador en un momento y tiránico al siguiente. Además, es carismático. Sé encantador, por supuesto, pero no te dejes cegar. Lo digo porque a mí me sucedió. También podría pasarte.

—Lo tendré en cuenta. ¿Y tú?

—Pensaba en eso mientras miraba por la ventana. Lo mejor que se me ocurrió fue ser amable y atenta, y mantener mis oídos y mis ojos abiertos. Suena trivial, pero por ahora es lo mejor que puedo hacer.

—Suena razonable y probablemente sea lo mejor. Gracias por estar a mi lado y cuidarme.

—Estamos juntos en esto, Percy.

—Para bien o para mal, parece.

—Sí, para bien o para mal. ¿Escuché un auto?

—Creo que sí.

Aunque el consejo de Bruni me había tranquilizado, el momento temido estaba cerca. Me estremecí, pero no estaba seguro de si por miedo u otra cosa.

35

Una larga limusina negra rodeó la rotonda como una monstruosa ave rapaz que desciende para posarse en tierra. Todos esperábamos en frente, en una larga fila, incluso Anne. El personal, con Raymond, que tenía un aspecto convenientemente intimidatorio, estaba de pie, no muy lejos. Johnny susurró: «Es la hora del espectáculo» y me dio una palmada en el hombro antes de pasar al final de la fila.

Bruni se ubicó a mi lado. El auto se detuvo y el chofer salió para abrir la puerta trasera, mientras por la otra bajaba un hombre calvo, cargando un maletín de médico. Parecía un boxeador profesional. El personaje nos miró, se cubrió la cabeza con un bombín negro y se quedó junto a la puerta del auto mientras el barón salía. Hugo se veía un poco cansado, pero, aparte de eso, no pude identificar ningún efecto negativo de los excesos de la noche anterior. Me saludó con la cabeza y tendió la mano para ayudar a salir a Elsa, que deslumbraba con una sonrisa. Mientras se situaban a un lado, esperé que mi padre bajara del auto. Había temido este momento y, ahora que se presentaba, sentía una curiosidad ansiosa.

Lord Bromley salió y miró a su alrededor. Era más pequeño de lo que imaginaba, y la descripción que Johnny había hecho de él era exacta. Era una versión más vieja y mejor vestida que yo. Llevaba un traje azul oscuro a rayas, una camisa blanca y una corbata de seda gris, con pequeños puntos azules que hacían juego con su pañuelo. Sus ojos negros nos observaron a todos antes de centrarse en mí. Hugo se adelantó e hizo la presentación.

—Percy, te presento a tu padre, lord Bromley.

—Bienvenido a Rhinebeck —dije—. Permíteme saludar a mis futuros suegros y luego te presentaré a mis invitados.

Lord Bromley sonrió.

—Gracias por la invitación. No deseo ser muy formal; sin embargo, tal vez sea mejor que todos pasemos adentro para presentarnos con tranquilidad. También quiero disculparme de antemano por las molestias que pueda causar mi visita imprevista. Traje a un amigo para que se ocupe de mis asuntos, por si fuera necesario. Estoy encantado de conocerte por fin. ¿Tal vez tu prometida tenga la amabilidad de tomarme del brazo y acompañarme a entrar?

Asentí con la cabeza. Tenía que admitir que era muy afable. Noté que le gustaba tomar el control. Miré a Bruni, quien se adelantó y dijo:

—Será un placer. Lord Bromley, pasa por aquí, y debo decir que te ves notablemente bien conservado considerando tus años. Puedes tomarme del brazo.

Su tono era cálido y tranquilizador. Mi padre dudó, inseguro de si estaba siendo halagado, pero finalmente accedió. Miré a Stanley, quien a su vez miraba a Cobb con una peculiar sonrisa. Este no le devolvía la mirada.

Mientras los invitados entraban, aproveché para dar la bienvenida a mis futuros suegros. El barón señaló con la cabeza en dirección a mi padre y dijo:

—Por fin lo conociste. Puede que no quisieras, pero al fin y al cabo es tu padre, ¿no?

—Sí, lo es, pero no puedo decir qué significa eso.

—Entonces lo descubrirás. Por otro lado, noté tu ausencia anoche en el 21, pero hubo compensaciones. Estás perdonado. ¿Entramos?

—Sí, pasemos. Según Johnny, anoche fue toda una experiencia.

El barón se rio mientras Elsa me agarraba del brazo y me daba un beso.

—Me alegro de verte, *liebchen* —dijo Elsa—. Ahora, basta de parloteos y pasemos a los asuntos importantes. Espero estar sentada a tu lado esta noche en la cena. Vamos. No quiero perder ni un minuto. La tensión aquí ya es muy fuerte. Mi hija manejó bien a ese hombre, ¿no? Deberías agradecérmelo.

—Lo hago. Todos los días.

Sonrió y me dio una palmadita en la mano.

—Eres tal y como lo recordaba. Nos divertiremos esta noche.

Stanley estaba de pie junto a la puerta principal cuando entramos. Seguía teniendo esa peculiar expresión en su rostro. Susurró que se estaba sirviendo champán en el salón. Le di las gracias y me rezagué para decirle:

—Pareces contento, Stanley.

—Lo estoy. Con la presencia de Cobb, los acontecimientos dieron un giro interesante.

—Así parece. Me gustaría escuchar lo que tienes que decir al respecto, pero por ahora vamos a tratar de acomodarlo. De lo contrario, tendrías que atender a mi padre y dudo de que lo disfruten.

—Eso mismo pienso. El almuerzo será a la una.

Seguí al último de mis invitados. Mi padre estaba junto a la barra, bebiendo champán y charlando con Bruni. Me acerqué.

—Creo que conoces a todos los que están aquí, aparte de mí.

—Tienes razón, aparte de ti. Hay una cosa que debes saber: no me gusta perder el tiempo. A mi edad, la cantidad es limitada, un hecho que apreciarás si tienes la suerte de vivir tanto como yo. ¿Dónde podemos hablar sin que nos molesten durante unas horas? Quiero hacerlo ahora.

—Me gustaría, pero después de comer. Los platos de Dagmar no pueden perderse. Pregúntale a Hugo. Él dirá lo mismo.

—¿Tan importante es para ti ese lujo ocioso? —preguntó frunciendo el ceño.

—A veces.

—Siempre y cuando te lo puedas permitir, y creo que ese es el motivo por el que estoy aquí. Al menos desde tu perspectiva —añadió.

—Cierto. Y desde la tuya, ¿cuál es el sentido?

—Bueno, eso habrá que verlo, ¿no?

—Creo que sí. Simon puede mostrarte tu habitación. El almuerzo se servirá en breve.

Asintió con la cabeza.

—Mi amigo es médico y se quedará conmigo en mi habitación. Por favor, haz los arreglos necesarios.

—Así será. Por favor, habla con Simon sobre lo que necesites. Él se encargará de todo. Hablaremos después del almuerzo.

Se alejó y salió por la puerta, guiado por Simon.

Bruni se puso a mi lado.

—Problemático —dijo.

—Mucho. ¿Te parece que ha cambiado?

—Más viejo, por supuesto, y parece más nervioso.

—Volver aquí debe de ser extraño. Hablaré con él después del almuerzo. Todavía no tengo claras sus intenciones.

—Es difícil de descifrar y mucho más de manejar. En un momento está malhumorado y al siguiente es todo sonrisas. Es una cosa o la otra. Hablemos con mamá para que nos dé su opinión.

Elsa conversaba con Anne mientras tomaba una copa de champán. Dejaron de hablar cuando nos acercamos.

—¿Es lo que esperabas? —preguntó Elsa.

—No estoy seguro.

—Nunca hay certeza con un hombre así. Hay que tener cuidado y cuestionar todo lo que dice. Sin embargo, vale la pena escucharlo. Ha hecho muchas cosas y ha visto mucho. Sobre todo, disfruta el hecho de que tienes un padre de verdad. Muchos no lo tienen.

Asentí con la cabeza. Me pregunté cómo haría eso. Ni siquiera sabía que era mi padre hasta que Alice me lo contó en su carta. No sentía ninguna conexión entre nosotros. Para mí, podía ser cualquiera.

Bruni comenzó a charlar con su madre y con Anne. Miré a mi alrededor cuando Johnny se acercó a mí con una copa más de champán. Nos alejamos.

—Toma esto —dijo—. La abstinencia no te preparará para lo que viene, pero una copa de muy buen champán sí. Bebe.

Acepté la copa y bebí.

—Probablemente tengas razón. Por cierto, mi padre quiere tener una charla extensa conmigo después de comer.

—Excelente. No está perdiendo tiempo y tal vez te hagas una idea de lo que busca.

—Posiblemente, pero no estoy seguro de soportar estar a solas con él durante tanto tiempo.

—Pues, yo creo que sí. Son negocios, ¿recuerdas? Tú y yo hemos asistido a muchas reuniones desagradables e incluso sonreímos una o dos veces, si no recuerdo mal. Todos hacemos lo que debemos, Percy. Incluido tú. Además, casi es la hora del almuerzo y estoy ansioso por ver lo que preparó Dagmar. Oí que es sopa de arvejas con sándwiches de mantequilla de maní y jalea.

—¿En serio? No puede ser.

—Lo escuché de buena fuente.

—Bueno, si así es, poco puedo hacer en este momento. Me encantan la mantequilla de maní y la jalea, pero no estoy seguro de que a todo el mundo les guste. ¿Se usa cuchillo y tenedor cuando se sirven formalmente?

—Creo que depende del tamaño. Si son más bien grandes y hay probabilidad de que escurran, yo usaría cuchillo y tenedor. Si son pequeños, entonces no hay por qué molestarse. ¿No aprobaste el menú?

—No. Dagmar dijo que se encargaría de todo.

—Entonces no hay mucho que puedas hacer. ¿Tal vez Dagmar está usando la mantequilla de maní para disfrazar el sabor de una de sus pociones? La mantequilla de maní funcionaba de maravillas con el viejo Robert Bruce. No creerías las cosas espantosas que conseguí que comiera usando un simple toque. Una vez puse un poco en una pelota de tenis. Fue muy impactante. La mezcla casi enloquece a la criatura. La lamió durante más de una hora, gimiendo en un éxtasis canino antes de masticar finalmente la cosa y saborear hasta el último bocado mientras la tragaba. Fue una excelente manera de mantenerlo ocupado.

—Eso no debe de haber sido muy bueno para él.

—Probablemente no. El experimento duró poco y, por tanto, no fue concluyente. Lo abandoné solamente porque oí al portero quejarse de todos los trozos de goma que empezaban a brotar alrededor de los árboles de la entrada de la Quinta Avenida, sobre todo después de una buena lluvia.

—Asqueroso, Johnny.

—Es cierto, y el portero empezaba a sospechar cuál era la causa.

—Bueno, el almuerzo, como casi todo en estos días, está fuera de mis manos. Si los sándwiches de mantequilla de maní y jalea están en el menú, probablemente serán los mejores que nadie haya probado jamás.

—Absolutamente, de ahí mi interés —dijo Johnny.

Mi padre volvió a entrar en el salón con Cobb, y Stanley anunció que el almuerzo estaba servido.

36

Bruni y yo esperamos junto a las puertas mientras nuestros invitados pasaban y buscaban en la mesa las tarjetas con sus nombres. Ella susurró: —¿Qué hay de almuerzo?

—Sándwiches de mantequilla de maní y jalea, según Johnny. Dejé el menú completamente en manos de Dagmar, así que no lo sé realmente.

—Interesante elección, si es que lo es. La mantequilla de maní es una buena manera de disfrazar un sabor. Mis perros se vuelven locos por ella, incluso si tiene dentro una píldora que sabe horrible.

—Lo mismo dijo Johnny.

—Bueno, estoy emocionada. Parece que tu padre se sienta a tu izquierda. Si se descontrola, dale un puntapié y después dile que fue un accidente. Buena suerte.

La idea me estremeció. Acompañé a Bruni a su lugar, ubicado en el extremo más alejado de la mesa y retiré su silla para que se sentara. Volví a mi asiento, en el fondo, muy cerca al salón. Efectivamente, mi padre estaba a mi izquierda, con Cobb a su lado, y Hugo a mi derecha. Junto a Hugo se sentó John y luego Anne, a la que noté lo más alejada posible de lord Bromley. Johnny se sentó frente a su madre, a la derecha de Bruni y junto a Elsa. Supuse que ella le daría mucho qué pensar. Me senté preguntándome qué vendría a continuación.

Fiel a la predicción de Johnny, la sopa de arvejas se sirvió con sándwiches triangulares, en pequeños platos, al lado de cada tazón. El vino era un Riesling alemán que probé inmediatamente para disimular mi nerviosismo. Hugo hizo lo mismo.

—Este Riesling seco está sorprendentemente equilibrado. Ahora, ¿qué tenemos aquí? —Hugo probó la sopa y mordió la punta de uno de los sándwiches. Cerró los ojos y dijo—: Ah, estoy en el cielo. —Los abrió, tomó la cuchara y apuntó a mi padre. Señaló en voz alta—: Sabes, Bromley, realmente te perdiste de algo al irte antes de que tu exmujer contratara a esta cocinera. Si hubieras probado su comida, aunque fuera una vez, habrías hecho cualquier cosa por volver.

Mi padre resopló.

—Tal vez lo hice y no lo sabes. Además, dudo que me hubiera esforzado por una sopa de arvejas y unos pequeños bocadillos. La economía suele empezar en la cocina y, por lo que veo, es muy evidente. El lugar se está cayendo a pedazos.

—Las apariencias engañan —dije mientras probaba la sopa.

Pensé en darle una patada, pero solo por un momento. La sopa era de un color verde brillante, casi fluorescente, que me recordaba a las arvejas recién recogidas. El color por sí solo era irresistible. El sabor, aún mejor. Me llegó a la mente la imagen de un jardín escondido. Había en la sopa toques de menta y otras hierbas, en una mezcla que no pude identificar. Me encontré tomando otra cucharada y luego otra para asegurarme de que realmente sabía tan bien. Estaba decidido a renunciar a los sándwiches por lo que habían dicho Johnny y Bruni, pero, después de unas cuantas cucharadas más de sopa, cambié de idea. Descubrí que cada uno de los pequeños triángulos era sutilmente diferente, ya fuera por las diversas combinaciones de jaleas o por un toque de tocino o algún otro añadido. Miré a mi alrededor y me di cuenta de que nadie hablaba.

Hugo terminó primero, se reclinó en su asiento y comenzó a aplaudir.

—¡Traigan a la cocinera! —rugió—. ¡Tengo que ver a esta mujer!

Stanley me miró y yo asentí. Se alejó como un fantasma. Unos segundos después, Dagmar salió de detrás del biombo chino. El barón se puso de pie y aplaudió un poco más. Otros lo siguieron. Se detuvo, se llevó las manos a los costados y le hizo una reverencia formal antes de volver a sentarse. Ese era, me di cuenta, su mayor cumplido. Dagmar le hizo un gesto con la cabeza. Miró a los invitados que aplaudían y luego a mí. Me guiñó un ojo con complicidad y desapareció de vuelta a su cocina.

El barón llamó mi atención y preguntó:

—¿Hay más? Dime que hay más.

—Paciencia, Hugo. Tendremos que ver —respondí.

Había más, pero en pequeñas cantidades. A medida que cada invitado terminaba, se retiró el primer plato y fue remplazado por tazones de plata que contenían hielo picado. Encima de cada uno había un caparazón de porcelana blanca con ensalada de cangrejo. El barón comenzó de inmediato. Observé que, aunque se hablaba poco, todos parecían animados, concentrados en la tarea de comer despacio para prolongar la experiencia. El vino se consumía como si fuese agua, y al terminar el plato todos mis invitados parecían ligeramente sonrojados.

Oí a Bruni, Elsa y Anne reír a carcajadas por algo que dijo Johnny. A mi alrededor, las cosas estaban más calmadas. La comida avanzó como en un sueño. John y Hugo charlaban de vez en cuando, mientras mi padre, Cobb y yo no decíamos nada. Los dos parecían absortos en lo que comían. Luego llegó el postre, un sorbete de limón Meyer de color amarillo pálido. Bruni y yo nos miramos a través de la mesa. Me sonrió y yo le hice un gesto con la cabeza, tras lo cual anunció que el almuerzo había terminado.

Al levantarnos, me di cuenta de que todos parecíamos ligeramente aturdidos. Mis invitados se apoyaban en los respaldos de sus sillas para mantenerse erguidos. En esa pausa de inmovilidad, un pensamiento llegó a mi mente de forma imprevista: «La inmortal Circe, de cabellos trenzados, en su telar del salón de piedras pulidas, esperaba a los huéspedes indeseados». Una imagen de la hechicera de pelo negro se encendió en mi mente para luego desvanecerse como el tañido de una campana de iglesia. Me pregunté si ese pensamiento era normal. Decidí que no. Sin embargo, el almuerzo había calmado algunas de las duras punzadas de mi temor y había dejado espacio para iniciar algo diferente. Me di vuelta y vi a mi padre de pie, cerca, observándome. ¿Ese pensamiento sobre Circe había sido suyo? Si no, ¿de quién había sido?

37

—Es claro que te desagrado, ¿y por qué no habría de ser así? —Mi padre se detuvo y miró a su alrededor. Íbamos por el camino de acceso en dirección al río. Siguió mirando al frente—. No puedo culparte. Solo sabes lo que has oído y no es nada bueno, estoy seguro. La falta de información puede generar una opinión errónea, tanto como una mentira.

Después del almuerzo, cuando las damas se habían retirado al salón y los hombres a la biblioteca, mi padre me había apartado del brazo y me había dicho: «Acompáñame afuera». Acepté de mala gana. En la puerta principal, Cobb le había preguntado si debía seguirlo a una distancia discreta, pero mi padre había negado con la cabeza.

Caminamos en silencio y él se detuvo al final de la carretera, donde el asfalto se convertía en grava y tierra. Por cortesía, también lo hice.

—Tengo una pregunta para ti —dijo—. Requiere un simple sí o no, así que no es nada difícil. Sin embargo, a diferencia de muchas preguntas de este tipo, tu respuesta determinará nuestro futuro.

—¿Cuál es tu pregunta?

—Permíteme terminar —me interrumpió levantando la mano.

Asentí con la cabeza.

—Si tu respuesta es *no*, tengo un cheque en mi bolsillo y te lo entregaré; eso será todo. Dejé las maletas preparadas y mi amigo debe de haberme conseguido un auto para llevarme a la ciudad, en caso de que sea necesario. No deseo imponer a nadie mi presencia, y mucho menos a mi hijo. ¿Te parece aceptable?

—No has hecho la pregunta, pero me parece bien.

Él parecía divertirse.

—Si tu respuesta es *sí*, entonces el futuro será incierto y mi partida se retrasará. Lo único que te pido es que lo pienses muy bien antes de responder y que solo lo hagas cuando regresemos a la casa. ¿Estás de acuerdo?

—Creo que sí, pero, si tengo más preguntas, las haré.

Se rio.

—Muy bien. Seguramente has oído hablar mucho de mí y probablemente has sacado tus propias conclusiones. Sin otra alternativa, eras libre de creer lo que te contaron, pero ese retrato, como mencioné, puede ser inexacto e incompleto. ¿Tienes el valor de escuchar lo que realmente sucedió entre mi exesposa y yo o deseas aferrarte a una versión simplificada? Esa es mi pregunta. Caminaremos de regreso mientras consideras tu respuesta.

Pensé en su petición, pero no tardé en llegar a una conclusión. Si me negaba, se iría inmediatamente y yo tendría los fondos. Era una buena opción. Resolvería muchas cosas, aunque no todas. Por otro lado, estaba bastante seguro de que él quería que aceptara. Mi negativa era un riesgo calculado que él tomaba. Intuí que había algo más que una simple pregunta. Tenía la reputación de ser astuto y, por lo que me habían contado, era mejor filtrar bien sus palabras. En el fondo, me preguntaba si el cheque existía. Decidí averiguarlo.

Cuando llegamos a la puerta principal, las nubes grises dispersas se habían convertido en una especie de techo bajo y oscuro. Una limusina se encontraba aparcada en la entrada, pero no había rastros de Cobb ni de las maletas de mi padre.

—¿Cuál es tu respuesta? —preguntó mi padre, mientras subíamos las escaleras hacia la casa.

Me detuve a mitad de camino.

—Fuiste invitado porque me enteré de que estabas ya en camino y de que llegarías, independientemente de lo que yo pensara sobre el asunto. Tomaré el cheque inmediatamente en compensación y, además, escucharé lo que tienes que decir. Al menos me debes la verdad, pero si me mientes, te irás en el acto.

Me miró divertido.

—Permíteme primero...

—El cheque ahora o hemos terminado —lo interrumpí.

Me mostró una amplia sonrisa.

—¡Excelente! No crees que lo tenga, ¿y por qué habrías de creerlo? —Metió la mano en el bolsillo y sacó dos sobres. Me entregó el más delgado—. No importa. Aquí tienes tu cheque. Dada mi reputación, perdono tu escepticismo. ¿Estás satisfecho ahora?

—Así es.

Con esas palabras se evaporó toda la buena voluntad que mi padre había mostrado hacia mí. Su rostro se endureció y vi el disgusto escrito en él. Sacudió lentamente la cabeza.

—¿No habría sido más prudente cobrar ese cheque antes de aceptar que estás satisfecho?

—¿Sería necesario?

—Teniendo en cuenta mi reputación, totalmente. Deberías haber verificado que la cantidad es correcta y comprobar si el cheque siquiera está firmado. Por el amor de Dios, Percy, estamos hablando de tres cuartos de millón de dólares. Podría haberte dado simplemente un sobre y ni te habrías enterado.

Ahora estaba enfadado, avanzando rápidamente por la pendiente hacia la ira, sin que yo supiese la razón. Su rostro se enrojecía con cada palabra que escupía en mi dirección.

—Hay dos tipos de personas en este mundo: los que engañan y los engañados. Tú perteneces claramente a esta última clase y, por lo tanto, eres estúpido, ingenuo, poco sofisticado e indigno de confianza. Ahora lo veo claramente. No puedo confiar en ti.

—¿En mí? —pregunté.

Sabía que reaccionaba de inmediato a la más leve provocación y que era dado a ataques de ira que podían aparecer en cualquier momento, pero su arrebato parecía irracional y perturbado.

—¡Sí, tú! Ni siquiera miraste dentro del sobre que te di.

—No tenía que hacerlo. El cheque está ahí o no está. Es válido o no lo es. No puedo creer que hayas venido hasta aquí para engañarme, pero parece que eso era lo que tenías en mente todo el tiempo.

—¿Engañarte? No seas tonto. Vine a ponerte a prueba. Tenía que ver con mis propios ojos si eras digno de mi tiempo. Te veías escéptico y desconfiado cuando nos conocimos. Eso me gustó. Pensaste que había un truco mientras caminábamos. Me hiciste incluso mostrar mis cartas. Ese comportamiento fue digno de mi aprobación, pero ese delicioso escepticismo era falso. Estuve a punto de darte todo. ¡Todo! Pero al igual que tu estúpida madre, y esa perra ladrona que vivía aquí, ¡me traicionaste!

Me golpeó violentamente con el sobre grueso en el pecho.

—Habría confiado en ti con esto. —Resopló con la saliva salpicando sus labios mientras agitaba el sobre frente a mi cara—. ¡Pero no! Ya vi y oí suficiente. Tengo que irme.

Dobló el grueso sobre por la mitad, lo metió en el bolsillo lateral de su traje y se dirigió a la puerta. Allí se detuvo, se dio vuelta y siseó con desprecio mordaz:

—¡Eres una decepción!

Abrió la puerta de un tirón y se quedó inmóvil. Una figura sombría parecida a Alice se encontraba en el oscuro interior de la casa, bloqueándole la entrada. Atónito, el rostro de mi padre se tornó gris mientras miraba a la figura con la boca abierta. Parecía paralizado antes de empezar a toser, levantar las manos hacia su garganta, tropezar y caer hacia atrás por los escalones. Se quedó inmóvil, mirando al cielo con unos ojos que no veían nada. Me apresuré a bajar para ver si estaba muerto.

38

—¡Apártate, Percy! —ordenó Bonnie, mientras bajaba los escalones avanzando hacia él—. ¡Llama una ambulancia!

Bonnie buscaba el pulso de lord Bromley mientras Cobb, advertido por la entrada anticipada de mi padre, se agachaba junto a ella y evaluaba la situación.

—¡Traiga mi maletín negro! —me dijo—. Está en la habitación de su señoría, a los pies de la cama.

—Enseguida —respondí y me di vuelta. Al hacerlo, vi que el grueso sobre con el que mi padre me había golpeado, se hallaba medio doblado, apoyado en la contrahuella del primer escalón. Lo recogí mientras entraba en la casa, casi chocando con Stanley, que sostenía el maletín médico.

—¡Aquí está! —me dijo.

Me metí el sobre en el bolsillo delantero con una mano, mientras le pasaba el maletín a Cobb con la otra. Cobb lo tomó, lo puso en el suelo y lo abrió de golpe. Sacó una jeringa, le insertó una aguja larga y de uno de sus bolsillos extrajo un frasco con un líquido transparente. Rápidamente la llenó y aplicó el contenido en el muslo de mi padre, a través de su ropa, mientras Bonnie inició la reanimación cardiopulmonar.

Al cabo de unos segundos, Bonnie dijo:

—Respira y tiene pulso.

—Bien —respondió Cobb—. Ayúdenme a llevarlo arriba. Allí tengo un desfibrilador y un equipo intravenoso. Hagámoslo rápido. —Volviéndose hacia mí, dijo: —Olvide la ambulancia. Tengo todo lo que necesito para su señoría en su habitación.

Bonnie tomó una pierna de mi padre y yo la otra. Cobb se encargó de los brazos y Stanley de la parte media del cuerpo. En lo alto de la escalera principal, al adelantarse para abrir la puerta del dormitorio, Stanley soltó el cuerpo, haciéndonos tambalear a Bonnie y a mí. Lo acostamos en una de las camas y Cobb nos ordenó retirarnos.

—Sé lo que estoy haciendo —dijo bruscamente—. Cierren la puerta al salir.

Stanley, Bonnie y yo nos miramos e hicimos lo que nos indicó.

—¡Que me jodan! —dijo Bonnie cuando estábamos en el pasillo y habíamos cerrado la puerta—. Esa clase de saludo podría acomplejar a una chica. Supongo que era tu padre, Percy. Lo siento. En fin, ¿qué te parece mi nuevo peinado?

—Sorprendente —dije. Su pelo era ahora más corto y negro. A la luz del pasillo, sus ojos parecían más grises que azules. Brillaban en contraste con su pelo color cuervo. Bonnie había mejorado su aspecto, tal vez no hasta un nivel sensacional, pero sí lo suficiente como para hacer girar más de una cabeza. Noté el parecido con Alice. Si mi padre era lo suficientemente vanidoso como para no usar anteojos, la inesperada aparición de Bonnie debía de ser un impactante recordatorio de que los muertos no siempre se quedan donde están.

—Exacto —continuó—. Fue solo verme para que le diera un ataque y bajara rodando las escaleras. ¡Vaya! Gracias por tu ayuda, Stanley. Fuiste muy rápido con ese maletín negro.

—La forma más elevada de servicio es la anticipación —dijo Stanley.

—Bueno, te llevas el primer premio en ese departamento. Menos mal que estabas cerca.

Stanley parecía divertido, pero no dijo nada.

—Sí, menos mal. Como en los viejos tiempos, si no me equivoco —dije mirándolo también.

Stanley sonrió con mi comentario.

—En efecto. Su señoría siempre ha llevado una existencia excepcionalmente afortunada, como si lo protegiera algún tipo de magia, pero dudo que esté fuera de peligro todavía. Puede que Cobb sea médico, entre otras cosas, pero incluso a él le costará mantenerlo con vida por mucho tiempo.

—Ciertamente, Cobb no parece médico —dije.

—No, no lo parece, pero no deja de serlo, aunque su práctica se limite a un solo paciente. Sugiero que vayamos abajo. Usted tiene invitados que atender y yo tengo mis obligaciones.

—Muy bien —dije—, pero gracias de todas formas.

—Por supuesto, señor.

Stanley se dio la vuelta y tomó el camino de regreso hacia la cocina mientras Bonnie me tomaba del brazo y me acompañaba hacia la escalera principal.

—¿Te alegras de verme?

—Siempre.

—Pues dame un beso de bienvenida, y lo digo en serio.

Me incliné para besarla en la mejilla, pero ella se giró, me rodeó con sus brazos y puso su boca firmemente sobre la mía. Tras un largo segundo, me soltó. Di un paso atrás, algo sorprendido. Al ver mi desconcierto, me dijo:

—Tranquilo. Todavía no han sonado las campanas de boda, así que, técnicamente, es caza legal. Bueno, quizá no del todo, pero una chica puede soñar, ¿no? Ahora, sigamos. Mamá estará esperando y cuando se entere de lo que pasó le rechinarán los dientes por haber perdido la oportunidad de hacer un par de comentarios sarcásticos. Me muero por contárselo.

—¿Siguen siendo amigas? —dije, recuperando el aplomo.

—Más que nunca. Ha sido extraño. No lo somos del todo, pero nos gustamos y nos respetamos, lo que supone un gran avance. ¿Cómo se mece tu mundo estos días?

—El desbalance describe mi mundo bastante bien. Deberíamos hablar más largo, pero por ahora, el deber me llama.

Cuando estábamos al final de las escaleras, dije:

—Por cierto, Bonnie, sabes llegar en el momento preciso.

—Cuando quieras, vaquero. Hay muchas cosas por decir, si no me equivoco. Asegúrate de contarme todo. Bueno, todo lo que estés dispuesto a decir. Quién sabe, tal vez pueda ayudar. Te sorprendería lo que puedo hacer, así que piénsalo. Para eso están las amigas. Mamá está deseando verte.

Cruzamos el pasillo hasta el salón, tomados del brazo. Aunque dudaba de dejarla acercarse demasiado, era una buena persona para tener de mi lado. El sobre que recogí tendría que esperar y tampoco había examinado el que contenía el supuesto cheque. Esos asuntos debían posponerse por ahora. Era el momento de darle la bienvenida oficial a Maw.

—¡Percy! Ahí estás. Esperaba que me dieras la bienvenida. ¿Dónde estabas?

La voz de Maw retumbó en el salón desde su asiento en el centro del sofá, rodeada por los tres Von Hofmanstal, John, Anne y Johnny. Ella y Bonnie habían llegado antes de lo previsto, y debía de ser su auto el que había visto en la puerta. Aunque se acercaba a los ochenta años, era una mujer poderosa y vibrante. Dotada de una resolución férrea y una mente astuta, digna de un Medici, controlaba personalmente los recursos económicos equivalentes a los de un país pequeño y era, en todos los sentidos, la matriarca de la familia Dodge. Orgullosa, físicamente fuerte y curtida por años de actividades ecuestres, tenía una voz singular y un tono cortante, perfeccionado por años de entrenamiento de caballos, jinetes y perros. Cuando ella ordenaba, todos obedecían, incluido yo.

—Mary, me disculpo. Por favor, perdóname —dije mientras caminaba hacia ella—. Estaba paseando con mi padre.

—Bueno, ¿y dónde está?

—Arriba —respondí.

—Incapacitado —añadió Bonnie, quien estaba a mi lado—. De hecho, puede que lo haya asesinado no hace ni cinco minutos.

—¡Qué! —dijeron todos al unísono, antes de rodearnos a Bonnie y a mí para conocer los detalles.

—Me temo que sí —continuó Bonnie—. Me vio y se desplomó. ¡Pum! Cayó como un saco de arena y se golpeó contra el camino de entrada. Por suerte para él, el calvo es médico, al menos es lo que afirma Stanley. Los cuatro lo subimos a su habitación. Tenía pulso y respiraba con dificultad, pero eso es todo lo que sé. El médico nos echó. Ataque al corazón, creo, o tal vez un derrame. Lo que es seguro es que no bajará pronto por las escaleras.

—¿No deberíamos llamar una ambulancia? —preguntó el barón.

—No. El médico rechazó la idea y dijo que tenía todo controlado. Sospecho que ese tipo de suceso ha ocurrido antes. Con seguridad, el episodio añadió algo de drama a mi día.

—Bueno —dijo Maw—, supongo que hay que hacer concesiones. Aun así, podría haber elegido un momento mejor. Siéntate a mi lado, Percy. Querrás saludar a Robert. Está debajo del sofá.

Al mencionar su nombre, Robert salió, resopló y se sentó. Sus ojos negros se fijaron en Maw; luego giró la cabeza y miró a Johnny. Me ignoró por completo, como era habitual en él. Todos los demás se apartaron y se agruparon alrededor de Bonnie, mientras ella describía con más detalle las últimas noticias.

—¿Engordó un poco? —pregunté, mientras me sentaba al lado de Maw.

—¡Bah! —dijo ella—. Está en plena forma.

Me lo pregunté mientras lo observaba. En su existencia anterior, Robert se aprovechaba habitualmente de la prodigiosa falta de habilidad canina de Johnny para engañar a su amo en agotadores combates del tipo *captura al perro*. Estos juegos duraban varias horas, hasta que el animal, tras decidir que ya había hecho suficiente ejercicio por ese día, se rendía a la correa una vez más. Yo dudaba de que pudiera salirse con la suya en esas travesuras juveniles con su dueña actual. Robert me miró y jadeó como si estuviera de acuerdo. Se tumbó frente a Maw y estiró las patas traseras mientras se frotaba obscenamente en la alfombra. Se detuvo, giró la cabeza, lanzó una mirada melancólica a Johnny antes de volver a centrarse en Maw y adoptó la posición de una esfinge.

—Debo decir que tiene buen aspecto, y tú también. Bienvenida de nuevo a Rhinebeck —dije.

—El gusto es mío. Ahora dame un beso y luego tú y Johnny podrán llevar a Robert de paseo.

Le di un beso a Maw, pero, antes de que pudiera responder, vi a Cobb en la puerta del salón, haciéndome un gesto con la cabeza.

—Tal vez más tarde. El médico está en la puerta. Puede que tenga alguna noticia.

—¿Hay algún lugar donde podamos hablar en privado? —preguntó Cobb, con el acento de un catedrático de Oxford. Cuando habló arriba, no había sonado tan refinado. Cerré la puerta del salón antes de responder.

—Por supuesto. La biblioteca. Está a la izquierda, al final del pasillo.

Mientras caminábamos, lo miré de reojo. Decididamente, no lucía como un médico, pero su traje magníficamente confeccionado y sus zapatos bien pulidos parecían decir lo contrario. Era más bajo que yo, pero lo que le faltaba en altura lo compensaba en musculatura. Cobb parecía un matón, pero, a juzgar por su acento, bajo la superficie podría esconderse un intelecto aterrador.

Una vez sentados en los sillones de cuero frente a la chimenea, Cobb se inclinó hacia delante, apoyando los codos en las rodillas, y comenzó.

—Su padre no está en el mejor estado, como se puede imaginar. Le aconsejé que renunciara a esta visita, pero él insistió y, una vez que se decide, poco se puede hacer sino aceptar y manejar la situación de la mejor manera. Decidí acompañarlo con la esperanza de que mi presencia y mi habilidad como médico pudieran aliviar parte de la tensión en su sistema. ¿Qué cree que pudo causar este último episodio? Si no le importa que pregunte…

—Se lo diré, pero antes tengo un par de preguntas, si le parece bien.

—Por supuesto.

—¿Vivirá?

—En medicina nunca hay nada seguro. Por ahora está sedado y descansa cómodamente. Ha tenido dos episodios similares bajo mi cuidado y en ambos casos se recuperó más rápido de lo esperado. Esta vez podría ser igual, o no. Lo más probable es que quiera levantarse mañana en la tarde. Tiene una constitución notablemente robusta y le encanta demostrar que la ciencia médica se equivoca. Nada lo detiene. Sin embargo, el cuerpo humano tiene sus límites y dudo que pueda sobrevivir a muchos más incidentes de este tipo. Haré lo posible para que permanezca en la cama de arriba, pero es un paciente difícil y hará lo que quiera. Por ahora, tendremos que ver cómo se encuentra cuando despierte.

—Gracias, doctor. Es doctor, ¿no?

—Así es. Tenía un consultorio en Harley Street, antes de que su señoría me convenciera de limitar mi práctica únicamente a su servicio.

—¿Mi padre usa lentes correctivos?

—No, pero eso no quiere decir que no deba hacerlo. ¿Por qué lo pregunta?

—Eso explicaría lo que pasó. Abrió la puerta y creo que confundió a la señorita Leland con su antigua esposa. Se parecen un poco y, como Alice lleva muchos años muerta, debe de haber sido toda una conmoción verla allí de pie.

—Eso podría explicarlo. Mencionó que esta casa estaba llena de fantasmas. Yo rechacé la idea, pero dijo que yo era un ignorante y que había visto poco del mundo, aparte del interior de mis pacientes. Pasando a otro tema... cuando lo desvestí, observé que no llevaba ninguno de los sobres encima. El diálogo entre ustedes dos debió de ir bien y eso es una buena noticia desde el punto de vista médico. Él estaba muy preocupado por los sobres. Si fuera usted, yo leería cuanto antes el contenido del más grueso. Ahora, debo dejarlo. Tengo que volver con mi paciente.

—Por supuesto. Por favor, sígame informando sobre su estado o sobre si hay algo más que cualquiera de ustedes dos necesiten.

201

Esperé que no me preguntara más sobre la segunda carta y lo llevé al pasillo, donde me aseguró que me mantendría informado. Él estaba a punto de decir algo más, pero vi a Johnny salir del salón. Lo corté antes de que pudiera empezar y dije:

—Por favor, discúlpeme, doctor. Volveremos a hablar, pero ahora tengo otros asuntos que atender.

Al verse despedido, asintió pensativo y se fue a atender a su paciente.

—Llegaste a tiempo —dije dentro de la biblioteca con la puerta cerrada.

—Se nota que estás tramando algo. Quizá podamos tomarnos unos minutos y ponernos al día.

—Buena idea. Así está la situación hasta ahora.

Le informé a Johnny acerca de lo que había sucedido desde la última vez que hablamos, incluyendo la conversación con mi padre, los dos sobres y lo que el médico tenía que decir.

—¿Tienes los dos?

—Los tengo.

—Pues allí hay un abrecartas. Tómalo. No, espera un momento. ¿Están sellados?

—Así es, y me alegra ver que las grandes mentes piensan igual. Necesitamos que Stanley las abra con vapor y las vuelva a sellar. Sabremos lo que mi padre está tramando, pero él no se enterará. Puede que incluso, para variar, vayamos un paso por delante esta vez.

—Eso sería refrescante e inusual. Incluso, devolver ese primer sobre sin abrir podría permitir que los acontecimientos se desencadenen con una conclusión mejor, pues sabremos mucho más acerca de lo que él tiene en mente. Puedes utilizarlo para reiniciar la conversación. Quién sabe a dónde podría llevar eso.

—Interesante idea, pero ese hombre tiene mal carácter, y odio que me griten. ¿Puedes encargarte de todo esto?

Le entregué a Johnny los sobres.

—He estado demasiado tiempo lejos de mis invitados. Con suerte, podré reunirme contigo pronto.

—Por supuesto. Ahora, para que quede claro, quieres que abra ambos sobres, examine el contenido con Stanley y los cierre otra vez.

—Sí. Pero tienes que ser rápido. Me imagino a mi padre despertando y sufriendo otro ataque de nervios cuando descubra que falta el segundo sobre.

—Eso podría depender de lo que descubramos. Déjanos la decisión a nosotros. Si se justifica, nos encargaremos de devolvérselo en su estado original. Al fin y al cabo, el sobre más grande se le cayó del bolsillo y, al ser encontrado y devuelto, podría ser sospechoso, pero no demasiado, siempre que no pase mucho tiempo. Me quedo con el que te dio.

—Me parece bien.

—Cuenta con ello entonces. Esto es mucho más divertido de lo que esperaba.

—Qué suerte tienes —dije.

Le di una palmadita en la espalda mientras se dirigía a la cocina a buscar a Stanley. Cerré la puerta de la biblioteca y volví al salón.

De inmediato me vi rodeado por los invitados, que querían conocer las últimas noticias sobre el estado de mi padre.

Repetí buena parte de lo que me explicó el médico. El barón asintió con la cabeza y resumió la información en voz alta para John:

—Bromley estará fuera de juego por lo menos hasta mañana. Eso brindará algo de paz y una cena más relajada esta noche.

—Todos deberíamos estar agradecidos —dijo Anne.

—Tonterías —dijo Maw—. Quería darle uno o dos pinchazos para saber si es realmente tan malo como dicen. Supongo que eso tendrá que esperar. Percy, ¿qué sigue?

—Bebidas a las siete, seguidas de una cena a las nueve. Corbata negra. Hasta entonces, pónganse cómodos. Bruni y yo tenemos que discutir algunos asuntos de la casa, así que nos veremos entonces.

—En ese caso, creo que es hora de una siesta —dijo Bonnie—. Subir ese cuerpo por las escaleras me dejó agotada.

Los demás estuvieron de acuerdo. Bruni me miró con curiosidad mientras nos sacaba por la puerta. Su padre nos siguió y nos detuvo antes de que pudiéramos salir.

—Me gustaría ver la biblioteca, si no te importa.

—Por supuesto. Está al final del pasillo —respondí.

—Ya sabes a cuál me refiero.

Hice una pausa. Tanto el padre como la hija me miraron expectantes.

—¿Qué biblioteca sería esa?

—No te hagas el inocente conmigo —replicó el barón—. Esos tesoros tuyos no están a la vista ni deberían estarlo. Están escondidos, junto a los cientos de volúmenes que Alice reunió a lo largo de los años. Lo sé con certeza.

—Tienes razón, pero esa parte de la casa está restringida por el momento. Por supuesto, una vez que todos los asuntos financieros estén en orden, estaré más que feliz de mostrártelos.

—¿Qué? ¿Bromley no te dio su cheque? Dijo que lo haría. Yo tengo el mío aquí. —El barón se palpó el bolsillo del pecho.

—Mi padre mencionó algo sobre la verificación de fondos, así que el asunto sigue pendiente. Por supuesto, aceptaré el tuyo con gusto.

—Creo que esperaré. —El barón se rio—. Te felicito por insistir en la verificación. Yo siempre lo hago. No te preocupes, podremos solucionarlo mañana cuando se levante.

—El médico no estaba tan seguro de eso.

—¡Médicos! ¿Qué saben ellos? Tu padre tiene más vidas que un gato. Mañana se levantará. Cuenta con ello. Ahora, diviértanse los dos y no hagan nada que yo no haría.

El barón volvió a reírse mientras regresaba al salón.

Bruni me tomó del brazo.

—Supongo que no todo salió como estaba previsto con tu padre.

—Así es.

—Quizá podamos pasear y me explicas.

Suspiré. Tenía mi atención en los sobres, pero decidí dejar que Stanley y Johnny lo resolvieran. Bruni podría ayudarme a entender a mi padre. Parecía un hombre completamente horrible, y yo necesitaba un poco de aire fresco para olvidar mi conversación con él.

—Buena idea —dije—. Vamos hacia las canchas de tenis.

Una vez fuera y lejos de las posibles intrusiones de los demás, Bruni y yo nos abrazamos.

—Creo que lo necesitaba —dijo ella.

—Yo también.

Le conté todo lo que había pasado desde el almuerzo. Cuando terminé, nos sentamos en silencio en los escalones que bajaban al patio y miramos los árboles frondosos que bordeaban el recinto. El cielo se veía encapotado y sombrío, y aun así me sentía complacido de estar a solas con ella. En el fondo pensé que tener invitados en casa era entretenido, pero estaba muy sobrevalorado.

Bruni interrumpió mis pensamientos.

—Por lo que dijiste, tu padre te estaba poniendo a prueba y fallaste.

—Yo diría que eso lo resume bien. Tengo que reunirme con Johnny y Stanley y averiguar qué hay en los sobres. Espero que lo que revelen pueda abrirme una especie de puerta.

—Puede ser, pero tengo dos cosas que decirte que podrían ser de ayuda. La primera se basa en lo que acaba de ocurrir y puede sonar insensata.

—Me vendría bien algo de insensatez. ¿Qué es?

—Tienes que hablar con tu padre, a pesar de su disgusto. Los dos solos, sin agendas. Mi madre y yo nunca fuimos cercanas hasta que conseguimos salvar esa distancia, y eso ocurrió, curiosamente, gracias a él. Esa conversación no será fácil, pero sé que los dos tienen que hacer las paces. No hablo de amistad, sino de verlo y tener algo de compasión y comprensión. Eso es todo.

—Dadas las circunstancias, eso, por sí solo, sería un milagro.

—Quizás, pero tú tienes tiempo. Él no. Su vida se está apagando más rápido de lo que piensa. Estás en la posición más ventajosa, así que la propuesta debe venir de tu parte.

—Eso es bastante cierto. —Suspiré—. Pero ¿cómo puedo llegar a ese punto con él? Francamente, me asusta y, por lo que vi, simplemente destrozará cualquier vulnerabilidad que yo muestre hasta acabar con toda posibilidad de reconciliación.

—Tal vez. Pregúntale por Alice.

—¿Alice? —La miré.

—Sí. Su vida comenzó y terminó con ella.

No estaba muy seguro de eso. Alice parecía un tema radiactivo cuando se le planteaba a mi padre. Me estremecí y pregunté:

—¿Qué es lo segundo?

—Creo que sé por qué tu padre se encuentra aquí.

—¿De veras?

—Quiere recuperar los objetos que Alice tenía en su poder. Cree que son suyos. No puedo ser más específica.

—¿Cómo sabes eso?

—Mi padre me lo dijo.

—¿Y cree que están en la otra biblioteca?

—Sí.

—Cuéntame más.

—No puedo. Probablemente sobrepasé los límites de lo que se me permite decir. Es parte de un asunto legal que tuvo lugar antes de que tú y yo nos conociéramos. No podía comentar nada sobre la firma que acabó tu sociedad con Johnny. Esto es lo mismo. Te quiero y quisiera contarte todo, pero hay muchas cosas de las que no puedo hablar. Espero que lo que mencioné aparezca en esa carta que tu padre decidió no darte.

—Podrías habérmelo dicho antes.

—No tenías la carta.

—Y ahora la tengo.

—Y ahora la tienes. Sé que no estás contento conmigo por no decir todo lo que sé.

—Así es. Me siento... traicionado. Estoy aquí, buscando respuestas, solo para descubrir que la persona a mi lado lo sabía todo el tiempo, pero nunca se molestó en decírmelo. Sé que no es justo, pero eso no impide que me sienta así. También entiendo tu posición. Si nuestros papeles se invirtieran, estaría constantemente tentado a decir más de lo que debería, y eso sería igualmente difícil. —Suspiré y murmuré—: Me gustaría que este fin de semana terminara y que todos se marcharan.

Miré hacia los árboles. Bruni estrechó su brazo con el mío.

—Lo siento —dije tras una pausa—. Tú no eres la razón por la que me siento mal.

—No totalmente, pero ahora me doy cuenta de que transmitir las cosas de una manera fragmentada solo empeora la situación. Tendré que pensar en ello. Quiero que sepas que siento haberte causado un disgusto.

Asentí con la cabeza y le di unas palmaditas en el brazo que se entrelazaba con el mío.

—La primera parte que mencionaste me hace temblar. Todo lo que quiero hacer es evitar a mi padre, pero tengo la sensación de que un resultado positivo para todos nosotros puede depender de que sea capaz de dejar de lado mi antipatía, mirarlo a los ojos y ver algo distinto al viejo malhumorado y aterrador que es. Cuando lo observo, me pregunto si acabaré siendo así. Espero que no, pero su linaje corre por mi sangre. Es un pensamiento inquietante.

—Yo sentí algo parecido, te lo puedo asegurar. Por ahora, lo mejor que podemos hacer es ir paso a paso. Entre los dos encontraremos la manera. Nos tenemos el uno al otro, y eso cuenta mucho. Es hora de regresar a la casa. Tengo que pensar en qué me pongo esta noche, y tú tienes que revisar esas cartas.

—¿Qué descubrieron? —pregunté al llegar al despacho de Stanley.

Stanley y Johnny bebían un *whisky*. Parecían preocupados.

—Siéntate y toma un trago —dijo Johnny.

—¿Qué pasa?

—Primero el trago, luego las noticias —respondió Johnny, mientras me entregaba una medida de la reserva de Stanley en un vaso de cristal.

—Gracias por la bebida, Stanley. ¿Así de malo es el asunto?

—Supongo que podría ser peor —respondió Johnny—, pero es improbable. No prolongaré el suspenso. En el primer sobre hay una letra de cambio por valor de setecientos cincuenta mil dólares girada por la sucursal londinense de Morgan Guaranty, en Berkeley Square, a favor de la oficina principal de Nueva York. El documento es válido, estoy seguro, y no requiere verificación de fondos. La dificultad radica en lo que tiene que ver con el beneficiario. Tu nombre está ahí, pero también el de tu padre. Ambos tendrán que firmarla antes de que pueda cobrarse. El sobre se selló de nuevo por si quieres devolverlo sin abrir.

Johnny me entregó el primer sobre.

—Y, por supuesto, hay un truco —dije—. Sería típico de este hombre…

—Y eso no es ni la mitad. La parte que esperamos se encuentra en el segundo sobre, pero antes de que lleguemos a eso, debes agradecer a Stanley su habilidad para abrirlos y sellarlos de forma que no dejaran rastro. Él te lo explicará.

—Stanley, mi agradecimiento, como siempre —dije y él asintió.

—Me tomé la libertad, según sus instrucciones, de devolver la carta a lord Bromley después de hacer una copia de ambos documentos en el fax. Johnny me contó sobre su conversación con el doctor, y me complace decir que se estremeció notablemente cuando se la entregué. No me quedó claro si se debió a la vergüenza por haber asumido que su padre le había entregado a usted el segundo sobre o por haber evitado otra crisis médica cuando lord Bromley descubriera que faltaba. Tal vez el hecho de que yo le devolviera el sobre personalmente haya aumentado sus problemas. Probablemente, al final llegará a la conclusión de que lo mejor es no mencionar el tema a su jefe. Tendremos que discutir las implicaciones de lo que su padre escribió después de que usted haya asimilado su contenido. Aquí está.

Stanley me entregó una carpeta con varias páginas de fax en su interior.

Percy,

¿Qué clase de hombre eres?

Me pregunto si tienes el escepticismo y la certeza de ti mismo necesarios para no regirte por las limitaciones que exige la sociedad «civilizada». La mayoría de las personas están destinadas a nacer atadas, a ser peones adoctrinados por lo que supone la educación y a estar cimentados dentro de un sistema que sostiene el logro de la riqueza y el consumo material como las mejores y únicas medidas de valor. Estoy en desacuerdo. Considerar que la supervivencia económica es el fin de la existencia es una idiotez.

Tengo una mala opinión de la humanidad en general. El progreso, si es que existe, depende en realidad de unos pocos hombres «malos», de los rebeldes y de los supuestos inadaptados, de aquellos que tienen el valor y el genio de elevar al resto a un lugar más alto, a pesar de los gritos de protesta del grueso de la humanidad. La mayoría está sedienta de individualidad y reconocimiento personal, pero anhela más la seguridad y la comodidad, por lo que se ve atrapada en la desesperación cotidiana y en el sin sentido de la vida. Si hay algo que he aprendido es esto: ahora y siempre, lo mejor es la minoría. Hay que aspirar a esta altura. Solo los mejores pueden ser verdaderamente grandes, y eso requiere valor, así como el uso de todos nuestros dones, incluidos los de naturaleza más oscura.

La sociedad desprecia nuestros defectos y nos exige pureza y bondad, pero nadie es verdaderamente puro o bueno. Somos lo que somos, con nuestras debilidades y fortalezas y, sin embargo, nos riñen desde niños para que nos enmendemos, para que seamos buenos. En otras palabras, se debe obedecer o sufrir las consecuencias. Esto es perverso. Son más los hombres, mujeres y niños asesinados o torturados en nombre del «bien» que los que han sido víctimas del «mal» o de cualquier otra razón. La mayoría puede quedarse con su «bondad» e igual ser condenada. La naturaleza no hace tales distinciones y tú tampoco deberías hacerlas. Es el único consejo que considero digno de transmitirte.

Dudo que una carta me haga justicia. Preferiría hablar en persona y decir lo que realmente sucedió con mi exesposa. En cualquier caso, hubo demasiada violencia entre nosotros, demasiado dolor y demasiado daño. Cada uno hizo su parte. Dudo que hayas escuchado eso, pero para haber conectado tan a menudo y de manera tan horrible, seguro debió de existir una gran culpa entre ambos y un vínculo por encima de todo. Solo me casé una vez por una buena razón. Ella, más veces. En palabras de quienes nos conocieron, soy un hombre malo, un malvado, pero ella y yo somos muy parecidos. Alice es mi opuesto y mi igual. Ya está, lo dije.

Ya tienes tu dinero, o casi. Con él compré lo que no me pueden quitar y, como los objetos no se pueden mover, debo trasladarme a donde están. Por eso estoy aquí, pero más adelante hablaré de ello. Cumpliré mi palabra. No retiraré nada. En cambio, me adaptaré a las limitaciones que me impuse. En realidad, muchos de esos objetos guardados me pertenecen, y habré pagado no una, sino dos veces por el privilegio de poseerlos. La primera vez fue por la alegría de tenerlos y por el poder que poseían. La segunda, ahora, es por la necesidad personal y la posibilidad adicional de averiguar quién eres, para sondear nuestras similitudes. Permíteme explicarte cómo se produjeron estas peculiares circunstancias.

Hace años, tu benefactora necesitaba una pieza de cerámica antigua. Ojalá supiera qué manos la hicieron. La forma era exquisita, pero su propósito era mucho más refinado y difícil de entender. El sonido producido al soplarla correctamente generaba un escalofrío que recorría la columna vertebral hasta los vellos de la nuca. Desde allí, las vibraciones cosquilleaban dentro del cráneo haciendo que la nota resonara en lo más profundo, recordándole a quien escuchaba algo perdido, como una palabra atrapada en la punta de la lengua o un susurro percibido en la oscuridad de la noche. Lo he sentido. El tono del zumbido removía cosas en lo más profundo de mi ser, pero no podía recordar qué. Sentía el recuerdo o, tal vez, la vaga percepción de una puerta que se abre a caminos que nadie en la actualidad puede imaginar.

Fue su subalterno quien me contactó para hacer un trato que le permitiera a ella tener la pieza. La suya se había perdido. No sé cómo. No sé por qué, aparte de que el destino nos alcanzó una vez más, a pesar de nuestra separación física. Hicimos un acuerdo. Durante un tiempo ella necesitaba esa vasija antigua y un ídolo que descubrimos juntos. Lo entendí y lo acepté, pero decidimos que me los devolvería después de utilizarlos. Fue lo que prometió. Dios sabe que pagué por ambos objetos, ella también lo hizo, pero eso no fue todo lo que aceptó.

Ella no se había dado cuenta de que yo sabía sobre el brazalete. Yo lo sabía. Eso la perturbó, pero, en primer lugar, ¿cómo creía ella que había conseguido la pieza? Ni siquiera su encantador esclavo lo sabía o tal vez no lo sabe aún. Alice y yo lo llamamos con un nombre árabe, Ayn al-qalb, el ojo del corazón, en honor a ese lugar de la mente que facilita el conocimiento espiritual directo. Era un nombre apropiado. Estaba obsesionada con ese conocimiento y, por esa fijación, la piedra la ataba. Me parecía una locura. A veces nos aferramos a cosas que finalmente nos arrastran. Habría sido mucho mejor para los dos si ella lo hubiera abandonado.

Como dije, hay oscuridad en todos nosotros y no toda se centra en los demás. La mayoría de las veces se dirige a nosotros mismos. La compadecí, pobrecita. Su fijación la arruinó. Lo arruinó todo.

Tengo mis razones para querer ese brazalete ahora, para sacarlo junto con la pequeña vasija y el ídolo de cualquier bóveda en la que se encuentren profundamente dormidos y llevarlos a la habitación que tú elijas para mí. Por encima de todo, quiero lo que es mío por derecho. Hay más objetos que ella se llevó. Revisaré su colección y los recuperaré también. Debes estar de acuerdo con esto. Se redactará la documentación pertinente para reconocer mi plena propiedad y, por lo tanto, mi derecho a retirarlos, si así lo elijo. Tengo a mi abogado cerca y en caso de que te niegues rotundamente, presentaré un documento con la firma de tu benefactora confirmando que son míos y solo míos. Me llevaré conmigo todo lo que poseo cuando me vaya, o las cosas se quedarán aquí y yo con ellas. Elige lo que más te convenga.

Pero no vayamos por ese camino. Todo lo que tengo será tuyo si aceptas que me quede, y lo que tengo que no conoces te dejará con la boca abierta. ¡No tienes ni idea!

Sé fuerte. Siéntete orgulloso. Sé sincero, pero elige... Elige porque debes o porque lo deseas, lo que sea, da igual.

Tu padre

PD: Hay mucho que puedo enseñarte, mucho, y tienes mucho que aprender.

PD2: ¿Has visto sus libros? Hay uno en particular que es mío. Lo quiero de vuelta.

44

L e pasé la carpeta a Stanley y tomé un trago de *whisky*.

—¿Impresiones? —preguntó Stanley mientras Johnny miraba.

—No sé qué decir. Estoy aturdido, pero no del todo sorprendido. Esperábamos algo terrible y ahora sabemos un poco. Puede que haya más cosas que no sepamos. Por ahora, no me cabe duda de que él tiene toda la documentación legal necesaria para demostrar que una parte de los tesoros es suya. Podría decir que los tome y se vaya. Es una opción que resuelve el problema, siempre que firme el cheque. Por otro lado, la carta de Alice decía que si aceptaba su legado, lo que hice, entonces era responsable de la casa y de *todo* su contenido, tanto físico como de otro tipo, incluidas las bibliotecas y los objetos. No se mencionaba la propiedad, sino que el hecho de no cuidar las dos cosas acarrearía fuertes castigos y consecuencias desconocidas. Además, advertía que lo que pretendía ser un regalo podía no serlo. Lo tomé en el sentido general, pero la frase adquiere un significado adicional con esta nueva información. Lo que sí sé con certeza es que no quiero que él se quede aquí.

—Es una elección difícil —dijo Stanley—. ¿Qué piensa hacer?

—Ese es el punto, ¿no? Por ahora, no tengo ni idea. ¿Johnny?

—Sin pensarlo mucho, diría que tienes que aceptar que se quede, a pesar de lo que sientas al respecto. Tendría que firmar el cheque, por supuesto, pero una vez que asegures los fondos, puedes empezar a renegociar condiciones más favorables. Es probable que haya una solución mejor, pero la buena noticia es que aún no ha tenido la oportunidad de dar su ultimátum. Tenemos algo de tiempo para idear una contrapropuesta antes de que lo haga.

—No mucho tiempo. Según el barón, mañana se levantará. Como mi padre se negó a darme el ultimátum, espero que simplemente deje caer los documentos que Alice firmó en mi regazo y exija que le entregue los objetos.

—Eso hará —dijo Johnny—, pero aun así te dará el ultimátum. Esperará que busques un abogado y luego se disculpará y dirá que puede haber otra forma de evitar cualquier disgusto, mientras te desliza la carta. Quiere quedarse aquí. Estoy seguro de ello.

—Lo consideré. Podría aceptar que se quedara aquí, pero retrasará la firma del cheque todo lo que sea posible, probablemente durante un tiempo muy largo. Tal vez ese siempre haya sido su plan.

—Estoy de acuerdo —respondió Johnny—. Bueno, tenemos algo de tiempo, aunque no mucho, para idear al menos un plan adecuado. Lo pensaré.

—Por favor, hazlo. Stanley, ¿alguna idea?

Stanley se movió en su silla. Pude ver en su rostro la preocupación profunda que le producía la carta.

—Tiene planes para las cosas que mencionó. ¿Con qué propósito? No tengo ni idea. La carta también revela que hubo un contacto entre él y su señoría que yo desconocía. Esa parte me asombró, pero luego pensé que tal vez no debería sorprenderme. Ella estaba fuera la mayor parte del tiempo y las posibilidades de contactarlo eran muchas. Tal vez él la dominaba más de lo que yo creía. Aunque su nombre no se mencionaba mucho, no significa que estuviera fuera de sus pensamientos. Yo inicié las gestiones para conseguir la vasija pequeña. Los términos para obtenerla se concretaron mediante un contrato escrito. Se requería la firma notarial de su señoría y, una vez completado el trámite, se enviaron los documentos debidamente diligenciados. Su señoría recibió a cambio el objeto. Desconocía lo que se había estipulado específicamente. Era un asunto legal y no me correspondía asesorarla, o eso creí. Visto en retrospectiva, fue un error. Recuerdo que en ese momento me extrañó la necesidad de tanta gestión legal. Puede que después de reflexionar sobre ello haya más cosas que pueda recordar. Un punto que noté fue la mención de un libro. Podría contener una pista sobre lo que está planeando exactamente con respecto a los objetos, aunque no sé a cuál libro en particular se refiere. Hay numerosas posibilidades. Creo que esta noche me escabulliré al depósito durante la cena y examinaré varios ejemplares probables.

—Buena idea —dije—. Hay más cosas aquí y este ultimátum no es más que la escaramuza inicial. La verdadera batalla vendrá después. Por ahora, debemos reunir toda la información posible. ¿Crees que podrías hablar con Cobb? Estoy seguro de que sabe algo.

—Lo sabe, pero dudo que yo sea el indicado para preguntarle. Raymond podría ser más útil.

—Bonnie sería mejor —dijo Johnny—. Piénsalo. Los dos están en el campo médico. Sería inusual, pero Bonnie es inusual. También podría tener una idea más realista de la expectativa de vida de tu padre.

—Puede que tengas razón —respondí—, pero, a pesar de todo, mi padre es tanto el problema como la solución. Al final, tendré que hablar con él. Nadie más está dispuesto a hacerlo, estoy seguro, y la carta está dirigida a mí.

—También está el asunto de Bruni —dijo Johnny—. No quiero sacar a relucir una observación penosa, pero ¿notaste la parte en que decía que tenía a su abogado a mano?

—Lo noté también. Ella y yo hablaremos de eso. Mientras tanto, debemos descubrir todo lo que podamos en el poco tiempo que tenemos disponible. Nos sentaremos de nuevo mañana en la mañana. Stanley, investiga la biblioteca. Habla con Raymond, si lo consideras útil. Johnny, necesito algo de lucidez.

—No te preocupes. Tengo mi libreta amarilla. Estaré pensando en el asunto toda la noche, si es necesario, hasta que se me ocurra algo.

—Bueno, eso es todo. Me voy a cambiar.

Mientras me dirigía a la habitación, recordé que tenía que ver la distribución de los asientos para la noche. Ya era hora de que hablara con Elsa. Ella no era tonta ni estaba obligada por ningún privilegio abogado-cliente. También advertí que mi padre afirmaba con una honestidad poco habitual que Alice era su igual. No tenía ni idea de lo que eso significaba exactamente, pero podía intuir que había algo oscuro en esa afirmación.

Solo cuando llegué a la puerta de mi dormitorio y oí a Bruni moverse, me di cuenta de que la ropa que necesitaba estaba en el piso de arriba. Bruni y yo teníamos mucho que discutir, y eso incluía nuestro espacio en el armario. Ya estaba harto.

45

D i marcha atrás y me dirigí a la parte superior de la casa. Johnny estaba frente al espejo del baño, dando los últimos toques a su corbatín de seda negra.

—Ahí estás. Te estaba esperando —dijo volviéndose hacia mí y luego hacia el espejo.

Gruñí en señal de aprobación mientras me dirigía al armario de mi habitación para sacar la ropa para la cena.

—¡En tu lugar me daría prisa! —gritó Johnny—. No tenemos mucho tiempo.

—Lo sé —respondí en voz alta.

Batallé con mi ropa y murmuré:

—Todo esto de correr de un lado para otro se está convirtiendo en un verdadero dolor de cabeza.

—Es cierto, pero es lo que hacemos aquí.

Johnny terminó de ajustarse el corbatín y se apoyó en el marco de la puerta de mi habitación mientras me miraba.

—Supongo que sí —respondí.

—Tus plumas parecen un poco revueltas —dijo—. Y me di cuenta de que estabas agitado incluso antes de que leyeras esa carta. Debes de haber tenido algún tipo de desacuerdo con Bruni. Cuéntame.

—Es complicado.

—Cuéntame de todos modos.

—De acuerdo —dije poniéndome los pantalones y ajustando los tirantes—. Bruni y yo hablamos antes de verte a ti y a Stanley en su despacho. Ella tenía un par de ideas sobre mi padre. La primera fue sugerirme que simplemente hablara con él, de hombre a hombre. Me aconsejó que usara a Alice como punto de partida.

—Fácil de decir, pero difícil de hacer, pensaría yo —dijo Johnny.

—Estoy de acuerdo —dije, buscando mi corbata—. Ella tiene razón, pero me pregunto seriamente si valdrá la pena pagar el costo emocional que implica conocerlo. Más desalentador aún es que no veo otra solución para resolver sus demandas que hacer exactamente lo que ella sugiere. Él no me gusta nada. Ese hombre tiene una forma desagradable de tratar a la gente y parece disfrutar creando dolor y disgustos. Alguna vez pensé que Maw infundía miedo. No tenía ni idea de lo que era el miedo hasta que lo conocí a él.

—Así que, básicamente, le tienes miedo —respondió Johnny mirándome.

—Sí. Mucho —dije. Dejé lo que estaba haciendo y lo miré.

—Infunde mucho miedo, pero su miedo tiene algo de falso, creo. Se dedica a intimidar y a presumir. La gente que realmente da miedo —Raymond, por ejemplo— no dice mucho. Nunca lo hace. De todos modos, he pensado en esto durante un tiempo y se me ocurrió esa idea. El miedo tiene muchas apariencias. Puede parecer furia en la superficie. La intolerancia y la incapacidad de perdonar son a menudo sus compañeros, y esos rasgos de carácter describen bastante bien a Bromley. En el fondo, tu padre tiene miedo. No sé de qué, pero lo observé con bastante atención desde mi lado de la mesa y creo que estoy en lo cierto. Lo que significa que ustedes dos podrían tener mucho más en común de lo que creen.

—¿De verdad? Eso es sorprendente.

—No lo es para nada. Tú manejas tu miedo de una manera diferente. Lo suprimes. Él, en cambio, lo canaliza en una perpetua particularización de su personalidad y en una rabiosa intolerancia. Quiere que todos los que lo rodean estén tan asustados como él. ¿Tal vez le teme a la muerte? Ese espectro persigue sus pasos, aunque su miedo es probablemente un asunto a largo plazo. Puede que Alice no sea un mal punto de partida, pero hablando de su miedo es como llegarás realmente a él. Allí es donde vive.

—¡Cielos, Johnny! Tienes tus momentos. Tendré que digerir eso. —Seguí vistiéndome mientras él hablaba.

—Lo sé, y deberías hacerlo —continuó—. Soy brillante y eso es un hecho. Ahora, tienes que asegurarte de que Elsa se siente a tu lado en la cena. También dijiste que Bruni tenía un par de ideas. Hasta ahora solo has mencionado una.

—Ella dijo que sabía por qué mi padre está aquí.

—¿De verdad? ¿Qué más dijo?

—Que está aquí para recuperar lo que es suyo por derecho, pero solo me lo dijo después de saber que yo tenía la carta en mi poder.

—En otras palabras, ella lo ha sabido todo el tiempo.

—Sí, y eso no me gusta. Puedo entenderlo, pero me corroe.

—¿Privilegio abogado-cliente?

—Sí, aunque no específicamente. «No puedo hablar de ello» entra en esa categoría.

—Y también entra ahí un acuerdo de confidencialidad. En cualquier caso, hay más cosas que se revelarán. Puedo entender tu disgusto. Se reduce a una cuestión de confianza. ¿Confías en ella?

—Cuando hay asuntos profesionales de por medio, no estoy seguro de quién tiene prioridad, si sus clientes o yo. Es una elección difícil y tenemos que discutirla. Debo saber a qué atenerme. Lo haré esta noche. ¿Cómo está mi corbata?

—Está bien. ¿Te dijo Bruni que tu padre quería recuperar lo que era suyo por derecho?

—Es lo que dijo.

—En otras palabras, tendrá lo que se merece.

—Muy gracioso —respondí.

—Lo dudo.

—No, no es gracioso. Tienes razón, pero, por ahora, tomemos un poco de champán, mientras reflexiono sobre lo que dijiste.

Todos estaban presentes: los hombres con esmoquin, las damas con vestidos largos de noche, de colores negro, azul y plateado. El champán fluía y el personal ofrecía bandejas de caviar y salmón ahumado. Bruni me vio entrar desde el comedor y se acercó rápidamente con un vestido de satén plateado. La tela resplandecía como el agua, resaltando sus ojos azules y su pelo negro azabache. Lucía diamantes que brillaban en sus dedos y en sus orejas. No llevaba collar. Su escote era suficiente. Johnny se dirigió a la barra, donde uno de los empleados estaba sirviendo Cristal.

—Ahí estás —dijo Bruni con voz suave—. No me imaginaba a dónde habías ido hasta que recordé que tu ropa está arriba. Obviamente, eso es ridículo. Moveré algo de la mía para que puedas bajar lo que necesites. Realmente me disculpo. ¿Me perdonas?

—Ese era uno de los temas que teníamos que discutir. Me alegra que esté resuelto.

—Pero no todo, supongo. Vayamos al salón un rato.

—Este no es el momento.

—Sí lo es. No voy a pasar esta noche viendo cómo me miras con disgusto desde el otro extremo de la mesa. Te verías como tu padre. Vamos.

Su último comentario superó cualquier resistencia. Pensé también que si esta era una de las pocas veces que podría cenar sin mi padre, lo iba a disfrutar, por lo que era indispensable eliminar mi enfado creciente. Salimos del salón.

—Dime qué te preocupa —preguntó Bruni.

—Para ser honesto, no sé bien dónde están tus lealtades. Cuando tu profesión está involucrada, ¿quién tiene prioridad? ¿Nosotros, tu profesión o yo?

—Temía que ese fuera el asunto. Para ser claros, tú y yo tenemos prioridad, pero esa elección no es estrictamente entre tú y mi carrera. Es el trabajo contra todo lo demás. El mío tiene vida propia y debo desenredarme o me consumirá. Francamente, nuestra última conversación me dejó muy mal sabor. Eso no puede volver a ocurrir, así que decidí darnos prioridad y contarte todo cuando estemos a solas esta noche. ¿Será suficiente por ahora?

—Sí. Tenemos que trabajar juntos en esto. ¿Te meterás en líos si me lo cuentas?

—Eso depende.

—Como si no tuviéramos ya suficientes problemas… Pero me alivia oírte decir que tenemos prioridad. Sin esa condición, los dos estaríamos perdidos. Y sí, te perdono. Te besaría, pero arruinaría tu maquillaje.

—Y te dejaría, si no tuviera que correr a nuestra habitación para retocarme. Pero podrías besar mi nuca.

—¿De verdad?

—Me pondrá la piel de gallina.

—¡Oh!

Había levantado el pelo de Bruni y estaba a punto de besarle la nuca, cuando se abrió la puerta principal y entró un hombre alto con un arrugado traje de negocios gris. Malcolm Ault había llegado.

—Siento interrumpir. Me disculpo por llegar tarde, pero ya estoy aquí. Por cierto, Bruni, estás guapísima.

Me sentí como un adolescente descubierto en el acto mientras daba un paso atrás. Bruni intervino:

—Gracias, Malcolm, y bienvenido. Aquí están Stanley y Simon para darte una mano. Cámbiate y únete tan rápido como puedas.

—Eso haré. —Malcolm me saludó con la cabeza—. Percy.

—Bienvenido y me alegro de que hayas podido venir —contesté—. Hay Cristal esperándote en el salón, si te das prisa.

—No tardaré mucho. Se veían divinos juntos. Tengo que apresurarme.

Simon había salido a recoger las maletas, mientras Stanley guiaba a Malcolm por las escaleras hasta su habitación.

—Eso estuvo cerca. Bueno, creo que todos nuestros invitados llegaron ya, al menos eso espero —dije.

—¿Y tu madre?

—No estoy seguro.

—Percy, tienes mucho que aprender sobre las mujeres. Estará aquí y, al igual que con mi madre, nada podrá impedirlo. Moverá cielo y tierra para lograrlo.

—Probablemente tengas razón. He estado pensando en ella.

—Sí que deberías. Puede que yo tenga mis problemas con el trabajo, Percy, pero tú realmente tienes asuntos que resolver con tus padres. Y me parece que son varios. Ahora, ¿estás listo para disfrutar?

—Sí. Estoy mucho mejor. Gracias.

Volvimos con nuestros invitados. Necesitaba un poco de champán. Después de recibir dos copas de Cristal, Bruni dijo:

—¿Por qué no conversas con mis padres? Voy a hablar con la señora Leland y con Bonnie. Ya es hora de que las conozca mejor.

—Interesante elección —respondí.

—Soy de las que siempre investigan a la competencia —respondió mientras se dirigía hacia ellas. Maw llevaba un vestido negro acompañado de un collar de grandes esmeraldas, como era su preferencia en las reuniones formales, mientras que Bonnie lucía un vestido de satén azul oscuro y diamantes esparcidos alrededor del cuello para complementar su nuevo peinado. Estaba seguro de que tendrían una conversación interesante, pero sería mejor que yo la evitara. Me acerqué para hablar con el barón y con Elsa, que conversaban con los padres de Johnny. Durante una pausa, dije:

—El hombre alto hizo por fin su aparición. Estará con nosotros muy pronto.

—Entonces algo emocionante debe de estar a punto de suceder. Apenas sí puedo esperar —dijo Elsa.

Ella llevaba un vestido de noche de seda cruda blanca y negra de corte bajo, ajustado, con un collar de diamantes que debía de pesar al menos medio kilo, sin contar el engaste de platino. Las gemas brillaban bajo sus rasgos élficos.

—Oh, Elsa —dijo Anne, que llevaba un atuendo de noche más sedoso, de color carmesí y negro—. Siempre quieres que algo pase.

—Así es. Es muy entretenido, y Malcolm siempre está cerca cuando algo sucede. ¿No lo has notado?

—Sí, por desgracia, pero al menos un posible jugador dejó el campo. Él y ese doctor se ausentarán de la cena, lo que me entusiasma.

—Y a mí también, si eso te tranquiliza —dijo Elsa—. Percy, ¿alguna nueva noticia sobre tu padre?

—Ninguna, aunque tu marido me dijo que lo espere mañana en acción.

Todos miramos expectantes al barón.

—No permanecerá en cama por mucho tiempo. No está en su naturaleza. Por ahora, reina la paz. Estoy deseando que llegue la cena. Esa cocinera es sensacional. Dime, de nuevo, ¿de dónde salió? Oí que tiene más pociones que una bruja.

Anne se estremeció mientras John bebía de su flauta.

—¿Dónde oíste eso? —pregunté.

—Tengo mis fuentes. ¿Crees que probará alguna con nosotros?

—¿Quién dice que no lo ha hecho ya? —respondí.

El barón sonrió.

—No me extraña que me sienta tan bien. Ah, ahí está Stanley. Pronto me sentiré aún mejor.

Malcolm entró, tomó una flauta y se dirigió al comedor con el resto de nosotros. Llegó justo a tiempo, como siempre.

47

Yo ocupaba la cabecera de la mesa con Elsa a mi derecha y Johnny a la izquierda. Bruni se sentó en el extremo más alejado, entre Bonnie y Maw. Si quería saber más sobre ellas, este era el momento. Al lado de Maw estaban el barón y Anne. En frente, junto a Bonnie, se ubicaron John y Malcolm Ault. Me pregunté si estar sentado junto a Elsa lo haría sentir tan incómodo como la última vez que visitó Rhinebeck. Observé los colores de la mesa. Los platos con bordes plateados estaban dispuestos sobre un mantel blanco almidonado, que resaltaba y acentuaba a su vez el brillo de la pesada cubertería de plata. Los invitados parecían de buen humor y hablaban animadamente mientras esperaban el primer plato de Dagmar. Johnny y su madre conversaban muy cerca. Elsa interrumpió mis pensamientos.

—Percy, me alegro de estar sentada a tu lado. ¿Cómo se llevan mi hija y tú?

—Estamos aprendiendo a vivir juntos. A mí también me alegra que estés cerca, así puedo bombardearte con preguntas.

—Digo lo mismo —asintió.

—Las damas primero, entonces —respondí.

—Tú siempre tan caballeroso, pero yo solo puedo ser una dama por un tiempo. Tal vez no te guste lo que tengo que decir. Es justo que te advierta, ¿verdad?

—Espero eso de ti, Elsa. Es parte de tu encanto, y yo debo advertirte lo mismo. Puede que tampoco te guste lo que tengo que decir.

Su risa era como música y sus ojos brillaban de placer. Había olvidado lo cautivadora que era. Miré a Bruni, que estaba inmersa en lo que decía Bonnie. Simon servía champán mientras frente a cada uno de nosotros se colocaba un plato con tres piezas de sushi, junto a un par de palillos negros. Elsa miró su plato.

—¿Podemos usar los dedos? —preguntó.

—Por supuesto, pero yo voy a usar estos —contesté tomando los palillos. Su peso me sorprendió. Me pregunté si serían de ónix. No los había visto antes. Elsa puso una de las piezas de sushi en la boca y sus ojos se abrieron de par en par.

—Bueno, eso fue extraordinario —dijo después de comerlo—. ¿Qué crees que era?

—No tengo ni idea. Le di a Dagmar libertad con el menú.

—Qué osadía, pero debo admitir que valió la pena el riesgo. Ahora, a los negocios. Tengo entendido que tú y Bruni piensan estar aquí durante una temporada larga. ¿Es verdad?

—Hasta cierto punto. Bruni decidió alternar su trabajo con algún tiempo libre. No estoy completamente seguro de lo que eso significa. Tendrá que hablarlo con su padre, por supuesto. Anne te lo dijo.

—¡Maravilloso! —exclamó Elsa cuando terminó su segunda pieza de sushi—. Y sí, Anne me lo contó. ¿Por qué crees que Brunhilde tomó esa decisión?

—Tendrás que preguntárselo a ella, pero creo que quiere replantearse en qué lugar podría ser más feliz en la vida. El trabajo puede interferir en el bienestar, sobre todo si es lo único que se tiene.

—Eso es cierto. El trabajo puede ser absorbente y, además, poco placentero. A menudo tenemos que relacionarnos con personas desagradables y hacer tareas que en otras circunstancias evitaríamos.

—Puedes darme nombres y detalles. Tienes mi permiso.

—Tal vez lo haga, pero primero, tu argumento sobre la permanencia de Brunhilde aquí no es correcto. De eso estoy segura.

—¿Cuál es entonces?

—Los hombres elaboran explicaciones complicadas cuando la verdad muchas veces es más simple. Ella está embarazada.

—¿Qué? —Por poco se me caen los palillos—. ¿Estás segura?

—Soy su madre. ¿Ves cómo brilla? Su piel es como fuego blanco con un toque rosa.

Miré a Bruni. Debió de sentir que la observábamos, porque levantó la vista y sonrió en nuestra dirección antes de volver a prestar atención a Bonnie. No había duda de que algo en ella había cambiado. Bruni siempre brillaba, pero ahora parecía radiante.

—No lo mencionó —dije sintiéndome mareado y sin aliento.

—Puede que ella misma no lo sepa —me dijo con una sonrisa furtiva—. A veces el inconsciente actúa de formas tan geniales que sorprende. Viviendo con ella, debes esperar que te sorprenda.

En mi opinión, tanto la madre como la hija estaban llenas de sorpresas y, por lo que había visto, ninguna actuaba impulsivamente. Quizás las dos tenían planes que yo desconocía.

—Elsa, ¿crees que se están aprovechando un poco de mí? —La pregunta se me escapó mientras terminaba mi último trozo de sushi y dejaba los palillos. Parecía que mi paranoia tristemente volvía a quedar en evidencia.

—¡Por supuesto que sí! —Se rio—. ¡De todos nosotros se aprovechan! Es cuestión de grados y de beneficio mutuo. Todos aquí tenemos una agenda. Mira a tu alrededor. Por ejemplo, yo quiero saber lo que tú sabes. Tú quieres saber lo que yo sé. John quiere saber lo que sabe mi marido. Anne quiere saber lo que Malcolm sabe, particularmente sobre su pasado. Bonnie quiere saber sobre un posible futuro contigo. Bruni quiere saber lo mismo. La señora Leland quiere saber si Bonnie puede manejar su fortuna. Johnny quiere protegerte. Malcolm está aquí como suplente en caso de que tu padre quede incapacitado. Quiere saber cómo están las cosas. ¿Y qué quiere lord Bromley? Todo. ¿Lo ves ahora?

—Lo veo. ¿Qué crees que quiere tu hija?

—Ella quiere lo que su padre y yo no pudimos proporcionarle.

—¿Y qué sería eso?

—A ella misma, solo que no se da cuenta de que la sigue dondequiera que vaya, y con ella van su oscuridad y su luz. Incluso si se adentrara en otro mundo, sería lo mismo.

—¿Otro mundo?

—Es una expresión. —Elsa me miró detenidamente—. Mi hija tuvo una infancia problemática. Para nuestra desgracia, se enfrentó demasiado pronto a situaciones propias de adultos. Ella es fuerte. Pero aprender a manejar la vulnerabilidad puede ser difícil cuando la fuerza es lo único que se conoce.

—Bruni me habló de su pasado.

—Entonces debe de quererte y de confiar mucho en ti. Eres afortunado. Es algo maravilloso construir un universo entre dos. Dejar entrar al otro y refugiarse el uno en el otro. Mira a tu alrededor. Esta es una casa magnífica. ¿Quién no quisiera vivir aquí sin perturbaciones? Pero ese ideal es imposible a largo plazo. En este mundo, ningún sistema cerrado, y menos aun uno económico, logra sobrevivir indefinidamente sin verse afectado por fuerzas mayores. Lo más grande y lo más complejo siempre dictarán las condiciones a lo más pequeño y a lo más simple. Debes saber que, aunque tengas la suerte de resolver los asuntos pendientes entre mi marido y tu padre, el resultado será el mismo. Se necesitará más dinero. Esa es la realidad. Espero que lo entiendas perfectamente, no solo en el sentido económico, sino en muchos otros niveles.

Elsa dio un sorbo a su champán. Evidentemente, sentía que Bruni estaba huyendo. Lo consideré. Tal vez lo estuviera haciendo un poco y tal vez más que un poco. Si, como dijo Voltaire, Dios siempre está del lado de los batallones más fuertes, también lo está del lado de los que tienen más poder económico. Nunca se nos permitiría huir ni a Bruni ni a mí.

—Ya sea aquí o en Nueva York, estoy seguro de que Bruni y yo los veremos mucho —respondí tras un momento de reflexión—. Al fin y al cabo, tanto tú como Hugo son parte de nuestras vidas y lo serán durante mucho tiempo.

Elsa me miró por encima de su copa de vino.

—Como dije alguna vez, no eres solo una cara bonita.

—Y tú tampoco, Elsa.

—Eso es más cierto de lo que crees.

—Al menos sabes cómo amenazar cortésmente.

—Soy la madre de Bruni y tu futura suegra. ¿Cómo no voy a ser cortés?

48

El siguiente plato fue una sopa fría de pepino y sandía, servida en finos tazones de cristal para resaltar su color verde pálido. Se sirvió un nuevo vino, un inusual *chardonnay* dorado verdoso. Fue un complemento perfecto para la sopa, que estuvo a la altura de las expectativas. No hubo conversación.

Cuando terminé, pensé que en el futuro podría dar rienda suelta a Dagmar. Todo lo que servía era extraordinario. No podría saber hasta dónde llegaría en las artes culinarias, pero dondequiera que fuera la seguiría con gusto.

—Elsa, ¿te importaría ampliar lo que dijiste? —pregunté girando hacia ella.

Sonrió y tomó un sorbo de vino.

—¿Por qué insistir en un punto, cuando ya nos entendemos? —respondió después de una pausa—. Sigamos por otro camino, *liebchen*.

—Por supuesto —dije—. ¿Qué sabes de la tía de Johnny?

—Algunas cosas, pero no todo. La conocí personalmente, aunque entonces yo era bastante joven. Por supuesto, he oído hablar mucho de ella.

—Seguro que sí. ¿Sabes qué hacía cuando estaba fuera? He oído que las expediciones eran una parte importante de su vida.

—Es cierto, pero no era lo único. Gran parte de su tiempo lo dedicaba a buscar fuentes de conocimiento arcano, así como artefactos inusuales. Contaba con los fondos necesarios, y muchos comerciantes de esos artículos estaban encantados de proveerla, incluido tu padre.

—Él le vendió uno o dos.

—Muchos más. Tu padre acabó suministrándole gran parte de los artículos que adquirió, aunque de forma indirecta, a través de intermediarios. Era un buen negocio para él. Creo que ella se dio cuenta de que detrás de muchas de las piezas que se ponían a la venta estaba él, pero prefirió pasar por alto ese hecho.

—¿Por qué lo haría?

—Lord Bromley tenía lo que ella quería —dijo Elsa encogiendo los hombros—. Además, las transacciones no tienen por qué ser siempre positivas, en el sentido de que haya una ganancia material o un beneficio. También puede haber elementos negativos más importantes, cuando cada parte siente que tomó lo mejor de la otra. Eso crea una suerte de ciclo de retroalimentación negativa que puede ser suficiente.

—Cuéntame más.

—Examinemos las partes. Hablemos del conocimiento secreto y de lo oculto. ¿Existe realmente tal cosa? Algunos dirían que es una ilusión. Tu padre pensaba así. Alice, por otro lado, estaba dispuesta a pagar por lo que creía, y él estaba más que interesado en alimentar sus creencias para obtener ganancias. Estoy segura de que le cobró de más.

—¿Él mismo no era creyente?

—No, pero ahora que está aquí podría decir lo contrario.

—¿Qué crees que le hizo cambiar de opinión?

—Tendrías que preguntárselo a él.

—Quizás le pregunte —dije después de hacer una pausa—. Volviendo al tema, ¿crees que Alice se estaba aprovechando de mi padre?

—Eso es lo que me parece tan interesante. Él quería una segunda oportunidad y ella lo engañó.

—¿De verdad? Por lo que sé de su historia, no era probable que algo así sucediera.

—Exactamente, pero ella mantuvo viva la posibilidad. Era una relación extraña. Cada uno quería lo que el otro consideraba imposible, y cada uno ganaba al saber que se había aprovechado de las fascinaciones desorientadas del otro. Cada adquisición mantenía vivo el sueño del otro y así se engañaban mutuamente, una transacción tras otra.

—Eso tiene una lógica perversa. ¿Cómo sabes que es verdad?

—Alice, como dije, rara vez era discreta. Le contaba a todo el mundo lo que pensaba. En cuanto a tu padre, me enteré de una manera muy peculiar.

—¿Te lo dijo?

—No con tantas palabras. Tu padre es un hombre escurridizo en la conversación. Finge. Uno nunca sabe quién o qué es al final ni durante su charla. Tal vez ni él mismo lo sepa. Incluso yo tengo problemas para evaluarlo. Verdaderamente, solo lo vi una vez y brevemente. Una tarde lo escuché susurrando para sí mismo, de espaldas a mí, mientras miraba por la ventana de nuestra biblioteca. Tenía un vaso de *whisky* en la mano y brindaba con algo o alguien que yo no podía ver. Podrían haber sido los pinos que rodeaban nuestro castillo. Podría haber sido una figura imaginaria.

—«Otra oportunidad, por piedad. Es todo lo que pido. Es todo lo que siempre quise». Aunque lo dijo en un susurro, había tanta vulnerabilidad y sinceridad en el tono que pensé que lo había dicho otro hombre, pero era él. Nunca supo que lo había escuchado. Nadie lo escuchaba y por eso sé que hablaba sinceramente.

—¿Podría haberse referido a otra persona?

—Posiblemente, pero dudo que muchos otros lo hayan conmovido como lo hizo ella. Además, puede que Alice haya vivido en esta casa, pero estuvo fuera la mayor parte de ese tiempo. Quién sabe lo que realmente hacía cuando no estaba aquí. O lo que él hacía.

—¿Crees que se reunían en secreto?

—Eso no te lo puedo decir.

—¿No puedes o no quieres?

Elsa volvió a hacer una pausa.

—En este caso, prefiero no decirlo.

—Lo entiendo.

—¿Lo entiendes? Los hombres juegan y las mujeres también. A tu padre le encanta hacerlo con la gente. ¿Hasta dónde llegaron él y Alice en su juego? A veces me lo pregunto. Tu padre probablemente te manipulará, si no es que empezó ya a hacerlo. No puede contenerse. Él y Hugo están ahora mismo en la mitad de una partida. Es una cuestión de hasta dónde llegará cada uno. Lo encantador de ti y de mí, Percy, es que podemos jugar y tener toda la diversión sin ningún efecto. Ese no es el caso de ellos. Es posible que vayan demasiado lejos y entonces habrá consecuencias para todos.

—Eso es algo inquietante, Elsa.

Ella sonrió. —Lo es, y ahora todo es más claro para ti… ¡Y veo que tenemos otro plato! Hugo no es el único que ama a esta cocinera.

Antes de que yo pudiera responder habían servido la lubina a la parrilla con pequeños espárragos rociados con salsa holandesa. No se cambió el vino. Mientras comía, maravillado con el plato, pensaba en lo que había dicho Elsa cuando Johnny se inclinó y susurró:

—No te diste cuenta. Traté de interrumpir dos veces.

—Lo siento —dije.

—No te preocupes, pensé que te gustaría saberlo. Puede que otros también se den cuenta. —Johnny señaló, con un movimiento de cabeza, hacia el otro extremo de la mesa.

Levanté la vista y vi a Bruni observándome. Podría haber sido un gesto de disgusto, pero desapareció cuando Maw le hizo una pregunta y ella se dio vuelta para responder. Intenté captar la mirada de Bruni, pero no volvió a dirigirse a mí. Tendría que ocuparme más tarde de cualquier enfado que pudiera haber causado inadvertidamente. Ahora mismo, necesitaba información, aunque quería paz. Fue entonces cuando me di cuenta de que el barón me miraba fijamente. No apartó su mirada y, cuando sonreí, no me devolvió la sonrisa. ¿Quizás pensó que la baronesa había estado contando algo que no debía? Existían muchos secretos entre ellos y tanto él como yo sabíamos que su esposa tenía sus propios pensamientos. Decidí ignorar su escrutinio y hablar con él en privado.

En cualquier caso, Elsa tenía razón en una cosa: lo mejor que podíamos hacer Bruni y yo era buscar un santuario temporal de vez en cuando. Esconderse sería imposible. Teníamos demasiadas ataduras. En el caso de Bruni, además de su trabajo, estaban las obligaciones familiares, que probablemente debían aclararse.

Mientras crecía siempre consideré a los Dodge como mi familia, pero ahora tenía otra. Estaba mi padre, y mucho de lo que estaba ocurriendo aquí era obra suya. Alguien tenía que ponerle freno o, como dijo Elsa, habría consecuencias para todos nosotros. Ella lo tenía muy claro. A pesar de lo extraño que resultaba tener dos familias, mi padre y mi madre eran la verdadera, aunque yo no lo creyera.

Stanley entró por la puerta del salón detrás de mí. Se dirigió rápidamente al lado de Anne y le susurró al oído.

—¡Cielos! —dijo ella—. Díselo a Percy.

Todos levantamos la vista cuando Anne se excusó y salió por donde había entrado Stanley, quien se acercó, se inclinó a mi lado y me susurró:

—Su madre está en el vestíbulo. Avisé a la señora Dodge para que sea la primera en saludarla.

—Hiciste lo correcto, Stanley. Iré en un minuto. ¿Alguna idea?

—Solo una. Invítela a sentarse a la mesa y a participar en el último plato. Es necesario que esté en la mesa. Ya veremos dónde dormirá.

—Muy bien.

Me levanté y les dije en voz baja a Johnny y a Elsa que volvería pronto. Los dos se mostraron desconcertados. En lugar de salir por la puerta, me acerqué a Bruni, me incliné hacia ella y le dije:

—Parece que mi madre llegó, como predijiste. Esto podría ser incómodo. Sonreiré. Tú sonreirás. Lo superaremos. Por favor, perdóname si parece que tu madre me está preocupando. Con ella son gajes del oficio. —Le apreté suavemente el hombro y sentí que se relajaba. Me sonrió. Estaba perdonado.

Una menos, por ahora, y todavía faltaba el barón. Por desgracia para él, probablemente su compostura podría resentirse aún más. Mi madre lo había rechazado hace muchos años y, desde entonces, ambos se habían evitado como la peste. Mientras caminaba por el salón, pensé que, una vez más, no tenía ni idea de lo que estaba pasando. *¿Mi* casa? Parecía un chiste. ¿Y Bruni embarazada? No sabía si reír, llorar o morirme de miedo.

49

—¿Madre?

—Percy, querido. Me alegra verte. Vaya, vaya, qué guapo y bien vestido estás.

Sonrió y me ofreció una mejilla para que la besara.

—Gracias por el cumplido —respondí, después de besarla—. Estoy encantado de verte. Por favor, acompáñanos a cenar.

—Imposible. No estoy vestida para la ocasión. De todos modos, me gustaría comer algo. También debo hablar con Cobb.

—¿Cobb? —dije, después de recuperarme de la sorpresa—. Eso se puede arreglar, pero ahora eres mi invitada. Ven a cenar de todos modos. Ha pasado demasiado tiempo.

—No deseo imponerme.

—Las sorpresas pueden ser bendiciones y todos son bienvenidos aquí. Es una antigua tradición. Me di vuelta y pregunté:

—¿Estoy en lo cierto, Anne?

—Absolutamente —dijo ella—. Ven, Mary. Stanley y Simon se ocuparán de tus maletas. Quítate el abrigo. El vino de esta noche está delicioso y tengo algo para que te pongas, aunque debo decir que estás absolutamente presentable.

—Si insisten… Pero debo usar el baño primero.

—Por supuesto —dije—. Es a la derecha, al final del pasillo, donde está la luz. Te esperaremos aquí.

Mientras yo hablaba, Anne le mencionó rápidamente a Stanley que pasara a John a su lugar en la mesa. Ella ocuparía el de John y Stanley debería preparar un nuevo sitio junto a ella. En ningún caso mi madre debía sentarse junto al barón. Stanley asintió y se retiró.

Vi a mi madre dirigirse al baño. Iba vestida con un traje de negocios oscuro, pero con un toque que los diseñadores italianos parecían captar instintivamente. Era más que suficiente y parecía haber costado una fortuna. El color de su pelo peinado, un rubio grisáceo, lograba darle un delicado equilibrio entre la mediana edad y lo que la gente rica consideraba *los últimos años*, un período de tiempo que siempre se dejaba convenientemente indefinido. Transcurrió una década desde la última vez que la vi. Había envejecido, pero los años le añadieron refinamiento más que peso. Lucía delgada y en forma. Siempre fue elegante y supuse que siempre lo sería. Era un don.

Anne interrumpió mis pensamientos.

—Cuando tu madre y yo hablamos por teléfono, le conté que tu padre estaba a punto de llegar y que te habías comprometido con la hija de Hugo. Le dije que querías invitarla a visitarnos este fin de semana y que te disculpabas por haber avisado con tan poca antelación. Me dijo que tendría que dejarlo todo y tomar el siguiente vuelo, y aquí está.

—Me alegro de que haya conseguido llegar. También me encanta que ella y Bruni puedan conocerse, aunque a Hugo no le haga ninguna gracia.

—No, ninguna, y hablando de no divertirse, tu padre podría verse en apuros después de verla. Quiero decir que esta casa está simplemente sembrada de examantes suyas. Tendrá suerte si sale de una pieza. Logré que tu padrastro no hiciera acto de presencia. Quiero mucho a tu madre, pero tener a los dos en una reunión como esta equivaldría a organizar una fiesta de etiqueta en la que las cucharas y los tenedores se convirtieran en estiletes y navajas. Al final, solo quedaría un cráter humeante para señalar el lugar donde se encontraba la casa. Todo está más allá de la imaginación. Aun así, estoy muy contenta de que ella haya llegado.

—Me alegra mucho que lo hayas organizado. Es una sorpresa agradable, para variar, muy distinta a lo que tenemos este fin de semana. Hasta hace unos días, tenía el corazón puesto en una estancia serena en el campo, donde tendríamos la oportunidad de sentarnos y hablar con tranquilidad. No es lo que ha ocurrido y lo lamento.

—No lo sientas. Tuvimos la cena de anoche y fue encantadora. Realmente. Tampoco tienes que preocuparte por mí. Estaré bien ahora. Este fin de semana es muy emocionante, aunque de alguna manera antinatural; algo así como luchar contra un huracán y lograr salir con vida. ¿Tienes alguna idea de por qué quiere hablar con ese hombre, Cobb?

—Ninguna.

—Bueno, es evidente que han ocurrido muchas cosas de las que no somos conscientes, al menos los miembros más cercanos de la familia, y te incluyo a ti; acontecimientos sorprendentes, de hecho. Déjalo en mis manos. Sabré la razón antes de que la noche termine, aunque tenga que encadenar a Mary a una silla y sacársela a golpes.

—Anne soltó una risita—. Lo siento. No debería haber dicho eso. Digamos que el vino es muy bueno y dejémoslo así. Ah, por fin llega.

Seguí a las damas sonriendo. Caminaban adelante tomadas del brazo, charlando y disfrutando de su mutua compañía. Me recordaban a Johnny y a mí.

Me adelanté y abrí las puertas del comedor.

50

En lugar de anunciar la presencia de mi madre, me limité a acompañarla a uno de los dos lugares vacíos a la derecha de la mesa y la acomodé junto a Anne. A pesar de la falta de ceremonia, se hizo un reconocimiento de su llegada. Los caballeros se levantaron cuando ella se sentó, las mujeres la miraron y asintieron. La cena se reanudó, mientras yo me sentaba de nuevo e intentaba calibrar la reacción a la repentina aparición de mi madre.

Johnny parecía un poco atónito e inseguro de la veracidad de lo ocurrido. Me miró.

—Bueno, esto es inesperado —dijo—. ¿Crees que tu padrastro será el próximo en aparecer?

—No debería, pero no tengo ni idea. Lo único que tengo claro es que debemos comer mientras tengamos la oportunidad. Lo que pasará después es una incógnita.

—¿Es tu madre? —preguntó Elsa.

—Lo es.

—¿Estaba invitada?

—No directamente, pero, de cualquier manera, es mi madre. ¿Cómo podría decirle que no?

—Así es.

—¿Cómo se está tomando esto Hugo? —continué la charla en voz baja—. No me he atrevido a mirar.

—Con estoicismo —respondió Elsa.

Levanté la vista. El barón hablaba con John. Actuaba como si apenas la notara. Intuía que me diría algo al respecto, pero como de todos modos no sabía qué hacer, decidí que probaría el vino.

—Hasta ahora todo va bien —dijo Johnny—. Nadie ha sacado un cuchillo. Es posible que lleguemos al final de la noche. ¿Cómo está Maw? No alcanzo a verla.

—Está bebiendo más vino.

—Bueno, es un Lafite, después de todo. ¿Recuerdas lo que te receté hace un tiempo?

—Bebe mucho y muchas veces al día.

—Había sabiduría en mis palabras. Sugiero que bebamos los dos.

Bebí un sorbo y luego un poco más. Comencé a comer el cordero, que se había servido en mi ausencia y, antes de darme cuenta, la mayor parte de lo que había en mi plato había desaparecido. Fortalecido, me volví hacia Elsa y le pregunté:

—Entonces, ¿qué piensas que estuvo haciendo Alice todo ese tiempo que estuvo fuera de Rhinebeck?

—No conozco los pormenores, pero, a propósito de lo que decíamos, ella y Bromley se cruzaron en numerosas ocasiones. Tendrás que preguntarle a él para conocer los detalles.

—Dudo que tenga que preguntarle. Antes de derrumbarse me dijo que quería contarme su versión de la relación con Alice.

—Eso es bueno. Creo que es importante que hables con él. Cambiando de tema, ¿tienes alguna idea de por qué tu madre está aquí?

—Desea ver a Anne, conocer a Bruni y hablar con Cobb.

—Debe de ser algún asunto financiero o legal. Cobb hace mucho más por tu padre que simplemente tomarle el pulso y prescribirle medicinas. Yo le preguntaría a Brunhilde. Te dije que a menudo hay que relacionarse con personajes desagradables. Cobb es uno de ellos. Tu padre, por supuesto, es otro.

—Me lo imaginaba.

—Entonces tienes razón, pero ya es suficiente. Pasemos a temas más agradables e importantes. ¿Crees que seré abuela de un niño o de una niña?

En ese mismo instante Stanley anunció a la mesa que Dagmar había preparado algo muy especial para el final de la cena. Mientras hablaba, retiraron el plato anterior y en cada puesto se sirvieron galletas dulces en platillos, con un pequeño vaso de cristal rojo en el centro. El barón preguntó a Stanley:

—¿Esto es una pócima?

—Es una antigua receta nórdica creada y destilada para ocasiones muy especiales. La tradición consiste en buscar a una persona con la cual se bebe, y levantar la copa mientras se pronuncia en voz alta su nombre. Una vez se establece contacto visual, se dice: *skaal* y se repite el nombre, como *skaal, Johnny*, por ejemplo. El aludido responderá también levantando su vaso y entonces los dos permanecen mirándose a los ojos mientras beben sus copas. Una vez hecho esto, las levantan en un último saludo, sin dejar de mirarse. El ritual termina en el momento en que el vaso vuelve a estar sobre la mesa. Solo entonces se puede comenzar otro. En esta ceremonia, cada uno hace un *skaal* con todos los demás comensales. Esto significa que cada persona hace veinte. Sugiero beber en pequeños sorbos. Sus copas se rellenarán cuando sea necesario. Deben saber que esta es una ceremonia antigua y solemne en la que pocos han tenido el honor de participar. Dagmar y yo les haremos una demostración.

Dagmar salió de la cocina con un vaso para Stanley y otro para ella. Todos aplaudieron cuando apareció. Cuando los aplausos se apagaron, Stanley pronunció su nombre, «*Dagmar*», en voz alta y levantó su copa. «*¡Skaal, Dagmar!*». La mantuvo arriba y entonces ella elevó la suya. Se miraron fijamente y tomaron un sorbo. Sin apartar la mirada, levantaron sus copas una última vez antes de bajarlas. Dagmar dijo entonces en voz alta «*¡Stanley!*» y continuaron el ritual hasta que ambos bajaron sus copas.

—Así se completa la demostración —anunció Stanley—. Es preciso que sepan que no hacer *skaal* con todos en la mesa tendrá repercusiones. Hace mucho tiempo, las Moiras, diosas del destino, tenían presentes a quienes no cumplían y los castigaban, y para que no crean que todo esto es una broma, recuerden dónde están. Ahora, por favor, disfruten. Esto es un regalo.

Mientras los demás miraban a su alrededor, sin saber cómo empezar, levanté mi copa y grité: *«¡Bruni!»*. Ella me miró. Nuevamente grité: *«¡Skaal, Bruni!»*. Ella levantó su vaso y ambos dimos un sorbo. Sus ojos se abrieron de par en par, y estoy seguro de que los míos también. El líquido era ardiente, pero suave como la seda. Al principio tenía un gusto a enebro y al final a fresas, y tal vez, incluso, a chocolate. Estaba bastante seguro de que con diecinueve más de estos estaría completamente borracho y mirando debajo de la mesa. Bruni gritó mi nombre y así comenzó la ronda.

Al final de mis primeros cinco *skaals*, el nivel de ruido en la mesa había aumentado notablemente. Al décimo, los gritos eran la única forma de hacerse escuchar. La voz de entrenadora ecuestre de Maw cortó el parloteo como una sierra. *«¡Percy!»*. Sonó como una orden y yo la cumplí levantando mi vaso. «Solo faltan ocho», pensé, pero no sabía con quiénes. Había intentado seguir el sentido de las agujas del reloj, pero con los llamados de mi nombre desde puntos aleatorios de la brújula, resultaba imposible seguir la pista. Los rostros parecían borrosos y las voces subían y bajaban, como el sonido de las ráfagas de viento entre los pinos. Observé que los demás tenían dificultades similares. El barón y Johnny habían hecho el *skaal* al menos tres veces entre ellos y a la tercera ya se reían como idiotas. A la decimoctava, noté que mi capacidad de contar se había deteriorado sustancialmente. Empezar de nuevo con diez parecía una alternativa sensata. Después de haber alcanzado veinte *skaals* mediante varios métodos de conteo alternativos, sonreí tontamente junto con los demás.

Elsa gritó: *«¡Percy!»* y comenzó otra ronda, seguida por otra de Johnny. En el fondo de mi mente, noté que cualquier hostilidad que hubiese existido antes entre los distintos invitados se había hundido en un océano de buena voluntad y cordialidad. Una sensación de paz y tranquilidad se apoderó de mí. Las risas maníacas y la histeria cesaron, como el viento cuando se pone el sol. Nos sentamos en silencio, en una contemplación interior.

Imaginé que miraba una hoguera en un bosque, en una noche oscura y transparente. Podía oír el chasquido de la savia burbujeante y oler el humo de la leña. Una figura hablaba desde el otro lado del fuego. Las llamas me impedían ver quién era.

La voz dijo: «Hace mucho tiempo hablamos con la tierra y la tierra nos cantó. Cantamos lo que escuchamos. Otros vinieron de muy lejos y ocuparon nuestro lugar. Tocaban una música diferente y cantaban las hazañas de los hombres. Nos olvidaron, pero en la quietud de la noche es posible que nos escuchen. Nuestras canciones nunca cesaron, solo quienes nos escuchaban».

Muy temprano, al día siguiente recorrí la casa silenciosa descalzo, antes de subir hacia el piso superior para cambiarme. Comenzaba un nuevo día y me sentía mejor de lo que cabía esperar, dado el jolgorio de la noche.

No sabía cuánto tiempo había estado sentado en la mesa, en medio de un sopor tranquilo, perdido en sueños. Podrían haber sido diez minutos o varias horas. El tiempo se había deformado de forma extraña y me había depositado en otro extremo. Me sentía sereno por la paz y la calidez de mi visión, pero con la certeza de que pasaría mucho tiempo antes de poder olvidar la noche. Dudo de que alguno de los que estuvieron allí hubiera podido olvidarla.

Recordé a Elsa dándome un beso que me pareció inusualmente largo. Me dio también unas palmaditas en la mano y murmuró que recogería a su marido para que no lo encontráramos en el mismo lugar a la hora del desayuno. Johnny, su padre y el barón se mecían sentados y abrazados por los hombros. Bruni, Maw y Bonnie hicieron más o menos lo mismo. Malcolm se durmió, inclinando y levantando extrañamente su cabeza, mientras Anne y Mary se tomaron de la mano con los ojos cerrados, como si tuvieran un mismo sueño.

Recuerdo que me levanté, me senté y nuevamente intenté levantarme. Poco a poco, mi ensoñación disminuyó. Vi cómo los cuerpos se separaban, mientras mis invitados miraban a su alrededor. Parecían desconcertados, pero de una manera ensoñadora, contentos de dejarse llevar, con los bordes ásperos de sus disgustos limados hasta convertirse en una superficie lisa.

El barón había preguntado en voz alta si el siguiente paso era ir a la biblioteca, pero permaneció sentado, balanceándose ligeramente. Su esposa se acercó a recogerlo y, una vez que lo tuvo en pie, los dos se dirigieron a la puerta y a la larga escalera que seguía. Al observar su progreso, pensé que la tarea podría llevar algún tiempo. Bruni, con su vestido plateado, se acercó a mí desde el otro extremo de la mesa como un espectro de belleza esculpido en plata helada. Tenía los ojos cerrados, pero, cuando la toqué, se abrieron mientras se deslizaba en mis brazos.

—Llévame a la cama —murmuró.

Su acento había sonado extraño. La miré a ella y luego al entorno. Stanley y su equipo tenían todo bajo control.

—Vamos —dijo Bruni, mientras me ponía una mano en el hombro. Se había deslizado a mi lado mientras pasábamos del comedor al salón y al pasillo, con los ojos casi cerrados, como si caminara dormida.

Más tarde, mientras la tenía en mis brazos, susurró en mi hombro desnudo:

—Tanto que decir, tanto que escuchar. Estoy muy feliz y demasiado contenta para empezar. Durmamos mientras podamos. El amanecer nos despertará en su momento. Duerme, mi amor. —Suspiró y se apagó como una luz.

La habitación estaba gris cuando amaneció. Nos miramos a los ojos y empezamos a reír.

—Anoche fue... ¡indescriptible! —exclamó Bruni—. Ese trago fue más que una simple bebida alcohólica.

—Sin duda —respondí.

—Bueno, fuera lo que fuera, ahora me siento más tranquila e inexplicablemente reconfortada.

—Me alegro. Por cierto, hablabas de forma inusual antes de dormir.

—¿Sí? Bueno, volví de un lugar extraño, así que es muy probable.

—¿A dónde fuiste?

—A un sitio en el que nunca he estado. Me senté en una silla pesada de respaldo alto, sobre un cojín de terciopelo verde oscuro, frente a un fuego crepitante en el salón principal de un castillo. Un cantante tocaba un laúd y entonaba letras dirigidas a héroes muertos hace mucho tiempo, a amores no correspondidos y a lugares lejanos. Puede que fuera Francia. Me sentía reconfortada por sus palabras y segura donde estaba. Todavía me siento así. Puede que incluso duerma mejor de ahora en adelante. No sé por qué lo sé, pero lo sé.

—Yo, en cambio, fui a un sitio distinto. Estaba en un bosque oscuro, sentado sobre una manta frente al fuego. Un hombre en el lado opuesto a las llamas hablaba del pasado lejano.

—Definitivamente, es diferente. Papá estará encantado, no importa lo que le haya pasado. Estaba ansioso por probar uno de los brebajes de Dagmar.

—Ahora puede tacharlo de su lista… y, hablando de cosas por hacer, íbamos a hablar anoche, pero resultó maravillosamente imposible.

—La planificación suele estar sobrevalorada. Sugiero que nos levantemos y nos vistamos. En un rato podemos hablar. ¿Tal vez puedas conseguir un poco café? Hoy podría ser un día un tanto extraño. Lo que tengo que decir probablemente contribuirá a ello, pero me siento optimista a pesar de mis temores.

—Me parece bien. Tengo que subir por algo de ropa, pero volveré pronto.

—Lo siento. Eso lo arreglaremos. Por ahora, puedo tomarme un tiempo en la ducha. ¿Lo ves? Las cosas están mejorando. Bésame primero y vuelve pronto.

Había estado tan perdido en mis pensamientos que me sobresalté cuando por fin llegué arriba. Abrí la puerta que conducía a mi habitación y me di cuenta de que estaba cerrada. Stanley debió de acomodar a mi madre en mi cuarto, probablemente ignorando las objeciones de Johnny. Tendría que despertarlo para conseguir algo de ropa. Luego de haber sido sometido durante años a sus métodos molestos a primera hora de la mañana, pensé que era justo devolverle el favor. Llamé a su puerta con el mismo golpe rápido e irritante que él usaba. Se oyó un gruñido, seguido de: «¿Quién es?».

—Tu casero —respondí.

Johnny abrió un poco la puerta para ver quién era.

—Ah, eres tú —dijo mientras la abría del todo—. Supongo que estás aquí por mi alquiler. ¿Bastarán unos *jeans* y una camisa como pago? Por cierto, tenemos que conseguir la fórmula de esa bebida de Dagmar. No necesitamos el dinero de nadie. Esa receta es oro puro. Haremos el gran negocio. ¡Además, anoche, cien mil personas gritaron mi nombre, sumidas en un éxtasis! ¡Mi nombre! Fue maravilloso. Estuve en el cielo, aunque solo por un momento. Pero ese pequeño compañero detrás de mí repetía una y otra vez que la victoria era efímera y que rápidamente se desvanecería, pero así es, ¿no? Me limité a ignorarlo y a disfrutar de la aprobación de miles y miles de seguidores. Me siento en plena forma, sin asomo de resaca. Por cierto, Mary está en tu habitación. Debo decir que me sorprendió verla en la cena y aún más cuando pensó que mi puerta daba al baño. No llevaba nada encima. Debe de ser una costumbre europea. En realidad, se ve bastante bien para alguien de su edad… Estás muy callado.

—Y tú muy hablador a esta hora de la mañana. No me has dejado decir ni una palabra.

—Debe de ser un efecto secundario del brebaje. Tendremos que anotarlo en algún lugar de la etiqueta: parloteo desenfrenado antes del desayuno o algo parecido. Lo sigo haciendo, ¿no?

—Sí.

—Oh, bueno. Espero que se me pase el efecto, pero tal vez no. Supongo que tendré que vivir con ello, no importa. Ahora, hablando de lo que se supone que debía hacer, anoche iba a idear un plan brillante, solo que mi endiosamiento ante la multitud de seguidores lo estropeó. No te preocupes, lo haré. Quizás, si me envías un café puedo empezar de inmediato. ¿Qué te parece?

Me duché y me cambié tan rápido como pude. Esa cantidad de autoidolatría era casi inmoral. La bebida había tocado su fibra más personal. En un momento dado creo que lo hice callar solamente para que me respondiera: «¿Me hiciste callar? ¿De verdad? ¿A mí?». Me marché rápidamente, prometiendo enviarle un café. Lo que parecía una venganza segura se había convertido en una derrota. Me reí mientras bajaba las escaleras. Nunca podría entender cómo se las arreglaba para darle la vuelta a la torta.

52

Reinaba una gran agitación en la casa y pude pedirle a Jane que subiera un poco de café, mientras recogía dos tazas y un termo para mí. Regresé a nuestro apartamento y Bruni estaba en el baño, secándose el pelo con una toalla. Puse una taza llena en la mesa junto al lavabo y me retiré al salón. Bruni se sentó conmigo en el sofá.

—Gracias por el café. ¿Cómo está Johnny?

—Muy bien, demasiado, de hecho. Mientras tú y yo teníamos visiones más conservadoras, él se convirtió en un emperador romano. Ya podrás imaginar cómo se siente hoy. Además de idear un plan para conquistar el mundo, está pensando cómo contrarrestar el ultimátum que pronto dará mi padre.

—¿Un ultimátum?

—Estaba en la segunda carta. O le entrego los tesoros, de los que tiene documentos que acreditan su propiedad, y se marcha o le permito vivir aquí indefinidamente para que pueda jugar con ellos en su habitación. Además, el cheque que me dio requiere su firma. Puede retrasarla todo el tiempo que quiera.

—Ya veo. Es una elección difícil y, sin embargo, no te entregó la segunda carta. ¿Por qué?

—Estaba enfadado conmigo y me consideraba indigno. Además, él prefiere dictar las condiciones más que negociarlas. Johnny cree que me entregará la documentación legal ahora y luego seguirá con la carta de ultimátum como una especie de oferta de paz.

—Es probable que esa carta no sea su exigencia final.

—Estoy seguro de que no lo es. Le obsesionan las manipulaciones. También es bastante despótico, lo que me lleva a preguntarme: si utiliza las amenazas contra la familia, ¿cómo tratará a los amigos? Tu padre parece problemático y tu madre insinuó que hay algo entre esos dos. ¿Será cierto?

Bruni hizo una pausa y tomó un sorbo de su café antes de responder.

—La respuesta corta es sí, definitivamente, y eso nos lleva a lo que quería hablar contigo anoche. La versión resumida es que tu padre y el mío están enfrentados por un negocio que yo ayudé a estructurar. Por ahora, tu padre tiene las cartas ganadoras. Es un lío y el conflicto se les está saliendo de las manos. Lo único bueno de todo el asunto ha sido mi divorcio pendiente, y que tú y yo nos conocimos. Y, aunque parezca extraño, tienes que agradecer a tu padre por eso.

—¿De verdad? Me gustaría saber por qué.

—Te lo diré, pero no pensarás bien de mí cuando termine. Todo este sórdido asunto es la razón por la que quiero dejar de trabajar para mi padre, al menos en el área de adquisiciones. Es uno de los muchos cambios que necesito hacer.

—Todo suena bastante siniestro.

—Porque lo es. —Bruni suspiró.

—Cuéntame.

—Es complicado, pero intentaré ser breve. Hace varios meses, mientras trabajaba en una transacción para mi padre y Bernard, me robaron el maletín de nuestra habitación de hotel. En él estaban las condiciones para la adquisición de una gran empresa familiar. Se trataba de una importante cantidad de dinero y el robo puso en peligro la negociación.

—Me imagino.

—Después del robo, Bernard y yo no tuvimos sosiego. Él pensaba que un postor desconocido, después de haber visto lo que había en el maletín, se presentaría con una oferta mejor. Esa posibilidad lo volvía loco. Me culpó del robo y tenía razón, pues yo era la responsable.

—¿Responsable?

—Lo sugerí en una reunión de planeación con mi padre. De modo que sí, era la responsable. Te lo explicaré más adelante.

251

—Continúa.

—Bernard tenía preguntas sobre el maletín desaparecido y empezó a sospechar. Su comportamiento cambió. Comenzó a culparme de cualquier retraso que ocurriera en las negociaciones. Como estos son inevitables en un acuerdo de esa magnitud, se volvió cada vez más antagónico y agresivo.

Bruni tomó otro sorbo de su café y pensó en lo que diría a continuación.

—Tolerar las rabietas de Bernard era mi forma de compensar el papel que había jugado. Fue una idea equivocada. Siguieron varios incidentes desagradables, hasta que un día no pude soportar ni un minuto más. Exploté y después fue imposible acercarnos de nuevo.

Bruni volvió a hacer una pausa. Esperé a que continuara.

—El estallido ocurrió en un parqueadero subterráneo de nuestra oficina en Ginebra. Había sido un día difícil. Yo había arrancado el auto y estaba a punto de volver al hotel, cuando Bernard apareció y me gritó para que me detuviera. Se acercó y asomó la cabeza por la ventanilla del conductor. No me di cuenta de lo enfadado que estaba hasta que lo oí gritar: «¡Eres realmente estúpida! ¿Lo sabes?».

»Es cierto que había sido un mal día. Los vendedores habían añadido una condición a última hora. Querían un puesto en la junta directiva, a lo que yo había accedido. Para mí, eso era algo sin mucha importancia, no suponía ninguna diferencia material. Yo era la negociadora principal y tenía autoridad para tomar decisiones sin consultar a mi equipo, pero al agregar esta disposición se retrasaba la firma, pues había que modificar montañas de papeles. Para Bernard, era algo inexcusable. Pensó que el retraso era deliberado. Ya le había explicado que al permitirle a la familia un puesto en la junta directiva, las posibilidades de cerrar el trato aumentaban considerablemente, pero él no estaba de acuerdo. Además, yo le había sugerido a la familia la incorporación en privado, algo que no le dije a Bernard, por razones que también quedarán claras.

—¡Vaya! —dije.

—Ese día, el hedor de su aliento se mezcló con el de su colonia y, cuando me aparté de la ventanilla para evitarlo, metió más su cabeza en el auto. Yo había dejado la llave en el interruptor y los elevadores eléctricos actuaron con rapidez. La ventanilla lo atrapó por el cuello. Intentó liberarse, pero lo amenacé con presionar de nuevo el botón. Dejó de forcejear y pude hablar sin que me interrumpiera. Me aseguré de bloquear la puerta.

»Le dije con calma que el acuerdo se estaba llevando a cabo según lo previsto y se concretaría. Lo único que tenía que hacer era cerrar la boca, dejarme en paz y permitirme seguir con mi trabajo. El trato lo haría muy rico, pero lejos de mí. Los dos habíamos terminado. Para asegurarme de que entendía el propósito de mi decisión, apagué el auto, dejé las llaves en el contacto y salí por la puerta del copiloto. Ya estaba harta de él. Tomé un taxi hasta el hotel, recogí mis cosas y me marché. Después de eso, solo nos vimos en reuniones de negocios. Nunca hubo otra oferta y la adquisición se llevó a cabo tal y como dije, un hecho que me alegró recalcarle.

—Puedo entender que Bernard tenga resentimientos contigo.

—Los sentimientos son mutuos, pero lo que siguió, una vez se completó el acuerdo, los acentuó aún más. Parte del paquete de adquisición era una oferta a la familia de bonos convertibles. Estos generaban una generosa renta, pero podían canjearse por acciones ordinarias de la nueva empresa. No se esperaba que la familia utilizara esta prerrogativa, porque la renta cesaría cuando se hiciera la conversión. En segundo lugar, el número de acciones que recibirían, aunque importante, sería insuficiente para recuperar el control de la empresa. ¿Me sigues hasta ahora?

—Creo que sí. La familia podía elegir entre una buena renta estable o la propiedad parcial, pero no ambas cosas. Entiendo que querían ingresos.

—El fundador quería jubilarse y adquirir unos ingresos regulares para la familia; esa era la razón principal por la que se vendía el negocio.

—Eso tiene sentido. ¿Quién controlaba la nueva empresa?

—Bernard tenía el cincuenta y cinco por ciento y el control de la empresa. Mi padre solo tenía una participación de cuarenta y cinco por ciento, ya que la idea había sido de Bernard y él conocía personalmente a la familia.

—¿A quién se le ocurrió ese acuerdo?

—Ya llegaré a eso. La idea de papá era completar la adquisición, fusionarse con otra empresa privada que había aceptado tentativamente el plan y luego hacer público el nuevo conglomerado. Aunque la perspectiva era generar millones en ganancias, a mi padre le preocupaba que cuando Bernard se enterara de los objetivos a largo plazo se negara a participar. Bernard había sido sancionado anteriormente por algunos organismos de control y tenía prohibido ocupar un puesto de dirección en empresas que cotizaran en bolsa. Una oferta pública le exigiría renunciar a su cargo, algo que probablemente no aceptaría de buen grado. Dado que él poseía más del cincuenta por ciento de la empresa, tenía el poder de rechazar cualquier fusión futura y mantenerla tal y como estaba. Para contrarrestar esas posibilidades, papá y yo pusimos en marcha un plan de contingencia.

—En otras palabras, los días de Bernard estaban contados desde el principio.

—Sí, y ese plan de contingencia incluía a tu padre. En la siguiente reunión de la junta directiva, él ingresó como socio, luego de comprar todos los bonos de la familia y convertirlos en acciones de la empresa a su nombre. No dijo cómo lo hizo exactamente. Con lord Bromley en el consejo, el panorama de la propiedad cambió drásticamente. Ahora eran tres los propietarios, cada uno con el control de una tercera parte, aproximadamente. Si votaban juntos, mi padre y el tuyo tendrían la mayoría y anularían a Bernard. No había nada que pudiera hacer.

—Nada en absoluto.

—No fue una reunión agradable. La fusión con la nueva empresa está ahora en marcha.

—Ya veo. Mi padre tenía el voto decisivo. Dar a Bernard el cincuenta y cinco por ciento inicialmente fue brillante. Cayó directo en la trampa. ¿Quién pensó en eso?

—Fue mi idea.

—¿Y el maletín robado?

—En una de las sesiones estratégicas con mi padre mencioné que si se producía ese robo, Bernard estaría tan preocupado por la posibilidad de una oferta competidora que presionaría para que el cierre se hiciera lo antes posible. Firmaría la oferta de bonos convertibles, en lugar de permitir semanas de negociaciones para llegar a un acuerdo mejor. Papá debió de considerar que la idea valía la pena, porque se robaron el maletín poco después.

—¿Quién crees que lo hizo?

—Cobb o uno de los suyos. Por si sirve de algo, pensé que el plan de contingencia resultaría innecesario. Bernard podía ganar una fortuna si solo seguía adelante, pero me equivoqué con él desde el principio. Nunca se trató de dinero, sino de poder y control. Por desgracia, lo aprendí demasiado tarde.

—Supongo que tendrá que conformarse con una riqueza moderada. Gracias por decírmelo. Tengo algunas preguntas.

—Las responderé si puedo.

—Para robar el maletín, alguien debió de indicarle al ladrón que podía hacerlo. ¿Quién fue?

—La noche del robo, Bernard, mis padres y yo cenamos en un restaurante al otro lado de la ciudad. Yo pensaba trabajar en la habitación del hotel, algo que hacía habitualmente, pero papá nos invitó a salir e insistió en que nos uniéramos a ellos. Incluso pagó la cuenta él mismo, en lugar de que lo hiciera la empresa.

—Ya veo... y, hablando de pagar la cuenta, probablemente puso la mayor parte del dinero —si no todo— que mi padre utilizó para comprar los bonos a los anteriores propietarios.

—Yo estaba muy absorta en las negociaciones y demasiado distraída por los problemas con Bernard como para prestar atención a cualquier otra cosa, pero diría que es una clara posibilidad.

—Por desgracia para Hugo, si lo hizo, eso no impidió que mi padre diera la vuelta a la torta y lo traicionara. Imagino que, al ser dueño de las acciones, mi padre podía votar lo que quisiera. Apuesto a que amenazó con ponerse del lado de Bernard si Hugo no aceptaba ciertas condiciones propias. ¿Me equivoco?

—Estás muy brillante esta mañana —dijo Bruni—, pero eso no es ni la mitad. Tu padre se negó a ceder las acciones a papá cuando Bernard ya no tuvo el control. Esa era una parte fundamental del acuerdo entre ellos, y poco puede hacer mi padre.

—¿No es eso ilegal?

—Tal vez. No conozco los detalles para poder determinarlo. Yo había dejado claro desde el principio lo que se podía hacer y lo que no. Lo que se decidió entre ellos y se arregló después se hizo sin mi conocimiento. Ahora mismo, las acciones están a nombre de tu padre y, para hacerse con ellas, mi padre debe hacer lo que lord Bromley quiera.

53

—¿Y Hugo no tiene ningún recurso?

—Se llama coerción, pero demostrarla depende de las circunstancias y de la jurisdicción. También está el factor de las manos limpias, y eso depende de quién haya utilizado el dinero para comprar los bonos de la familia. Si fue Bromley, entonces la transacción podría ser legal. Si el dinero fuera de mi familia, la historia sería diferente. Hasta ahora, papá no ha dicho nada y yo no he preguntado. En algún momento, será necesario hacerlo y podría enfrentar un dilema ético. Por ahora, estoy fuera de la oficina. Si no estoy allí, no puedo preguntar y no me pueden contar.

—Ya veo. Supongo que lo mejor sería que la disputa entre ellos se resolviera.

—Completamente de acuerdo. Es imperativo.

—Teniendo esto en mente, ¿qué crees que quiere mi padre?

—No lo sé, salvo que la biblioteca y los objetos son claves. Papá nunca lo ha dicho específicamente y, una vez más, no lo he preguntado. La subasta de hace unas semanas estaba destinada a resolver el asunto entre ellos. Todo habría estado bien y el asunto se habría resuelto, solo que apareciste tú.

—¿Yo?

—Sí, tú. El panorama de la propiedad cambió, como cuando tu padre convirtió las acciones. En un momento Bernard tenía el control y al siguiente lo perdió. Tú hiciste lo mismo. En tu condición de nuevo propietario decidiste que los objetos permanecieran aquí. Con esa restricción, era lógico que tu padre llegara. ¿Qué otra cosa podía hacer? Disponer de la biblioteca y de los objetos era la razón por la que todos estábamos aquí entonces, y probablemente por la que todos estamos aquí, ahora.

—Ya veo. ¿Quién habría ganado la subasta de no haber estado yo presente?

—Eso es difícil de saber. El resultado final habría sido que mi padre recuperara las acciones y tu padre fuera el dueño de los objetos. El precio que cada uno habría tenido que pagar al otro no es fácil de determinar. Ese es el conflicto que debe resolverse, y la forma de hacerlo sigue estando sobre la mesa. Puedo garantizar que hay más asuntos por ese lado.

—Cada uno insistirá en tener lo suyo.

—Así es. Mi padre, porque odia verse obligado a hacer lo que no quiere, y el tuyo, porque mi padre no entregó los objetos en sus manos cuando dijo que lo haría.

—¿Qué sugieres que hagamos?

—En algún momento los dos deben sentarse juntos y llegar a una solución. Solo tú puedes organizar y supervisar ese encuentro. Tengo que permanecer al margen por razones obvias.

—Eso tendría sentido. Intentaré organizarlo. Algo que podrías hacer es hablar con tu madre. Quizás pueda darte alguna idea. Estoy seguro de que sabe lo que está pasando e intuye hasta dónde está dispuesto a llegar Hugo para resolver el asunto.

—Hablaré con ella. Lo que veo difícil es crear la confianza suficiente entre tú y mi padre para que él acepte de buen grado sentarse contigo y con lord Bromley. Me viene a la mente la expresión «de tal palo tal astilla»; él se preguntará por la posibilidad de que lo traiciones y utilices la información que te di en su contra. Así es como piensa papá. Por otro lado, si logramos anular la coerción, él estaría en deuda contigo y eso sería útil en el futuro.

—¿Y si mi padre muere antes de que se resuelva?

—Estoy segura de que los dos lo han considerado. Papá lo mira todo, lo que significa que también ha contemplado la posibilidad de que, si tu padre muere, por la razón que sea, no seas tú quien herede. ¿Qué pasaría entonces con las acciones? Tú puedes parecer la opción obvia, pero, por esa misma razón, es más que probable que tu padre haya hecho otros arreglos. Con él nunca hay nada seguro, y mucho menos sus intenciones.

—Eso nunca cruzó por mi cabeza. Además, la muerte de mi padre dejaría de ser una solución viable para los problemas entre ellos. Estoy seguro de que él se empeñó en mencionárselo al tuyo. Sería como contratar una póliza de seguro.

—Exactamente.

—Bueno, ciertamente me alegro de que lo menciones. Siendo un poco más positivo, tu madre dijo que hay otra razón por la que querrías quedarte aquí por un tiempo.

—¿Cuál podría ser?

—Cree que estás embarazada.

—¿De verdad? —Bruni parecía aturdida. Se tomó un momento largo—. Me lo he preguntado —dijo finalmente—. Dagmar lo insinuó y mamá es muy perspicaz, así que lo tomaría como una confirmación. ¡Vaya! ¿Quién lo hubiera pensado? ¡Vamos a tener un bebé! Eso lo cambia todo.

—¿Feliz?

—¡No tienes ni idea! —Bruni sonrió—. Por supuesto, engordar como una nevera y tener estrías no es de mi agrado, pero esas incomodidades son el pequeño precio que se debe pagar. Me pregunto si será niño o niña. Sea lo que sea, nuestro hijo será absolutamente precioso y ese pensamiento me da vértigo. Ahora que lo pienso, estoy segura de que estoy embarazada, y esa es una razón perfecta para reducir mis obligaciones laborales. Esto suaviza cualquier posible fricción con mi padre. La desventaja es que puede que tengamos a mis padres como huéspedes semipermanentes. Aun así, ¡estoy muy emocionada!

Bruni se deslizó hasta mi lado del sofá y nos abrazamos con fuerza.

—¿Me seguirás queriendo cuando sea enorme? —susurró.

—¿Cómo podría no hacerlo, si siempre te querré?

—Eso es bueno. Debes saber que esto lo cambia todo.

—¿Cómo?

Ella se sentó y pasó a su modo profesional. Me miró fijamente:

—Tenemos que resolver este lío y sacar a tu padre de esta casa. Lo siento, pero quiero que se vaya.

—Pienso lo mismo.

—Bien.

Un segundo después sonrió; parecía más feliz que nunca.

—No puedo creer que esté embarazada. Después de este fin de semana, deberíamos planear nuestra boda… pero, pasando a asuntos más inmediatos, ¿tienes más preguntas?

—Solo dos. Tu madre mencionó que debía preguntarte sobre Cobb. ¿Qué sabes de él?

—Si tu padre quiere algo, Cobb es quien lo hace o logra que se haga. Él también se va.

—Por supuesto. La última pregunta, mi padre también mencionó que tiene a su abogado disponible. ¿Eres tú?

—Trabajo exclusivamente para mi padre. Me ha pedido en el pasado que le ayude con algunas transacciones de Bromley, con Cobb actuando como intermediario. Revisé todo el papeleo. Mi padre también mencionó hace un par de semanas que había asuntos legales entre este patrimonio y tu padre. No soy la abogada de lord Bromley ni lo sería nunca.

—Eso responde mi duda. Me disculpo. Tenía que preguntar.

—A ese hombre le gusta sembrar la discordia cuando y donde puede. Es hora de hacer algo con él. ¿Por qué no tienes una audiencia con el emperador de arriba? Puede que aporte una o dos ideas. Averiguaré si mamá está despierta. Bésame y empecemos. Ese hombre y su lacayo se irán pronto, los dos, boca arriba o boca abajo. A mí me da igual.

E ncontré a Johnny arriba, en la sala de estar, garabateando en su libreta amarilla. La puerta de mi habitación seguía cerrada, pero estaba seguro de que mi madre no tardaría en levantarse. Le propuse que saliéramos a dar un paseo para poder hablar sin interrupciones. Me pasó un impermeable.

Apenas había salido el sol cuando partimos por la puerta principal y caminamos alrededor de la casa hasta el banco situado detrás de los majestuosos cipreses. No había viento y el cielo estaba despejado. Lo puse al corriente de todo lo que me había contado Bruni.

—Bueno, eso explica varias cosas y añade más complicaciones —dijo Johnny, mientras nos sentábamos en el banco.

—Así es. ¿Cómo va el plan?

—La planificación es tan buena como los datos que se tengan y esto último cambia la situación una vez más. —Suspiró—. Al menos sabemos qué se está moviendo aquí. Supongo que eso es algo. Debo integrar esta última información en mi pensamiento general. Tal vez sea útil que me explaye un poco y parta de ahí.

—Me parece bien. Dispara —dije, encendiendo un cigarrillo.

—Tomaré uno de esos —dijo Johnny. Una vez que lo encendió, continuó—. Según lo que sabemos hasta ahora, lord B. quiere, por razones desconocidas, una serie de piezas que Alice tenía en su poder y ha coaccionado a Hugo para que le ayude a hacerse con ellas. El propósito sigue siendo un misterio. ¿Hasta ahora todo bien?

—En general, está bien, pero tengo algunas preguntas: ¿por qué involucrar a Hugo? Si mi padre tiene la documentación necesaria para demostrar que los objetos son suyos, ¿por qué no acudir simplemente a los tribunales?

—Lo consideré. Para empezar, sabemos que quiere específicamente la estatuilla. Lo mencionó en la carta. Estoy seguro de que la tía Alice le dijo que no la había recibido cuando estaban negociando la pequeña vasija. Probablemente, tuvo que repetirlo mil veces antes de que él le creyera. Lo legal ha sido inútil hasta ahora.

—Eso tendría algún sentido. La única pregunta que me hizo Hugo cuando hablamos fue sobre el ídolo y la joya. Le dije que lo habíamos encontrado y que se había hecho añicos.

—Por eso lord B. sabe que está aquí. Supongo que nunca se habló de la rotura. No es algo que quisiera mencionarse cuando Bromley te tiene bajo su control.

Refunfuñé.

—Nada de gruñidos. Que se haya roto tiene un gran potencial y causará, como mínimo, un gran revuelo. No estoy seguro de cómo aprovecharlo, pero, volviendo a tu pregunta, sin importar la documentación que diga tener, cualquier amenaza legal que lord B. haya mencionado solo la hizo para impresionar.

—¿Por qué lo crees?

—Por la esperanza de vida de tu padre. Le quedan, si acaso, uno o dos años, mientras que tú, en cambio, puedes alargar cualquier procedimiento durante mucho tiempo con un abogado medianamente competente. En segundo lugar, ahora existen leyes sobre el hurto de tesoros nacionales. Tendría que aclarar el origen del objeto y eso podría crearle complicaciones.

—Interesante punto. Estoy de acuerdo. Es una amenaza vacía.

—Así es —Johnny hizo una pausa y dio una calada a su cigarrillo—. Me gustaría tener un plan más concreto, pero todavía no es posible. Por ahora, lo mejor que se me ocurre son algunas conjeturas sobre lo que pasó. Aun así, pueden resultar útiles. ¿Quieres escucharlas?

—Por favor.

—La primera: es probable que Hugo no le mencionara a tu padre el valor potencial de esas acciones cuando se planteó el plan originalmente. La segunda: Bernard se enteró después de ser expulsado de la dirección y se puso en contacto con lord B. para decírselo. También podría habérselo dicho a Cobb. Después de todo, ¿por qué un médico de Harley Street, que según Stanley tiene conexiones en los bajos fondos, se juntaría con tu padre?

—Me lo he preguntado...

—¿Tal vez Cobb se beneficia de las acciones de alguna manera?

—Es posible. Es una relación extraña. Debo hablar con Stanley sobre Cobb.

—Yo lo haría. Lo último que sé es que Hugo debe recuperar esas acciones o se arriesgaría a sufrir un gran revés financiero. Quiero decir, si puso el dinero para comprar los bonos de la familia usando a lord B. como intermediario, pudo haber sido una gran suma. No debe de estar sintiéndose muy cómodo. Me pregunto si Elsa sabe lo involucrado que está.

—Bruni está hablando con ella. Si Elsa no lo sabe, pronto se enterará.

—Ay, eso puede ser doloroso a primera hora de la mañana. Además, hay cosas extrañas que me desconciertan, como saber que tu madre quiere hablar con Cobb. No sé cómo entender esto. Lo que realmente se necesita es que todos pongan sus cartas sobre la mesa. La pregunta es, ¿cómo vamos a lograrlo?

—¿Tendré que anunciar que habrá una reunión en la biblioteca para resolver todos los asuntos pendientes?

—Utilízalo solo como último recurso. Hay demasiados secretos entre las partes. Yo empezaría con algo inesperado, como decirle a tu padre que decidiste no hacer nada por ahora y devolverle el sobre con el cheque. Se pondrá furioso, pero puede que se le escape lo que realmente tiene en mente. Después de la explosión, puedes modificar tu postura sugiriendo que los dos se sienten con Hugo

263

para discutir por qué deberías hacer algo. Eso significará que los dos tendrán que trabajar juntos para convencerte, lo cual es un giro interesante. En fin, es lo mejor que se me ocurre por ahora.

—No está mal. Lo pensaré.

—No tardes mucho. El tiempo se acaba.

—Y la paciencia —añadí.

—¿La paciencia? —preguntó Johnny.

—Es necesario un ambiente menos estresante y conflictivo. Debemos deshacernos de Cobb y de mi padre antes de que Bruni se involucre. Puede que esté embarazada y su genio está cambiando.

—¿De verdad? ¿Embarazada? ¡Felicidades! Las noticias no se detienen. ¡Eso significa que voy a ser una especie de tío! Sabes, siempre he querido tener un sobrino o una sobrina. ¡Sería algo magnífico! Bueno, si quieres que tu padre y Cobb se vayan, entonces debemos ponernos a trabajar. Creo que hablaré con Malcolm. Siempre está tras bambalinas y podría saber algo.

—Hazlo. Buscaré a Stanley ahora.

55

S tanley estaba en el vestíbulo revisando los arreglos florales y le preguntó si tenía un momento. De camino a la cocina le dije a Dagmar que la cena de la noche anterior había sido incomparable y que nunca la olvidaría. Me sonrió y me aseguró que habría más sorpresas.

Una vez que estuvimos sentados en su despacho, repetí a Stanley lo que me contaron Elsa, Bruni y Johnny, y anuncié que Bruni estaba embarazada. Stanley juntó sus manos y consideró lo que le había revelado.

—Bueno —dijo por fin—, empecemos con mis más sinceras felicitaciones a los dos. Tener un hijo en esta casa será una bendición sin precedentes. Dagmar, por supuesto, me informó hace un tiempo de esa posibilidad; sin embargo, su confirmación es muy bienvenida. Normalmente, ofrecería una copa para honrar tal ocasión, pero aún es temprano. Aunque un momento como este solo se presenta una vez y es muy significativo. ¿Brindamos?

—Brindemos.

Stanley sacó dos vasos de *whisky*. Advertí que esta bebida tenía un color diferente al de las anteriores. Estaba a punto de comentarlo, cuando dijo:

—Para empezar, deseo beber con usted no como su empleado, sino como su amigo. ¿Puedo hacerlo?

—Claro que puedes, Stanley.

—¿Puedo también tutearlo y dirigirme a usted como Percy?

—Por favor, hazlo.

Stanley sonrió. Nunca lo había visto sonreír. Parecía un hombre joven.

—Gracias, Percy. Eso significa mucho para mí. En el futuro, cuando nos sentemos en este despacho y solo estemos nosotros dos, me gustaría llamarte por ese nombre. En esos momentos, puedes llamarme Stan. Solo permito que unos pocos lo hagan. Fuera de esta sala, debemos tener nuestra relación formal, que mantendré como algo natural. En mi vida he tenido muy pocos amigos de verdad. Conmigo alcanzaste ese estatus. No sé cómo ocurrió. De cualquier manera, así es.

—Stan, será un honor para mí.

—Gracias, Percy. Ahora, tenemos dos razones para celebrar: una amistad y el comienzo de una nueva vida. En tu vaso hay un *whisky* excepcionalmente raro y, en mi opinión, el más fino que jamás beberás. El hombre que lo creó murió hace tiempo y se llevó a la tumba los secretos de su fabricación. Era una figura legendaria donde yo crecí. Se dice que le hizo un favor a una hechicera, quien a cambio le preguntó qué era lo que más deseaba en todo el mundo. Le respondió que quería crear el mejor de los *whiskies*, uno que no tuviera igual en la tierra ni en el cielo. La hechicera aceptó con dos condiciones. Solo podía fabricar un barril al año y el secreto no debía ser escrito ni revelado a nadie, ni siquiera ante la inminencia de la muerte. El trato se cerró y él mantuvo su palabra. El rumor de esta bebida alcanzó proporciones legendarias. Lo había olvidado por completo hasta que mi anterior empleador me heredó dos botellas en su testamento. Como parte del legado, pidió que las disfrutara solo en ocasiones especiales. En concreto, escribió: «Comparte este regalo con otros. Bebe lentamente, saboreando cada gota, y hazlo solo en momentos de profunda satisfacción, o en conmemoración de un acontecimiento. Solo te pido que cuando bebas, pienses en mí y pronuncies mi nombre».

—Es muy especial, entonces.

—De todas las maravillas de esta bodega, esta es la joya de la corona. Dagmar y yo bebimos una copa hace tiempo, cuando nos reconciliamos. No he tenido otra ocasión desde entonces.

Brindaremos por Hamish y por nuestra buena fortuna, concretamente por tener un amigo y porque ese amigo va a ser padre. Por Hamish, por la amistad y por la nueva vida —dijo Stanley, levantando su vaso.

—Por Hamish, por la amistad y por la nueva vida —repetí.

Nos miramos y bebimos. El líquido era suave, ahumado, y luego dejaba de serlo. El sabor parecía cambiar de tantas maneras sutiles que tuve que contenerme para no dar otro sorbo mientras intentaba aclarar lo que acababa de experimentar. El olor me recordaba a la miel, pero también se transformaba en direcciones imposibles. Ninguno de los dos habló hasta que vaciamos nuestros vasos hasta la última gota e incluso entonces el olor embriagador perduró como una mágica fragancia.

—Vaya, Stan. Impresionante —dije mientras lo miraba—. Tenemos que servirnos otro cuando se resuelvan los problemas que enfrentamos. Esa posibilidad me dará todo el incentivo que necesito, aunque tenga que enfrentarme al mismísimo Diablo.

—Pienso exactamente lo mismo —respondió Stanley—. Y, en esa línea, anoche investigué un poco más. Se me han ocurrido un par de posibles explicaciones de por qué tu padre quiere acceder a ciertos objetos, por qué está aquí específicamente y qué pretende conseguir.

—Cuéntame.

—Lo haré, pero, primero, una pregunta: ¿estás familiarizado con el espiritismo?

—He oído hablar de él. Creo que fue popular a finales del siglo XIX y tenía que ver con el contacto con los muertos a través de un médium.

—Correcto. Por supuesto, con ese tema estamos tocando puntos que están en los bordes de la realidad tal y como se conoce comúnmente, pero mis conjeturas no carecen de fundamento. Mi primera suposición es que tu padre quiere hablar con los muertos.

—¿Con Alice?

—Creo que sí. Por lo que te dijo la baronesa y por la carta que él escribió, es posible que tu padre tenga a su señoría en su corazón tanto como yo. Para mí, es un pensamiento angustioso, pero no por ello menos cierto. Además, hace tiempo que sospecho que cualquier copia del *Libro de los muertos* que tu padre le proporcionó, y que su señoría utilizó, tenía defectos o estaba incompleta a propósito. La pregunta que me he hecho es si tu padre conocía las imperfecciones en ese momento. Más relevante en este caso, ¿y si no lo sabía? Nunca había considerado esa posibilidad hasta ayer. Una cosa es lastimar a otras personas con deliberación y algo muy distinto es hacerlo involuntariamente, sobre todo si las quieres. De allí se desprende que deseara enmendar un error tan inconsciente.

—Estoy de acuerdo —dije.

—La segunda suposición es que desea curarse.

—Eso también sería lógico. Parece notablemente joven, pero Cobb dijo que ha tenido episodios similares y que todos juntos indicarían problemas de salud más profundos.

—Tendré más información sobre el aspecto juvenil de tu padre cuando hablemos de Cobb. En cualquier caso, mis conjeturas sobre estos dos puntos tienen algún fundamento. Esta zona y el valle del río Hudson que la rodea tienen una larga historia de actividad oculta. La lista de profetas, escritores en trance y espiritistas que habitaron y surgieron en este extenso valle es larga y excepcional. ¿Es una simple coincidencia? Como mencioné antes, algunos lugares son más propicios para lo místico que otros. También tenemos que considerar esta propiedad en particular y el poder que contiene. ¿Es de extrañar que él se encuentre aquí?

—No. Entonces, directamente su arribo a la casa poco tiene que ver conmigo.

—No estoy convencido completamente de eso. Por ahora, parece ser el caso.

—Estoy de acuerdo. De cualquier manera, continúa, por favor.

—Viviendo en esta zona, su señoría estudió el espiritismo como algo natural. Sus debilidades, me dijo, eran dos. La primera era la necesidad de un médium que podría no ser tal, y la segunda era la suposición de que los muertos aún vivían. Con la primera, los resultados podían ser manipulados, pero más importante para ella era la segunda: la suposición tácita de que la muerte no era el final.

»Para su señoría, estar muerta, sin nada por delante, era el mejor final posible. Sería libre. En un comienzo pensó que la ciencia acabaría triunfando, pero con el tiempo sintió que debía rechazar su opinión de que la muerte era simplemente el paso a la inexistencia. Lo que la hizo cambiar de opinión fueron sus estudios sobre los chamanes siberianos, sus prácticas y sus influencias posteriores. Se dice que los antiguos chamanes eran capaces de mediar con el mundo de los espíritus y podían viajar fuera de sí mismos. Esta técnica se diferenciaba del espiritismo en que este último requería un médium, un individuo psíquico que era poseído por un espíritu ajeno. En el chamanismo no había tales intermediarios. El propio chamán viajaba a otro mundo y, una vez allí, recibía muchas veces una sabiduría sobrenatural.

»De vez en cuando hablábamos de sus investigaciones sobre este tema. Me contaba acerca de las ceremonias de curación que implicaban experiencias extáticas, que separaban el yo del cuerpo. Tales procedimientos, pensaba ella, debían de estar basados en alguna forma de realidad, porque el concepto de un cuerpo y un yo separados no solo sobrevivió, sino que expandió su influencia. Las prácticas y las creencias chamánicas se extendieron por todo el continente asiático hasta puntos tan lejanos como Indonesia y la actual Turquía, mucho antes de la época homérica. Allí encontraron aceptación y nuevos adeptos en la forma de los pitagóricos, los misterios órficos y eleusinos, los seguidores de Dionisio, Cibeles, Bendis y Sabacio. Más adelante aún, el cristianismo tomó mucho de estas prácticas paganas, incluido el concepto de alma. Rastrear el movimiento y el poder de una idea era una cosa, me dijo, pero lo que más quería era una prueba.

»Una conversación en particular tiene relevancia para lo que nos enfrenta ahora y explica por qué su investigación fue en esa dirección. Su señoría me dijo claramente: «Son las drogas, Stanley». Dijo que el verdadero éxtasis, las búsquedas espirituales, así como las visitas a otros mundos no se logran fácilmente en un estado normal. Los santos y los monjes con años de entrenamiento ascético, y aquellos que han sido tocados, excepcionalmente fueron capaces de lograr tales hazañas. Dijo, además, que para que el concepto de un espíritu separado del cuerpo se extendiera tanto y se aceptara casi universalmente, debía requerir una prueba extraordinaria de algún tipo. Dijo que encontramos esa prueba en las sustancias especiales que se preparaban y tomaban con la comida o la bebida como parte de las antiguas ceremonias, como las de los misterios eleusinos y las de los primeros cristianos. En concreto, dijo: «Al final, lo que uno mismo experimenta no se puede debatir». Más adelante, habló de cómo ciertas sustancias se utilizaban para hacer realidad lo que hoy en día son, en su mayoría, conceptos abstractos para muchos seguidores de la religión.

—Fascinante. ¿Qué piensa Dagmar de eso?

—Le conté lo que su señoría había dicho. Su comentario fue que hasta una zanahoria puede convertirse en una sustancia extática si sabes lo que haces.

—¿De verdad?

Stanley rio.

—Sus palabras exactas fueron: «¿Qué crees que hago en esta cocina?». Eso fue una revelación para mí.

56

—Es cierto —dije mirando a Stanley—. Las comidas de Dagmar son casi sagradas. ¿Cobb podría suministrarle a mi padre las sustancias que él pudiera necesitar, en el supuesto de que esa fuera su voluntad?

—Tal vez. Sería una razón más para su presencia.

—Hablando de otro tema, aunque no necesariamente desconectado: la llegada de mi madre supone una complicación más. Dijo que quería hablar con Cobb. ¿Puedes contarme acerca de él?

—Claro. Por experiencia personal, Cobb es un individuo muy inteligente cuya apariencia de matón confunde a muchos. Fue mi compañero de entrenamiento. Nos conocimos hace años por intereses comunes. Yo era delgado y algo débil, mientras que él era fornido. Ninguno de los dos éramos atletas según el modelo griego, ni mucho menos, y ambos habíamos decidido que estábamos cansados de ser golpeados por quienes tenían la inclinación y el tiempo para hacerlo. Cobb parecía un saco de papas, pero eso no significaba que fuera débil. Hay muchos de esa peculiar estirpe gálica que tienen un físico similar, pero muestran una resistencia y unas reservas interiores que no se aprecian a primera vista.

»Al final de nuestra amistad nadie le llamaba gordo. Se convirtió en Cobb, otra persona diferente por completo. Supongo que tuve algo que ver con eso. Crecí al lado de caballos, y conozco un poderoso poni de patas cortas al que se le llama *cob*. Por eso le puse ese apodo y así se quedó. Añadí una «b» al final. Su verdadero nombre es Angus Maxwell-Hughes. Tuvo una educación aristocrática, pero la alta sociedad le atraía poco. Prefería las calles, aunque estas ofrecían peligros diferentes y más físicos. Cobb aprendió a recibir golpes y acabó convirtiendo esa capacidad en una ventaja. En el cuadrilátero, los hombres más fuertes y corpulentos se cansaban mientras lo golpeaban. Cuando estaban agotados y exasperados, Cobb los destrozaba de forma metódica, precisa y cruel. Era un espectáculo digno de ver. Se volvió hábil y aprendió a ver a largo plazo, a soportar cualquier castigo que fuera necesario antes de decidirse a actuar. Y actuaba. Los apostadores lo adoraban; también, algunos criminales.

»Estudiaba Medicina y, por sus conocimientos de anatomía o por su instinto, sabía cómo herir. También sabía curar. Salvó la vida del hijo de un hombre poderoso y, con el tiempo, adquirió la reputación de ser un médico hábil, de gran discreción.

—Suena formidable —dije—. Supongo que tú y él se separaron en términos no muy amistosos.

—Así fue. Sus contactos no eran los mejores y decidí distanciarme. Además, había resuelto que el boxeo, aunque estimulante, no era en absoluto mi especialidad. Después de que me diera una paliza especialmente dolorosa, le dije que no volvería a entrenar con él. Algún tiempo después, se acercó a mí para que lo ayudara a contactar a un distinguido caballero. Conociendo sus conexiones con los bajos fondos, me negué. Intentó presionarme tanto como pudo. Una noche en que me amenazó le golpeé en la cabeza con una botella llena de un buen Burdeos. Por suerte la acababa de comprar. Una vez que recuperó la conciencia, le dije que estaba al tanto de algunas de las operaciones que realizaba y que, si seguía molestándome, perdería la posibilidad de convertirse en cirujano, grado que finalmente alcanzó. Le dejé claro que no albergaba ninguna mala voluntad hacia él —de hecho, todo lo contrario—, pero que eso podría cambiar si volvía a fastidiarme. Desde entonces no hemos tenido ningún contacto.

—¿Crees que quiere desquitarse?

—Acordamos una política de vivir y dejar vivir que hemos mantenido durante mucho tiempo. No veo ninguna razón para cambiarla, pero, si llegara a interferir, haré una reevaluación.

—Esperemos no llegar a eso. Gracias por la información. Antes de terminar, mencionaste el aspecto juvenil de mi padre en relación con Cobb.

—Cobb siempre se aficionó por la preservación del cuerpo. Le interesan las terapias hormonales. Lo sé porque un amigo, también en servicio, me preguntó por ellas. Su jefe estaba ansioso por probarlas. Le contesté que la habilidad de Cobb como médico nunca ha estado en duda. De hecho, lo consideraba bastante excepcional, después de haberle visto atender a varios boxeadores.

—¿Mi padre está en ese régimen de hormonas?

—Posiblemente. Una terapia de este tipo requiere ciertas restricciones dietéticas y puede tener como efecto secundario el comportamiento agresivo que muestra tu padre. Dudo que signifique algo, aparte de que no siempre es tan racional como tú quisieras.

»El desayuno sigue en mi agenda y, para cerrar nuestra conversación, sugeriría lo siguiente: averigua por qué tu madre está aquí. Habla con tu padre y, sobre todo, asegúrate de que él y Cobb asistan a la cena de esta noche. Es un evento de corbata blanca y estoy bastante seguro de que han traído un atuendo adecuado. Si no, se los proporcionaremos. Todos deben estar en la mesa esta noche. Sin excepciones. Yo también tengo mis órdenes.

M e detuve en nuestro dormitorio, pero Bruni no estaba allí. Me alegré al ver la cama hecha y todo guardado. Supuse que Bruni estaría hablando con su madre. Pensé que podría ser una conversación interesante si las conjeturas de Johnny eran correctas. Me asomé a la biblioteca y vi a Bonnie luciendo unos *jeans* y una camisa vaquera blanca, sentada en uno de los sillones y leyendo.

—Hola —le dije—. Me alegro de que alguien aproveche esta sala. Es maravillosa en la mañana.

—Hola, Percy. —Bonnie dejó su libro—. Esta habitación es perfecta. Toma una silla y siéntate. Tenemos algo de tiempo antes del desayuno.

Me senté y Bonnie se acercó un poco más.

—Por cierto —continuó—, lo de anoche fue un viaje. Y lo digo literalmente. Creo que terminé en Delfos, el lugar menos pensado. Conocí a una mujer que, por lo que sé, podría haber sido la Pitia. Fue como si la antigua Grecia cobrara vida ante mis ojos. ¿Qué había en esa bebida?

—Era una receta nórdica tradicional, así que no tengo ni idea. ¿Qué aspecto tenía la dama?

—Como el oráculo típico, de edad indeterminada, con una larga túnica, los ojos vendados, una ayudante espigada, una pequeña hoguera sobre un trípode con vapores que salían del suelo, ese tipo de cosas. Yo ya estaba elevada como una cometa, pero después de sentarme en sus rodillas y comenzar a inhalar la materia verde que se arremolinaba, realmente atravesé el cielo. Quiero decir, ¡bum! Fue como si estuviera atada a un cohete. Por un momento pensé que podría haber muerto. Después de disfrutar durante un rato de esa posibilidad, logré una especie de órbita estable. Como realmente parecía estar allí, y ella también, le pregunté cómo le iba a Apolo estos días y me dijo que estaba igual que siempre y que le parecía divertido que le preguntara por él. Por supuesto, no lo dijo exactamente así. Su lenguaje era tan preciso como solo un griego puede usarlo. También tendía a utilizar muchas terminaciones rebuscadas. Nuestro diálogo era en general mucho más formal. Puede que mi griego estuviera un poco oxidado, pero mantuvimos una conversación tan lúcida como cualquier otra que haya tenido. Por supuesto, me preguntó qué deseaba y le dije que a ti, lógicamente. Me aconsejó que buscara en otra parte, concretamente en la dirección de un sanador. Una vez más, esto fue analizado de manera mucho más formal, pero le seguí la corriente. También quiso saber si tenía alguna pregunta para la que quisiera una respuesta. Le dije que no, que me bastaba con estar con ella, pero le pedí que lo dejáramos para otro día. Dijo que no hacía ese tipo de cosas, pero que lo consideraría. Te repito, todo esto se dijo de forma educada y bastante formal. Le comenté que me encantaba su vestido, que tenía unos pliegues fabulosos y que la visita era un sueño hecho realidad. Dijo que lo era para muchos y que le gustaba, para variar, hablar con alguien tan diferente. Al presentir que nuestro tiempo había llegado a su fin, me levanté y le hice una especie de reverencia. No estoy segura de que fuera lo apropiado, pero pareció funcionar. Lo siguiente que sé es que estaba de regreso, balanceándome, tomada de los brazos de mamá y Bruni, como un grupo de marineros en un permiso largo en tierra. Por cierto, te alegrará saber que Bruni y yo somos amigas. Es encantadora. De todas las cenas que he tenido, ¡esa fue sin duda alguna la mejor! Con un final extraordinario. En fin, creo que estoy diciendo tonterías y ni siquiera es la hora del desayuno. ¿Cómo te sientes esta mañana?

—Bien, en realidad. Todavía tengo que sentarme con mi padre, lo que da una perspectiva sombría a un día espléndido. ¿Qué resultará de esa conversación? Yo, desde luego, no lo sé. La cena de anoche fue una delicia y Dagmar me dijo en la cocina que habría más esta noche.

—Bueno, basándome en lo que sucedió, ciertamente lo estoy deseando. ¿Qué crees que nos preparará?

—No tengo ni idea. Cambiando de tema, me parece interesante que la Pitia te haya indicado que vieras a un sanador. Creo que deberías hablar con el médico.

—¿Necesitas mi ayuda?

—Así es. Me gustaría que averigües por qué Cobb y mi padre están trabajando juntos y cuál es la historia entre ellos. Stanley me confirmó que es médico y bastante bueno. También es muy inteligente, así que ten cuidado.

—Necesitas información. Bueno, *espionaje* es mi segundo nombre. Estaría encantada de hacerlo, solo que él parece estar siempre arriba.

—Estará en la cena de esta noche.

—¿En serio? Eso será interesante. Asegúrate de que me siente a su lado. Tal vez necesite ayuda con los cubiertos. Esa siempre es una buena manera de empezar.

—Su verdadero nombre es Angus Maxwell-Hughes, así que dudo que el tema de los cubiertos sea particularmente nuevo para él.

—¿De sangre azul entonces?

—Aparentemente... pero tiene conexiones con el hampa.

—Eso le pondrá un poco de picante. Supongo que siempre me vendrán bien las conexiones con los bajos fondos, aunque sus reglas tienden a ser bastante severas. Puede que dé un paseo por allí esta mañana y le eche un vistazo. Te haré saber lo que descubra.

—Eso podría funcionar. Creo que es hora de desayunar.

—Ve tú adelante —dijo Bonnie, poniéndose de pie y colocando su libro en una mesa auxiliar. Parecía ser la *Anábasis* de Jenofonte.

—¿Lectura ligera?

—Lo he leído antes, por supuesto. Me encanta. Mi edición está en griego por un lado y en inglés por el otro. En fin, a desayunar. Podría comerme un caballo. Me fascina hablar así, pero no cerca de mamá. Se irrita y todo el día se estropea en un santiamén.

Bonnie y yo entramos al comedor. Johnny estaba allí con Malcolm y con mi madre, Anne y John. Para mi sorpresa, se destacaba la presencia de mi padre y de Cobb. Mi padre, con una chaqueta de paño tejido y una camisa abotonada sin corbata, no lucía afectado por el episodio de ayer, pero la presencia de Cobb, sentado a su lado, parecía indicar que necesitaba vigilancia. Fue inesperado verlos y, además, a primera hora de la mañana. A pesar de ello, no iba a objetar. El desayuno era la única comida que me gustaba disfrutar en paz. Si *Atila el huno* hubiese entrado y se hubiese sentado, tendría que asentir y pasarle el café. Me di cuenta de que me perdí la reacción de mi padre cuando vio a mi madre en la mesa del desayuno. Tal vez fuera mejor así.

Como la primera comida del día era informal, no se asignaban asientos a los invitados. Había lugares vacíos a ambos lados de mi padre y Cobb. Bonnie eligió el que estaba junto a Cobb. Me senté en mi silla, di los buenos días a mi madre, que estaba a mi derecha, y saludé con la cabeza a Johnny, a mi izquierda. Parecía que él esperaba problemas. Sus ojos se movían de un lado a otro, señal inequívoca de que estaba nervioso. Mientras me servía un poco de café, Maw, con unos *jeans* desteñidos y una vieja camisa vaquera de trabajo, entró con Robert Bruce. Dio una vuelta a la mesa y se sentó junto a mi padre. Robert se metió debajo de su silla. Ella no perdió tiempo para averiguar si mi padre era realmente tan malo como indicaba su reputación. La ausencia de los Von Hofmanstal era notoria.

Bebí un poco de café y, en voz baja, pregunté a mi madre cómo había dormido. «Muy bien», dijo ella y sugirió que tuviéramos una charla más tarde. Antes de que pudiera continuar, los Von Hofmanstal llegaron en una procesión lúgubre. Tanto Hugo como Elsa, él con pantalones de franela y un suéter oscuro de cachemira, y ella con su equivalente femenino, tenían un aspecto sombrío y se sentaron en lados opuestos de la mesa. Elsa había ocupado la silla junto a Johnny, obligando a Hugo a sentarse junto a mi madre. A juzgar por su expresión, el hecho fue deliberado. Bruni me miró mientras se sentaba y levantó los ojos hacia el techo, como si quisiera decir que su padre y su madre estaban teniendo un mal día. Esta observación fue interrumpida por una fuerte carcajada de Maw, al responder a algo que dijo mi padre. Evidentemente, estaba mostrando su lado encantador. Sentarse junto a una de las mujeres más ricas del mundo, pensé, tendía a lograr ese efecto.

Los huevos y el tocino, junto con los triángulos de tostadas blancas sin rebordes, se sirvieron en bandejas de plata. John miró a Hugo y Anne susurró algo a Elsa, quien se sentó a su lado. Esta no dijo nada y miró en mi dirección. Parecía una reina tratando de decidir si freír a alguien en aceite o hacer que lo descuartizaran en el potro. Por un momento pensé que yo era el objetivo, hasta que miró a su marido. El día estaba comenzando y ya la delicadeza de la noche anterior se estaba resquebrajando.

Le pregunté a Johnny, en un susurro, si había algo que debía de saber. Me contestó al oído: «Es como sospechábamos. Hugo definitivamente está en problemas». Asentí con la cabeza. Después de charlar con su hija, Elsa probablemente había irrumpido en su dormitorio y había despertado a su marido, apaleándolo, para confirmar la gravedad de la situación. A juzgar por la intensidad del enfado de Elsa, se aproximaba una tormenta. Me pregunté vagamente si tendría que preparar la habitación de la institutriz en el piso de arriba, para que Hugo tuviera un lugar donde dormir esta noche.

—¿Estás listo? —susurró Johnny.

—Terminemos el desayuno primero. Hablaré con él después. —Suspiré.

—La mejor de las suertes, entonces. Ojalá puedas sacar a Hugo de apuros antes de que Elsa se lo coma vivo.

—Está en mi lista. Veré lo que puedo hacer. De todos modos, habla ahora con Malcolm, si puedes, pero definitivamente habla con tu madre, y pronto.

Johnny entendió el mensaje. Tenía que averiguar con Anne por qué mi madre deseaba hablar con Cobb. Mientras comía, me preguntaba si sería posible que los presentes se sentaran a negociar una solución satisfactoria para todos. Sería como asistir a un foro económico para construir una política coherente y, probablemente, fuera igual de imposible.

Con este pensamiento, el desayuno llegó a su fin y ya era hora de ponerme a trabajar. Mientras nos levantábamos, busqué y confirmé una vez más que el sobre sellado que me había dado mi padre seguía asomando en el bolsillo trasero de mis pantalones. Cuando mis invitados empezaron a salir, me acerqué a mi padre, que estaba de pie junto a Maw. Le oí decir: «Volvamos a hablar durante el almuerzo».

A Maw pareció gustarle la idea. Mientras esperaba a que terminaran, me pareció extraño que nadie hablara abiertamente de la recuperación de mi padre. Supuse que era otro de los rasgos peculiares de quienes estaban aquí. Todos aborrecían la debilidad y, al reconocer una recuperación, se aceptaba la enfermedad y eso era algo que debía evitarse. Estaba bastante seguro de que su reaparición la discutirían entre ellos privadamente y que especularían sobre ella con todo detalle.

Maw finalmente se despidió y se fue, con Robert siguiéndola de cerca. Se detuvo y me miró por un segundo. Me pregunté qué significaba eso. Estaba nervioso. La idea de hablar con mi padre me hizo reconsiderar el hecho de haber comido ese último trozo de tocino. Sin posibilidad de aplazar lo que era inevitable, dije:

—Padre, creo que tenemos asuntos que discutir. A mí también me disgusta perder el tiempo. ¿Quizás podríamos hablar tomando un café en la biblioteca?"

—El café es muy bueno.

Era la primera opinión positiva que le escuchaba. Estábamos sentados uno al lado del otro en la biblioteca, frente a la chimenea. Simon y otro miembro del personal habían dispuesto rápidamente una pequeña mesa cubierta con un mantel blanco de lino y con un servicio de café. Les agradecí y les dije que mi padre y yo nos serviríamos.

Mientras disponía que llevaran el café a la biblioteca, había observado que Cobb y Bonnie estaban inmersos en una conversación y, a juzgar por la expresión de él, Bonnie tenía algo más que un interés pasajero. Tal vez la Pitia sabía algo, después de todo.

Mi padre me regresó al presente.

—Juzgo la eficacia de una cocina por la calidad del café que se sirve. Yo lo bebo negro, así que no hay nada que disimule el sabor. Si algo tan sencillo se gestiona bien, todo lo demás sin duda será competente.

—Debo admitir que pienso lo mismo —contesté—. Ese detalle puede elevar o arruinar una comida.

—Muy cierto.

Mientras disfrutábamos el sabor advertí que el café que estábamos tomando era excepcional.

Mi padre suspiró de placer con su café.

—Así que... deseo comenzar de nuevo. ¿Podemos?

—Estoy dispuesto.

—Gracias. Ahora, antes de continuar, hay algunos detalles que quisiera tratar primero. ¿Te parece bien?

—Por supuesto.

—Para empezar, debo disculparme por mi comportamiento de ayer. Volver aquí es difícil, y verte por primera vez lo dificulta aún más. No tengo paciencia con la gente en general, y mucho menos con un hijo al que no conozco. Soy muy consciente de tu edad, por supuesto. Eres adulto, pero yo soy cascarrabias por naturaleza y la vejez probablemente empeoró esa propensión. El tiempo que me queda es corto, como ves, y eso hace que tenga resentimientos hacia aquellos cuya vida se extenderá probablemente más allá de la mía.

»En realidad —me dijo mirándome con una risita—, mi condición de cascarrabias tiene poco que ver con eso. A mi edad, uno no puede oír bien, ver bien, moverse o recordar fácilmente los detalles. A veces, incluso el simple acto de conversar requiere una gimnasia mental que permita expresarse fluidamente sin tener que volver siempre a la referencia inicial. También hay un vacío mental que puede aparecer en cualquier momento. Es una amenaza constante. Detenerse en medio de una frase, como un actor que se olvida de sus líneas. Estos lapsos inesperados ponen de manifiesto lo que más temen los ancianos: la senilidad, la demencia y la pérdida de la razón. —Mi padre dio un sorbo a su café y continuó—: También es un problema para los que escuchan. ¿Qué deben hacer? ¿Ignorar el contratiempo o considerar la posibilidad de internar a quien habla en una casa de reposo, con cuidados las veinticuatro horas del día para que no se lance a correr desnudo por las calles?

»Para las personas mayores, la solución consiste en dejar de hablar del todo o gruñir a quienes estén cerca, no sea que se les ocurra aprovecharse. Los viejos son como los líderes heridos de una manada de lobos. Las ancianas son como las matriarcas de una manada de hienas. En los dos casos, se domina o se muere. Hacer algo menos es arriesgarse a ser devorado. Así es la vejez y por eso me pongo de mal humor. ¿Perdonarás entonces mi descortesía?

—Estamos empezando de nuevo. La vejez es un futuro desalentador que todos debemos afrontar y hay que hacer concesiones. Disculpa aceptada.

—Te agradezco que hayas dejado de lado lo anterior, pero hay límites a lo que se puede perdonar. Que decidas pasar por alto mis rabietas dice mucho de ti. Pero en caso de que te haya dado una impresión equivocada al exagerar los impedimentos de mi condición, la vejez no es del todo mala. Uno también puede encontrarse de vuelta en el pasado y conmocionarse por el brillo de un recuerdo más luminoso que el presente, y fantásticamente vivo.

»El corazón se llena con la certeza de que uno podría haber sido supremamente feliz en ese momento. Estas experiencias aleatorias son tan vívidas que pueden provocar lágrimas. ¿Merece la pena vivir, teniendo en cuenta la falibilidad de la memoria y el paso del tiempo? Oh, sí. Claro que lo vale, y de eso quiero hablarte, pero para ello tenemos que hacer una especie de pacto.

—¿Qué tipo de pacto?

—Antes de decírtelo, quiero hacer una apuesta. Apuestas de vez en cuando, ¿no?

—Suelo perder, así que no con frecuencia.

—Eso es sabio, pero esta apuesta es una simple respuesta de sí o no a una pregunta, diferente a la cuestión anterior, menos polémica. Quiero apostar a que tu respuesta a lo que voy a preguntar será un «sí». Si acierto, todo lo que necesito es que escuches lo que tengo que decir. Además, los fondos del cheque que tienes en tu bolsillo se utilizarán para la compra de los objetos según el acuerdo original, de nuevo con el entendimiento de que ninguno de ellos será retirado de este patrimonio como lo solicitaste. Si es un «no», entonces me iré ahora y el dinero será mi regalo para ti. Como gesto de buena fe, firmaré el cheque inmediatamente y tendrás los fondos que te prometí.

Mientras yo dudaba, mi padre sacó un bolígrafo del bolsillo del pecho.

—Vamos, vamos. ¿Qué tienes que perder? Si crees que te voy a engañar y no te lo devolveré, el cheque requiere la firma de los dos. Por favor, hablo en serio. Pon el cheque sobre la mesa para que pueda endosarlo. Ni siquiera lo tocaré, si es lo que quieres. Mi intención con la apuesta es demostrarte que te conozco mejor de lo que crees, y quizás mejor de lo que te conoces. Al fin y al cabo, estamos emparentados por la sangre y eso es importante. Puede que seas consciente de ese hecho intelectualmente, pero no en tu corazón. Hay una diferencia.

»Además, al eliminar el tema del dinero, porque lo tendrás independientemente del resultado, estoy reduciendo las opciones a un nivel más aceptable. Si pierdes, lo único que arriesgas es tu tiempo. Si ganas, entonces habrá que esperar mi partida, si así lo deseas. ¿Te parece suficiente? ¿Estás dispuesto a jugar?

Hice una pausa para considerar la pregunta y en su lugar formulé una propia.

—Antes de responder, debo preguntar por tu salud. ¿Te has recuperado? ¿Debo preocuparme?

Un destello de irritación cruzó su rostro antes de responder.

—En otras palabras, si mi esperanza de vida es cuestión de unos pocos días u horas, ¿merece la pena tu tiempo? Puedo entender tu preocupación. Las relaciones de cualquier clase requieren tiempo y esfuerzo. Tal vez lo hayas querido decir de otra manera, pero desde mi punto de vista, la debilidad no es algo en lo que me detenga o sobre lo que desee llamar la atención. Con los años, la gente de nuestro entorno actúa de forma extraña. Cuestionan todo lo que uno hace. ¿Cómo te sientes? ¿Deberías estar haciendo lo que estás haciendo? Yo les pregunto a su vez por qué debería importarles. En todos los casos, la vida es una enfermedad terminal y la muerte su única solución. Sin la muerte, ¿cómo podemos saber que estamos vivos? Los ancianos no son frágiles, solo se lastiman más fácilmente. Incluso ahora me considero uno de los vivos y, en contra de lo que quiere hacernos creer hoy la atención geriátrica, estar vivo no es lo mismo que correr en pañales bajo supervisión médica. Mi consigna es que el que se atreve gana y el que no pierde siempre, aunque sea poco a poco. Así que, respondiendo a tu pregunta, estoy viviendo mi vida, sea cual sea, de la manera que quiero. ¿Debería ser eso una preocupación para ti? No lo creo. La pregunta más pertinente es: ¿estás viviendo tu vida? ¿Estás vivo, Percy? ¿Te atreves a existir en tus propios términos y no en los de otros? ¿Aceptas mi apuesta?

Hice una pausa una vez más. Me vino a la mente la similitud de esta situación con uno de esos trucos de bar que Johnny hacía a veces cuando éramos adolescentes sin dinero. Él ofrecía cortar un limón por la mitad con un cigarrillo Marlboro. Era un truco ridículo que consistía en quemar el filtro con una cerilla y darle forma de borde duro y cortante. Con eso nos ganábamos una o dos copas. A veces las apuestas eran bastante grandes y recuerdo haber corrido por mi vida después de un botín particularmente jugoso. Esto era lo mismo, solo que desde la perspectiva opuesta. ¿Era yo el objetivo potencial? No podía imaginar cómo, pero por experiencia sabía que así era. La ventaja era que recibiría la mitad del dinero que necesitaba. Todavía quedaba por asegurar la parte de Hugo. ¿Quizás era el barón el que estaba blofeando? También estaba el asunto de las acciones. Demoré mi respuesta.

—Sin embargo, estás bajo el cuidado de un médico —dije.

—Cobb y yo tenemos una relación que comprende un objetivo más amplio. No es diferente a la tuya con Stanley. Una vez más, fíjate en las similitudes. Ahora, no más nimiedades. Tu respuesta, por favor.

—Muy bien. Estoy dispuesto a aceptar tu apuesta en el entendido de que deseo hacer otra apuesta contigo a cambio.

—¿Ah, sí? Tienes mi atención. ¿Cuál es la apuesta?

—Las acciones.

—¿Las acciones? —Mi padre sonrió.

—Ya sabes a cuáles me refiero.

Su sonrisa era ahora más amplia.

—Veo que has estado ocupado. Felicitaciones. Estoy dispuesto a escuchar lo que tienes en mente. Debo decir que me sorprendes y por eso te agradezco. Eres más de lo que esperaba. Ahora, tengo yo una pregunta para ti: ¿deberíamos cerrar la apuesta que está actualmente sobre la mesa o te gustaría subirla, sumando esas acciones al bote?

—Creo que sería mejor una apuesta separada.

—De cualquier manera, estaría bien, aunque una apuesta separada sería bastante excepcional. No hay nada como un riesgo alto para acelerar el corazón y confirmar que existimos. Estoy deseando escuchar tus condiciones, pero, antes, saca ese cheque y lo firmaré. Una vez hecho, formularé mi pregunta.

—¿Y si miento?

—No lo harás y entenderás por qué cuando escuches la pregunta.

—Interesante. Debe de ser una gran pregunta.

—Ciertamente lo es.

Miré detenidamente a mi padre. ¿Sería lo suficientemente inteligente como para enfrentarme a él y ganar? Era posible, pero solo si me lo proponía. Esta apuesta con seguridad la perdería, pero ¿importaría realmente perder? Como dijo Bruni: esta apuesta era probablemente algo sin mucha importancia, y él y yo teníamos que empezar por algún lado. Esa era una diferencia entre nosotros. A mi padre le gustaba apostar, a mí no. La razón de mi aversión era obvia, incluso para mí: normalmente perdía. Tenía que hablar con Johnny. Él estaría en su elemento con lo que yo tenía en mente. Por ahora, tendría que confiar en mi propio ingenio. ¿Me atrevería a hacerlo?

Me temblaba la mano cuando abrí el sobre y puse el cheque sobre la mesa, boca abajo, para que él pudiera endosarlo.

60

—Ahí tienes, el dinero es tuyo. ¿Satisfecho?

—Recuerdo la última vez que respondí a esa pregunta. Perdóname si paso por alto la respuesta.

—Sí, lo entiendo perfectamente. Estaba decepcionado en ese momento, pero he cambiado de opinión sobre ti.

—¿Y por qué?

—Porque la respuesta a mi pregunta, sobre la que estamos apostando, y la razón de mi cambio de opinión son las mismas. ¿Estás preparado?

—Lo estoy.

—Muy bien. Leíste mi carta en el segundo sobre, ¿sí o no?

No respondí; mi padre me miraba a los ojos.

—Sé que lo hiciste. Así que es mejor que lo admitas. ¿Estoy en lo cierto?

—Sí —dije.

—Entonces gané la apuesta. En lo que respecta a las apuestas, es algo pequeño, pero no por ello menos instructivo. Te diré por qué lo sé. Has leído a Sun Tzu. ¿Cuántas veces crees que lo has hecho?

—Probablemente una docena de veces.

—Y con toda razón deberías haberlo hecho. Me viene a la mente esa parte sobre conocer los planes del enemigo. ¿Quién crees que puso ese libro en la biblioteca de arriba para que lo leyeras? Fui yo, y no solo ese libro, sino docenas más. Me aseguré de que tu benefactora los mantuviera a ti y a tu compañero bien provistos de material de lectura adecuado. No participé directamente en tu educación, pero eso no significa que no lo hiciera de otras formas.

Tenía mis razones para actuar así. Entrar en tu vida antes y no ahora, cuando ya estás maduro, habría sembrado confusión y sé lo que es eso. Merecías tener paz. Cualquier niño la merece. ¿Te sorprende?

—Así es.

—Supongo que debería sorprenderte. Hay más, por supuesto. También pagué toda tu educación y tu crianza. Digámoslo así: una suma fue transferida y encontró su camino para tu beneficio. Alice fue complaciente en ese sentido. Podría haberlo hecho ella misma, y lo hizo a su manera, pero al permitirme desempeñar un papel importante, pero oculto, accedí tácitamente a mantener las distancias y aseguré así su propiedad del naufragio inminente si no lo hubiera hecho.

—Una vez más, lo que creía saber no era necesariamente la verdad, ¿o sí? No tenía ni idea. Nunca tuve claro quién hizo qué en lo que respecta a mi educación. Te agradezco que hayas participado, si es que realmente lo hiciste. Tengo una pregunta. En una frase hablas de Alice como de tu antigua esposa con cierto afecto y en otra como mi benefactora, sin mostrar ninguno. Pareces estar en conflicto. ¿Por qué?

Mi padre me miró durante un largo rato.

—Podría decírtelo, pero no estoy seguro. El amor entre dos personas es un asunto privado. Un observador puede ser testigo del amor con una mirada, pero lo que implica ese amor siempre será una abstracción. Las relaciones se definen por cosas diferentes y nadie más que los dos involucrados puede conocer su significado. Estos momentos compartidos forman un vínculo especial. Si hay traición, todo cambia. El desprecio aparece y lo que fue encantador y sublime se convierte en un recuerdo odioso. Regresar de tales extremos es casi imposible, pero a veces los dioses intervienen y lo que estaba fuera de lugar deja de ser imposible. Fue lo que ocurrió. Nos odiamos y nos amamos, pero no al mismo tiempo.

—No sé si lo entiendo.

—Yo tampoco puedo decir que lo entienda —respondió, encogiéndose de hombros—. Al fin y al cabo, estamos hablando de amor y eso es un misterio en sí mismo. También existe el odio y te aseguro que es igual de misterioso. El odio puede parecer más fácil de entender, pero no lo es. Ambos trastornan el flujo normal de la interacción humana y lo que marca su presencia es turbulento. Con el odio, esa turbulencia puede prolongarse durante generaciones. Con el amor, su presencia es menos visible y quizás su paso esté marcado por espacios tranquilos para los descendientes. Si añadimos la economía, la fortuna caprichosa, la religión y las manifestaciones sutiles de lo que no conocemos, aquí estamos. El amor y el odio juegan cada uno su papel.

Me miró divertido antes de continuar.

—Volviendo a mi carta, sabía que la habías leído porque yo la habría leído. Puede que seamos el resultado de una mezcla genética, pero eso no significa que ciertos rasgos familiares se hayan atenuado. Todos tenemos una herencia. Todos esos seres que se remontan al principio de los tiempos tienen algo en común: no serán silenciados. Se expresan y actúan a través de nosotros de formas extrañas. De eso también quiero hablarte. Estamos malditos, como ves, tanto la línea de Bromley como la de Alice, pero de diferentes maneras. Esas aflicciones son las que nos unieron al principio, antes de que nos separáramos y ella se convirtiera en tu benefactora y en mi sombra una vez más. Son cosas más que extrañas. ¿Te interesan las historias de mi vida?

—Me interesan, pero no entiendo a dónde va esto —dije.

—Puedo contarte más. Puede que veas la situación de otra manera cuando acabemos, aunque no te sirva de consuelo. Todos estamos atados al pasado tanto como al futuro. Después de que escuches lo que tengo que decir, discutiremos los temas que mencioné en mi carta y luego vendrá tu apuesta, pero quizás no todo a la vez. ¿Más café?

61

M i padre era un mentiroso y un ladrón. Yo lo sabía y, aun así, no dejaba de cautivarme. Estaba fascinado y atrapado con lo que decía. Los grandes narradores logran ese efecto con sus palabras y su manera de utilizarlas. Los sonidos fluyen, mientras los hechos que describen avanzan de un lado a otro en patrones hechizantes, como la magia.

Bebí mi café y escuché. Mi padre dejó la taza.

—Oíste hablar mucho de mí. ¿Crees que estoy loco?

—¿Quieres decir loco como un demente o enloquecido de enojo?

—Loco como un demente.

Hice de nuevo una pausa. La respuesta era tan difícil como la pregunta.

—Puede que haya algo de eso, si lo que he oído es cierto.

—Es una respuesta sincera —dijo asintiendo— y estoy de acuerdo. Hay una locura en mí, quizás más pronunciada antes que ahora. De eso no tengo duda. Ciertamente, estuve loco. Lo sé y eso me reafirma que ahora no lo estoy. Es una paradoja difícil de resolver. En un tiempo pensé que era el hombre más cuerdo del mundo. Eso debería haberme servido de advertencia. Pero, como estaba verdaderamente loco, no le di más vueltas a esa posibilidad. Solo cuando mi vida estuvo en ruinas empecé a comprender que mi mente estaba alterada. Pude apreciarlo; fue un despertar. Desde entonces me pregunto si nacemos así o nosotros mismos nos enloquecemos. ¿Sabes la respuesta?

—No la conozco. Quizás nos volvemos locos debido a otros o por las circunstancias en las que nos encontramos.

—Eso es probable —asintió—. Pero hay otra explicación.

—¿Y cuál es?

—Los dioses nos tocan.

—No creía que eso fuera ni remotamente posible antes de vivir aquí. Ahora no estoy tan seguro.

Mi padre rio.

—Eso ya no es aceptable como hipótesis en estos tiempos. Te diré por qué. Si fuera cierto que los dioses pudieran hacernos cuerdos, entonces, ¿dónde estaríamos? La industria farmacéutica colapsaría. La ciencia y los médicos se rebelarían. Por supuesto, no fue siempre así. Pensamientos como estos no tienen sentido en un mundo moderno y, sin embargo, creo que es lo que me sucedió. Puedo entender que tengas dudas, pero, a juzgar por tu reacción, no estás demasiado sorprendido. Bienvenido al club. Ahora, te contaré una historia. Después, me dirás cuál de las teorías que mencionamos te parece la correcta. Por supuesto, no son mutuamente excluyentes. Es posible que todas sean válidas, o algunas, o incluso ninguna. Tú lo juzgas.

Mi padre sirvió más café en su taza y me ofreció un poco. Acepté. Después de beber un sorbo, dijo:

—Desperté a mi vida actual mirando el tronco de un árbol en la selva ecuatoriana. En ese momento no sabía qué había cambiado. Simplemente, me quedé mirando lo que tenía enfrente. ¿Cómo era ser un árbol?, me preguntaba. Los parches de corteza de diferentes colores creaban un mosaico agradable que me tranquilizaba y, sin embargo, estoy seguro de que era un tronco bastante común. Al fin y al cabo, solo era un árbol, pero yo sentía su vitalidad. También sentía la mía. No éramos tan diferentes. Oí que alguien me llamaba por mi nombre. Era Arthur, Arthur Blaine. No lo reconocí e intenté atacarlo. Por suerte para los dos, yo estaba débil. Apenas podía levantar los brazos. Tal vez él estaba en un estado similar. Nos dimos apenas un manotazo antes de desplomarnos en el suelo. Me quedé tumbado respirando con dificultad, sin poder hacer nada.

Recuerdo su cara cerca de la mía. Me dijo que me sentara bien. Había encontrado comida y agua. No sé cuánto tiempo tardó en ayudarme a recuperar una apariencia saludable. Imagino que un buen rato. Encendió un fuego y lo único que pude hacer fue mirarlo fijamente, perdido en sus pequeñas llamas. Comí. No recuerdo qué. Bebí agua. Mis pensamientos eran simples. Todo lo que era evidente antes parecía haberse desprendido, como los trozos de corteza que yacían en el campamento. Yo existía y eso era todo. La simplicidad de ese estado era muy profunda. Entonces empezó a llover.

»El río creció y tuvimos que huir. Arthur dijo que debíamos seguir el curso del agua y así lo hicimos. No era fácil en mi estado y mientras caminaba caí en una suerte de aturdimiento. No sé cuánto tiempo avanzamos a tropezones, pero llegamos a una aldea, donde nos desplomamos. Nos metieron en una choza, nos tumbaron en una estera y nos dieron comida. Dormimos y nos recuperamos lentamente; al menos yo lo hice. Arthur no tuvo tanta suerte. Se fue debilitando cada vez más, afectado por una enfermedad, no sé cuál. Lo trasladaron a otro lugar o, tal vez, me trasladaron a mí.

»Cuando volví a estar solo, mi enano atacante regresó. No lo mencioné, pero apareció cuando me desperté frente a aquel árbol. Se sentó a mi lado y me clavó un trozo de caña. Era afilado, pero no lo suficiente como para sacarme sangre, solo era puntiagudo y molesto. Disfrutaba haciendo eso. Para entonces, él y yo nos conocíamos bastante bien. No se detenía a menos que yo le suplicara y entonces asentía, como si reconociera que me había escuchado, antes de comenzar de nuevo.

»Supongo que mis súplicas y mis gritos molestaron a la gente del poblado. Enviaron a buscar a alguien. Los aldeanos hablaban algo de español y yo también. Me dijeron que tuviera paciencia y me dejaron. La comida quedaba afuera. Yo me arrastraba hasta la entrada, comía lo que podía y volvía a mi estera. Mi torturador esperaba pacientemente, sentado en un rincón jugando con su caña.

»Poco después, llegó un hombre. De nuevo, no recuerdo cuánto tiempo pasó hasta ese momento. El tiempo transcurría de forma extraña: se eternizaba y luego volvía a su ritmo normal. Creo que el hombre era bastante viejo. Con los indígenas, es difícil decirlo. Podría tener treinta años o sesenta, o incluso más. Era una persona muy peculiar. Me saludó y a mi torturador también. Tanto el enano como el hombre eran parecidos, pues tenían una inexpresividad distintiva, una ceguera que no impedía que desde el fondo de sus ojos observaran y vieran todo. El hombre quería saber si podía hacerme preguntas. Le pidió lo mismo a mi torturador. Este lo miró y levantó la caña como pidiéndole permiso para seguir hiriéndome. El otro respondió que sería mejor que dejara de hacerlo. Mi torturador asintió, se fue a un rincón a masticar su caña y a esperar. Parecía curioso, igual que yo.

»El hombre se presentó. Tenía un nombre muy particular, imposible de recordar y de pronunciar. Habló en español. Le respondí en el mismo idioma. Me extrañó su elocuencia, pero yo también me sentía locuaz en ese momento, muy distinto a como era antes. Compartimos una bebida que él preparó con esmero. Añadió todo tipo de plantas y de hierbas secas que guardaba en bolsitas. Ofreció un poco de la bebida a mi torturador, pero este siguió masticando su caña y no respondió. El hombre me dijo que ignorara a la criatura y que bebiera. Una vez terminado el tazón, me preguntó dónde había estado, qué había visto y qué había hecho. Le conté todo. Le hablé de cuanto podía recordar de mi vida. Le mencioné lo del ídolo y le hablé de Alice, de lo que le había hecho y de lo que ella me había hecho. Mencioné que había vivido días de locura y aludí a la repentina aparición de mi torturador. No tenía ni idea de cómo había surgido, ni siquiera de si era real. En mi aturdimiento, le pregunté a Arthur si lo había visto, pero este se limitó a negar con la cabeza. Mientras hablaba con el hombre, me preguntaba si tal vez la criatura había estado conmigo siempre. Quizá había estado tan encerrado en el mundo de mi propia infalibilidad que nunca había notado su presencia. Se lo conté todo a ese hombre. No pude evitarlo. Hablé hasta que no tuve nada más que decir.

»El hombre me preguntó si deseaba librarme de quien me estaba atormentando. Me tomé un tiempo para responder. Era una pregunta estremecedora, como la posibilidad de ver, cuando se ha sido ciego de nacimiento, pero en mi caso era peor. Me pregunté si deseaba la cordura, a pesar de sentirme tan cuerdo como podía serlo. No veía una necesidad distinta a la de detener el martirio de mi torturador, pues ya estaba cansado de tanto dolor. Asentí y acepté.

»Lo que siguió no fue lo que esperaba. El hombre me preparó otro trago e hizo que inhalara el humo del fuego después de haber puesto algunas plantas en él. Cuando terminé, las paredes de la choza comenzaron a moverse y, luego, todo el bosque que nos rodeaba se movía también. El mundo danzaba de una manera que yo entendía, pero que no podía seguir. Luego, una mujer, si es lo que era, se me acercó. La cubría un pelaje corto y aleonado, con manchas oscuras. Parecía mitad humana y mitad animal. Se sentó frente a mí como un felino. Sus ojos de color amarillo como la mostaza me miraron. Todo lo que siempre quise ver estaba dentro de esos ojos, y entonces habló. ¿Sabes lo que me dijo?

—No tengo ni idea.

—*La locura es un don que no mereces...*

»Entonces, más rápido de lo que pude advertir, se dio vuelta y empezó a comerse a la criatura con la caña.

62

M i padre dio un sorbo a su café.
—¿Se lo comió? —pregunté.

—Con caña y todo. Al principio estaba demasiado sorprendido como para moverme, no solo por la intensidad de su presencia, sino por la violencia con la que comía. Me aparté rápidamente, pero aún podía oír el crujido de los huesos, los tejidos y Dios sabe qué más. Si para comer un bistec se necesitan varios minutos, puedes imaginarte el tiempo que ella tardó en consumir algo tan grande.

»Mientras esperaba a que terminara, asqueado por los sonidos, el otro hombre me observaba. Al final, se hizo un silencio prolongado. Esperé un poco más antes de darme vuelta y mirar lo que quedaba. En la esquina había una mancha oscura que me resultaba familiar. ¿Había estado allí todo el tiempo? Al volverme para hablar con el hombre, me di cuenta de que estaba solo en la cabaña. Durante muchos años, me he preguntado si eso fue real. ¿Esa mujer me había hablado? ¿Era imaginario el hombre? ¿Estaba tan perdido en las paredes danzantes de la cabaña y la selva palpitante que la rodeaba que no me di cuenta de que se habían marchado? ¿Adónde habían ido? ¿Adónde había ido mi torturador? En ese momento me sentía confuso y me dormí.

»Al día siguiente me desperté con la cabeza despejada, pero sintiéndome extrañamente fatigado, como si hubiera viajado una gran distancia. Me alegré de las pequeñas cosas: la forma en que la luz jugaba en el suelo, el olor de la tierra y los sonidos de la aldea. Era bueno estar vivo. Entonces me di cuenta de que había estado bastante loco en mi existencia anterior y, sin embargo, mi locura tenía un beneficio que no había reconocido. Antes tenía una certeza, un sentido de mi propia rectitud e infalibilidad, pero ya no. Ahora tenía dudas.

»Antiguamente, quienes recibían el toque de los dioses podían actuar como quisieran. Lo que hacían o decían no se tachaba de locura ni necesariamente se les pedía cuentas. La locura, en cierto modo, los protegía. Me di cuenta entonces de que la mía también había sido un escudo. Detrás de ella nada podía dañarme y me hallaba libre de las consecuencias de mis actos. Sin ella, estaba indefenso. La locura, como cualquier otra cosa, puede ser una bendición o una maldición. En ese momento, tenía que lidiar con la ruina en la que se había convertido mi vida y con los muchos desastres que había esquivado hasta entonces. ¿Qué iba a hacer?

Mi padre volvió a tomar un sorbo de café.

—¿Y? —pregunté.

—Simplemente, hice lo mejor que pude. Desde entonces me lo pregunto. ¿Había creado yo mi propia locura o mis circunstancias la habían exigido? ¿Nací así o fui doblemente tocado por los dioses? ¿Una vez para otorgármela y la segunda para quitármela? Después de escuchar mi historia, ¿crees que siempre estuve loco y nunca me di cuenta o que fui llevado a la locura?

—Es una historia muy inusual. No sé cuál es la respuesta correcta. Por lo que dices, antes estabas loco, pero la locura te abandonó. Mi pregunta es si el haberte librado de ella te curó.

—Estar libre de la incapacidad no nos hace inmediatamente capaces —respondió mi padre sonriendo—. La capacidad de actuar solo permite la posibilidad. También está la cuestión de la calidad. Los garabatos de un niño no son los dibujos de Picasso. La cordura marca su propio camino y requiere su propio oficio. Para mí, el mundo había sido un telón de fondo sobre el que me imaginaba que representaba un papel protagónico. Después de mi experiencia en la selva, comprendí que no era más que un extra, alguien con un papel secundario, como todos los demás. Para responder a tu pregunta… ¿Me curé? No, solo que ahora soy más realista.

—Ya veo. No quiero parecer antipático, pero lo que creo que intentas decirme es que ahora eres diferente y que no eres el mismo que encerró a Alice en aquel baúl hace tantos años. ¿Una cosa perdona la otra?

Mi padre me miró durante un largo rato.

—Tu pregunta podría considerarse poco delicada, aunque no carece de mérito. Tienes prejuicios contra mí basados en lo que crees que es verdad. Lo acepto. Tal vez he esperado demasiado tiempo para mostrarme. Ese fue siempre el punto débil de mi versión de este momento. Por suerte o por desgracia, las circunstancias no nos han permitido encontrarnos hasta ahora y este tiempo es el único que tenemos juntos. La pregunta es: ¿qué haremos con él? Sin embargo, tendré la cortesía de una respuesta. Soy el mismo hombre, aunque no por completo. Todos tenemos razones para haber hecho las cosas que hicimos. Te diré esto y deberías considerarlo seriamente. Puede llegar un momento en tu vida en el que tus acciones se interpreten mal y, sin embargo, revelar la verdad, sin importar que esta sea correcta o que te empeñes en aclarar las cosas, solo empeorará la situación y será perjudicial. Solo Alice y yo conocimos las verdaderas razones y circunstancias de lo que ocurrió entre nosotros y fuimos los únicos que supimos por qué ella hizo lo que hizo.

»Toda opinión es, en esencia, un juicio. En mi caso, los hechos conducen fácilmente a la interpretación más oscura posible, pero la realidad no se explica tan sencillamente. Uno puede simplificar para entender, pero esa simplificación no es la realidad. La vida, la vida real, no es simple. Podría decirte más, pero tú y yo, Percy, tenemos que recorrer una distancia antes de sentir que puedo hacerlo. Se requiere cierta compasión, y tú y yo aún no hemos llegado a ese punto. ¿Puedes entenderlo?

Asentí con la cabeza. Tal vez no debería haber dicho lo que dije, pero en mi pregunta estaba la esencia del conflicto que bullía en mi interior. Él había cometido un gran error, pero frente a su culpa evidente estaban mis sentimientos de una rectitud de la que aún yo desconfiaba. Asumir la superioridad moral era demasiado fácil, y por lo general erróneo, no en el sentido de que me equivocara en mi apreciación sobre el bien y el mal, sino en la magnitud de mi certeza y en la severidad de mi censura y mi condena. Lo que realmente ocurrió entre ellos no lo sabía ni podría saberlo nunca. Más relevante para mí era la cuestión de si un tigre podía cambiar sus rayas. Y más aún, dado que éramos parientes, ¿podría yo cambiar las mías? Mi mente daba vueltas cada vez que pensaba en él. ¿Era él como yo o yo como él? ¿Podría evitar las consecuencias en cualquiera de los casos?

Mi padre continuó:

—Además, percibo que tienes un conflicto y, tal vez, incluso te fastidio. Teniendo en cuenta lo que oíste, no sería ilógico ni inmerecido. A pesar de tus sentimientos, desde hace tiempo quiero decirte algo: No te deseo ningún mal, Percy. Realmente no lo deseo. Ni lo he hecho nunca, pero ¿cómo podrías saberlo? ¿Cómo puedo dejarlo claro? No soy tu enemigo. Y desde el otro lado, ¿puedo decir lo mismo de ti? ¿No me deseas ningún mal? Y lo que es más importante: ¿cómo puedo asegurarme de que tú sientes lo mismo? Así están las cosas entre nosotros, y debemos cruzar este puente juntos muy pronto o nunca lo haremos.

Se detuvo un momento y se inclinó hacia delante, hablando con una voz más suave.

—Debo añadir que no se trata de si queremos, sino de si debemos.

Se detuvo a pensar por un momento.

—Mi padre y yo llegamos a esta misma coyuntura... exactamente al punto donde estamos tú y yo ahora... Él decidió que no debíamos cruzar. No estoy seguro de que fuera la mejor elección, pero al menos fue coherente. Es el lema de los Bromley, ya ves: *se nesciunt*, no se conocerán. No pienses ni por un momento que las maldiciones no existen. Se tejen a lo largo de nuestras vidas. Nuestra relación está atrofiada y deformada, pero esa es la regla de nuestro linaje, no la excepción. ¿Cambiará? No sé si sea posible. Ha sido así de generación en generación desde el comienzo de la historia conocida, y eso, Percy, es mucho tiempo.

—Teniendo en cuenta todo esto, ¿qué deberíamos hacer? —pregunté, después de pensar en lo que había dicho.

—Tal vez deberíamos terminar esta conversación ahora, mientras todo está bien entre nosotros, y volver a reunirnos después del almuerzo. ¿Te parece?

—Me parece. Me disculpo si fui molesto. Conocerte no ha sido fácil para mí y tenemos que hacer concesiones mutuas. Gracias por el cheque y por todo lo que me contaste. Resultó esclarecedor e ilustrativo.

—Sí, para los dos. Me gustaría hacer una sugerencia más, si me permites.

—¿Cuál es?

—Primero, dejemos de lado mi carta, la que leíste y me devolviste. Como individuos podemos decidir lo que es mejor, pero el puente que nos aguarda a ti y a mí solo podemos cruzarlo juntos. Cualquiera de los dos puede decidir que nuestra relación no merece la pena y, con esa decisión, ninguno de los dos lo cruzará. Para empeorar las cosas, no hay garantía de lo que encontraremos al llegar al otro lado. Teniendo en cuenta lo anterior, todo lo que pido es que consideres con cuidado lo que va a suceder y tomes una decisión sobre lo que deseas hacer. No hay un camino claro ante nosotros ni una respuesta correcta. Yo haré lo mismo.

»Ahora, creo que buscaré a Cobb, no sea que lo encuentre en los arbustos con la hija de la señora Leland. Realmente disfruté del café y de nuestro tiempo juntos. Permíteme estrechar tu mano, si te parece.

Extendió su mano hacia mí y yo hice lo mismo. Las estrechamos. Podría haber sido un saludo, aunque también una despedida.

63

Me quedé en la biblioteca cuando mi padre se fue. La conversación había sido muy diferente a la que esperaba. El cheque firmado estaba en mi bolsillo y eso era un alivio tan grande como desconcertante. Aunque ese había sido el acuerdo, quedaba un sabor extraño, casi decepcionante, y secundario respecto a lo que él había querido hablar. Noté que tenía una vulnerabilidad imprevista que desarmaba. No había preguntado por mí, ni siquiera con un «¿cómo estás?», y me pareció extraño. Necesitaba hablar con Johnny. Salí de la biblioteca y lo encontré bajando la escalera principal. Miró a su alrededor para ver si había alguien más y preguntó:

—¿Y bien? ¿Cómo salió todo?

Le mostré la firma de mi padre en el cheque.

—¡Vaya! Quizá deberíamos hablar fuera, donde no nos escuchen.

Nos dirigimos al banco situado detrás de los cipreses y nos sentamos. Johnny sacó un cigarrillo.

—Tu padre consiguió los fondos y eso merece algún tipo de celebración. Enhorabuena. Háblame de tu charla y déjame ver de nuevo ese cheque.

Le entregué el papel y le conté lo que había dicho mi padre.

—No puedo creer que fuera tan fácil —dijo Johnny cuando terminé. Miró el cheque con más atención, pero no pudo encontrar ninguna señal de engaño—. Estoy seguro de que hay una trampa en alguna parte. Pero no puedo saber cuál es.

—¿Tal vez estamos siendo demasiado paranoicos?

—¿Con él? De ninguna manera. Es casi una obligación. Aun así, los dos pasaron de las esquinas opuestas a un punto intermedio en el que sería posible alguna forma de colaboración.

—Estoy seguro de que el café tuvo algo que ver. Lo animó mucho. —Johnny me devolvió el cheque y lo metí en el bolsillo—. Bueno, algunos dicen que fue en las cafeterías donde empezó realmente nuestra economía de mercado moderna. Noté una cosa importante en la que tu padre hacía hincapié: la confianza. ¿Decidiste si quieres ir más allá de un nivel superficial con él?

—Es difícil decirlo. —Pensé bien lo que me preguntaba—. Cuando me dio la mano, podría haber sido tanto un final como un principio. Aun así, le interesa la idea de la apuesta, y eso dará lugar a una mayor interacción.

—Estoy seguro de eso, pero esa forma de actuar conlleva complicaciones. Tu padre pondrá en la mesa las acciones. Tú tendrás que responder con algo comparable.

—Los objetos, creo.

—Como mínimo. Es probable que pida más que eso.

—Es posible. La buena noticia es que ahora tenemos la oportunidad de ganarlo todo.

Johnny me miró sorprendido.

—Cielos, Percy. ¿Qué te pasa? Esa es una actitud mía. En este caso, no estoy tan entusiasmado. Para nada, de hecho. ¿Realmente crees que firmará el traspaso de esas acciones si logras ganar?

—Lo que me preocupa es la parte de perder. Debes ser tú quien formule la apuesta y los términos. Soy un fracaso cuando se trata de eso.

—Es cierto. —Johnny sonrió—. Sin embargo, para ganarle en su propio juego, incluso yo necesitaría una gran brillantez y una cantidad inusual de astucia. Puede ser persuasivo y elocuente, y esa combinación es un arma formidable desde cualquier punto de vista. Me estremece pensar en las cosas de las que podría convencerte.

—Tendré cuidado.

—Debes estar extremadamente atento. En el viejo juego del embaucador, hay que dar a la víctima el sabor de la victoria. Ten en cuenta que ese sabor está en tu bolsillo.

—¿Crees que por eso firmó el cheque?

—Puede que esté siendo demasiado suspicaz, pero, si no hubieras sugerido la idea de una apuesta, estoy bastante seguro de que él habría propuesto una. Tal y como están las cosas, no tuvo que hacerlo. Tú lo hiciste por él.

—No lo había considerado. Sin embargo, él sí aportó el dinero. El barón no lo ha hecho.

—Sí, y eso también me molesta. Estoy seguro de que Hugo está esperando a que se resuelva el asunto de las acciones antes de dar cualquier paso. Para empezar, te presiona a ti para que te encargues de tu padre, y él no tiene que levantar un dedo. Elsa podría ayudar, pero desde un punto de vista práctico, la jugada de Hugo es la mejor por ahora. Elsa no va a interferir. Lo que yo haría es buscar que Bruni me actualice. Ella debería poder decirte lo que es posible o no económicamente, dadas las circunstancias actuales.

—Hablaré con Bruni... Y a ti, ¿cómo te fue con tu madre?

—Antes de llegar a eso, tengo algo más que decir. —Johnny suspiró y sacó otro cigarrillo. Me ofreció uno. Los encendimos—. Quiero que hagas un ejercicio mental conmigo. ¿Quieres?

—Claro, pero tenemos poco tiempo.

—No te tomará mucho. Todo lo que tienes que hacer es escuchar durante unos minutos. Cuando termine, puedes estar en desacuerdo todo lo que quieras. ¿Te parece justo?

—Esto no suena bien, pero lo haré.

—De acuerdo. Quiero que consideres una serie de curiosidades sin sacar ninguna conclusión en este momento. ¿Está bien?

—Adelante, te escucho.

—Primera curiosidad: escuché algo que dijo Elsa en la cena de anoche. «¿Qué quiere lord Bromley?», preguntó retóricamente. «Todo», fue su respuesta. Lo menciono por lo que acabas de decir:

«Podemos ganarlo todo». Segunda: odias apostar y, sin embargo, estás contemplando una apuesta de proporciones épicas que quieres que yo estructure. Tercera: antes de que tu padre se derrumbara, te dijo que había dos tipos de personas en el mundo: los engañadores y los engañados. Dijo también que tú estabas en esta última categoría y que no solo eras una decepción, sino que no valías su tiempo. Un día después, se desvive por prestarte toda su atención, casi te arrebata el cheque para firmarlo y luego deja en tus manos la posibilidad de que tú y él se conozcan un poco mejor. La cuarta es que has tenido dos visiones en las que te perseguían. Tal vez te persigan. Una interpretación que no consideramos es que estás siendo advertido, así de simple. Por último, la familia siempre ha sido un problema para ti, y ahora no solo está tu padre aquí, sino tu madre. Bruni también puede estar embarazada. Estás en lo que yo llamaría una posición psicológicamente vulnerable y eso empieza a preocuparme mucho. De hecho, me está asustando. ¿Me sigues hasta este punto?

—Te sigo de cerca.

—Ahora bien, concedo que todo esto suena a paranoia y desconfianza, así que propongo lo siguiente. Imagina una balanza con dos platillos. En cada platillo hay una hipótesis. La primera hipótesis es que tu padre quiere por fin tener una buena relación contigo y decidió jugar limpio. Llamémosla la *hipótesis bonita*. La hipótesis dos, en cambio, es que lo quiere todo, como dijo Elsa. Quiere los objetos, la biblioteca y quizás algo escondido que ni siquiera Stanley conoce. Algo que tal vez guardaron como un secreto entre él y Alice. Algo mucho más valioso que el cheque que tienes en tu bolsillo. Esta es la *hipótesis desagradable*.

»Por el momento, cualquiera de las dos podría ser cierta y la balanza se encuentra equilibrada. Todo lo que quiero que hagas, y debes prometérmelo, es buscar en tu mente cuál de las dos puede ser la correcta. En algún momento la evidencia inclinará la balanza en una dirección u otra. ¿Tengo tu promesa más solemne de que no arriesgarás nada hasta saber cuál es la correcta?

—Me parece justo —respondí.

—Entonces, dame la mano.

—Esto es realmente como en los viejos tiempos —dije mientras estrechaba su mano—. ¿No deberíamos haberlas escupido primero?

—Es demasiado sucio. Me recuerda ese juramento de sangre que intentamos alguna vez. Si no recuerdo mal, necesitaste puntos para detener la hemorragia.

—Solo dos, y ahora no recuerdo siquiera por qué decidimos hacerlo. Aun así, quiero decir que no estoy completamente descerebrado. Aquí tiene lugar un juego, y la interpretación de la advertencia no solo es posible, sino probable. Considerando todo, la hipótesis desagradable tiene más peso que la primera. Lo entiendo.

—¿De verdad? No eres estúpido ni estás descerebrado. Eso lo sé. Es solo que puedes ser un poco... ingenuo, es todo. Lo único que pido es que seas consciente de esa carencia y que no aceptes nada a menos que Bruni o yo estemos de acuerdo.

—¿Ahora confías en Bruni?

—¿Tú no?

—Bueno, sí.

—Entonces yo también. Ahora, un último punto. Necesitabas su firma en el cheque. La tienes ya. ¿Qué necesita él específicamente? No lo sabemos, y eso es lo que debes averiguar. Ahora, según mi madre, hay una transacción pendiente entre tu madre y Cobb, y probablemente con tu padre. Tu madre está aquí para cobrar, ahora que sabe dónde está él. Tanto Cobb como lord B. pueden ser bastante escurridizos en cuanto a su ubicación, según tu madre. Por favor, ten en cuenta que se suma otro pequeño peso a la hipótesis desagradable. ¿Sí?

—Tomo nota. ¿Qué más dijo?

—Tu madre cree que Bruni no es una buena opción para ti. Ha oído cosas y, a juzgar por lo que mamá me dijo, malas.

—¿Te dio detalles concretos?

—No, ya que le pidieron reserva. El mensaje de mamá fue tomar cartas en ese asunto y pronto.

—Hablaré luego con mi madre. Mientras tanto, podrías ir a ver a Bonnie y averiguar qué descubrió. Ella está trabajando en Cobb, o Cobb está trabajando en ella. No estoy seguro de cómo es. Algo surgió entre ellos.

—¿Bonnie y Cobb? ¿Hablas en serio? Creo que él está un poco fuera de su alcance.

—Su verdadero nombre es Angus Maxwell-Hughes.

—No lo sabía. ¿Quién te lo dijo?

—Stanley.

—¿Stanley? ¿Cuándo?

—Lo siento, Johnny. Me olvidé de contarte mis conversaciones de esta mañana, antes del desayuno, con Stanley y luego con Bonnie.

—Estuviste ocupado. Cuéntame, pero que sea rápido.

Lo puse al corriente de los pensamientos de Stanley, de la historia de Cobb y de la petición de Dagmar de que todos estuviéramos presentes en la cena de esta noche. Johnny consideró lo que había dicho por un momento y respondió:

—Eso es una novedad. Definitivamente, Dagmar tiene algo en mente y probablemente será espectacular.

—Pronto lo sabremos. En este momento tengo bastante de qué preocuparme. ¿Hablarás con Bonnie?

—Lo haré. Tú deberías hacerlo con tu madre y luego con Bruni. Hugo vendrá después. Nuestro cronograma se está congestionando y el almuerzo llegará antes de que nos demos cuenta.

—Así es la vida en el campo. La buena noticia es que estamos llegando a la última curva y a la recta final.

—Así es y, a juzgar por la experiencia pasada, es en ese momento cuando las cosas empiezan a descontrolarse, así que pongámonos en marcha mientras podamos.

Suspiré. Después de haber hablado con mi padre, era hora de hacerlo con mi madre. Johnny y Bruni tenían razón en una cosa. Definitivamente, tenía problemas con mis padres.

64

Encontré a mi madre en la biblioteca del salón del último piso. Estaba de espaldas, mirando los numerosos libros que se alineaban en las paredes, con las manos en los bolsillos de atrás de sus *jeans*. Desde ese ángulo, parecía una mujer joven.

—Percy, estás aquí —dijo cuando se volvió hacia mí—. Pensé que me encontraría contigo en algún momento. Hace años que no hablamos. Ven, sentémonos y podrás contarme lo que has estado haciendo.

Nos sentamos en los cómodos sillones y nos miramos. Volví a notar sus cambios físicos desde la última vez que la vi, diez años atrás. Parecía mayor, pero su aura de gracia fácil unida a un elegante encanto era la misma. Cuando paseaba con ella por las calles de Nueva York, observaba cómo la gente parecía reconocerla, pensando que era una estrella de cine famosa. Escuchaba siempre con enorme atención a las personas con las que hablaba; eso le bastaba para derretirles el corazón. Podía disipar mi tristeza con una mirada, como lo estaba haciendo ahora. Siempre fue así. La quería, la echaba de menos y sentía sus prolongadas ausencias en mi vida.

—¿Cómo estás, Percy? —dijo mirándome fijamente—. Dime la verdad.

—Bien, creo. Mi vida y mis circunstancias han cambiado en muchos aspectos. Alice me legó esta finca y me habló de mi linaje.

No respondió nada y parecía perpleja. Esperé.

—Anne me lo dijo —murmuró—. Supongo que debo disculparme por no haberte hablado de tu padre. Lo haré ahora.

Estaba inquieta y miró hacia otro lado por un instante y luego hacia atrás. Fue un momento incómodo.

—La oportunidad de hacerlo nunca se materializó de la manera que deseaba —dijo en voz baja— y por eso nunca lo hice. No sabía cómo.

Era probable que fuera cierto. No la culpaba. Pero, en el fondo, bajo la superficie, en el centro oculto y opaco de mi ser, creo que quería hacerlo. Quería que ella sintiera mi dolor, que experimentara las innumerables noches que había pasado en vela preguntándome dónde estaba y si le importaba mi existencia. Al final, simplemente sentía tristeza, pero nunca le daría a nadie la satisfacción de saberlo, ni siquiera a ella. Nunca.

—Me imaginé que esa era la razón —dije en cambio—. Somos iguales. Si no sé cómo hacer algo de forma correcta, lo pospongo.

Me miró detenidamente.

—¿Crees que eso supuso una diferencia? —preguntó.

—¿Una diferencia?

—Ya sabes a qué me refiero. ¿Tu vida habría sido diferente si lo hubieras sabido mucho antes?

—No estoy seguro. Crecí como parte de la casa Dodge y estoy muy agradecido por eso. ¿Habrían cambiado esas circunstancias si todos, incluido yo mismo, hubiéramos sabido que lord Bromley era mi padre? Creo que sí, pero no necesariamente hubiera sido mejor. Para tranquilizarte, el resultado habla por sí mismo. Ahora soy feliz, y eso es tan inusual como bueno.

Ella asintió. Sus ojos parecían desmesuradamente brillantes. Pensé que sacaría un pañuelo, pero tomó un cigarrillo del paquete que había sobre la mesa. Tardó un buen momento para encenderlo.

—Me alegro. Mi silencio me preocupaba. ¿Me culpas por no habértelo dicho?

—¿Quieres decir que fue mejor que no lo supiera hasta ahora o me preguntas si te tengo en menor estima por haberlo manejado de la manera en que lo hiciste?

—Las dos cosas, creo —respondió después de una pausa.

Después de considerar su respuesta, dije:

—No te culpo. No puedo. ¿Deberías habérmelo dicho antes? Tampoco lo sé. En cuanto a mí, me habría gustado verte más, pero tras conocer parte de nuestra historia familiar, dudo que eso haya sido una opción. Hiciste lo que te pareció mejor. Todos lo hacemos. Nunca olvidaste mi cumpleaños ni pasaste por alto una Navidad. La verdad es que vivíamos en mundos diferentes que rara vez se cruzaban. Todavía lo hacemos.

Ella asintió de nuevo y bajó la mirada.

—Ojalá hubiera sido diferente para ti... y para mí. —Levantó la vista y me miró a los ojos—. En verdad lo hubiera querido.

—Lo sé. —Asentí—. A menudo me digo que si los deseos fuesen caballos, tendría un gran criadero equino. Ninguno de los dos ha realizado sus deseos, pero eso no significa que nunca hayamos querido que las cosas fueran diferentes. Los sueños casi nunca se hacen realidad, pero a veces podemos sustituirlos por circunstancias más o menos aproximadas.

—Sonaste como tu padre.

Levanté una mano y la dejé caer sobre el brazo de la silla.

—Apenas lo conozco.

—Ya somos dos. —Sonrió. Se produjo un cómodo silencio entre nosotros.

—Háblame de él.

—Es más difícil de lo que crees, pero te contaré lo que pueda.

Bajó la mirada y pareció recomponerse, agradecida de poder hablar de algo más que de los muchos caminos que nunca tomó y de los lugares a los que estos podrían haberla conducido.

—En el momento en que conocí a tu padre, ya lo odiaba. La vida de Anne era una ruina. ¿Lo sabes?

—Lo sé.

—Lo culpé por lo que ella había llegado a ser, sin darme cuenta de que yo compartía la misma culpa. A algunas personas hay que cuidarlas y apoyarlas. Son como las flores. Sin el agua y la luz del sol de nuestras atenciones crecen tristes. Si se las descuida más, se marchitan y mueren. En esa época yo había dejado sola a Anne, la mayoría de las veces. Hugo era el eje de mi mundo. Confío en que lo sabes.

—Lo sé.

—Había descuidado a Anne y solo me di cuenta de mi error cuando vi algo por accidente. Lo que observé me impactó. No te contaré más sobre eso.

—Conozco la historia. John me la contó.

—¿Lo hizo? No le digas a Anne que te enteraste. Se sentiría menos ante tus ojos, y tu afecto es muy importante para ella.

—Saberlo no ha hecho mella en lo que siento por Anne.

—Me alegra. Sabes más de lo que esperaba.

—Nunca es suficiente. Continúa, por favor.

—Cuando vi las marcas en su cuerpo, me pregunté cómo podría haber sucedido. ¿Cómo pudo permitirlo? ¿Cómo pude permitirlo? Me lo contó todo y de nuevo quedé consternada. No podía denunciarlo. Las repercusiones habrían sido mucho peores que guardar silencio. Tuve que hacer lo que estaba a mi alcance. Me puse en contacto con el responsable, pero no estaba preparada para lo que encontré. Fue como si me hubiese caído un rayo. Todo lo que había aprendido, pero que nunca creí posible, era cierto, y mi mundo se vino abajo. Rezo para que nunca te ocurra, aunque temo que ya te pasó. Es la razón por la que estoy aquí, pero una vez más me adelanté. —Me miró como para confirmar lo que en su corazón ya sabía.

—Nunca hemos tenido la oportunidad de hablar de estas cosas hasta ahora —dije—. Puede que no se vuelva a presentar la ocasión. Por favor, sigue.

Sonrió y, al hacerlo, su sonrisa se trasladó a los ojos. Por un momento vi el aspecto que debía de tener cuando era joven. Si mi padre la había fulminado con un rayo, ella debió de hacer lo mismo con él.

—Siempre quise decírtelo. Los dos somos lo suficientemente mayores como para saber que la vida puede dar giros inesperados, que el amor y la fortuna pueden aparecer sigilosamente y sorprendernos cuando menos lo esperamos. Yo tenía el control de mi vida cuando toqué aquel peculiar timbre de su apartamento, pero en el breve lapso que tardó en dejarme entrar, todo cambió. Quien estaba ante mí era todo lo que un hombre podía ser. Supongo que fue mi imaginación, lo que puse en ella, lo que me arrastró. Algunas personas pueden descifrar nuestros sueños y, cuando las miramos, ese sueño es lo que vemos. Eso fue lo que él me hizo, y me llené del calor de la anticipación y de la posibilidad. Entonces no vi el peligro, solo la promesa. En retrospectiva, es difícil imaginar que alguna vez alguien me impactara tanto, pero el mundo entonces era un lugar más brillante. El futuro se vislumbraba lejano y todo era posible. Hablo como una niña, pero eso era yo entonces. Podía persuadir a cualquiera de cualquier cosa y amaba todo lo que fuese bello. Él era hermoso, y éramos hermosos juntos. En ese segundo y a sabiendas me rendí de buena gana a su encanto y a mi destino, pero entonces, tras un tiempo de la más exquisita dicha, mi período no llegó. A partir de ese momento, los sueños que había construido empezaron a derrumbarse en cámara lenta, como si un vitral gigante se rompiera al caer sobre los escalones de mármol de una catedral. Lo que quedó después de la caída fue un enorme agujero a través del cual pude oír los gritos de quienes estaban dentro, entre ellos, los míos.

»¿Estoy diciendo demasiado, Percy? —me dijo, como volviendo al presente—. Lo siento si es así. A veces hablo de esta manera. No es muy apropiado, pero entonces la historia y lo que estaba haciendo tampoco lo eran.

Este era un lado de mi madre que nunca había visto o imaginado que fuese posible. Entonces me di cuenta de que no era a mi padre a quien me parecía, sino a ella. En un instante la entendí. Era igual a mí.

—Tal vez no sea muy apropiado —dije—, pero me alegra que me lo cuentes.

Ella asintió.

—Pensaba en ese momento que mi embarazo era una maldición, provocada por toda la alegría que sentía y todo el sufrimiento que había dejado pasar. No lo vi venir, pero eso no significa que no estuviera advertida. El futuro siempre nos alcanza. Es por eso que una maldición vivirá allí. Es otro nombre para el precio que debemos pagar. Al final, no hay más remedio, pero ¿con qué lo pagamos? ¿Sabes la respuesta?

65

—No estoy seguro.

—Solo hay dos tipos de monedas en nuestros bolsillos, Percy: la alegría y la pena. Cualquiera de ellas se admite. Podemos elegir cuál usar para pagar lo que nos piden; tal vez sea la única opción que tenemos.

Hizo una pausa.

—Paga siempre con alegría, Percy. Es lo que decidí al final, después de dejarte ir. Si hubiera seguido pagando con pena, me habría ahogado en el océano de mis lágrimas.

Me miró, como para comprobar si le creía.

—Tu padre se negó a casarse conmigo. Estaba destrozada, arruinada. Realmente devastada. No quiso o no pudo. Yo lo habría hecho con gusto. Tenía sus propias maldiciones con las que lidiar, supongo. Ahora las llamamos *problemas*. No eran las mías. Pueden ser las tuyas. Él te hablará de ellas, o no, pero esa es su historia, no la mía.

»Tras su negativa y el consiguiente naufragio en que se convirtió mi vida, fue Anne quien recogió los pedazos de lo poco que quedaba de mí. Al hacerlo, creo que se curó a sí misma. Mi aventura con tu padre duró algún tiempo. Yo había sido cuidadosa, pero no lo suficiente. Después de un tiempo, mi situación no pudo evitarse. Se lo conté todo a Anne y, al hacerlo, ella se dio cuenta de que lo que vivió no era del todo su culpa; al ver eso, reconoció que yo tampoco tenía toda la culpa. Eso reforzó nuestro vínculo y entonces ella se puso a trabajar.

»Hugo, aunque yo estaba comprometida con él, quedaba descartado. Era una cuestión de tiempo, y de cómo podría ser el niño. Habrían surgido demasiadas preguntas y demasiadas respuestas que podrían acercarse a la verdad. Aquello habría sido desastroso, conociendo el temperamento de Hugo. Anne es rápida. No siempre lo parece ni desea parecerlo. Recuerda todo y se acordó de un hombre que, a la distancia, podría pasar por tu padre. Ella vio la mirada de sus ojos cuando se fijó en mí y, sin que yo lo supiera, organizó un encuentro con él en un café. Le dijo que, si me quería, tendría una oportunidad, y solo una. Tenía que viajar a Austria y estar en la estación de tren a una hora y en un lugar determinados. Él prometió hacerlo. En ese tren, hubo una especie de chispa entre nosotros, pero yo estaba perdida en mi interior. Estábamos en el vagón restaurante cuando Thomas salió a buscar una mesa para los tres. Anne me hizo girar para encararme y sentenció: «No juegues con él. Pon el anzuelo y termina. Esto es un negocio, no es placer. Hazlo ahora o te abofetearé aquí mismo, ¡y que Dios me ayude!».

»Viniendo de Anne, que siempre fue tan educada, este hecho fue una conmoción, pero, de no ser por eso, yo habría inventado alguna excusa para evitar lo que tenía que hacer. Abandonada a mi suerte, me habría revolcado en mi dolor, aferrada al peso que crecía en mi interior. Sabía que sin ella habría aguantado todo el tiempo en el frío y la oscuridad, hasta que ya no fuera posible subir a la superficie.

Mi madre se miró las manos y no dijo nada. Yo esperé. Me di cuenta de que, sin Anne, probablemente no estaría aquí sentado.

—Tenemos mucho que agradecer a Anne, por estar en nuestras vidas —dije.

—Oh, sí —respondió levantando la vista—. Se lo agradecí de la única manera que pude, pero eso fue después. Ahora veo mi vida con más claridad. Hugo era el sueño, tu padre la realidad. Thomas era el compromiso. Él era y es más de lo que esa palabra podría indicar. No lo conoces tan bien como deberías. Nunca subestimes un buen compromiso, Percy, puede ser un soporte vital mucho más útil que conformarse con los propios sueños. Con el tiempo llegué a apreciarlo. Supo la verdad sobre mí. Le conté todo en ese tren. Era mi última oportunidad de sabotear mi vida y seguir hundiéndome. No ahorré ningún detalle de mis muchos defectos. Para mi sorpresa, lo aceptó todo con los brazos abiertos y con besos tiernos. Luego me habló de sí mismo. Debajo de la brillante armadura de un caballero solo hay un hombre, y Thomas era un hombre. Me divertían los relatos de sus muchas escapadas y conquistas.

»Entonces Anne conoció a John. Vi lo que se produjo entre ellos y supe de inmediato que mis problemas estaban lejos de terminar. Es más, parecían reproducirse sin control a cada paso. Movida por la sed de venganza, Maw había acusado a Thomas por lo que le había pasado a su hija Sarah y, al casarme yo con él, tú y yo nos sumamos a la lista de sus enemigos. Los tres nos convertimos en fugitivos, perseguidos y acosados por una mujer con recursos casi ilimitados a su disposición. Deberíamos habernos extinguido, pero no fue así. Alguien intervino.

Se detuvo y sacó otro cigarrillo del paquete que había sobre la mesa.

En la pausa para encenderlo, pregunté:

—¿Quién fue?

—Fortuna —dijo, mientras exhalaba una bocanada de humo.

66

—¿Fortuna?

—La diosa romana de la Fortuna. A menudo se la representa, como dijo Ovidio, con su pie oscilante sobre la parte alta de una rueda. Los poderosos le temen, pero los menos afortunados a veces se encuentran dando un giro hacia un lugar mejor.

Nuevamente aspiró su cigarrillo y volvió a mirarme como si estuviera decidiendo qué decir o cómo decirlo.

—La vida después de que naciste fue dura —continuó—. Escapamos de Estados Unidos a Europa. Nos mudamos mucho. Batallamos durante cinco largos años. Mis padres, tus abuelos, habían muerto, y el dinero que heredé se había esfumado. Thomas no lograba conservar un trabajo. Siempre lo despedían. Puede que no fuera su responsabilidad. Culpaba a Maw. Siguió buscando trabajo mientras yo te cuidaba. Nos establecimos durante un tiempo en Londres con el poco dinero que nos quedaba, ya que Thomas pensó que podría conseguir trabajo allí. ¿Recuerdas eso?

—Tengo muy pocos recuerdos de mis primeros años, aparte de que nos mudábamos constantemente. Londres era una ciudad oscura. Vivíamos en una sola habitación. No había cortinas.

—Londres era singularmente sombrío. Estaba perpleja y sin saber qué hacer. Cualquier esperanza se había derrumbado. En los pocos días en que podía escaparme para estar sola y recuperarme, recorría los pasillos de Fortnum & Mason y miraba los estantes. No podía permitirme comprar, pero al menos sabía dónde hacerlo y podía soñar. Incluso ahora, soñar no cuesta nada.

»Una de esas tardes, me tropecé con Hugo; ninguno de los dos miraba por dónde iba. Nos sorprendimos tanto al vernos que ambos saltamos hacia atrás. Choqué con una estantería y una botella de aceite de oliva se tambaleó y cayó. A pesar de la emoción y la adrenalina que me produjo verlo, me agaché rápidamente para recogerla antes de que se rompiera. Hugo hizo lo mismo y chocamos nuestras cabezas con tal violencia que quedé viendo estrellas. Nos quedamos tambaleando y abrazados, yo para no caer y él para sujetarme. No pudimos hacer nada distinto que mirarnos y quedarnos boquiabiertos. Por fin, Hugo dijo que era su culpa y me invitó a tomar el té. Acepté. Me preguntó a dónde quería ir. Le dije que al Ritz. «Por qué no», pensé y nos fuimos.

»En el taxi estuve a punto de vomitar. Me dolía la cabeza. Había perdido un guante. Apenas sabía dónde estaba y entonces empecé a llorar. Hugo le dijo al conductor que se dirigiera al Connaught. Cuando llegué a su habitación, sollozaba como un personaje de tragedia griega. Todo lo que salió de mi boca fue lo mucho que lo lamentaba. «Lo siento mucho. Lo siento mucho, mucho». No podía parar. Me recostó en su cama y se sentó en el borde, mirándome. Lloré como nunca lo había hecho antes, como nunca lo haría después. Lloré por el amor perdido, por los sueños perdidos, por la sombría pobreza que nos amenazaba a todos, pero, sobre todo, por el lamentable ser que era yo. Todas esas lágrimas acumuladas salieron a la vez. Lloré hasta quedarme dormida. Cuando me desperté, era de noche y estaba sola. Me levanté y fui al baño para no parecer una loca. Después, abrí la puerta del dormitorio, entré al salón de su *suite* y allí estaba él, sentado en una silla con las manos juntas mirando la alfombra, esperándome.

»Alzó la vista y me indicó que me sentara. Se levantó, preparó dos copas y me dio una. Se sentó frente a mí mientras yo bebía a sorbos, con el vaso en mis dos manos. «Cuéntame», dijo. «Quiero oírlo todo».

»Le conté todo, excepto quién era tu padre. No sé la razón que me impidió hacerlo, pero me negué a decírselo. No podía. Hugo insistió en que le contara, pero le dije que el hecho de que lo supiera no cambiaría mis circunstancias. Cuando terminé, me preguntó cómo podía ponerse en contacto conmigo y anotó los datos. Me dijo que vería lo que podía hacer y que ya era hora de regresar a mi casa. Se levantó y tomó mi bolso, metió adentro unos billetes, recogió mi abrigo y me acompañó hasta la puerta. Antes de abrirla, se giró y dijo:

»—Menos mal que no me has dicho su nombre. Habría tenido que buscarlo y matarlo y entonces, ¿qué sería de nosotros? Hubo un tiempo en el que habría hecho cualquier cosa para evitar esas lágrimas, pero ahora que se han derramado, déjalas aquí conmigo... Entre ellas es probable que encuentres las mías. Es hora de que vayamos por caminos separados. Ahora tengo mi propia familia, al igual que tú.

»Esa fue la última vez que lo vi, hasta anoche. La marca del aceite de oliva que cayó era Fortuna, por cierto. Todavía lo uso —dijo en voz baja, apartando la mirada.

Cuando se volvió, ya era ella misma. Sonreí para tranquilizarla.

—Me acordaré de esa marca en el futuro. Ver a Hugo después de tanto tiempo debe de haber sido difícil para los dos.

Suspiró.

—Esas rondas de bebidas de anoche, y lo que siguió, seguramente ayudaron. Tengo una gran deuda con Hugo y nunca haría nada para causarle más dolor, aunque lamento decir que mi presencia en la mesa lo hizo. Estos encuentros traen recuerdos, y de ahí a preguntarse por lo que pudo haber sido no hay más que un paso. En realidad, dudo que yo pudiera haberle servido tan bien como lo ha hecho Elsa. Yo soy inteligente, pero ella es tan brillante como las joyas que lucía anoche. Hugo es un hombre muy decente, y ella es afortunada por haberse casado con él, pero ese barniz puede desaparecer cuando se siente acorralado.

—¿Se siente acorralado?

—Creo que sí. Es una de las razones por las que estoy aquí.

—Una entre varias, parece.

—Aunque no menos importante. Es hora de saldar cuentas y hay varias que están atrasadas, la mía incluida.

—Ya veo. ¿Te sientes en deuda con él?

—Sé que estoy en deuda. No solo me ayudó económicamente, sino que fue poco después de nuestro inesperado encuentro cuando conocí a Alice. Llamó a la puerta de nuestro pequeño piso una mañana nublada. Thomas te había llevado al parque. Abrí la puerta, sin esperar encontrármela. Yo estaba hecha un desastre, como algo que un gato hubiera arrastrado, solo que no teníamos gato. La cadena de acontecimientos que la habían llevado a estar allí esa mañana no está clara. Hugo fue la causa. Se lo dijo a John. Poco después, allí estaba ella, la imagen misma de la elegancia y el aplomo. Nunca he experimentado tanta vergüenza y humillación como cuando abrí esa puerta y la vi allí de pie. Sabía quién era. Lo que me impidió cerrársela en la cara y aullar de dolor y protestar contra la imagen que yo presentaba fue una peculiar mezcla de orgullo e impotencia. Me sentía más que avergonzada. Tanto que sentí que empezaba a tambalearme. Cuando dijo que sabía quién era tu padre, caí al suelo. Mi secreto estaba a la vista de todo el mundo y, por esa causa, no había esperanzas.

»Cuando volví en mí, estaba acostada en la cama con una compresa en la frente. Alice tenía la tetera encendida. Debo de haber hecho algún ruido, porque ella me miró desde el otro lado de la habitación. Como si supiera la razón de mi colapso, dijo:

»—Este lugar es un palacio comparado con otros que conocí. El mundo no se ha acabado. Aparte de Anne, John y el padre, soy la única que conoce el secreto. Tengo una propuesta para ti. Mi nombre es Alice, por cierto, pero supongo que ya lo sabes. ¿Puedo llamarte Mary?

67

—Cuando me recuperé un poco, me dijo: «En la guerra, debes poder maniobrar, y eso no puedes hacerlo cuidando de Percy». Me dijo que Anne y John habían querido un hermano o una hermana para Johnny, pero que hubo problemas en su nacimiento. Anne no podía concebir más y se culpaba a sí misma. Si yo hacía lo que me proponía, podría ayudar a Anne y ella a mí. Mencionó que la opción que ofrecía era difícil, pero que debía considerarla, y advirtió que volvería al día siguiente a la misma hora para recibir mi respuesta. Acepté y la acompañé a la puerta.

»Más tarde, me senté en la mesita, sopesando cuál era el mal menor. Renunciando a ti, podría haber paz, pero, a cambio, llevaría siempre una culpa que solo una madre puede entender. Al negarme, mostraría un semblante de mi autoestima, pero nada más.

Mi madre hizo una pausa y me miró como preguntándose si la entendía.

—Era una elección difícil. Hiciste lo mejor que pudiste bajo esas circunstancias.

—Fue una decisión compleja. En retrospectiva, puede parecer obvio cuál era la mejor opción, pero en ese momento, dado mi estado mental, era todo menos eso. —Dio una calada a su cigarrillo—. Con el tiempo, Alice y yo nos hicimos buenas amigas. Renunciar a ti fue doloroso y a veces se culpa al mensajero. Cuando regresaron del parque, le conté a Thomas sobre la visita. Estaba extasiado:

»—Mary, esto es un regalo. No puedo sentir por tu hijo lo que tú sientes. Es imposible, independientemente de que no sea el padre. Creo que esta puede ser nuestra oportunidad. Por favor, piénsalo. Haré y apoyaré lo que consideres mejor.

»Su entusiasmo era desmesurado. Todo lo que yo sentía era indignación por mis circunstancias. Renunciar a ti era confesar mi propia incapacidad, no solo como madre, sino como persona. Le pedí a Thomas que te cuidara, tomé mi abrigo y salí por la puerta. No había querido nada de esto, y menos mi miseria ni esa realidad que me estaba matando. Había nacido con mil ventajas que aparentemente no contaban para nada en este mundo. Era indignante, y la necesidad de que me rescataran lo era aún más. Era insufrible. Me dirigí con paso firme hacia el río. Necesitaba ayuda, eso estaba claro, pero lo que más odiaba era mi deseo y mi necesidad. Todo en mí gritaba debilidad. Cuando lo único que uno tiene es orgullo, es difícil renunciar a él, y yo no podía. No lo haría. Me lo repetía una y otra vez, tal era mi rabia interior.

Fumó y exhaló el humo hacia el techo antes de continuar.

—No había pasado ni un minuto cuando vi a una mujer no mucho mayor que yo caminar delante de un autobús número diez. Cerró los ojos antes de dar ese paso fatal. La vi cerrarlos con fuerza. Siempre hay un peldaño más bajo en la escalera de nuestras vidas, y en ese estaba ella. Me impactó lo que hizo y también el charco de sangre mientras yacía sobre el pavimento. Ella era yo, no en ese momento, pero pronto, tal vez muy pronto. Esa constatación, y toda esa sangre, me sacudieron por completo. Decidí en ese instante que si iba a hacer algo distinto a ella, al menos evitaría que mis ojos se cerraran. Podía hacerlo. Era la cosa más pequeña, la más insignificante, pero, una vez decidida, vi que desde mi embarazo, y la erosión de mis sueños que le siguió, había estado cerrando no solo mis ojos, sino todo alrededor de mí misma. Para vivir, si es que eso es lo que realmente quería, tenía que dejar entrar la vida, así que me entregué a ella. En ese momento, comprendí lo que el universo me estaba diciendo —suplicándome, en realidad—: ver el mundo como algo vivo, con posibilidades y, sobre todo, con sorpresas, tanto buenas como malas. Me habían sorprendido Hugo, Alice y esta mujer desconocida, tres veces en otras tantas semanas. Me pregunté qué podría pasar a continuación y, con ese pensamiento, se abrió ante mí un futuro.

»Al día siguiente, me encontré con Alice, no en el apartamento, sino en la calle de enfrente, y le pedí que fuéramos a algún sitio a sentarnos y hablar. Sugerí el Ritz, ya que no fui allí con Hugo. Ella dijo que sería lo mejor. Una vez que llegamos y nos acomodamos con un té, le dije que en principio estaba de acuerdo con su oferta. Te criarías con Anne y John, siempre y cuando la madre de él aceptara dejarnos en paz. Sin esa disposición, no tenía sentido. Además, tenía mis propias exigencias. Pedí que Thomas, tú y yo viajáramos a Nueva York, en primera clase, para asegurarnos de que estuvieras bien instalado. Después de eso, volveríamos a Europa, concretamente a Florencia, donde Thomas y yo viviríamos y nadie se acordaría de nosotros. También necesitaba fondos suficientes para mudarme y empezar mi propio negocio de compra y venta de obras de arte. No necesitaba mucho, apenas lo suficiente, y sin ninguna obligación adicional por haberlo recibido. Alice estuvo de acuerdo con todo, y así se dieron las cosas. Después de eso nunca pagué con la moneda de la pena. Me negué a hacerlo, especialmente cuando se trataba de ti.

Hubo un silencio mientras ella fumaba y me miraba.

—Lo entiendo, al menos más que antes, y eso es algo. Gracias por decírmelo. Hablando del futuro, Bruni está embarazada. Serás abuela.

—¿De verdad? Eso también es inesperado. Ojalá existiera una palabra más bonita que *abuela*. Apesta a edad.

—Así es. Tal vez encontremos otra. Oí que podrías tener algunas objeciones a que me case con Bruni. Me gustaría escucharlas.

—Después de lo que te acabo de contar, cualquier discrepancia que pueda tener es irrelevante. Ahora que conoces mi historia, ¿cómo podría objetar? Tienes mi bendición y mis mejores deseos de una felicidad duradera.

—Te lo agradezco. Alguien describió una vez a Bruni como un cuchillo afilado, y es eso y más. No estoy ciego a sus defectos, pero llega un momento en el que uno debe decidir si ama a una persona incondicionalmente o no. Hacer menos que eso es ser egoísta. Y una vez que eso comienza, ¿dónde podrá terminar? No deseo cambiarla, solo amarla, porque es lo único que puedo y quiero hacer.

—Thomas me dijo algo muy parecido. Ella es afortunada. Quizás tanto como yo. Eso espero. Ahora, hay otros asuntos que debo atender. Debo hablar con Cobb y posiblemente con tu padre. Cobb me debe y, como está relacionado con tu padre, tendrá que pagar en efectivo.

—¿No con alegría? —dije con una sonrisa.

—Para mí, sí. Para él, en absoluto —respondió, devolviéndome la sonrisa.

—Ya veo.

—Eso espero —dijo sonriendo nuevamente—. Llevo años lidiando con la realidad. Lo que me resulta mucho más difícil es lidiar con nuestros sueños.

Comprendí que mi madre decía una cosa, pero quería expresar otra. Se refería indirectamente a mi padre y a Hugo. Respondí con eso en mente:

—Efectivamente. Me gusta mucho Elsa.

—A mí también. Por eso los sueños son difíciles. Fue un placer hablar contigo y verte. No me molestaría un abrazo, si estás dispuesto.

—A mí también me gustaría uno.

Nos pusimos de pie y nos abrazamos.

—Ya está —dijo al final—. Espero que tanto Thomas como yo seamos invitados a la boda, así como al bautizo, en caso de que hagas ese tipo de cosas. ¿Crees que soportarás ver a Thomas?

—Estoy seguro de que puedo. Me encantaría verlo. Me alegra que hayamos hablado.

—A mí también. Y me gustó dormir en tu habitación. Me fijé en un oso en particular.

—Sí, todavía está aquí. Pero no se lo digas a nadie.

68

E ntré en el salón y vi a Hugo de pie, con los brazos cruzados, mirando el césped del lado sur.

—Barón —le dije —¿quieres compañía?

Se volvió para mirarme. Frunció los labios y asintió con la cabeza.

—Conozco un lugar donde podemos hablar en privado, si te apetece.

El barón me miró detenidamente. Finalmente, volvió a asentir. Le abrí una de las puertas francesas y salimos al exterior. Un cielo sin nubes, de un azul perfecto, se extendía por encima de una pálida bruma que marcaba el límite entre ese color y la tierra. La brisa traía un olor a hierba cortada. No nos dijimos nada mientras lo guiaba hacia el banco que había detrás de los cipreses. Pensé que, para ser un simple banco, se utilizaba bastante.

El barón lo limpió con un pañuelo y nos sentamos. Se metió la mano en el bolsillo del pantalón y sacó una cigarrera de oro que contenía una docena de puros pequeños. Me ofreció uno. Lo tomé. Escogió uno para él y sacó de otro bolsillo un encendedor Dunhill de oro. Prendió con él su cigarro, me lo entregó; yo encendí el mío y se lo devolví. Nos sentamos, fumamos y miramos los cipreses que teníamos delante. Finalmente, dije:

—No soy mi padre.

—¿Oh? —El barón me miró de lado—. ¿Cómo puedes estar seguro?

—Hablé con mi madre esta mañana. Me parezco más a ella.

El barón no dijo nada durante un rato y luego asintió. Sin revelar a qué conclusión había llegado, preguntó:

—¿Cómo está ella?

—Bien. Quiere ayudarte.

—¿Te lo dijo?

—Sí. Mencionó que tenía una deuda contigo que nunca podrá pagar.

—Así es —respondió, después de una pausa—. Tu familia me ha causado mucho dolor y problemas a lo largo de los años.

—Sí, a mí también.

Me miró y sonrió.

—Y a ti también.

—¿Qué vamos a hacer?

—¿Qué quieres hacer?

Después de una pausa, dije:

—Recuperar las acciones y entregártelas, si puedo.

—¿Cómo piensas hacerlo?

—Con una apuesta.

—¿Y si pierdes? —dijo, después de asentir.

—Entonces los dos estaremos en la misma posición.

—Yo no lo recomendaría —respondió.

—Tengo una alternativa.

—¿Y cuál es?

—Que los tres nos sentemos y busquemos una solución.

El barón fumó y lo consideró.

—Estás dando por sentado que tu padre tiene suficiente motivación para asistir a esa reunión.

—No sé qué es lo que quiere específicamente, pero, en caso de que forme parte de la discusión, ¿tal vez se pueda cambiar una cosa por la otra?

—Es posible, pero tendrías que ser capaz de proporcionarle lo que quiere, y eso puede ser más difícil de lo que crees.

—Tal vez, pero eso podría ajustar las cosas entre tú y yo.

—No me debes nada —dijo el barón.

—Ha habido muchos disgustos y problemas.

—Demasiados, pero esos costos emocionales nunca se pueden recuperar. Solo hay que considerar los costos futuros.

—¿Qué tan mala es tu situación? —pregunté.

—Bastante mala.

—Elsa no parecía contenta esta mañana.

—Ella se enfada. Ya se le pasará. Vivir con Elsa no es para pusilánimes.

—Creo que eso también se aplica a tu hija.

—Ella entra en esa categoría. Hay que ser solícitos, pero con una coraza dura. A menudo tienen razón en sus apreciaciones, pero llevar a la práctica sus creencias no siempre es posible de la manera como lo imaginan. Que tu padre me traicionara fue inesperado y, sin embargo, sin él, ninguno de nosotros estaría aquí ahora. Así parece funcionar la vida. Incluso las peores personas tienen papeles que interpretar, y de ellos suele salir un gran bien, pero a un gran costo.

—Confiaste en él. ¿Por qué?

—Parecía digno de confianza. Me equivoqué —dijo, encogiéndose de hombros.

—¿Es dinero lo que quiere?

—Lo que quiere no puede comprarse con dinero.

—¿Y qué es?

—Expiación.

Nos quedamos en silencio durante un tiempo. Finalmente dije:

—Eso será difícil de cumplir. ¿Lo planeó desde el principio?

—El trato que le ofrecí le permitía una ventaja sobre mí que él no esperaba. Se aprovechó de ese hecho y me hizo aceptar la obtención de ciertos objetos que forman parte de este patrimonio. Yo sabía que John necesitaba fondos. Sugerí una venta, lo que arreglaba todo. Tú apareciste y esa idea se fue por la borda. Tu padre espera que intentes hacerte con sus acciones. Eso te permitiría ganarte mi favor. No es mala como idea. Pero fracasarás y, entonces, él dictará las condiciones.

—¿Así que estoy haciendo lo que mi padre espera?

—Sí. Que abandones todo el negocio es el peor escenario para él.

—Pero eso te dejará en un mal lugar.

—He estado en lugares mucho peores —respondió.

Lo consideré.

—Supongo que podría devolverle el cheque.

—Podrías hacerlo. ¿Qué crees que pasaría entonces?

—Se enfadaría mucho. Podría tener otro episodio. ¿Qué pasará con las acciones si se derrumba?

—Hizo arreglos. ¿Qué tan bien conoces a tu madre?

—No muy bien. Hasta esta mañana, nada. ¿Está planeando algo?

—Todo el mundo está planeando algo, incluso tú.

—Supongo que es cierto.

—La gente nunca hace realmente nada. Lo que están haciendo puede ser importante, pero lo más importante es cómo están conectados. ¿Cuáles son las obligaciones? ¿Cuáles son las libertades? ¿Cuáles son las limitaciones? Eso es lo que debes examinar. Aprecio tu deseo de ayudarme, pero la ayuda puede empeorar las cosas, tanto como puede mejorarlas. Lo mejor que puedes hacer es cuidarte a ti mismo como la prioridad del día. Sin una base segura, ¿cómo puedes esperar ayudar a los demás y no perecer en el proceso? Tienes dos ventajas que no has considerado. ¿Sabes cuáles son?

—No.

—Te las diré. La primera es que el ídolo está roto. La segunda es que él y yo seremos abuelos. Estas cosas no las sabe y marcarán la diferencia. ¿Por qué la expiación cuando lo importante es el futuro? Los costos perdidos están perdidos. Los gastos emocionales pasados, ya sean buenos o malos, nunca se pueden recuperar. Cualquier intento de hacerlo es una tontería. Son los costos futuros los que hay que evaluar y gestionar. Tu padre no entiende esto y por eso lo que se ha propuesto no solo es irracional, sino imposible de conseguir. Ignorarlo a él puede no ser fácil, pero es la mejor opción. Comprometerse con él es arriesgarse a quedar atrapado por sus palabras y encerrado en sus sueños. Todos cometemos errores, especialmente los ancianos. Solo ven el pasado, con sus traspiés y las malas gestiones subrayadas en rojo. La vida siempre tiene que ver con el futuro. La muerte es algo que hay que relegar a los mausoleos, y la suya ya está armada. En muchos casos, y en este especialmente, vale la pena alejarse. No te mereces su censura más que él tu aprobación, aunque sea tu padre y te sientas obligado. Ahora, ¿qué crees que nos dio esa cocinera tuya en esa bebida de anoche? ¿Puedes decírmelo?

—No tengo ni idea, Hugo. En primer lugar, agradezco tu consejo. Lo tendré muy en cuenta. Por último, debes saber que todos los invitados, incluido Cobb, deben estar presentes en el banquete de esta noche. Órdenes de Dagmar.

—¿Recibes órdenes de tu cocinera?

—Obviamente.

—En ese caso, estoy emocionado. Hay mucho que esperar.

El barón y yo nos levantamos.

—Un día de estos me encantaría sentarme a cenar contigo —dije—, los dos solos. Hubiera querido que fuese el jueves pasado. ¿Quizás en el futuro podamos hacerlo?

—Lo haremos. Disfruté mucho el tiempo con el hijo de mi más viejo amigo. Son muy parecidos, y los dos son individuos excepcionales. Pase lo que pase este fin de semana, Elsa y yo estamos encantados con la noticia de un nieto. Nos verás mucho, así que las oportunidades de sentarnos juntos para una larga noche de comida y bebida se presentarán a su debido tiempo. Hablando de eso, tú y Brunhilde tienen que iniciar los planes de boda. La celebraremos en nuestro castillo. Elige una fecha. Pienso que los dos deben ponerse de acuerdo. Lo que ustedes consideran importante necesita algunos ajustes serios, uno de los cuales es este asunto con tu padre.

»Para que conste, lo más probable es que no gane ni pierda, pase lo que pase, y quién sabe, puede que incluso gane cuando todo esté dicho y hecho. Nunca lo arriesgo todo en una apuesta, ni lo haré nunca. Ponte al frente de tu casa y cuida de mi hija y de mi nieto. Haz eso, y todo estará bien, a pesar de lo que puedas pensar. Eres libre de actuar como quieras. Solo elige sabiamente. Tendrás noticias mías si no lo haces. —El barón se rio—. Oh, sí, seguro que lo harás. Y, por cierto, tengo ese cheque, pero deseo ver cómo te enfrentas a tu padre. Impresióname con tu brillantez. Conmigo es un requisito. Ya sé que mi hija es inteligente. De ti, no estoy tan seguro, aparte del hecho de que deseas casarte con ella. Que hayas hablado conmigo ahora es una indicación más, pero no una prueba. Ahora, vete. Quiero caminar solo y fumar en paz.

69

D ejé a Hugo en su paseo y entré en el salón. Lo crucé y, al abrir la puerta del vestíbulo, vi a Johnny.

—¿Cómo te fue con tu madre? —preguntó, mirando a su alrededor.

—Muy bien. ¿Quizás deberíamos salir un momento?

—Buena idea.

Nos paramos en los escalones del frente.

—Bueno, ¿cuáles son las noticias?

—Hablé con mamá y luego con Hugo. La objeción sobre Bruni se evaporó cuando mencioné que sería abuela. Le pregunté por los motivos de su visita y me dijo que quería resolver una transacción pendiente con Cobb y posiblemente con mi padre, además de ayudar a Hugo, ya que él la había auxiliado en el pasado. No dijo cómo pensaba hacerlo. Tuvimos una conversación muy agradable. Me encontré con Hugo poco después. Dijo que estaría bien financieramente sin importar lo que pasara con las acciones, algo que yo no había considerado. Sugirió que me alejara de cualquier iniciativa de mi padre. También mencionó que la rotura del ídolo puede frustrar lo que mi padre tenga en mente.

—Interesante. ¿Le preguntaste por su cheque?

—Quiere ver cómo manejo a mi padre antes de entregármelo. Concretamente, dijo que le gustaría ver que yo demostrara algo de brillantez. No está convencido de que tenga ninguna, pero está dispuesto a mantener la idea en mente, dependiendo de lo que yo haga. También cree que Bruni y yo tenemos nuestras prioridades desordenadas. Deberíamos estar planeando nuestra boda y eligiendo una fecha en lugar de andar con el asunto de las acciones.

En general, fue el mismo de siempre, directo y al grano. Al final, recibí mis órdenes y fui despedido, lo cual es un final feliz tratándose de él. También mencionó que disfrutó mucho de su cena contigo la otra noche.

—Me alegra escuchar eso último. Hugo puede ser bastante brusco, pero así es él. Teniendo en cuenta su consejo, ¿qué piensas hacer?

—Para empezar, voy a devolverle el cheque a mi padre. Eso causará probablemente una explosión, solo es cuestión de tiempo. Como Dagmar quiere que todos asistan esta noche, y ya que podría desencadenarse otro episodio, será mejor mañana. Tendré que tocar sin partitura.

—Bueno, ciertamente me gustaría que me avisaras antes. Has dicho «para empezar». ¿Qué más tienes en mente?

—Renunciaré a cualquier apuesta y le regalaré el ídolo, o lo que queda de él, como una especie de ofrenda de paz.

—¿No es ese uno de los legados?

—Técnicamente no lo es. El ídolo llegó después de la muerte de Alice y no está contemplado en sus instrucciones. Supongo que el caso podría argumentarse de cualquier manera, pero tiene una historia sombría. Incluso podría estar conectado a las visiones que he estado teniendo. La conexión causal es bastante remota, pero lo usamos para invocar a un demonio, y los demonios son un hilo conductor en estas experiencias. Tengo la intención de comentarle la idea a Stanley, para estar seguro. ¿Qué te parece?

—No es un mal plan. Es como darle un premio de consolación. Estoy de acuerdo con devolver el cheque a tu padre y evitar cualquier apuesta. Hay demasiado riesgo ahí. En cuanto a la parte de Hugo, tal vez Bruni pueda convencerlo de que la ceda como regalo de bodas, sin condiciones. Lo único que me preocupa es que tu padre probablemente se negará a aceptar el cheque y luego discutirá el punto hasta convencerte de que te lo quedes a cambio de lo que él quiera. Es bastante eficaz cuando se trata de persuadir, así que tendremos que pensar en un contrapeso adecuado.

—Espero que lo reciba. Pensándolo bien, podría presentarle el ídolo y el cheque en una caja de regalo durante la cena de esta noche. ¿Qué podría hacer? Si explota, dará un espectáculo público.

—Dudo que las convenciones sociales lo contengan. Se pondrá furioso y armará un lío en la mesa antes de expirar espantosamente delante de todos. Sin embargo, la idea tiene cierto potencial. Hablemos con Stanley ahora y partamos de ahí.

—Creo que eso sería prudente.

Nos dirigimos a la cocina. Los preparativos estaban en pleno apogeo, tanto para el almuerzo como para la cena. Agachamos la cabeza y esquivamos a varios empleados antes de llegar a la puerta del despacho de Stanley. Llamé y pregunté si podía atendernos un momento. Stanley nos invitó a entrar.

—No tengo mucho tiempo, pero dudo que estén aquí a menos que tengan algo importante que discutir. ¿En qué puedo ayudar?

Reiteré lo que le había dicho a Johnny. Stanley se quedó pensativo.

—Su idea tiene mérito. Como sugerencia, podría entregarle el ídolo hoy y devolverle el cheque mañana. No sabemos si el poder del ídolo disminuyó a causa de la rotura o si existía. Lo que sí sabemos es que tiene una historia oscura y que su padre la codicia. Tal como está ahora, el ídolo puede ser inutilizable, y eso sin duda pondrá en peligro sus planes. También podría sugerir que le explique que se dañó durante el transporte para no tener que discutir sobre cómo llegó a ese estado.

»Ahora bien, lo que me parece más favorable es que considere cualquier idea que él tenga en mente como una distracción no deseable de cara al futuro. Ese es un paso importante para disminuir su influencia. Por supuesto, seguramente tratará de revertir la situación, pero confío plenamente en que usted mantendrá su decisión. Puede que incluso él revele sus verdaderas intenciones cuando intente exponer su caso, y eso sería un beneficio.

»Como última recomendación, yo hablaría con su padre solo en la biblioteca. Si se encuentra en apuros, siempre puede llamarme desde allí. Llegaré poco después y le informaré que tiene que tomar algunas decisiones urgentes para esta noche. Una treta como esa le permitirá una salida verosímil. Lo más importante es que siga confiado y seguro en sus creencias. En cuanto al ídolo, tendré la caja de zapatos con las piezas disponibles para presentárselo después del almuerzo. ¿Le parece bien?

—Efectivamente... Johnny, ¿alguna idea?

—Me gusta. De hecho, me gusta mucho. Hemos pasado de la defensa al ataque, y eso solo puede ser bueno.

—Estoy de acuerdo. Gracias, Stanley, como siempre. Has sido de gran ayuda.

—Con mucho gusto. —Stanley asintió—. Ahora debo volver a mis obligaciones.

70

Johnny y yo subimos por las escaleras de atrás al piso superior, en lugar de pasar por la cocina, donde se vivía un pandemonio controlado al acercarse la hora del almuerzo. Mi habitación estaba desocupada y el armario disponible. Me cambié y me reuní con Johnny en el salón.

—¿Pudiste hablar con Bonnie? —pregunté.

—No. Dar con alguien en esta casa es como jugar infinitamente a las escondidas. Las personas desaparecen y luego tienes que buscarlas por todas partes. Lo bueno del almuerzo y de la cena es que sabemos exactamente dónde estarán todos. Pienso hablar con Malcolm antes del almuerzo, y con Bonnie después. Con suerte, para cuando termines el segundo asalto con tu padre tendré algo de información, y tú también. Después, habrá que ver.

—Habla con ellos, por supuesto. Voy a pasar a saludar a Bruni. Nos vemos pronto en el salón.

—Muy bien.

Encontré a Bruni en nuestro apartamento, cambiándose para el almuerzo. La puse al día mientras ella elegía varias prendas para ponerse y las dejaba sobre la cama.

—Me alegra que hayas hablado con tu madre. Yo también debería sentarme con ella. En el frente familiar, mamá no está contenta con papá. En realidad, está más que enfadada, pero, por lo que dices, papá estará bien y eso es bueno. Decidí no preocuparme por ninguno de los dos. Tenemos que elegir una fecha para la boda. Empecemos con eso la próxima semana. Quiero que sea muy pronto. Los vestidos de novia enormes no son algo que me guste. Por último, me encantaría ser una espectadora invisible cuando le entregues a tu padre esa estatuilla. Un consejo rápido, en caso de que empiece a descomponerse: habla suavemente y en voz baja. Cuando hay muchos signos de exclamación, bajar la retórica y hablar bajo ayuda a evitar que las cosas se salgan de control. A veces ni siquiera eso funciona, en cuyo caso yo llamaría a Stanley y saldría corriendo lo antes posible.

Bruni dejó lo que estaba haciendo y me miró:

—¿Crees que puedas hacerlo, Percy?

—En su mayor parte. Por lo menos, decidí renunciar a sus planes y mañana le pediré que se vaya, le guste o no.

—Oh, Percy, me encanta tu lado varonil —dijo Bruni sonriendo.

No estaba muy seguro de si estaba bromeando.

—En ese caso, dame un beso antes de salir a la batalla —respondí.

—Bueno, ven aquí entonces y veré lo que puedo hacer.

Tras una despedida que me dejó casi sin aliento, me dirigí al salón. John y Hugo hablaban con Malcolm junto al bar. Me serví una copa de champán y me acerqué a ellos.

—¿Crees que seguirá sobreviviendo, entonces? —escuché que decía el barón.

—Con la ayuda de Cobb, debería —respondió Malcolm—, al menos en el futuro inmediato. Si fallece inesperadamente, yo podré seguir en su lugar. Quiero decir, en caso de que se requieran más negociaciones.

—Entonces ha cubierto todas las bases —respondió el barón.

—Así es.

—Es bueno saberlo. Ah, llegaron las damas.

Anne y Elsa entraron, seguidas por Maw y Bonnie. John y Hugo se acercaron a saludarlas y yo me quedé solo con Malcolm.

—¿Piensa mi padre quedarse aquí mucho tiempo? —pregunté.

—Creo que eso depende de varios factores —dijo Malcolm, mirándome.

—¿Como por ejemplo?

—No creo que esté en libertad de decirlo.

—Está obsesionado con Alice, ¿no es así?

—Bueno, no sé si está obsesionado, pero creo que tiene una preocupación por ella.

—¿Aunque haya fallecido hace años?

—Algunas personas creen en el más allá.

—¿Él cree?

—Pienso que sí. ¿No aceptaste que él proceda como está previsto?

—No estoy seguro de lo que eso significa exactamente. ¿Quizás podrías darme algunos detalles?

—No estoy seguro de que deba hacerlo.

—¿Por qué no? Al final lo sabré...

—Lo sabrás, pero, en términos generales, creo que quiere lo que todo el mundo quiere.

—¿Y qué sería eso?

—Paz.

—¿De verdad?

—Oh, sí. Es bastante firme en ese punto. No le gusta la frustración. Cuando eso pasa se vuelve poco pacífico.

—¿Hostil?

—Se enfada cuando las cosas no salen como él quiere.

Mi padre y Cobb nos interrumpieron. Los dos traían en sus manos copas de champán y, como me sentía bien, le pregunté a mi padre:

—¿Te encontró mi madre? Me dijo que tienen asuntos pendientes.

Mi padre me miró con dureza. Tal vez pensó que yo estaba siendo irónico.

—Creo que Cobb se está ocupando de ello —dijo—. No es algo que deba preocuparte. ¿No es así, Cobb?

Cobb asintió y no dijo nada.

—Bueno, me alegro de que se esté solucionando. Hablando de otra cosa, tengo algo que quieres. Te lo daré después del almuerzo en la biblioteca, cuando sigamos con nuestra charla. Espero que te guste. Ahora, si me disculpan.

Vi que los ojos de mi padre se iluminaron cuando dije esto. Advertí que las pistas que tenía sobre sus planes eran todavía vagas y eso empezaba a molestarme. Anne se quedó junto a la puerta, mirando a su alrededor. Recogí una copa más de champán y se la entregué antes de preguntarle:

—¿Pudiste averiguar qué traman mi madre y Cobb?

—No. Todo el mundo está jugando con mucho secretismo para mi gusto, incluyendo a Mary, y eso está empezando a cansarme. Por cierto, a tu madre le encantó hablar contigo. Hasta se asomaron algunas lágrimas en sus ojos cuando me lo contó. Fue muy importante para ella. Bueno, llegó Stanley. Estamos listos para entrar. ¿Tienes alguna idea de lo que vamos a comer?

—Tendremos que ver, Anne.

—Bueno, realmente necesitas empezar a hacerte cargo, Percy, pero tal vez no hasta después de este fin de semana. Acompáñame. Al menos sé dónde nos sentaremos los dos.

71

Ayudé a ubicar a Anne y luego a Bruni. Caminé hasta mi lugar en la cabecera de la mesa. Como se le habían añadido extensiones, el trayecto fue más largo. Maw estaba sentada a mi derecha y Johnny a mi izquierda. Eran seis invitados a un lado y cinco al otro, con Bruni y yo en los extremos. Mi madre se encontraba a la izquierda de Bruni, junto a Malcolm, seguida de John, Bonnie, Hugo y Maw. Frente a ellos estaban Anne, Cobb, mi padre, Elsa y Johnny. Anne dispuso la ubicación de los invitados para crear una atmósfera lo más tranquila posible, dada la peculiar dinámica de antiguos amantes, rivales y mi padre. Agradecí que la mesa fuera lo suficientemente grande como para acoger a todos los comensales. Trece no era el número más afortunado para almorzar o cenar, pero poco podía hacer al respecto.

Maw se volvió hacia mí y me preguntó si comeríamos puré de papas. Le dije que no tenía ni idea. Me di cuenta de que esta se estaba convirtiendo en una respuesta habitual en mí.

—¿Papas, Mary? ¿Por qué lo preguntas?

—Por el saco de papas —susurró, mirando hacia Cobb y comenzó a reírse sin control—. Lo siento —dijo después de un rato—. No pude evitarlo. Serviste un champán excelente. Ahora, Percy, a los negocios. ¿Cuándo piensan tú y Johnny llevar a Robert de paseo?

Nos interrumpió una *vichyssoise* servida en pequeñas tazas de porcelana, puestas en unos cuencos de plata con hielo. El sabor era una exquisita amalgama de acidez con una textura suave y cremosa. Una vez más, todos en la mesa comían en silencio. Cuando vi que Maw terminó, dije:

—Para responder a tu pregunta, pienso hablar con mi padre después del almuerzo y no tengo ni idea de cuánto tiempo me llevará.

—Sí, me imagino que habrá que ponerse al día —contestó, mirándome—. Pasear a Robert no es especialmente importante, aparte de que pueda ayudar a que te relajes. ¿Qué piensas de tu padre hasta ahora?

Consideré su pregunta.

—Ni hablar con mi padre ni pasear a Robert Bruce podría clasificarse como relajante, pero Robert tiene una ventaja. Parece que me ejercito extraordinariamente cuando salgo con él. Con mi padre no tanto. Lo encuentro muy elocuente y persuasivo.

—No lo parece en este momento —dijo Maw—. No me gustan la elocuencia ni la persuasión. Esa forma de hablar suele esconder una puya o disfrazar alguna petición. El discurso llano es más eficaz y se entiende mejor. Hay que decir lo que uno quiere. Eso simplifica las cosas. Se pide algo, se responde y ya está. ¿Y después? Las mentes descuidadas y los rodeos tienden a ir de la mano: también la falta de ética.

—¿Está siendo solapado?

—Me ofreció la oportunidad de hacer algo de dinero. ¿A mí? Por el amor de Dios, ya tengo bastantes problemas para llevar la cuenta de todo lo que tengo sin que él los aumente. Mi contabilidad parece una enciclopedia, y me refiero solamente a los reportes trimestrales, ni que decir de los cierres de año. En lugar de hablar con tu padre, tu tiempo estaría mucho mejor empleado llevando a Robert de paseo y, como dijiste, al menos harías algo de ejercicio. No confío en él, Percy. No confío. Ni siquiera Robert lo soporta y él percibe muy bien a las personas, créeme.

Se inclinó y le dio una palmadita a Robert, que estaba recostado bajo la silla. Cuando se irguió de nuevo, dije:

—Bueno, si Robert no lo soporta, eso ya es mucho decir.

—No seas condescendiente, Percy. Es de mal gusto. No todos los perros son inteligentes en ese sentido, pero este lo es. Incluso le gruñó.

—¿Hizo lo de los dientes? —pregunté.

—¿Qué cosa de los dientes?

—Abre la boca y parece un gran tiburón blanco. También emite unos sonidos espantosos, realmente aterradores. Una vez vi que lo hacía. Por poco me mata del susto.

—¿Te hizo eso?

—Oh, no a mí. Fue por algo que acechaba en las sombras en la bodega. De todos modos, fue impresionante; si no lo hubiera visto, no lo habría creído.

—Así fue, exactamente. Tu padre se alejó a toda prisa.

—Yo habría corrido.

—Bueno, eres inteligente, Percy, en gran parte. La reacción de Robert me hizo reconsiderar todo lo que Bromley había dicho. Puedo prestarte a Robert. Puede echarse debajo de tu silla y fulminarlo con la mirada. Tu padre no se atreverá a hacer nada malo. Incluso podría perder una pierna, ¿y en qué situación estaría entonces?

—Supongo que quedaría sin mucho apoyo.

Maw pensó que mi ocurrencia era divertidísima. Su risa estruendosa estalló en la mesa.

—¡Ese es mejor que mi apunte de las papas! No tenía ni idea de que fueras tan gracioso. —Se inclinó más cerca y susurró—: Creo que me oyó, pero ¿por qué debería importarme? Francamente, creo que es la combinación del champán y la sopa —añadió luego, con voz normal.

Bebíamos champán con desenfreno. Puede que eso tuviera algo que ver. Sin duda, una Maw sonriente y risueña era mucho mejor que su versión enojada.

—Te agradezco la oferta, pero Robert y yo tenemos la política de *vive y deja vivir* que nos funciona.

—Bien, de acuerdo entonces. ¡Oh, Dios! ¿Es eso langosta?

—Creo que sí.

—Tienes una buena cocinera, Percy, y el buen comer puede marcar la diferencia en reuniones como esta. Por cierto, ¿cuándo nacerá el bebé?

—Eres muy perspicaz, Maw.

—Lo soy.

—Sí, lo eres. Respondiendo a tu pregunta, en algún momento después de la boda.

—Bueno, yo la haría muy pronto. ¿Dónde será?

—En Austria.

—Me encanta un buen castillo. Asegúrate de que me inviten.

—Eres de la familia. Insistiré en la invitación.

—Eres astuto, Percy, pero no dejes que se te suba a la cabeza. Ahora, langosta fría con mayonesa es exactamente lo que necesitaba, y aquí está. Despiértame cuando el sueño haya terminado.

Una vez más, la conversación se evaporó, mientras la langosta fría de Maine se servía con guarniciones de ensalada rusa y espárragos fríos con limón.

Johnny se inclinó hacia mí y dijo:

—Creo que nunca había oído a Maw reírse tan fuerte de algo.

—Dudo que sea por mi humor. Es la comida y la bebida. Seguro que Dagmar ha estado trabajando.

Miramos a nuestro alrededor y observamos muchas sonrisas y que se respiraba un aire travieso.

Johnny se rio y dijo:

—Es más que probable. Aun así, es bueno ver un poco de buen ánimo de vez en cuando.

El comentario de Johnny fue interrumpido por los gritos de excitación de Bruni, Anne y mi madre. Anne por poco no se cayó de la silla. Cobb estaba radiante, con la cara roja, lo que no le favorecía mucho. Incluso Elsa parecía feliz, con los ojos luminosos y centelleantes. John, Bonnie y Hugo tenían las cabezas juntas, y la pareja se reía desaforadamente de algo que decía John. Mi padre parecía aislado, perdido entre el jolgorio que lo rodeaba. Malcolm echó la cabeza hacia atrás e hizo una notable imitación de un burro, provocando un ataque de risa a las mujeres del otro extremo.

—¡Dios mío! Ahora empezarán a lanzar colas de langosta —dijo Johnny, inclinándose hacia nosotros.

—Solo después de que hayan terminado —respondió Maw—. Yo también tengo los oídos muy afinados, jovencito. Ahora tú y Percy llevarán a Robert a pasear esta tarde o si no... o si no te dejaré sin un centavo.

Sonaba exactamente como la bruja malvada de *El mago de Oz*. Vio la cara de Johnny y se rio a carcajadas. Una vez que pudo controlarse, dijo:

—Es demasiado fácil sorprenderte, Johnny, pero, por suerte, me gustas. Perdona mi tontería. ¿Qué se servirá ahora?

La llegada del helado respondió la pregunta de inmediato, y no cualquier helado. Casero, de vainilla y con vetas de sorbete de naranja, servido sobre un lago de chocolate caliente. Al lado de cada plato había galletas delgadas de mantequilla.

—¡No puedo comerme eso! Es una broma. Mírame —dijo Maw.

Johnny rio.

—Este almuerzo es comparable a esa fiesta de cumpleaños en casa de los Sullivan hace años. ¿Recuerdas cómo se confundieron las poncheras y cuarenta preadolescentes se emborracharon con una mezcla de ron y ese espléndido ponche de Trader Vic's? Nos culparon a los dos, pero todo se aclaró cuando Joyce le gritó a su marido: «¡La ponchera azul! ¡Esa no! ¡Dios mío, Jim! Los niños han estado bebiendo un ponche lleno de ron durante la última hora. Eres un completo imbécil».

—Fue una locura, luego nos dieron mucho café.

—Sí, solo que nunca nos habían dejado tomar café, pues decían que retrasaba el crecimiento. Los Sullivan tuvieron que lidiar entonces con cuarenta niños embriagados y alborotados por el alcohol y la cafeína.

Johnny y yo nos reímos al recordar aquel día.

—A Kevin Sullivan no se le permitió hacer otra fiesta de cumpleaños —anoté.

—Con todo, fue un momento memorable de ese verano —dijo Johnny sonriendo—. Me encantaría saber lo que Dagmar planeó para esta noche.

—A mí también. No me sorprendería que los invitados empezaran a hacer fila a las seis. Hablando de otra cosa, para hacer honor a la petición de Maw y para que no te quedes sin un centavo, vamos a sacar a Robert después de que hable con mi padre. No parece estar participando, ¿cierto?

—No, no lo parece. ¿Quizás esté preocupado? —respondió Johnny, mirando en su dirección.

—Lo dudo —dije.

—Yo dejaría que se tranquilizara antes de soltarle la caja con el ídolo roto. Después de ese momento, deseará haber participado del espíritu que tienen las cosas aquí.

—Es más que probable. No me apetece mucho esa charla, pero es lo que debo hacer. Deséame suerte.

—Será pan comido.

—¿Habrá pan en la comida? —interrumpió Maw.

Su oído era realmente bueno. El almuerzo terminó exitosamente, tal como había empezado, y entonces me di cuenta de que mi padre y yo solo podríamos hablar después de que mis otros invitados se hubieran marchado de la biblioteca. Hice un gesto con la cabeza a Stanley. Él se acercó. Le pregunté si se podía servir café para los dos en unos cuarenta minutos. Stanley dijo que lo haría, y que entregaría la caja junto con el servicio. Estaría preparado por si lo necesitaba.

A mi padre le gustaba el café y a mí también. Eso al menos haría que nuestra charla empezara en buenos términos.

72

Una vez terminado el postre, Bruni se levantó y anunció que pasaríamos al salón y a la biblioteca. Añadió que las bebidas estarían disponibles a las siete y treinta, y que la cena sería de corbata blanca, a las nueve en punto. Los hombres se dirigieron a la biblioteca, y Johnny y yo cerramos la marcha. Antes de entrar, me deseó suerte.

—Piensa en Quinto Fabio Máximo enfrentado a Aníbal y te irá bien —dijo.

—Ese es un consejo realmente útil. Gracias, Johnny.

Me dio una palmadita en el hombro. Era un buen consejo. Quinto Fabio Máximo, uno de mis héroes, fue el maestro de la no confrontación contra un enemigo superior.

Johnny y yo nos aproximamos a la barra. Tomé un brandy pequeño y un cigarro. Johnny hizo lo mismo. John y Hugo se habían sentado y hablaban de negocios, mientras Cobb, mi padre y Malcolm estaban de pie frente a la chimenea.

Me acerqué y les pregunté si habían disfrutado del almuerzo. Cobb respondió que le había parecido maravillosamente refrescante. Malcolm coincidió con él y se dirigió a mi padre, quien dijo:

—La cocinera tiene talento. En mi opinión, la ensalada rusa tenía demasiada mayonesa. Probé la mejor en Rumania.

—Ah, ¿sí? ¿Qué hacías allí? —pregunté.

—Estaba sondeando al gobierno sobre los préstamos del Fondo Monetario Internacional. De vez en cuando hice cosas como esas. Era bastante lucrativo.

—Ya veo. No sabía que estuvieras interesado en las finanzas internacionales.

—Incursiono aquí y allá. ¿Eres aficionado al tema, Percy?

—¿Finanzas internacionales? No tengo esas aspiraciones. Ahí se mueven muchos hilos.

—Oh, sí, pero esa es la cuestión, ¿no?

—Así es y por eso no me interesa tanto. Ahora, aparte de demasiada mayonesa, ¿encontraste el almuerzo satisfactorio?

—Por regla general, no almuerzo. En este caso hice una excepción.

—Ya veo. Lo recordaré. Hablaremos más en un rato. Caballeros...

Me despedí con la cabeza y me acerqué a hablar con Johnny, que estaba de pie junto a la barra. Estaba seguro de que había estado escuchando.

—Interesante intercambio —dijo.

—Sí. Como fabiano, es bastante bueno. Nunca responde a una pregunta que no quiera. Tendré que trabajar mucho.

—Tal vez. También mencionó las finanzas internacionales. Cada vez que escucho ese término, busco un sitio seguro. ¿Cómo va la hipótesis desagradable?

—Cada vez tiene más peso.

—Es cierto. Por su bien, será mejor que ese comentario no le llegue a Dagmar. Dudo que ella lo aprecie. Para mí, la ensalada era pura magia rusa, pero a cada uno lo suyo. ¿Crees que es del tipo celoso?

—No tengo ni idea. Tal vez.

—Quizás esté celoso de ti.

—¿De mí? Lo dudo por completo.

—Podrías sorprenderte.

—Él tiene algo, pero no puedo decir qué es exactamente —dije, reflexionando sobre sus palabras.

—Entonces quizás tenga miedo.

—¿De mí?

—Es posible.

—También lo dudo.

—Entonces es seguro que tiene miedo de algo.

—Ya lo señalaste antes. Exploraré el tema cuando hable con él, aunque dudo que me lo diga directamente.

—Probablemente no. —Johnny sonrió—. Pero si lo mencionas, creo que tendrás una conversación muy interesante. Ahora, busquemos una silla para poder fumar en paz.

—Buena idea. Así podremos experimentar una breve calma antes de que llegue el temporal.

73

Los demás se fueron. Mi padre y yo nos quedamos en la biblioteca. El café y la caja llegarían pronto. Estábamos sentados en las mismas sillas que antes.

Mi padre abrió la charla:

—Entonces, Percy, sobre nuestra última conversación, ¿tomaste alguna decisión con respecto a ti y a mí?

—Pensé en reservarme cualquier juicio en este momento, en lugar de tomar una decisión definitiva. Nuestra relación evolucionará, o no. Estamos hablando y eso es lo que necesitamos, independientemente de la dirección que tome.

—Me parece bien. No somos tan diferentes.

—Lo somos y no lo somos. Me miras y ves una versión más joven de ti, y por eso crees que me conoces. Después de hablar contigo y con mi madre, creo que me parezco más a ella. Dices que no me deseas ningún mal, pero desconfío de ti. No sé por qué.

Mi padre asintió.

—Tal vez cuando te miro estoy haciendo suposiciones inexactas y he imaginado una conexión que no existe. Sin embargo, somos familia, aunque es difícil saber qué significa eso. Tal vez la conexión que percibo se manifieste de formas que no hemos considerado, como en nuestro sentido del humor, nuestros gestos o nuestros intereses. ¿Por qué desconfías tanto de mí, Percy?

—Tienes una reputación. Una vez más, quiero insistir en que intento mantener la mente abierta, pero cuando pienso en ti, pienso en rupturas. Arruinas cosas y desconfío de la gente que hace eso.

Mi padre parecía dolido y estaba a punto de responder cuando llamaron a la puerta y entró Simon con el servicio de café.

—Perdona la interrupción —dije—, pero pensé que nos vendría bien un poco de café.

Mi padre asintió. Esperamos a que prepararan el servicio y lo sirvieran. Cuando estuvo listo, Simon metió la mano bajo el mantel como un prestidigitador y me entregó la caja de zapatos. Le di las gracias y salió.

—¿Qué es eso? —preguntó mi padre.

Le entregué la caja. Observé cómo su rostro se llenaba de expectación al abrirla, solo para ver cómo su semblante se tornaba sombrío y duro.

—¿Es algún tipo de broma?

—No. Es el ídolo y la joya que querías. Es un regalo.

—¿Un regalo? Esto no es un regalo. ¡Es una farsa! ¡Cómo te atreves a hablarme de romper cosas! ¡Está arruinado!

—¿Te parece?

—¿Cómo ocurrió esto?

—¿No es eso lo que querías?

—¿Tienes idea de lo que hiciste? ¡Tú, estúpido, estúpido irresponsable! ¡Fuera! ¡No quiero verte! ¡Esto es imperdonable!

Mi padre se levantó de la silla, tomó la caja y su contenido y los arrojó, con estrépito, a la chimenea. Luego tomó el servicio de café y lo lanzó también. Se dio vuelta, todavía furioso, y me miró. Su rostro se veía salvaje, deforme y grotesco. Levantó los dos puños por encima de la cabeza y los bajó con furia hasta que sus dos dedos índices me apuntaron.

—¡Te maldigo! Maldigo esta casa. Maldigo a la gente que hay en ella. ¡Maldigo todo lo que deseas y todo lo que tocas! Tú... tú... ¡bastardo!

Luego de ese ataque de furia, se desplomó en su silla y comenzó a llorar. Vi cómo sus hombros se agitaban mientras sollozaba. Lo miré con distancia. No tenía ni idea de qué hacer. Su disgusto no era inesperado, pero el grado y la forma que tomó me sorprendieron. Además, estaba cansado de la dinámica padre-hijo. Ya era hora de tratarlo como a una persona normal y que él actuara de la misma forma. Ya era suficiente. Era mi invitado y tener que

347

aguantar su mal humor, su naturaleza volátil y su velada condescendencia no solo me estaba cansando, sino que era ya intolerable. Estaba en mi casa, ¡en mi casa! Además, me maldijo. ¿Podía hacer eso? ¿Podía alguien hacer eso? ¿Cómo se atrevía?

Recordé entonces que Dagmar esperaba que él y todos los demás estuvieran en la cena de esta noche. No tenía ni idea de por qué insistía en que todos asistieran, pero intuía que era importante. Con ese pensamiento, la niebla dentro de mi cabeza pareció disiparse. Vi claramente que podía dejar que el mundo se derrumbara o podía actuar para arreglar las cosas. Rhinebeck podía convertirse en una tumba de sueños rotos en cualquier momento, pero solo si yo lo permitía. La elección era siempre mía. Me arrodillé junto a mi padre y le hablé en un susurro.

—Rompí el ídolo. El poder que tenía fluyó hacia mí... y hacia un demonio.

—¿Qué? —Mi padre quedó estático y me miró, con el rostro aún angustiado. Continué hablando en voz baja.

—Quizá deberías escuchar la historia antes de decidir que todo está perdido.

Me tomó la cara con una mano y me miró a los ojos.

—¿Lo rompiste?

No me aparté y dije en voz baja:

—Me caí, y se rompió.

Continuó mirándome.

—Tal vez debería escuchar tu historia.

—Quizás sí, pero antes quiero un café. —Me puse de pie, lo miré y le dije—: No vuelvas a lanzar un servicio de café a la chimenea en mi casa. El café de aquí es demasiado bueno para hacer eso. También te sugiero que recojas esos trozos del ídolo y la joya mientras hago los preparativos para conseguir más café. Esta discusión está lejos de terminar, ¡así que ni se te ocurra alejarte!

74

A brí la puerta de la biblioteca y salí al pasillo. Tanto Simon como Stanley estaban de pie a unos metros de distancia. Supuse que habían escuchado el estruendo y se preguntaban si debían intervenir.

Stanley preguntó:

—¿Está todo bien?

—No, pero estamos en medio de todo —dije en voz baja—. Al menos no cayó muerto al ver el estado de la estatuilla. Simon debería traer un cubo de basura y retirar el servicio de café de la chimenea. Dudo que haya mucho que se pueda salvar, aparte de los cubiertos. Mi padre está recogiendo las piezas del ídolo. Supongo que necesitará ayuda. Volveré a entrar en un momento. Mientras tanto, Stanley, ¿podrías traernos otro servicio de café? Un termo y dos tazas serían suficientes. Dudo que tire las cosas de nuevo, pero nunca se sabe. La ventaja es que no cayó nada en la alfombra y el fuego ya estaba apagado cuando lo hizo.

—Ya veo. ¿Está llegando a algo con él?

—Creo que sí y, extrañamente, creo que fue necesario su disgusto para llegar a un punto.

—Muy bien. Simon y yo nos encargaremos de ello. Si me necesita, llame. Pronto tendrá más café.

—Excelente, Stanley, y gracias, Simon.

Volví a entrar en la biblioteca. Parecía que mi padre había conseguido sacar la caja de la chimenea, junto con las piezas. Las tenía a sus pies. Me senté.

—Pronto tendremos más café.

—Quiero una explicación —fue todo lo que dijo. Y al menos usó un tono de voz normal.

—La tendrás, pero tomaré primero mi café. Prefiero que no me molesten mientras te lo cuento, así que lo esperaremos.

Simon llegó con una gran caja de madera, una escoba y un recogedor. Comenzó a limpiar la chimenea. Stanley apareció con un termo y dos tazas en una bandeja de plata. La solidez del servicio me hizo ver que Stanley no se arriesgaba y, a juzgar por la expresión adusta de su rostro, el servicio anterior debía de haber sido valioso. Salió en cuanto lo colocó en una mesa auxiliar. Simon le siguió rápidamente y la puerta se cerró con un clic. Tras una pausa, tomé una taza y el termo.

—¿Quieres un poco? —pregunté.

—Supongo que sí.

Le serví una taza, se la entregué y preparé una para mí. Estaba caliente, delicioso y era exactamente lo que necesitaba.

—Te voy a contar la historia. ¿Estás preparado?

—Obviamente.

Lo miré durante un buen momento.

—Muy bien, pero antes de empezar, quiero hablar contigo simplemente como lo hacen dos personas normales. Lo haré con el respeto que exige tu edad y con la debida consideración hacia un huésped de mi casa. Deseo que me muestres una cortesía similar, y eso es todo. ¿Puedes aceptarlo?

—Deseas dejar de lado la relación padre-hijo.

—Sí, por ahora.

—Muy bien. Estoy de acuerdo.

—Te contaré la historia. Robert Bruce fue quien descubrió el ídolo.

—¿Quién?

—El perro de Johnny, el que te gruñó. La señora Leland es ahora su dueña. Robert descubrió la caja en la bodega, donde había permanecido sin abrir entre un montón de otros objetos que llegaron y seguían acumulándose después de la muerte de Alice. Johnny y yo queríamos saber más sobre las circunstancias de su muerte. También queríamos detalles sobre su vida. Mientras revisábamos algunos de los numerosos objetos, encontré una carta a un tal M. Thoreau escrita por Alice poco antes de morir. Había sido devuelta como «no recibida». En ella, Alice describía el ídolo, su hallazgo por Arthur Blaine y su posterior huida con él a la selva. Escribió que había hecho arreglos para que la estatuilla fuera entregada aquí, pero, por alguna razón, apareció cuando ella ya había fallecido. Nadie sabe cuándo llegó la caja exactamente. La abrimos, vimos lo que era y Johnny decidió utilizarla para invocar a un demonio.

—¿Por qué querría hacer eso?

—Quería averiguar si el ocultismo era algo real o no. Había sido una parte importante de la vida de Alice y, al explorar ese elemento, pensó que podría entenderla mejor.

—¿Tuvo éxito la invocación?

—Los resultados no fueron concluyentes, aunque hubo indicios de que tuvo éxito. Johnny encontró unas notas en uno de los libros de Alice que describían el procedimiento. Siguió sus instrucciones al pie de la letra, incluyendo el uso de una tintura que ella creó para facilitar la invocación. Además, requería un objeto específico que tuviera propiedades ocultas. Alice normalmente utilizaba un brazalete, pero, en este caso, Johnny utilizó el ídolo.

—¿Realmente hiciste eso?

—Sí. Bebí la tintura. El recuerdo de lo que sucedió después es confuso y poco fiable. Según Johnny, empecé a hablar con una voz que no era la mía. Johnny debería haber hecho una pregunta, pero hizo dos. Lo que fuera que hablaba a través de mí se alteró. Johnny me contó que agarré el ídolo y le dije: «Por mí, por él». Johnny estuvo de acuerdo. La voz dijo que yo había recibido mucho más de lo acordado, algo extra. Se hizo un nuevo trato entre ellos y yo me desplomé inmediatamente después. El ídolo se rompió y la joya se partió en dos en la caída.

—Faltan muchas cosas en tu relato.

—Así es, y esas partes pueden ser relevantes o no, lo admito. Te conté los hechos sin adornos. Si tienes preguntas, intentaré responderlas.

—¿Qué fue lo que recibiste adicionalmente?

—Un sentido intuitivo que desapareció cuando me fui a California. No ha regresado.

—Descríbemelo.

—Entendía a las personas, sus motivos y lo que sentían.

—Y ya no lo puedes hacer.

—No de esa manera. Es una cuestión de grado, más que la capacidad en sí misma. Era algo mucho más profundo.

—¿Y lo perdiste?

—Aparentemente.

—¿Lo quieres recuperar?

—No. Ahora no existe una necesidad imperiosa de tenerlo. Me siento totalmente capaz de actuar sin ese sentido.

—Pero en ese momento sí lo necesitabas.

—Lo necesitaba. Era más temeroso y necesitaba esa intuición para tranquilizarme. Sigo teniendo miedo, pero menos. Ahora tengo algo más útil.

—¿Y qué es?

—Equilibrio. Veo los dos lados.

—¿Y qué hay de mi lado?

—Deja que te hable de tu lado.

—Adelante.

—No eres mi único invitado. Soy responsable de todos a quienes invito a mi casa. Yo no te invité. Tú viniste. Sin embargo, al aceptarte, te convertiste en un invitado, con todo lo que ello implica. Ahora conseguiste crear malestar entre la mayoría de los que invité específicamente, si no en todos. Faltaría preguntarle a Cobb si lo has molestado. Él también es mi invitado. En cualquier caso, no quiero más disgustos tuyos en esta casa. Somos muy tradicionales en lo que respecta a cómo deben comportarse un invitado y un anfitrión. Los antiguos griegos lo llamaban *xenia*. Seguro que conoces el término. Teniendo en cuenta eso, está muy bien que te molestes conmigo, aunque te diré que voy a hacer todo lo posible por atenderte. Como anfitrión, es mi deber. También es mi deber protegerte —darte refugio— y estás haciendo que mi trabajo sea extremadamente difícil. Ahora, ¿qué es lo que quieres decirme de tu lado? Tal vez pueda ser de ayuda.

Mi padre me estudió detenidamente.

—¿Deseas ayudarme?

—Si está a mi alcance. Ciertamente, estoy dispuesto a escuchar tu petición, pero no puedo hacer nada, a menos que la expliques con detalle. ¿Quizás puedes empezar diciéndome cuál es el problema concreto que quieres resolver?

—¿Y si no es de tu incumbencia?

—Entonces no es de mi incumbencia.

Mi padre siguió mirándome. Le devolví la mirada.

—Tú también tienes cosas que me pertenecen y que deben devolverse —dijo.

—¿Cómo por ejemplo?

—La vasija, la pulsera y esto. —Pateó la caja con el pie—. Hay más objetos que ella se llevó.

—Muy bien. Supongamos que acepto dártelos cuando te vayas. ¿Servirá eso?

—No.

—¿Por qué no?

—Como escribí en mi carta, quiero llevarlos a mi habitación.

—¿Y hacer qué?

—Lo que haga allí es asunto mío.

—Y, sin embargo, cualquier cosa que eso sea sucederá en mi casa y no me dirás nada al respecto. Desde mi punto de vista, llegamos hasta donde podemos llegar. En cuanto a los distintos objetos que dices que son tuyos, puede que tengas razón. Estoy dispuesto a permitir que los tribunales decidan el asunto. Si fallan a tu favor, entonces serán devueltos. Desgraciadamente, eso llevará algún tiempo y el tiempo es un bien del que ninguno de los dos disponemos ahora mismo. En mi caso, no eres mi único invitado. Otros demandan mi atención. Y, en tu caso, te irás de aquí y no volverás. No creo que quiera que vuelvas. Rompes cosas, y no todo se puede arreglar. Esa es mi posición. ¿Quieres más café?

—No, no quiero más café. Puedo y voy a crearte problemas.

—Estoy seguro de eso, pero no en esta casa... nunca más.

—¿Así que ahora harás que me echen?

—Sí. Ya ha sucedido antes, creo. Ordené a Stanley que informe a Cobb para que te ayude a hacer las maletas y que le diga específicamente que su invitación a cenar sigue en pie. Harry te dejará en la estación de tren. No está lejos. —Me levanté—. Quizás nos volvamos a ver... pero quizás no. Adiós.

Me di vuelta y estaba a punto de abrir la puerta cuando gritó:

—¡Muy bien! De acuerdo. Te lo diré. Vuelve a sentarte. Voy a jugar a tu estúpido juego.

Me volví y le respondí:

—No es una estupidez. Creo que es importante que digas lo que tienes que decir, no por mí, sino por ti. ¿A quién más podrías decírselo? ¿Quién te va a creer? ¿Y a quién conoces que quisiera oírte?

Mi padre hizo una pausa y me miró fijamente.

—Sí, en eso tienes razón. Por eso estoy aquí. La cuestión es, ¿por dónde empiezo?

—¿Por el principio?

—No hay comienzos, solo introducciones de diferentes temas en una composición interminable. Por favor. Siéntate y te lo diré.

75

Me senté de nuevo y esperé a que empezara. Mientras él pensaba y se servía un poco de café, yo consideraba nuestras posiciones.

Dejar hablar a mi padre era como abrirle la puerta a un vendedor de aspiradoras. No se trataba de si comprar o no, sino de cuántas tendría cuando terminara. Para evitar que volviera a tomar la delantera, decidí controlar la conversación.

—Ya que el tiempo apremia, tal vez puedas decir simplemente el motivo que te trajo aquí.

Mi padre volvió a parecer irritado.

—Seré breve y directo, como me has pedido. Mi deseo era utilizar el ídolo para hablar una vez más con Alice. Existen métodos. Comprendo que ese intento pueda parecerte ridículo, pero es el deseo de un hombre que no tiene mucho tiempo por delante. Le hice mal, y ella me lo hizo a mí. Necesitamos el perdón mutuo antes de poder seguir adelante. Sé que esto es cierto por razones que preferiría no mencionar. Si te las dijera dudarías aún más de mi cordura. A Cobb le interesan esas cosas tanto como a mí. Por eso me acompaña aquí, por eso y para mantenerme vivo el mayor tiempo posible. Le pagué bien. Las acciones son suyas. Fue nuestro arreglo y nuestro acuerdo. Cuando Hugo me dijo que habían encontrado el ídolo, supe que era mi única oportunidad. Ahora que lo veo roto, no sé qué hacer. Seguramente pensarás que soy un tonto por creer que es posible hablar con los muertos. Tal vez lo sea. He sido un tonto en muchas cosas, así que serlo ahora no es tan diferente. Ahora ya sabes la razón por la que estoy aquí, y, por lo que queda del ídolo, no hay mucho más que decir.

—Gracias por la brevedad. Querías usar el ídolo y algunos otros objetos para contactar con Alice y buscar su perdón. ¿Es correcto?

—Casi. Ella necesita mi perdón tanto como yo el suyo. Esto lo sé sin lugar a dudas.

—Ya veo. Ahora entiendo tu petición. Gracias. Me aclaraste varios puntos y, como fuiste tan comunicativo, me gustaría decirte tres cosas. La primera es que, como el ídolo está roto, no puedo cumplir nuestro acuerdo. Te doy la opción de aceptar el cheque de vuelta o darme los fondos para que los guarde en fideicomiso para tu nieto. Bruni está embarazada. Tú no lo sabías.

—¿Está embarazada ahora?

—Sí.

—Bueno, felicidades. Me alegra oírlo. Supongo que eso me convertirá en abuelo.

—Sí, serás abuelo y eso es muy especial. El segundo punto que quiero señalar es que el perdón y la aceptación no son diferentes. Una sabia dama me dijo que nuestra disposición a aceptar lo que recibimos es lo que determina cómo nos sentimos y si realmente eso nos hace felices. Quizás esas palabras se apliquen también al pasado. Tendrás un nieto. Todo lo que sucedió antes fue necesario para que eso ocurra ahora.

Mi padre asintió.

—¿Y qué es lo último?

—Sin ilusionarte, me gustaría explorar una vía que puede ayudarte en lo que deseas conseguir, entendiendo que puede no llevar a nada. Por ahora, es solo una posibilidad.

—¿De verdad? ¿Qué tienes en mente?

—Ten paciencia durante un tiempo y te lo haré saber. Una última pregunta: si Cobb es el propietario de las acciones, ¿cómo pudiste apostarlas?

—Habrías perdido, así que no importaba si yo era dueño de ellas o no. Supongo que para los dos este es un buen momento para terminar. Pensaré qué hacer con el cheque y te lo haré saber. También debo disculparme por destruir el servicio de café. Me encargaré de reemplazarlo. Quiero agradecerte, además, por nuestra charla, pero antes de irnos, unos consejos, si me permites.

—¿Cuáles serían?

—Por el bien de todos, aléjate del juego. No eres apto para ello y, por último, nunca apuestes contra mí.

Consideré sus palabras.

—Probablemente sea una buena idea.

Me levanté y toqué el timbre para llamar a Stanley, quien llegó rápidamente y me informó acerca de la necesidad de tomar algunas decisiones sobre la cena de esta noche. Le di las gracias y me excusé con mi padre al retirarme.

76

Mientras caminábamos por el pasillo, Stanley me preguntó si la segunda parte de la reunión había resultado mejor que la primera.

—Así fue, y tenías razón. Mi padre quiere ponerse en contacto con Alice para pedirle perdón y perdonarla, pero el ídolo roto desbarató esos planes. Sin entrar en detalles con él, le dije que podría buscar métodos alternativos para lograrlo. Dagmar podría mostrarme la dirección correcta, pero dudo que tenga tiempo.

—Está bastante ocupada, como puedes imaginar. Lo más significativo es que jugaste tu propio juego y evitaste el suyo. En ese orden de ideas, yo no haría nada con el asunto que mencionas. Puede que sientas que, como anfitrión, tienes la obligación de considerarlo; sin embargo, él se aprovechará de esa disposición y rápidamente te verás atrapado de nuevo. Mi consejo es que no hagas nada.

—Gracias, Stanley. Ahora tengo que buscar a Johnny y sacar a pasear a ese perro.

Stanley y yo nos separamos y encontré a Johnny en el salón, hablando con Maw. Cuando ella me vio entrar, le entregó a Johnny la correa. No es que Robert hubiera sonreído exactamente, pero intuí que vislumbraba en su futuro una racha de libertad. Esa expresión de anticipación se cortó cuando advirtió que yo lo estaba observando. Giró la cabeza hacia otro lado, como si quisiera decir: «No viste eso». Para enfatizar el punto, se dejó caer en su posición de esfinge y me ignoró. Para mí, el hecho de que pareciera y actuara como un perro no significaba que en el fondo no fuera un rufián. Al igual que la esfinge, tenía una paciencia casi antinatural y era inescrutable cuando quería.

Johnny y yo paseamos a Robert por el borde del prado sur. El animal caminaba dándose aires junto a Johnny, a su izquierda, sin siquiera tensar la correa. O bien Maw le había enseñado algunos modales o con ella se había acostumbrado a portarse bien. Robert, no lo dudaba, tenía la inteligencia suficiente para saber exactamente en qué dirección soplaba el viento. Mientras el perro trotaba alegremente a su lado, Johnny me escuchaba y lo miraba de vez en cuando. Sonreía, evidentemente emocionado por la sumisión de Robert.

Como todo iba bien, Johnny, en un intento equivocado de validar y reconocer a Robert por su buen comportamiento, le soltó la correa. En un abrir y cerrar de ojos vi cómo el perro se convertía en una mancha que se desvanecía en la distancia, alejándose a toda velocidad en dirección a la cancha de tenis. Sacudí la cabeza con exasperación. Debería haberlo esperado. Johnny observó el truco de desaparición de Robert como un niño perplejo ante un mago que le saca monedas de las orejas o hace que los caramelos se esfumen.

—Se supone que no debería haber hecho eso —dijo Johnny al cabo de unos instantes.

—¿De verdad, Johnny? Claro que no, pero lo soltaste, así que lo más seguro era que escapara. ¡Por todos los cielos! Ahora tendremos que capturarlo. Odio tener que hacerlo. No puedo creer que lo hayas soltado.

—No hay que preocuparse —respondió Johnny, suspirando y encogiéndose de hombros—. Es bueno que disfrute de su libertad mientras pueda. Seguro que últimamente ha estado bastante reprimido. Seguiremos tranquilamente. Él encontrará unas pelotas de tenis horribles que han estado ahí unos cuantos inviernos y disfrutará de un éxtasis canino mientras las hace pedazos. Estoy seguro de que es lo mínimo que se merece. Ahora, ¿dónde estábamos?

—Dejamos a mi padre en la biblioteca. Llamé a Stanley y lo puse al corriente de lo sucedido. Parecía satisfecho con los resultados. También le mencioné el problema de mi padre y le dije que vería lo que podía hacer. Me aconsejó que dejara de lado el asunto por completo.

Johnny y yo continuamos caminando en la dirección que había tomado Robert.

—Supongo que tenías que ofrecer tu ayuda, porque es un invitado —dijo Johnny—, pero, como señaló Stanley, al hacerlo se abre otra puerta y ese hombre puede colarse por la grieta más estrecha. Además, preguntarle a Dagmar podría ser difícil hoy, dados los preparativos que se están llevando a cabo. Como alternativa, podrías considerar darle a tu padre el frasco que contiene la tintura de Alice y decirle que tome un par de tragos. Incluso podrías dárselo a Cobb y dejar que él lo administre. Cobb puede decirle a su señoría que verá más que a la tía Alice después de consumir una o dos onzas. ¿Quién sabe? Mi idea del frasco podría incluso funcionar.

»Dejando el punto por un momento, creo que manejaste a tu padre bastante bien y eso es mucho decir. Así que bien hecho. Hablé con Bonnie. Me dijo que Cobb está haciendo todo lo posible para mantener a tu padre vivo, pero él es un paciente muy difícil. Ya que Cobb es quien tiene las acciones ahora, fue compensado lo suficiente como para asegurarse de que tu padre permanezca entre los vivos. También tengo la sensación de que tu madre está negociando con Cobb para que las acciones vuelvan a ser de Hugo. Eso puede ser una discusión interesante. En resumen, hemos hecho algunos progresos y, desde mi punto de vista, todo está encajando bastante bien. Sin embargo, tengo una pregunta.

—¿Cuál es?

—¿Cómo están las dos hipótesis en tu mente?

—La hipótesis desagradable sigue siendo la más probable, pero no de forma abrumadora. Actuar como anfitrión, en lugar de como hijo, ciertamente me permitió tratar con él de manera más efectiva. Continuaré con ese enfoque.

—Buena idea. Sin embargo, creo que tu padre mostrará sus verdaderos colores en algún momento. Sus planes están bloqueados por ahora, pero estoy seguro de que no se ha rendido. Es una obsesión para él y probablemente sea lo que lo mantiene vivo. Estoy seguro de que aún no has oído su última palabra sobre el asunto. Malcolm puede ser capaz de arrojar algo de luz sobre qué esperar. Se fue a dormir una siesta después del almuerzo y no lo he visto desde entonces. Hablaré con él antes de la cena para ver qué puedo averiguar.

—Hazlo. Por el momento, hemos hecho todo lo posible. Ahora tenemos que recoger a ese perro. ¿Lo ves en algún sitio? No me gustaría pensar lo que pasaría si lo perdemos.

—No hay que preocuparse. Veo al pequeño bastardo. Está detrás de la cancha de tenis. Voy a acercarme y le pondré la correa. No me tomará ni un minuto.

—Ese sería un logro tranquilizador.

Cuarenta minutos más tarde, los tres nos dirigimos a la casa. No estoy seguro de si fue Johnny suplicando a gatas en la grama lo que tuvo efecto o si Robert se había aburrido de hacerlo correr y saltar. Al final, puede que haya sido por lástima. Johnny parecía totalmente agotado y nos esperaba una larga noche. Nos separamos en el salón y fui a buscar a Bruni.

77

Bruni descansaba en la bañera. La oí chapotear. Golpeé el marco de la puerta del baño.

—¿Puedo entrar?

—Por supuesto. Es un buen momento. Puedes lavarme la espalda... pero no me mojes el pelo.

Me senté en el borde de la bañera y comencé a lavarla con una toallita. Su espalda era muy suave y atractiva.

—No te hagas ilusiones, Percy. Ahora, cuéntame qué pasó con tu padre.

Le conté con detalle mi conversación. Cuando terminé, giró la cabeza para mirarme.

—Estuvo muy bien lo del susurro y el hecho de llevar la conversación al terreno de anfitrión e invitado en lugar del de padre-hijo. Eso fue inteligente. Que Cobb tenga las acciones es un giro interesante. Siempre fue una posibilidad, pero no deja de ser sorprendente. Cobb es, obviamente, mucho más inteligente de lo que pensaba.

—Así es, pero tendrá que lidiar con mi madre. Ella quiere recuperar esas acciones para Hugo como parte de un agradecimiento pendiente desde hace mucho.

—¿En serio?

—Johnny también lo mencionó. Es una de las razones por las que ella está aquí.

—No lo había considerado, pero tiene sentido. Mi única pregunta es: ¿qué vas a hacer,si es que vas a hacer algo, para satisfacer el deseo de tu padre? Antes de responderme, toma una toalla y ayúdame a salir de esta bañera.

Bruni tiró del tapón de la bañera con el dedo del pie, se levantó, se envolvió con la toalla y dejó que la ayudara a salir. Se sentía agradable y cálida arropada de esa manera.

—Percy, por favor, concéntrate. Te distraes muy fácilmente.

—¿Y tú no tienes nada que ver con eso?

—Tengo todo que ver, como debe ser. Ahora, por favor, date vuelta para que pueda secarme y así puedas responderme sin tener que recuperar el aliento a cada segundo.

—Supongo que eso puede funcionar. Me daré vuelta. Ya está. De todos modos, pensé en hablar con Dagmar, pero Stanley me lo desaconsejó.

—Un punto que quizás no has considerado es que Dagmar está al tanto de la situación de tu padre y que ya hay un plan en marcha.

—¿Eso crees?

—Lo creo. Las dos hablamos de ello.

—¿Cómo lo lograste? Ni siquiera yo puedo hablar con ella sin una cita.

—Le caigo bien. ¿Qué puedo decir? Soy bienvenida en su cocina cuando quiera.

—¿De verdad?

—Es cierto. Esta tarde dejé que me pusiera trabajo. Quiere darme algunas lecciones y definitivamente es alguien con muchas cosas para enseñar. Estoy considerando ser su aprendiz cuando esté aquí. Mencionó que estaba al tanto de la situación de tu padre y que no sería aconsejable resolver su problema con una tintura. Además, eso interferiría con la sorpresa del final de la noche.

—¿Habrá una sorpresa al final de la noche? Eso es una novedad. ¿Qué crees que tiene en mente?

—Tendremos que esperar y ver.

—¿Seguro que no te dijo nada en concreto?

—No. —Bruni sonrió—. Pero me pidió que te dijera que no te preocupes, que todo está en orden. Debo decir que esa cocina es un hervidero de intrigas, inteligencia y apuestas de todo tipo.

—Es cierto, y el hecho de que tú formes parte de ese submundo puede resultar muy útil. ¿Están haciendo apuestas sobre la boda?

—Oh, claro que sí.

—No pierden el tiempo… Cuéntame.

—Por desgracia, no puedo. Eso también se sabrá a su debido momento.

—Lástima. —Suspiré—. Stanley nos dijo a Johnny y a mí que nuestra participación afectaría las probabilidades, y ya que a menudo somos el tema de las apuestas, sería antideportivo. Estoy seguro de que lo mismo aplica para ti.

—Así fue como me lo plantearon.

—Bueno, al menos los dos estamos en el mismo barco. Me siento mejor. Ahora, ¿sabes qué te pondrás? Hablaste de un vestido nuevo que te pareció bastante atrevido. ¿Era el de anoche o el de esta noche?

—El de esta noche, solo que estoy teniendo dudas.

—Si te estás arrepintiendo, apenas puedo imaginar cómo es... en realidad, sí puedo imaginarlo y ese es el problema.

—No te emociones demasiado. El vestido y yo lo estamos discutiendo. Ahora, ¿por qué no empiezas a prepararte tú? ¿No están tus cosas arriba?

—Tienes razón, y mi madre está en mi habitación. Creo que será mejor que me vaya. Vuelvo pronto.

—Por favor. Podrás ver mi vestido y podremos hacer nuestra entrada juntos. Espero con ansias la celebración de esta noche.

78

L a puerta de mi habitación estaba cerrada. Johnny me vio y me indicó que entrara en la suya.

—Deberías darme las gracias. Me las arreglé para sacar tus cosas antes de que tu madre subiera a prepararse.

—Gracias, Johnny y, como compensación, aquí tienes una noticia: según Bruni, Dagmar rechazó la idea de la tintura. Parece que podría entrar en conflicto con sus planes.

—Ah, eso me gusta. Dudaba de poder disfrutar de la velada por causa de las travesuras del joven Robert, pero, con esta nueva información, es seguro que lo lograré. Excelente noticia. Ahora, vamos a movernos. Al menos podemos tener un momento de paz antes de que los acontecimientos empiecen en serio.

Johnny y yo fuimos los primeros en bajar. Mi corbata blanca y mi frac eran razonablemente cómodos. Los dos parecíamos de otro siglo. Antes de tomar una copa de champán, le dije a Johnny que tenía que ver a Bruni, quien vacilaba sobre usar un vestido probablemente demasiado arriesgado para esta noche.

Johnny parecía horrorizado.

—Bueno, yo definitivamente lo revisaría. Me pasó con Laura Hutton. Asistimos a un gran evento una noche y, como hacía frío fuera, ella llevaba un abrigo largo y elegante. Una vez dentro, se lo quitó. Yo ya estaba bastante enamorado y me estaba volviendo excesivamente protector. Puedes imaginar las convulsiones que sufrió mi cerebro gracias a un diseñador francés minimalista cuando vi lo que llevaba debajo de ese abrigo. Mantuve la cara roja toda la noche, y la gente no paraba de preguntarme si me había quedado dormido bajo una lámpara de bronceado. Laura estaba encantada con toda la atención. Yo no lo estaba. Por favor, ve a ver a Bruni ahora que hay tiempo.

Me dirigí de prisa a nuestro apartamento.

—Bueno, ¿qué te parece? —preguntó Bruni cuando entré.

El vestido era de seda azul oscuro, estampado, y se ceñía a su cuerpo como una segunda piel. Bruni se observaba en el espejo girando hacia un lado y otro.

—En una reunión mucho más grande, iluminarías la sala. En una íntima como esta, eclipsarás a todas las demás.

—Eso es lo que pienso. Es demasiado.

—¿Qué vas a ponerte en su lugar?

—Tengo esta opción en negro. Con algunos diamantes se verá bastante bien. Puedes bajarme el cierre ahora.

—No sé si me atreva.

—La fortuna favorece a los audaces, Percy.

Llegamos al salón antes que la mayoría de los invitados. Johnny asintió con la cabeza mientras Bruni se iba a hablar con sus padres y luego dijo:

—Tardó un poco más de lo esperado, pero Bruni está estupenda.

—Sí, y también puedo respirar más tranquilamente.

—Eso siempre es una ventaja. He estado esperando al hombre alto para descubrir lo que sabe. Si le das de comer caviar para que tenga sed, y yo lo mantengo abastecido de champán, puede que consigamos algo.

—Es bastante alto —dije—. Imagino que con cuatro copas bastará. Ahí está. Vete. Me reuniré contigo en un momento.

Mi padre también había entrado en el salón con Cobb. Era con este último con quien quería hablar, pero mi madre se deslizó a mi lado antes de que pudiera acercarme a él.

—¿Te gusta mi vestido? —preguntó—. Me lo hizo Valentino Garavani.

Me di vuelta para mirarla. El vestido era de seda negra fina, pero la forma en que estaba doblado y como la envolvía la hacía parecer escapada de una pasarela de un desfile de alta costura. En el cuello llevaba un peculiar collar de esmeraldas pálidas. Lucía sensacional.

—Podrías romper muchos corazones sin siquiera intentarlo.

—Afortunadamente, ya lo he hecho… Y más de una vez.

—¿Cómo van las negociaciones con Cobb?

—Ya casi lo tengo. Necesito un pequeño detalle para cerrarlo y creo que sé lo que puede ser. Ubiquémonos junto a la barra. La luz de la izquierda es perfecta. —Me tomó del brazo y me guio hasta el lugar que quería—. Pásame una flauta y ponte a mi derecha.

Le entregué la flauta y me situé en el lugar que me había indicado.

—Perfecto. Mírame. Excelente. Sonríe y yo te devolveré la sonrisa.

Sonreí y su cara se iluminó. Realmente era algo digno de mirar.

—Lo estás haciendo muy bien y aquí viene él. Bésame en la mejilla, date la vuelta y dale la bienvenida. Yo me encargo a partir de ahí.

Le di un beso en la mejilla, me di vuelta y allí estaba Cobb, mirando fijamente a mi madre.

—Percy, por qué no le traes a Angus un poco de champán.

Me di la vuelta para cumplir sus órdenes, mientras ella le decía a Cobb:

—¿Qué te parece?

Le di a Cobb una flauta y me alejé mientras este le preguntaba a mi madre:

—¿Son reales?

Su respuesta flotó hacia mí.

—Podrás descubrirlo por ti mismo esta noche.

—Me gustaría mucho —respondió Cobb.

No sabía qué pensar de eso. Me giré y allí estaba mi padre.

—¿Puedo ofrecerte una copa de champán? —pregunté.

—En un momento. ¿Avanzaste en el asunto que prometiste investigar?

—Hablaremos al final de la noche. No quiero retrasarlo, pero necesito consultar a otras personas que no están disponibles en este momento.

—Imagino que esa cocinera tuya tiene algo que ver. Conociendo su historia, no me sorprendería en absoluto.

—¿Su historia?

—Todo el mundo tiene un pasado y ella también. A algunos es mejor dejarlos dormidos. Si se despiertan, pueden suscitar toda clase de preguntas.

—¿Por casualidad esta es una amenaza encubierta?

—¿Qué quieres decir?

—Sabes exactamente a qué me refiero. Te gusta presionar para que las cosas sucedan cuando y como tú quieres. Protejo a las personas que trabajan para mí y sería poco aconsejable que les causaras problemas. Como no quiero amenazarte, hazme el favor de tener conmigo la misma cortesía.

—¿Crees que te estoy amenazando?

—Indirectamente, sí.

—Si lo prefieres, puedes tomarlo así. Quiero estar seguro de que mi petición no sea olvidada.

—Puedo asegurarte que no ha sido así, pero tengo una pregunta.

—¿Y cuál es?

—¿Piensas arreglar tu relación con Hugo o, simplemente, dejar que se deteriore?

Simon nos interrumpió con unos entremeses de caviar de Beluga sobre círculos de tostadas blancas. Tomé uno y luego otro. Mi padre se negó. Cuando Simon se alejó, le dije:

—Pareces decidido a no disfrutar.

—El disfrute de una persona es la irritación de otra. Hugo no ha hecho ningún intento de reparar nuestra amistad y, al no hacer nada al respecto, es él quien la terminó.

—Él también está molesto, y tienes razón. La ausencia de comunicación envía un mensaje tan claro como su actitud, pero estas señales funcionan en ambos sentidos. Uno de los dos debe hacer el intento. ¿Deseas que actúe arrepentido y diga que todo fue su culpa? ¿Es eso lo que necesitas para aliviar el conflicto entre ustedes?

—Apreciaría una disculpa, pero eso es entre nosotros y no te concierne.

—Si consigues asistir a la boda, creo que sí.

—Me traicionó.

—¿Al no entregar los objetos?

—Así es.

—Tal vez, pero también lo traicionaste al aceptar las acciones. Desde mi punto de vista, una cosa anula la otra. Tal vez sea el momento de llamar a las cosas por su nombre y que los dos hagan un esfuerzo para arreglar sus asuntos mientras puedan. Ahora, si me disculpas, debo dar la bienvenida a la señora Leland y a su hija.

Dejé a mi padre de pie en el centro de la sala. Capté la mirada de Bruni y me di cuenta de que, salvo que mi padre decidiera reconectarse con el mundo que lo rodeaba, seguramente lo abandonaría, y pronto.

79

B runi se acercó y me tomó del brazo.

—¿Qué? ¿No tomas champán?

—Hablaba con mi padre. Está decidido a pasarlo mal esta noche.

—Está malhumorado. Me ocuparé de eso mientras tú recoges una copa de champán y hablas con Maw y Bonnie.

Tomé una copa y me acerqué a hablar con ellas. Bonnie llevaba un vestido de raso azul pálido con un collar de zafiros y diamantes, mientras que Maw iba de negro con tres enormes esmeraldas alrededor del cuello que rivalizaban con las del Museo Topkapi.

—¿Champán? —pregunté, mientras le indicaba a uno de los empleados que se acercara.

—Por favor —dijo Maw—. Ese paseo debe de haberle sentado bien a Robert. Está arriba durmiendo como un bebé.

—No me sorprende. Corrió mucho. Por cierto, las dos tienen un aspecto celestial.

John y Anne, en un Cassini negro, se unieron a nosotros mientras yo notaba que mi padre sostenía una flauta. Llegaron luego Hugo y Elsa. Ella llevaba un Dior negro con el mismo collar de diamantes de la otra noche. Todos mis invitados estaban ahora reunidos en el salón. Bebían champán a sorbos y, a juzgar por el nivel de ruido, estaban ansiosos por lo que iba a suceder. Algunos minutos después, Simon encendió las luces del salón, sumiendo el entorno en la oscuridad. Stanley abrió las puertas dobles que daban acceso al comedor, brillantemente iluminado. La mesa larga estaba puesta con un mantel blanco y dorado. Todo el cristal era pesado y los bordes rojos rubí de los platos se reflejaban en la plata pulida, haciéndola ver como si estuviera salpicada de sangre. La mesa se había extendido para dar cabida a las numerosas copas, cubiertos y platos adicionales, y así evitar que los invitados se sintieran excesivamente apretados. Acompañé a Bruni a su lugar en el extremo más alejado y corrí la silla para que se sentara entre Elsa y Johnny. En el otro extremo tenía a mi padre a la izquierda y a Hugo a mi derecha. Al lado de Hugo estaba Malcolm y enfrente, junto a mi padre, Cobb con Bonnie a su lado, seguida de Anne y Mary junto a Johnny. En el lado opuesto, junto a Elsa, estaban Maw y John.

Era una disposición interesante. Me pregunté cuántas veces se me pediría que actuara como árbitro, pero sospechaba que Anne había pensado que lo mejor era acercarnos a Hugo, a mi padre y a mí, con la esperanza de que yo pudiera sanar de algún modo la ruptura entre ellos. No estaba seguro de que fuera posible, pero, por la disposición de los asientos, recibí el mensaje de que la paz, además de la comida, era parte del menú.

Me senté, miré a mi alrededor y hablé con Hugo, mi padre, Cobb y Malcolm.

—Esta noche solo hay una regla, señores.

—¿Y cuál es? —preguntó mi padre.

—Sin duelos.

Mi padre levantó los ojos, mientras Hugo murmuraba para sí mismo:

—Qué lástima.

Cobb, quien volvía a sonar como un catedrático de Oxford, me miró y dijo:

—La comida debe consumirse siempre sin disgustos. Sería mejor que todos nos adhiriéramos a esa doctrina. También preferiría que se dirigieran a mí como Angus. —Nos miró a cada uno en nuestro extremo de la mesa. Todos asentimos.

—Es un placer tenerte con nosotros, Angus —dije—. Eres un hombre culto. Tal vez puedas responderme a una pregunta. ¿Qué es el perdón y cómo puede conseguirse?

Tanto mi padre como Hugo parecían incómodos mientras Angus pensaba en una respuesta. Antes de que pudiera empezar, se sirvió una entrada de salmón ahumado escocés en platos pequeños, maridado con un Haut-Brion blanco. A juzgar por el tamaño de la porción y el número de utensilios, vendrían muchos platos más. Lo que servirían después era un misterio. Cuando levanté la vista, la mayoría de mis invitados habían terminado.

—Tal vez ahora pueda responder a tu pregunta —dijo Angus. Miró a su alrededor y vio que tenía nuestra atención—. Como definición, el perdón es la desvinculación deliberada de los hilos que nos atan a una determinada ofensa. Es una decisión personal que suele requerir tiempo, reflexión y, sobre todo, voluntad. La reconciliación, en cambio, implica a más de una parte. Uno puede perdonar a otro y aun así no poder reconciliarse. Por ejemplo, puede intervenir la muerte o una de las partes puede decidir no tener nada que ver con la otra por miedo a sufrir más daños. La reconciliación, en ambos casos, se vuelve imposible.

Me di cuenta de que Angus tenía una de esas voces claras y articuladas, incluso frente al ruido de fondo de varias personas hablando a la vez. Continuó.

—Por si sirve de algo, el acto de perdonar a los demás se menciona a menudo como la clave de una vida pacífica. En mi opinión, ningún dato o precepto es suficiente para abarcar toda la existencia, y la decisión de no perdonar puede ser igualmente útil.

Cobb fue interrumpido por los sonidos de los platos cuando los retiraron y del vino que se servía en las copas.

—Cuando estaba en el cuadrilátero —continuó—, recibir un golpe especialmente cruel me hacía hervir la sangre, y yo alimentaba y conservaba ese dolor para poder ganar el combate. No estar dispuesto a perdonar era una actitud muy eficaz. Pero fuera del ring, esa conducta resultaba inútil. Al no perdonar, me atascaba en un pasado que no funcionaba bien, pero ante la necesidad de perdonar primero, el futuro parecía más funesto y menos esperanzador de lo que realmente era.

—Gracias por esa reflexión —dije—. ¿Has perdonado alguna vez a Stanley?

Unas carcajadas flotaron hacia nosotros desde el otro extremo. Cuando la risa se apaciguó, el médico dijo:

—Stanley me golpeó con una botella de vino, pero un examen más detallado de las circunstancias demostró que en su acción no tenía culpa. La culpa fue mía. Le había propinado deliberadamente varios golpes dolorosos. En general, ambos dimos tanto como recibimos. El perdón es innecesario en estos casos. Es cuando hay una asimetría, como el caso de fuerzas desiguales, o cuando uno no puede responder de la misma manera, que el perdón puede convertirse en un problema.

—¿Conocías a Stanley de antes? —preguntó Malcolm.

—Sí. Algunas personas entran y salen de nuestras vidas de forma inesperada. Por ejemplo, lord Bromley está aquí sentado, en esta casa. A primera vista parecería tan improbable como imposible y, sin embargo, así es. Tales hechos desafían una explicación fácil. ¿Qué dice usted a eso, su señoría?

—Una vez que se dispone de toda la información pertinente, tal vez estas circunstancias no sean tan difíciles de entender —dijo mi padre, con cara de fastidio.

Nos interrumpió el siguiente plato de consomé frío con una pizca de *crème fraîche* servido en pequeños tazones blancos sobre hielo. El extremo de la mesa de Bruni parecía mucho más animado que el mío, y se oían desde allí carcajadas ocasionales. Mi extremo tenía un ritmo peculiar de comer en silencio, seguido de un discurso. Angus volvió a intervenir.

—Incluso cuando creemos que tenemos toda la información, puede que no entendamos lo ocurrido. Pueden existir factores ocultos. El paciente presenta una condición X que proviene de un motivo Y, pero lo que tiene es una dolencia Z, oculta bajo Y; es lo que debemos descubrir para resolver el asunto por completo. A veces, simplemente no tenemos ni idea de cuál es la causa.

—¿Con qué frecuencia encuentras que sucede eso? —preguntó Hugo. Eran las primeras palabras que había pronunciado en voz alta a alguien de la mesa.

—Desde el punto de vista médico, en muchos más casos de los que uno podría pensar. Tomemos el caso del señor A. C. Peckover de Londres. El 3 de noviembre de 1926 se despertó y encontró que estaba ciego. Fue llevado al hospital. Casualmente, su padre se quedó ciego el mismo día e incluso fue trasladado al mismo hospital. Los dos eventos ocurrieron en lugares diferentes de la misma ciudad. ¿Cuál fue la conexión, por no decir la causa? No lo sabemos. La medicina es una práctica tan humana como científica y de vez en cuando se producen estos acontecimientos inexplicables. Hacen que uno se pregunte qué está pasando exactamente. La ciencia tiene muchas respuestas, pero no todas. ¿Dónde encontramos las demás? Si no es en la ciencia, ¿dónde?

El siguiente plato fue salmón a la parrilla con una cucharada de salsa *mousseline*. Estaba crujiente por fuera con un delicioso y delicado centro. Hugo parecía disfrutar de lo que comía. Fue el primero en terminar y le preguntó al doctor:

—En cuanto a tu pregunta, ¿seriamente quieres una respuesta?

—Te aseguro que sí.

—La ciencia tiene muchas respuestas —dijo Hugo—, pero la vida es a menudo más compleja de lo que imaginamos. Lo que nos llama la atención no es que todo suceda según lo previsto, sino cuando esto no es así y el mundo deja de tener sentido. No queremos saber la razón científica. Queremos comprenderlo a un nivel más profundo, uno que signifique algo para nosotros. Uno puede comer ciertos gramos de proteínas y la ciencia dice que sobreviviremos con esa cantidad. Lo que falta en esa afirmación es el factor de disfrute, un concepto que todos podemos captar instintivamente. Por ejemplo, este salmón es absolutamente maravilloso. No solo alimenta el cuerpo, sino que alimenta el alma, y porque lo hace, quiero decir lo siguiente:

»Mi querido Bromley, lamento de corazón no haberte proporcionado lo que prometí. No es que no lo haya intentado. No tuve éxito. El panorama cambió. Tal vez vuelva a cambiar. Ambos seremos abuelos, lo que añade otro factor. Esta cena no es el lugar para decir esto, pero siempre fue mi intención que tuvieras éxito en tu búsqueda. Me opuse a que me coaccionaras para hacer lo que habría hecho con gusto si me lo hubieras pedido. En esencia, ese es mi problema contigo.

Esta última frase se pronunció en medio de un gran silencio. Todos los ojos se volvieron hacia mi padre. Él se recostó en su silla. Por fin, asintió con la cabeza.

—Fui un estúpido. Mi obsesión hizo que lo abandonara todo, incluso la amistad. Me desperté una mañana comprendiendo que me quedaba poco tiempo. Pronto, no habría un «con el tiempo». Ese pensamiento me aterrorizó, actué por desesperación y no por sentido común. Me disculpo por mi conducta. Fue atroz. No fui yo mismo.

Hugo miró a mi padre durante un largo momento y luego asintió.

—Disculpas aceptadas.

No me atreví a pronunciar palabra, para no romper el hechizo, pero esos momentos no pueden durar. Poco después, Stanley entró con un sobre colocado en el centro de una bandeja de plata. La sostuvo hasta que tuvo toda nuestra atención.

—Ofrezco disculpas por esta interrupción. Hace muchos años, y poco antes de fallecer, su señoría me dio una serie de instrucciones. La primera era entregar una carta en particular. Esa tarea la cumplí no hace mucho. La segunda era entregar este sobre cerrado a lord Bromley. Las instrucciones de su señoría fueron bastante específicas. Debía entregársela la última noche de su visita y delante de testigos. Además, mi posesión de esta carta no debía ser revelada por ningún motivo hasta que se presentara la oportunidad de entregarla. Por último, que su señoría la leyera inmediatamente después de recibirla.

Stanley se acercó a mi padre y le ofreció la carta. Podría haber sido una serpiente venenosa por la forma en que mi padre la miraba. Dudó. Después de un largo momento, extendió la mano y la tomó de la bandeja. La sostuvo mientras Stanley decía:

—Vi personalmente a su señoría escribir esa carta y sellarla. También puedo jurar que no tengo conocimiento de su contenido. Al entregársela, mi tarea está cumplida. El resto depende de usted.

Stanley entregó la bandeja de plata a uno de los sirvientes y volvió a su puesto junto al biombo chino, frente a la entrada de la cocina. No mostraba ninguna emoción y miraba a lo lejos.

80

O bservé a mi padre mientras sostenía en la mano la carta de Alice sin abrir. Tal vez se debatía entre leerla o no. Hugo también lo percibió.

—Ábrela, amigo. Nadie te interrumpirá. Tómate todo el tiempo que necesites.

En el silencio, escuché a Elsa susurrarle a Bruni:

—Me encanta este lugar. Nunca se detiene.

Mi padre finalmente asintió. Todos lo vimos abrir el sobre y sacar varias hojas de papel escritas a mano. Reconocí la letra de Alice. Al principio, se limitó a leer. Luego de un rato, se estremeció ligeramente y palideció. Al final, el color de su rostro era gris, y el médico, sentado a su lado, se mostraba preocupado.

Al doblar la carta y devolverla al sobre, se oyó el ruido sordo de algo que golpeó con fuerza las puertas dobles detrás de mí. El sonido en aquella habitación silenciosa fue intenso e inesperado. Hubo un sobresalto general.

Me di vuelta para mirar hacia allí y luego a mi padre, quien se había levantado de la silla. Otro golpe fuerte sacudió las puertas, que se abrieron de par en par, revelando solo la oscuridad del salón que había más allá. Me quedé mirando la negrura, desorientado y alarmado por su falta de naturalidad, hasta que, muy lentamente, el blanco bulto de aquel canalla, Robert Bruce, tomó forma. Se movió hacia la luz con el sigilo y la tranquilidad de una cobra encapuchada. Oí una tos ahogada y me di la vuelta para ver a mi padre agarrándose la garganta. Se tambaleó, se volvió en mi dirección y cayó hacia delante.

Vi cómo el puente de su nariz golpeaba el borde de la mesa y su frente se estrellaba contra el borde de su plato. Su cabeza se echó hacia atrás mientras el salmón con salsa *mousseline*, a medio terminar, salía catapultado por el aire antes de que mi padre desapareciera bajo la mesa y el plato le cayera encima. Todo el mundo empezó a moverse y a hablar a la vez.

Robert salió de su trance y se abalanzó hacia mi padre, al igual que Angus. Los dos chocaron con un fuerte golpe. Angus cayó de lado mientras Robert desaparecía debajo de la mesa. Me moví para ayudar, pero me di cuenta de que mi padre había dejado caer la carta en la alfombra. La recogí mientras Robert, en su escape, golpeaba mis piernas y me hacía caer. Sostenía el trozo de salmón a medio comer en sus mandíbulas mientras desaparecía en la oscuridad del salón, sin hacer sonido alguno. Me tumbé de espaldas y me giré. El rostro de mi padre se hallaba a medio metro de distancia. No me miraba directamente, sino a otra cosa. Me tomó un buen momento darme cuenta de que estaba muerto.

81

E l orden se restableció en un lapso sorprendentemente corto. Varios miembros del personal, con el médico a la cabeza, llevaron el cuerpo de mi padre a su habitación. Recogieron los restos de comida, retiraron su lugar en la mesa, y su silla fue recostada contra la pared. Era como si en un momento estuviera allí y al siguiente no hubiera existido nunca. Aparte de la carta que llevaba en el bolsillo de mi pecho, todas las pruebas de su muerte se habían borrado de la vista.

Consideré la posibilidad de interrumpir la cena, pero mis invitados tenían hambre y yo también. La mesa permaneció en silencio mientras esperábamos el siguiente plato. Stanley había desaparecido. Quizás estuviera asesorando al médico sobre los procedimientos y protocolos necesarios en caso de que se confirmara la muerte de mi padre. Las conversaciones en susurros indicaban que algunos consideraban que mi padre podría haber sobrevivido a este último episodio. Yo estaba seguro de que no era así. Se lo dije a Hugo. Él asintió.

—Debemos esperar la confirmación del médico. Es lo único que podemos hacer en este momento.

Levanté la vista y me encontré con la mirada de Bruni. Le sonreí ligeramente para indicarle que me temía lo peor pero que, personalmente, estaba bien. Ella asintió y le susurró algo a Johnny. El siguiente plato fue un *filet mignon* servido con un buen Lafite. Intenté actuar acorde con la situación, pero me resultó difícil. Quería estar solo y leer la carta que desencadenó el ataque de mi padre y probablemente su muerte, pero yo era el anfitrión de la reunión.

—¿Qué pasará si falleció? —le pregunté a Hugo.

—Lo enterramos. Supongo que dejó instrucciones. ¿Malcolm?

Malcolm picaba de su plato y dudó antes de decir:

—Así es. Su cuerpo será enviado a Inglaterra. Será enterrado en la cripta de la familia.

—Ya veo —dijo Hugo—. En vista de que no hay indicios de alguna irregularidad, imagino que ese traslado será relativamente rutinario. Supongo que tú eres el albacea. ¿Alguna sorpresa que debamos conocer?

—No estoy seguro —dijo Malcolm, removiéndose en su silla—. Es posible que se hayan hecho modificaciones o se hayan añadido disposiciones que yo desconozca. Angus puede saberlo.

Mientras Malcom decía esto, Cobb entró por el salón y se sentó a mi lado. Colocó cuidadosamente la servilleta en su regazo.

—Tu padre ha muerto —dijo en voz baja—. Siento ser yo quien te lo diga.

—Gracias, Angus —susurré—. Estoy seguro de que hiciste todo lo posible por salvarlo. Ahora haré el anuncio.

Me levanté de la silla y miré alrededor de la mesa.

—El médico me acaba de informar sobre el fallecimiento de mi padre. Al morir, emprendió ese particular viaje que todos debemos hacer en algún momento. Su muerte fue rápida. Debemos agradecer que no estuvo llena de dolor.

»Ante lo sucedido, podría poner fin a la cena en este momento solemne, pero hacerlo me parece inconveniente por varias razones, así que no lo haré. No todos los presentes en esta mesa lo conocían bien, y yo debo contarme entre ellos. Otros lo conocieron mejor. Por ahora, deseo que levanten sus copas y brinden por su despedida, dondequiera que esté y sea cual sea su viaje. Si tienen palabras que decir para referirse a su fallecimiento, los invito a que se pongan de pie en el transcurso de esta cena y las digan. Creo que estar unidos resulta más apropiado que simplemente dispersarnos. Por mi parte, le deseo lo mejor. La muerte es tanto un final como un principio. Por favor, levanten sus copas conmigo por quien ha partido y por los nuevos comienzos, por él y por todos nosotros.

Todos se levantaron y brindaron por el fallecimiento de mi padre.

Una vez sentados, se sirvió el plato siguiente: rodajas de pato asado glaseado con compota de manzana. Lo acompañaban pequeñas porciones de puré de papas y crema de zanahorias. Se degustó un magnífico *chardonnay* y, entre todos estos sabores, mi atención se desvió de los oscuros acontecimientos de la última hora y de la carta que sentía como una carga sobre mi corazón.

Levanté la vista y vi a mi madre mirándome desde su extremo. Era difícil saber lo que pensaba. Realmente no la conocía mucho, pero quizás lo suficiente como para entender que deseaba para mí la fuerza que este momento requería. Asentí con la cabeza y le devolví la sonrisa. Pensé que sería maravilloso hablar nuevamente como lo habíamos hecho arriba. Nunca me sentí tan cerca de ella como en ese momento. Me pregunté cómo le afectaría el fallecimiento de mi padre.

Al final de ese plato, Malcolm se levantó y se dirigió a la mesa. Se inclinó sobre nosotros antes de aclararse la garganta y decir:

—Creo que conocía bien a su señoría, pero no tanto como otros. También conozco desde hace tiempo a muchos de ustedes, con algunas excepciones. Ahora agradezco su compañía. Siento que la necesito. —Miró a su alrededor y continuó—: En los páramos de Escocia, ciertos afloramientos, las cimas de las colinas y tal vez un antiguo mojón junto a un sendero son puntos de referencia que nos permiten saber dónde estamos, dónde hemos estado y qué camino nos llevará a dónde. Cuando alguien a quien conocimos fallece, es como si ese mojón hubiera desaparecido. El paisaje que disfrutamos cambia irremediablemente y nos sentimos desorientados. Yo me he sentido así. Así me siento ahora. —Hizo una pausa—. Puede que lord Bromley no haya actuado siempre de una manera que pudiera considerarse amable o incluso civilizada, pero lo que sí hizo fue actuar, y siempre según lo que le parecía mejor. Le importaba la opinión de una sola persona. Ella era su punto de orientación y, al mismo tiempo, un factor de extraordinaria ceguera. Muchos no tienen una persona como esa en sus vidas; él sí la tuvo.

»Su desprecio por casi todos los demás era legendario. Recorría majestuosamente la tierra como si fuera suya y, como así lo creía, esta respondía como si lo fuera. Yo no puedo vivir así, pero admiro a los que lo hacen. Con su muerte, también se va una época. Era un hombre muy difícil, pero lo echaré de menos. Hizo lo que yo no pude y por ello se ganó mi respeto y mi admiración.

»La muerte lo encontró y terminó con él, o eso parece. Alice murió hace años y, sin embargo, su espíritu sigue con nosotros. Creo que ella se lo llevó al final. ¿Fue una venganza o el llamado de una amante para que por fin llegara a casa? No puedo definirlo. Ahora, los dos se han ido. Tal vez con su muerte habrá paz entre ellos y en sus corazones. Eso espero. Brindemos por esa paz: por la paz entre ellos y entre todos nosotros.

Levantamos nuestras copas y bebimos. Siguieron otros platos chicos, uno tras otro. Cuando Hugo se levantó de su lugar, habían puesto delante en la mesa unas bolas pequeñas de sorbete de lima. Miró alrededor de la mesa.

—Tengo algo que decir sobre el hombre que está arriba. El que estuvo aquí no hace mucho, el que se sentó en esta mesa. Algunos hombres son simplemente malvados. Dejan de lado lo que debe mantenerse, mientras se aferran a lo que no deben. Traicionan a sus amigos, desprecian a los que podrían apoyarlos y, en general, pasan por encima de cualquiera que consideren poco útil. Son increíblemente testarudos y con una piel tremendamente dura. Uno se harta de ellos y, sin embargo...

Hugo hizo una pausa.

—Es ese «y sin embargo» el que nos obliga a enfrentarnos a una simple verdad. Sin hombres como estos, y Bromley era uno de ellos, no estaríamos aquí o no disfrutaríamos hoy de aquellas cosas que alegran nuestros corazones. Esos hombres hacen un gran bien, pero a un precio muy alto.

»Si no fuera por Bromley, yo no estaría entre ustedes. Mi hija estaría muerta, mi esposa sería viuda. Percy no existiría. Malcolm no tendría empleo. Angus estaría aburrido. Mary no conocería la felicidad. Anne no habría conocido a John, ni John a Anne. Incluso la señora Leland se habría perdido el genio de su hija, y su hija no habría tenido la oportunidad de brillar, todo porque ese hombre que yace muerto en el piso de arriba no nos causó problemas.

»Esto me parece absolutamente inaceptable, irritante hasta el extremo, pero maravillosamente apropiado. Yo fui su amigo. Él no siempre fue amigo mío. Era una paradoja. Es apropiado que nos conduela su muerte. También es adecuado que aceptemos y abracemos un futuro sin él, aunque, al igual que su excónyuge, su ausencia de nuestras vidas puede ser prematura. Tendremos que ver. Acompáñenme en el brindis por aquellos que nos dejan en un lugar mejor por el hecho de habernos causado problemas. Yo también lo echaré de menos.

Todos nos pusimos de pie. Mientras terminábamos el brindis, Stanley entró y se acercó a mí. Me hizo un gesto para que me alejara de la mesa, mientras todos volvían a sentarse.

—Entre el médico y yo hicimos todos los arreglos necesarios —dijo en voz baja—. El cuerpo de tu padre será trasladado a la funeraria de la ciudad. En breve vendrán a recogerlo. No es necesario que te preocupes por estos asuntos ahora. El café y el brandy se servirán como siempre. Sugiero que hablemos en privado antes de retirarte. Estaré disponible. Puede que Dagmar también quiera decir algo, dependiendo de lo avanzado de la hora. Todo el personal desea expresarte un sentido pésame.

—Gracias, Stanley. Hablaremos esta noche y… agradezco tu presencia. Me ha traído equilibrio.

Stanley asintió y se alejó. Miré a Bruni, que me observaba desde el otro extremo. Asentí con la cabeza. Se puso de pie.

—Gracias a todos por su presencia y por cenar con nosotros esta noche. Me reconfortó mucho estar rodeada de todos ustedes en este momento. Aunque me sorprende que necesite ese consuelo, les agradezco mucho que me lo hayan brindado. Se servirá café en el salón y brandy en la biblioteca. Por favor, pasen a verme antes de retirarse. Deseo darle personalmente las gracias a cada uno de ustedes.

82

Me dirigí a la barra de la biblioteca. Johnny estaba a mi derecha. Sirvió un chorrito de brandy en una copa y me la entregó.

—Me gustaría poder decir algo, pero no sé cómo me siento en este momento. ¿Quizás te pasa lo mismo?

—Así es —dije, volviéndome hacia él—. Tampoco sé qué pensar. Su ausencia lo cambia todo y al mismo tiempo nada. Quizá mañana me sienta de otra manera y tenga una idea más clara.

—Yo también —dijo Johnny—. Me pregunto si esa carta era la sorpresa que Dagmar tenía en mente.

—Stanley quiere hablar conmigo esta noche. Le preguntaré.

Miré alrededor de la habitación silenciosa. Aparte de nosotros, que hablábamos en voz baja, los demás caballeros presentes estaban en silencio, sumidos en sus pensamientos. Se hallaban de pie en un grupo junto a la chimenea, tomando brandy o *whisky* a pequeños sorbos.

Angus se apartó de ellos y se aclaró la garganta para llamar nuestra atención.

—Me siento más cómodo hablando en compañía de hombres, de lo contrario me habría levantado antes. Quiero decir unas palabras y hacer una pregunta. ¿Sería apropiado hacerlo ahora?

Me miró. Asentí con la cabeza.

—Por supuesto, Angus. Adelante, por favor.

—Gracias. Permíteme expresar mi más sentido pésame. Tu padre era único. No siempre me gustó. Francamente, creo que lo mismo sentía la mayoría de quienes lo conocieron. Era difícil, ferozmente independiente y, sin embargo, tenía un encanto que disipaba nuestras antipatías tan fácilmente como las creaba.

También era mi paciente y eso provocaba momentos conflictivos. Varias veces pensé que me despediría y otras yo mismo estaba decidido a librarme de él. En cada una de esas ocasiones, se sentaba y hablaba conmigo. Al terminar, yo suspiraba, luego de haber aceptado una vez más continuar con él. Cuidarlo nunca fue aburrido ni carente de interés, y quizá por eso seguí.

Angus dio un sorbo a su *whisky* e hizo una pausa.

—Cuando un paciente muere bajo nuestro cuidado, debe estudiarse el curso del tratamiento, considerar con detenimiento las decisiones que se tomaron y revisar cómo respondió, todo en un esfuerzo por descubrir si existieron otras vías que podrían haberse explorado o diferentes enfoques que pudiesen haberse adoptado. Examiné su historia con mucho cuidado en mi mente y dudo que hubiera podido hacer algo más.

»Su muerte fue tanto esperada como inesperada. Al final, su corazón falló. Lo que precipitó ese fallo fue, o bien su reacción al contenido de la carta que recibió de su exesposa, o bien la entrada intempestiva del perro. Lo que haya sido, o si fue una combinación de ambas, no lo sé. Siento curiosidad por esa carta. No la tenía consigo encima. Ciertamente, me gustaría leerla y no solo por razones clínicas. La relación entre ellos dos siempre me resultó fascinante. ¿Puede alguien decirme qué pasó con esa carta?

Mis invitados se encogieron de hombros, excepto Johnny y Angus. Estaba bastante seguro de que sospechaban que yo la había recogido.

—Yo la tengo —dije, después del silencio que siguió a sus palabras—. La recuperé después de que se cayó y he estado elucubrando sobre qué hacer con ella. La carta no estaba dirigida a mí, pero todos fuimos testigos de su muerte. Por eso creo que debería leerla en voz alta, para que todos puedan escuchar lo que Alice tenía que decir y poder comprender lo que sucedió esta noche. Sea lo que sea que revele, saberlo es mejor que quedarnos solo con el trauma de ver a mi padre morir ante nuestros ojos. ¿Están de acuerdo?

Todos expresaron su consentimiento.

Llamé a Stanley. Cuando llegó, le dije lo que tenía en mente. Le pedí que se uniera a nosotros. Stanley asintió y salió para reunir a las señoras y acompañarlas a la biblioteca.

83

L as damas llegaron acompañadas por Stanley y se sentaron en las sillas disponibles, mientras los hombres se colocaban a su lado. Bruni me susurró antes de tomar asiento:

—Fuiste rápido. No te vi recogerla.

—Me sorprendió Robert mientras lo hacía. Por cierto, ¿dónde está?

—Allá en el rincón, detrás de Maw. Ella lo encontró debajo del sofá en el salón, lamiendo la alfombra.

—Típico. El salmón estaba exquisito, así que no me extraña.

Me apretó la mano. Cuando todos en la biblioteca se calmaron, invité a Stanley a que nos contara lo que sabía sobre la carta antes de leerla en voz alta. Él se ubicó delante de la chimenea y dijo:

—Señoras y señores, permítanme que les ofrezca un poco de contexto. Debo advertirles que lo que diré probablemente desafíe su credulidad, y por ello debo disculparme.

»Su señoría tenía ocasionalmente visiones. Algunos de ustedes lo saben. No llegaban mientras dormía, sino cuando estaba despierta, y no todas eran sobre el futuro. La *visión*, como ella la llamaba, no solo era esporádica e imprevisible, sino que muchas veces solo revelaba detalles insignificantes.

»Por ejemplo, le mostró una habitación, al final de la tarde, que nunca había visto antes. El punto de atención era una mota de polvo en una estantería junto a un adorno. En otra, oyó hablar a una persona, pero solo pudo percibir la parte inferior de sus piernas y sus zapatos. Sus visiones, me dijo, tenían una lógica peculiar, que no siempre podía seguir.

»Tenía visiones falsas y reales. Las reales la agotaban, a menudo durante varios días. Cuanto más potente era la visión, mayor era la fatiga. Nunca entendió qué las causaba ni por qué, y muchas veces ni siquiera comprendía su significado. Solo sabía que le ocurrían y que de alguna manera eran importantes. Eran tanto una aflicción como un regalo. Esto es lo que me dijo.

»El día que escribió esa carta, me llamó desde su estudio y me invitó a sentarme a su lado. La había empezado, pero no la había terminado. Estaba sobre su escritorio, con su estilográfica al lado. —Stanley sacó un pequeño cuaderno forrado en cuero azul oscuro y lo consultó.

»Agradeció mi prontitud y me dijo:

»—He tenido una visión. No sé qué hacer con ella, aparte de saber que la he tenido. Me agotó, pero creo que fue significativa. Mi primer marido volverá a esta casa en algún momento. No sé cuándo. Solo sé que lo hará. He estado escribiendo una carta para él. Me gustaría terminarla y sellarla contigo a mi lado. Deseo que estés aquí, no solo para que seas testigo de que lo hice, sino para explicarte lo importante que son estas cartas. He tenido visiones correctas y equivocadas. Creo que esta última es verdadera, pero el vidente nunca lo sabe con certeza, más que por la fuerza que tienen y, aun así, podrían no llegar a cumplirse. El futuro cambia de vez en cuando. Tal vez sea por nuestras decisiones o por las de los demás. Si me equivoco, preferiría que no salieran a la luz. Si tengo razón, entonces... ya veremos. Debo mencionar que te vi allí también y, por esa razón, voy a confiar estas cartas a tu cuidado. La de Percy debes entregársela cuando tenga veinticinco años y cuando los dos estén solos. Tendrá que tomar una decisión y debe leer mi carta por sí mismo. La otra, esta, es muy diferente. Debe ser entregada delante de varios testigos la última noche de su estancia.

Stanley levantó la vista.

—Ella escribió durante algún tiempo mientras yo anotaba con precisión sus palabras y sus instrucciones. Cuando terminó, selló las dos cartas y las dejó a un lado. Se sentó de nuevo mirándome y dijo:

»—Sé que es mucho pedir, dado que pueden pasar muchos años antes de que puedas completar estas tareas. Para entonces yo ya habré muerto, así que debes ser tú quien las entregue. Tengo plena confianza en ti, pero esto es diferente. Son documentos solemnes. *Solemne* es una palabra extraña, pero es lo que son. Exigirán tu máxima atención, no solo para entregarlas, sino también después, como verás.

»Permaneció un tiempo callada, perdida en sus pensamientos, antes de decir:

»—Te conozco lo suficiente como para estar segura de que intentarás leerlas en algún momento, pero no puedes hacerlo con esta última. No quisiera recalcarlo, pero no debes hacerlo. Es por tu propio bien. Después de que se haya entregado, podrás leerla, por supuesto, pero no antes. ¿Tengo tu promesa, Stanley, de hacer las cosas que te pedí?

»Fue un momento extraño para mí. Rara vez utilizaba mi nombre cuando me hacía prometer algo importante para ella. Esa vez lo hizo, y con un énfasis peculiar. Recuerdo cuando me entregó las cartas. Leí la primera para Percy. No leí la segunda. Cada vez que pensaba hacerlo, recordaba la manera en que ella había pronunciado mi nombre y entonces recapacitaba. Nunca estuve seguro de si era un truco que ella había aprendido o una advertencia y, como no lo estaba, nunca la leí. Eso es todo lo que tengo que decir. Gracias por su atención y por permitirme hablar.

Guardó su cuaderno y se hizo a un lado. Se quedó de pie junto a la puerta, con el rostro inescrutable. Me pareció detectar un atisbo de curiosidad por lo que iba a ocurrir a continuación. Ocupé su lugar frente a la chimenea y saqué la carta de Alice para mi padre.

84

¿Sorprendido por saber de mí?

Yo en tu lugar lo estaría. Morí hace años y, sin embargo, aquí estoy. ¿Te preguntas si los muertos están alguna vez realmente muertos? Y yo, en cambio, me pregunto si los vivos están alguna vez realmente vivos. Quizá la vida y la muerte no sean tan diferentes y todo sea cuestión de grados. Uno puede estar vivo y muerto. Uno puede estar muerto, pero muy vivo. Como ahora. Qué extraño es todo.

No puedo decirte cuánto tiempo pasó desde la última vez que nos vimos. Te veo en mi mente. Sé lo que estás haciendo ahora mismo. Estás leyendo esto. Estás vestido de corbata blanca y frac en una cena elegante, sentado junto a Percy. Stanley está de pie junto al biombo, observándote. No sé la fecha, pero te ves mucho mayor, y un médico está sentado a tu lado. La imagen es tan clara para mí que casi podría estirar la mano y tocarte, pero no puedo. No estás ahí... todavía no.

Las visiones son así. Son momentos no secuenciales, paradojas temporales que resultan inquietantes. Me ponen ansiosa, no siempre por lo que veo, sino por lo que no percibo. Observo lo que sucederá, pero no cuándo; o capto un punto en el tiempo, pero no la esencia. Me encuentro anhelando, deseando saber más, y arrastrada inexorablemente a un laberinto del que no puedo escapar. Nunca puedo saber cómo termina y por eso no tengo paz.

Pero basta de hablar de mí; tenemos que abordar lo desagradable. Odias lo desagradable. Tampoco a mí me gusta, pero esto no puede continuar así. Viendo dónde estás y lo que estás haciendo, tengo un asunto que arreglar contigo —dos, en realidad— y un último tema, el que más duele. Creo que sabes cuál es.

Retuércete todo lo que quieras, pero hacerlo no cambiará lo que desencadenaste. Solo te pedí dos cosas después de reconciliarnos, solo dos, y juraste que las cumplirías hasta el día de tu muerte. ¿Debo recordarte aquel día perfecto y las promesas que nos hicimos mientras mirábamos el horizonte por encima de aquel mar azul grisáceo y cambiante?

La primera fue que nunca volverías a esta casa y, sin embargo, aquí estás. ¿Cómo lo conseguiste? No necesitas responder. Lo sé. Forzaste tu llegada. Es lo que sueles hacer.

La segunda promesa fue no involucrar nunca a Percy en tus juegos o en tus planes. Me lo juraste en ese día perfecto. Ahora las dos promesas yacen rotas a tus pies. ¿Creíste que no lo descubriría?

Pero solo fueron palabras, promesas vanas. Cometiste un acto imperdonable, y estoy enfurecida. ¿Cómo pudiste, después de todo lo que tuvimos e hicimos juntos?

~ * ~

Tuve que detenerme y descansar. Me estaba alterando demasiado, y eso me afecta mucho en este momento. No solo estoy enojada contigo, sino con los dos.

¡Te quería y confiaba en ti! Me da pena pensar en todo lo que teníamos y que se haya ido. ¡No una, sino dos veces! Pero esas tragedias no destrozaron por completo mi corazón ni hicieron que mi alma se rompiera. Lo que hiciste selló el destino de los dos.

Fue esa copia que pusiste en mis manos. Ya sabes a cuál me refiero. Las secciones que más necesitaba, las quitaste. Hiciste eso... sabiendo lo que seguiría. Todo lo demás puedo perdonarlo, pero eso nunca, por lo que declaro solemnemente lo siguiente, en caso de que no se levante mi maldición:

Lo que es mío será tuyo. Haré un último intento y, si lo consigo, me contendré, pero si fracaso, quiero que sepas que mi tormento y todos sus oscuros horrores serán tuyos. Estarás encerrado, bajo tierra, sin luz, suspendido a medio camino entre la vida y la muerte.

Al leer esta carta en este momento y de esta manera, sabes que lo que escribo es real. Reconoce la magnitud del poder que convoqué por romper el juramento de no pisar nunca esta casa.

También hay doce personas en la mesa contigo que sabrán lo que hiciste y lo que te pasará, y eso incluye a tu hijo.

Mi destino está sellado ahora y, después de haber leído esto, también el tuyo.

Te veré pronto. Lo haré.

Alice

85

Suspiramos al unísono, como sonarían los gritos trágicos de un antiguo coro griego con el eco de los años. No había palabras que pudieran decirse. Todavía no. El silencio se mantuvo por un tiempo hasta que se abrió la puerta de la biblioteca y Stanley anunció que se serviría un té de jazmín y que, inhalando su fragancia y dando pequeños sorbos, podríamos recomponernos un poco.

Tomé una taza de la bandeja que sostenía Simon. Era pequeña y blanca, parecía japonesa. El té amarillo humeaba. Inhalé el aroma y sentí calma. El sabor no era del todo amargo, pero al sorberlo me sentí más conectado con la tierra. Bruni se acercó.

—¡Cielos! Alice no se andaba con medias tintas —susurró—. ¡Ni siquiera a mí se me habría ocurrido eso! ¡Qué mujer tan extraordinaria! Ojalá la hubiera conocido.

—Alice era insuperable. Y mi padre... ¿qué puedo decir de él?

—Más tarde, esta noche, podríamos conversarlo, pero no ahora. Vamos a circular entre los invitados. Yo empezaré en el extremo más alejado; tú, en el opuesto. ¿Qué podrán estar sintiendo realmente? Percibo una alegría reprimida. Podría estar equivocada. Nos encontraremos y compararemos notas.

—Es una gran idea. Gracias.

—De nada. Ahora mismo, tenemos que salvar lo que queda de la noche. Me niego a permitir que nuestra primera gran fiesta no sea un éxito rotundo.

—Tu madre estará encantada y la considerará una de las veladas más memorables de su vida —le dije sonriendo—, así que al menos tienes a alguien que estará de acuerdo. Vamos a averiguarlo. —Nos besamos y me acerqué a John y a Anne, que estaban de pie, a un costado.

—¿Están bien?

—Tan bien como puede esperarse —dijo Anne—. Y hablando de lo inesperado: querida Alice. Querida, *querida* Alice, me encanta esa mujer. Detrás de toda esa elegancia, hay —hubo, quién puede decir cuánto— gran valor y extraordinaria fuerza. Tenía una valentía tremenda. Me siento orgullosa de haberla conocido. No quiero causarte dolor, Percy. Era tu padre, después de todo. Pocas personas merecen un destino así, pero él era una de ellas. Me siento feliz de haberme librado de él. Hablando en mi nombre, saquemos lo bueno. Es hora de bailar sobre algunas mesas. ¿John?

—Estoy completamente de acuerdo. —John sonrió—. Es un alivio que se haya ido. Los desórdenes que creó ahora pueden arreglarse de una vez por todas y, sin él, será mucho más fácil. Incluso la casa parece más feliz... más tranquila y alegre. ¿Puedes sentirlo?

—Sí, puedo sentirlo —dijo Anne.

—Anne, ¿qué consideras algo bueno? —pregunté.

—Consúltale a Stanley. Él te lo dirá.

—Por supuesto, lo haré.

Y así lo hice. Stanley mostró una sonrisa amplia.

—Bueno, tengo este brandy exótico que podría servir.

—Por favor, dime que no es de la bodega de Napoleón.

—No es de él, es de Josefina.

—Oh, cielos. Bueno, parece que malinterpreté los sentimientos de mis invitados. Muchos parecen estar de humor para celebrar. Podrías traer una o dos botellas. ¿Crees que tenemos suficiente?

—Es muy fuerte. Las dos botellas que tenemos deberían bastar.

—De acuerdo, entonces. Te veré antes de que te retires.

—Estoy deseando este momento. —Stanley miró a su alrededor antes de decir—: Asegúrate de que Cobb tome unas gotas y no te sorprendas si se pone a cantar. Es espantoso, pero vale la pena escucharlo. Volveré en un momento.

Les dije a John y Anne que, según su petición, se serviría en breve algo muy adecuado. Bonnie y Angus estaban inmersos en una conversación.

—¿Pueden darme un momento? —pregunté.

Me miraron.

—Tengo una pregunta: ¿sentimos lágrimas de tristeza o de alegría esta noche?

—¡Alegría! —respondieron al unísono.

—En ese caso, tengo justo lo necesario. Stanley vendrá con lo que, tengo entendido, es brandy de la bodega de Malmaison o algo parecido.

—¿La casa de Josefina cerca de París? —preguntó Angus.

—Podría ser.

—Bueno, cuenta conmigo. Bonnie, querida, ¿te gustaría levantar una copa conmigo?

—Solo si es más de una, Angus.

—Por supuesto. ¿En qué estaba pensando?

—Anótanos, Percy —dijo Bonnie—. Siento lo de tu padre. De verdad que lo siento, pero hay un viejo dicho que siempre tengo en mente: comienzo difícil, final emocionante. La noche aún es joven y nosotros también. Si te sientes triste, ven con nosotros. Si te sientes aliviado, ven con nosotros. Si no estás seguro de cómo te sientes, ven con nosotros. Pronto descubrirás cómo te sientes y creo que *mejor* será la palabra final. Aquí estaremos.

—Muchas gracias a los dos. Lo agradezco. —Me volví hacia Malcolm, que miraba fijamente su bebida.

—¿Cómo te sientes, Malcolm?

—Bueno... como un contador que perdió a su mejor cliente. Es una mezcla peculiar de alivio y tristeza. Su señoría era realmente un fastidio, pero pagaba muy bien. Sería un problema si el cliente fuera fastidioso y no pagara bien. En esos casos, uno simplemente se alegra y, por supuesto, se siente mal por sentirse así. Creo que estoy en la mitad.

—¿Eso es bueno?

—No está mal, todo sea dicho. Podría ir en cualquiera de los dos sentidos. Estoy esperando para averiguarlo.

—Ya veo. Para ayudarte con eso, Stanley está por traernos algo muy bueno. Lo verás pronto: un brandy raro que Josefina bebía cuando Napoleón paseaba por el resto de Europa.

—Bueno, pensar en eso me hace sentir mucho mejor. Gracias por preguntar cómo me siento. La única que lo hizo antes fue Alice. Siento lo de tu padre. Y, hablando de Alice, seguro que tenía su propia forma de ser, ¿no? ¿Realmente crees que ella lo maldijo y lo tiene suspendido en algún limbo? ¿Puede hacer eso?

—Malcolm, no tengo ni idea, pero, dadas las circunstancias, y lo que ha pasado esta noche, yo no lo descartaría. De ninguna manera.

—Lo sé. Lo sé. Es esa posibilidad la que sigue dando vueltas en mi cabeza. Realmente era una mujer extraordinaria. Muy, muy fuerte.

—Mucho.

Johnny se acercó a mí con una copa de brandy.

—Pruébalo. Creo que a Hugo y a mí nos engañaron. Fue eso o Josefina realmente sabía dónde adquirirlo. Es un licor magnífico y se va rápido.

Me di vuelta. Todos mis invitados acosaban a Stanley y a Simon.

—¡Cielos! ¡Esto se va a salir de las manos rápidamente! —dije.

—Así es —dijo Johnny—. Son todos esos espíritus contenidos que he estado percibiendo desde ese almuerzo bullicioso. Creo que la velada va a ser un éxito.

—Yo también lo creo. Bruni estará encantada. Por cierto, Angus canta.

—¿De verdad? No lo sabía.

—Bueno, cuando oigamos su voz, sabremos que la fiesta por fin ha empezado. ¿Quieres un cigarro?

86

H ugo estaba dando vueltas a su brandy.

—¿Cuál es mejor? ¿El de Napoleón o el de Josefina? —le pregunté.

—Este. Sin duda, este —respondió, después de mirarme.

—Excelente. ¿Cómo estás? Si puedo preguntar…

—Estoy bien.

—Me alegra.

—He estado pensando en tu padre. Otros celebrarán su fallecimiento. Yo, en cambio, le agradezco. Dicho esto, dudo que hayamos oído lo último de él... o de ella, y eso me interesa. Ahora, si me consigues un cigarro, me tomaré esa copa contigo.

—Encontraré uno.

—Entonces, hazlo rápido. —Se rio—. En lo que a mí respecta, Percy, necesitarás endurecer tu piel, así que acostúmbrate. Te estaré esperando.

Fui en busca del humificador y vi a Elsa hablando con mi madre. Aunque parecía un encuentro improbable, aparentemente disfrutaban de la compañía mutua. Elsa me vio.

—Ahí estás, Percy. He extrañado hablar contigo esta noche, pero supongo que era inevitable. Estás perdonado. También siento lo de tu padre, aunque no del todo. Pasando a otro tema, simplemente amo a tu madre. Tenemos mucho más en común de lo que esperaba. ¿No es así, Mary?

—Muy cierto, Elsa —respondió Mary, sonriendo—. Si tuviéramos alguna oportunidad, dominaríamos el mundo.

Todos nos reímos.

—Quería ver cómo estaban y me parece que muy bien —dije—. Tengo que conseguir un cigarro para Hugo.

—Un consejo, Percy —dijo Elsa—. La clave con mi marido es hacer lo que él quiere tan rápido como puedas, pero dándole siempre una patada cuando lo hagas. Así aprenderá a moderar sus exigencias. Aprender eso toma algún tiempo, pero por eso tenemos un matrimonio maravilloso.

—¿Ah, sí? Bueno, supongo que es una suerte que no esté casado con él.

—Es tu suegro, Percy, o pronto lo será. Es lo mismo. Por cierto, Mary, debemos hablar de la boda. Tengo algunas ideas y estoy segura de que tú también.

Las dejé hablando sobre el tema. Mientras buscaba el humidificador, una fina voz de barítono irrumpió por encima del murmullo de la conversación y el parloteo. Era una vieja canción popular inglesa, cantada a capela y con vigor, y supe que la fiesta había comenzado oficialmente. Johnny miraba a Angus con asombro. Me paré a su lado.

—Sabes, no está mal —dijo Johnny, volviéndose hacia mí—. Él y Jimmy Buckley deberían juntarse.

—¿Quién es Jimmy Buckley? —preguntó Bruni, quien se unió a nosotros.

—Un trabajador habilidoso al que Percy y yo ayudamos a convertirse en una estrella de la ópera. Es una larga historia que no viene al caso ahora.

—Ya veo —dijo Bruni—. Tal vez más tarde, entonces. Debo decir que esta fiesta por fin está cuajando. Creo que lo conseguimos. Ahora, todo lo que necesitamos es algo de música. ¿Percy?

87

Después de una rápida consulta con Stanley, se apartaron los muebles del salón, se levantó la alfombra y se preparó una pista de baile. Mientras se reorganizaban los muebles, me las arreglé para localizar el humificador de la biblioteca y me embolsé dos puros.

Poco después, oí a Burt Bacharach en el equipo de sonido del salón. Bruni anunció que la fiesta se trasladaba al vestíbulo. Estaba a punto de hablar con Hugo cuando ella me agarró del brazo y Elsa tomó el de su marido. Las damas querían bailar. Aceptamos sabiamente.

ABBA le siguió a Burt, para dar paso luego a los Rolling Stones. El volumen aumentó considerablemente cuando empezó el baile. Mis invitados daban vueltas como en un torbellino, mientras las parejas se intercambiaban sin reparos. Todo el mundo bailaba con todo el mundo. Creo que por un momento bailé con Angus, antes de que Bruni lo pasara a Maw y me llevara bailar con ella. Susurró que sería mejor que el médico y Maw se conocieran un poco mejor, pero Johnny me interrumpió antes de que pudiera responder, y Bruni se alejó con él.

En una breve pausa logré captar la mirada de Stanley y los dos nos dirigimos a su despacho. Era improbable que nos echaran de menos. Dagmar se había retirado ya, antes de que pasáramos por la cocina, pero el trabajo de lavar y guardar seguía en plena marcha.

Stanley observó el ajetreo durante unos instantes y asintió satisfecho. Cerró la puerta de su despacho y nos sentamos. El sonido de la música y el ruido de los platos se desvanecieron. Miré a Stanley al otro lado del escritorio.

—Stan, creo que sobrevivimos.

—Así es Percy, y la casa parece sumergida en un estado festivo.

—Es cierto. Aunque no estoy seguro de la conveniencia de celebrar una fiesta exuberante la misma noche de la muerte de mi padre.

—Lo entiendo, pero, teniendo en cuenta la alternativa, es mejor una fiesta. ¿No crees?

—Sí. Todavía hay algunos asuntos financieros que resolver, pero creo que se solucionarán rápidamente.

—Sin la presencia de tu padre, creo que será bastante sencillo. ¿Sientes angustia por su muerte?

—Supongo que sí. Fue sorprendente e impactante para mí.

—Fue sorprendente, pero no imprevisto. Cumplí mi palabra con su señoría, pero eso no significa que lo que escribió fuera una completa sorpresa.

—Me preguntaba sobre eso.

—A veces es necesario saber lo que ocurre a pesar de contrariar las órdenes. Su señoría fue muy clara en cuanto a que no leyera lo que escribió, pero no dijo que Dagmar no pudiera hacerlo, al menos no específicamente. Le entregué la carta a Dagmar sin abrir, con la condición de que hiciera lo que considerara necesario y apropiado, basándose en su contenido. Dagmar nunca me contó lo que decía. Cuando nos enteramos de que tu padre estaba a punto de llegar, revisó la carta una vez más y se aseguró de que todo se desarrollara como estaba previsto.

—¿Me atrevo a preguntar cómo lo hizo?

—Controló el menú y pudo crear una atmósfera adecuada: lánguida, pero no demasiado; emocionante, pero no demasiado. También se aseguró de que Cobb y tu padre estuvieran en la cena de esta noche, de corbata blanca. El resto dependía de su señoría.

—¿Te sorprendieron los acontecimientos de esta noche?

—Sí, y más de una vez. Dagmar y yo discutimos esta noche después de que me enteré de su inminencia. Me advirtió que tu padre podría sobrevivir a la cena, pero también era posible que no lo lograra. Me sugirió que estuviera preparado para cualquiera de las dos eventualidades. Seguí su consejo y esperé. Estar ahí parado, mirándolo mientras leía su carta, fue como ver el lento giro de la manivela de una caja de sorpresas. No sabía qué esperar y, entonces, ¡pum! Lo vi morir y me dije a mí mismo: «Ella lo atrapó. Bien». Supongo que eso es bastante crudo, pero es lo que pensé.

—Yo no sabía qué pensar. Todavía no lo sé, al menos no del todo.

—La tuya era y es una relación más complicada, y es de esperar que no sepas qué sentir. Con el tiempo se aclarará.

—Eso espero. Dijiste que te sorprendiste más de una vez.

—Así fue. La segunda sorpresa fue mientras tu leías la carta. ¡Llevaban años viéndose íntimamente! No tenía ni idea de que eso estuviera ocurriendo, aunque el ultimátum de tu padre me hizo pensar en ello. Eso hablaba de una ceguera monumental por mi parte. ¿Cómo pude no advertirlo?

—No es difícil de entender. Ella actuaba en muchos niveles. Si eligió ocultar lo que hacía cuando estaba fuera, ¿cómo podrías haberlo sabido e, incluso, si lo supieras, ¿qué podrías haber hecho?

—Exactamente. Y eso me lleva a la tercera sorpresa de la noche, pero antes de contarte, después de oír lo que escribió me di cuenta de que no fui el único que subestimó sus habilidades. Su antiguo marido también lo hizo. Solo un experto habría sabido que faltaban partes, y su señoría lo era realmente. Debió de darse cuenta de lo que había hecho y al parecer reprimió la conmoción que debió de sentir. No sé cuándo se enteró, pero evidentemente estudió su respuesta con cuidado e hizo sus preparativos.

—Sí, la deliberación me impactó.

—Fue calculado y, por supuesto, dramático, pero ese era su estilo. Ver todo esto a lo largo de los años fue tan fascinante para mí como observar una partida de ajedrez entre dos grandes maestros. Seguí cada movimiento lo mejor que pude. Cuando su señoría murió, pensé que había perdido la partida. Durante años creí eso y, luego, esta noche, ella sacó unas tablas. Fue realmente una sorpresa. Podría interpretarse incluso como una victoria, dadas las probabilidades en contra.

—Ciertamente no perdió, pero no me atrevería a decir que ganó. A juzgar por los incidentes con sir Henry y conmigo, ella sigue atrapada.

—Tienes razón. —Stanley suspiró—. Aun así, el poder y la fuerza de lo que hizo me sorprenden y sí me siento aturdido. Pero esa no ha sido la mayor sorpresa para mí esta noche.

—¿Qué más podría haber, Stan?

—Es extraño, pero me liberé de ella.

—¿Te liberaste?

—Sé que puede sonar raro, pero es cierto. En realidad, me sentí herido cuando supe por esa carta sobre su reconciliación. Ella conocía mis sentimientos hacia tu padre y, sabiendo eso, ocultó lo que estaba haciendo. No tenía ninguna obligación de decírmelo, ninguna, pero existen la confianza y la amistad. Creo que ella sabía que su conducta era discutible y hasta errada, pero, de habérmelo dicho, no habría podido confrontarme. Esa fue también una elección. Por eso insistió en que no leyera la carta. Después de que la leíste, sentí un gran cambio en mi cabeza. Quedé conmocionado, preguntándome qué había ocurrido, y entonces lo entendí. El hechizo que tenía sobre mi corazón, si es que era eso, se rompió.

—Eso suena maravillosamente esperanzador, ¿no?

—Es más que esperanzador. ¡Es estupendo!

Recordé los cigarros en mi bolsillo y los saqué.

—Stan, toma un puro cubano, y no rehusaría una gota de la reserva de Hamish para conmemorar el momento. Tenemos mucho que celebrar, aunque sea un poco prematuro. Siempre podremos beber otra ronda cuando el fin de semana haya terminado oficialmente.

—Yo mismo estaba a punto de sugerirlo, por cómo me siento, pero con un buen puro para acompañarlo, el momento es muy apropiado. Permíteme.

Los dos teníamos las copas del mejor producto en nuestras manos. Stanley levantó la suya.

—Por Hamish, por la libertad, por los sortilegios y por su señoría, que lo hizo posible.

—Por Hamish, por la libertad, por los sortilegios y por su señoría, que lo hizo posible —repetí.

Fumamos y saboreamos la bebida. La combinación era un pedazo de cielo, no por pequeño menos extraordinario, tan hermoso como una puesta de sol y tan profundo como lo más fino que la excelencia humana puede crear.

—Ha sido trascendental —dije cuando terminamos—. Gracias, Stan.

—El placer es mío. Esta bebida es realmente sensacional, y con el cigarro... indescriptible. Pero volvamos a nuestra conversación. Tengo una duda: ¿piensas que tu padre creía en el ocultismo antes de morir?

Consideré un momento su pregunta.

—Al principio mi padre pensaba que el ocultismo era un completo engaño, al menos es lo que la baronesa piensa. En el momento en que puso ese *Libro de los muertos* abreviado en manos de Alice, no estoy tan seguro. Tendría que haber creído que suprimir ciertas secciones sería perjudicial o, de lo contrario, ¿por qué lo habría hecho?

—No podemos saberlo —dijo Stanley—. Quizá lo hizo porque podía. Estoy seguro de que al final era un creyente. Vivía con miedo de lo que había hecho. Lo percibí cuando llegó. Pensé también que debía de ser muy valiente para venir aquí. Era eso o poseía una arrogancia extraordinaria.

—O podía ser desesperación. Johnny comentó que donde mi padre estuviera había miedo. Tal vez él sabía que no había oído lo último de Alice y deseaba disuadirla de lo que tenía en mente. ¿Quizás se dio cuenta de que su conducta era reprobable y deseaba expiar su culpa? Sea lo que sea, lo impulsó lo suficiente como para superar cualquier resistencia de venir aquí.

—Puede ser, pero con ella no iba a haber una reconciliación, y mucho menos una absolución. Al final, a su señoría se le acabó el tiempo, y supongo que a él también.

—Estoy de acuerdo. Quizás eso nos pasa a todos. Nuestros finales nos toman desprevenidos. Hablaré con Dagmar por la mañana. Creo que Bruni y yo nos quedaremos unos días más. Dagmar quiere enseñarle algunas cosas cuando estemos aquí.

—Dagmar lo mencionó. Son una mezcla extraña, pero muy compatible. Tú y yo tenemos nuestra amistad. ¿Por qué no deberían ellas tener la suya? Por cierto, ¿cómo resolviste tus asuntos con Bruni?

—Me contó de su pasado. Las muertes de las niñeras no fueron accidentales, y con razón, en mi opinión. Ella no se lo había contado a nadie hasta ahora. Hablar de lo que sucedió realmente parece haberla liberado, y a mí también. Entre la visión que tuve en esa roca y sus cuidados posteriores, toda duda se evaporó. Y las de ella también. Estamos unidos y eso es un hecho.

—Me alegra mucho escucharlo. Debo mencionar que Dagmar dijo que tenía algunas ideas sobre tus visiones. Dejaré que ella te lo cuente. Cree que podrías tener un gran don, pero que necesitarás orientación.

—¿Un guía?

—Es lo que dijo, pero ¿qué te pasó exactamente? No tuvimos tiempo para que me explicaras.

Le conté a Stanley todo lo que viví en la roca, incluida la historia de Bruni. Cuando terminé, dio un sorbo a su bebida y pensó en mi relato.

—Gracias por compartirlo. Es excelente que tú y Bruni hayan conseguido solucionar los problemas entre los dos. Me alegro de corazón. También debo reafirmarte que lo que se diga en esta sala se queda aquí. Tu prometida tiene una dureza interior no muy diferente a la de Dagmar o a la de su señoría. Mientras tanto, la casa cambió. Tú cambiaste.

—Es cierto. La casa y yo nos estamos acostumbrando el uno al otro, y en gran parte gracias a ti. Ahora se siente como un hogar. También encontré un amigo donde menos lo esperaba.

—De acuerdo. ¿Quién lo hubiese esperado? Yo tampoco lo vi venir... Ahora, una última calada y un pequeño sorbo, no puedo evitarlo, y luego veremos cómo baila el mundo. ¿Qué dices, Percy?

—Eso suena estupendo, Stan.

88

Desperté con un insistente golpe en la puerta.

—¿Sí? ¿Quién es? —grité.

—Buenos días. Son las ocho —respondió una voz—. El desayuno estará listo en una hora y hay café en la puerta.

—¡Gracias!

—¿Es nuestro café? —murmuró Bruni, removiéndose bajo las sábanas.

—Sí. Voy por él.

Me levanté, corrí las cortinas y abrí la puerta de nuestro dormitorio. Efectivamente, a un lado había una bandeja con dos tazas y un termo. La recogí y la coloqué en la mesa junto a la ventana.

—Dime si esta no es una forma mucho mejor de despertarse. ¿Puedes servirme un poco? —dijo Bruni mientras se sentaba.

—Por supuesto, con gusto. Por cierto, anoche estabas preciosa. La fiesta fue todo un éxito.

Le entregué una taza. Ella bebió un sorbo.

—Es cierto, pero, hablando de algo más sombrío, ¿tendremos que hacer algo con el cuerpo de tu padre?

—No lo creo. Stanley dijo que se habían hecho todos los arreglos necesarios. Lo enviarán de vuelta a Inglaterra. No sé qué debería hacerse, pero estoy bastante seguro de que entre Malcolm, Angus y Stanley lo resolverán.

—Supongo que tendremos que volar a Londres para el funeral.

—Así es. También deberíamos fijar una fecha para nuestra boda.

—Tenemos que hacerlo. Después del funeral, podríamos visitar el castillo. Papá estará encantado de mostrártelo.

—De eso estoy seguro. Empecemos por desayunar. Una vez que hayamos comido algo, podemos resolver lo que tengamos que hacer.

—Muy bien y, por cierto, hay una reunión en la biblioteca entre papá y mamá, Bonnie, tu madre y Angus. Yo también estaré allí.

—¿Las acciones?

—Sí.

—Espero que la solución sea satisfactoria para todos.

—Debería de ser así, gracias a tu madre y a Bonnie. El pobre Angus nunca supo lo que se venía encima.

—No estoy tan seguro de eso. Es probable que vaya exactamente como él quiere. Mi evaluación sobre el doctor Angus Maxwell-Hughes dio un gran giro. No lo subestimaría. Además, él y Bonnie parecen llevarse bien. Estoy seguro de que te diste cuenta.

—Sí, y no fui la única. Parecen bastante compenetrados, y eso me parece bien.

—Ya veo. Bueno, vamos a levantarnos y a ponernos en marcha. ¿Una carrera hasta la ducha?

Bruni, que estaba más cerca del baño, ganó fácilmente. Mientras se duchaba, busqué en el armario algo que ponerme y recordé el final de la fiesta, después de la conversación con Stanley.

Cuando me había reunido de nuevo con mis invitados, el volumen de la música había bajado y las danzas modernas se habían sustituido por bailes de salón. Bruni me agarró y bailamos *foxtrot*, vals o simplemente nos movimos con cadencia al ritmo de la música. A medida que nuestros invitados iban desapareciendo y se iban a la cama, Bruni y yo les agradecimos por su compañía, hasta que solo quedamos nosotros. Dimos una vuelta por la pista antes de irnos a nuestro apartamento. Dormimos abrazados y me sentí en paz.

Todavía tenía esa sensación de calma cuando Bruni y yo bajamos a desayunar. Cuando entramos en el salón, me di cuenta de que la casa parecía más tranquila, las tensiones menos evidentes y las corrientes subterráneas más oscuras posiblemente más calmadas. El desayuno también fue tranquilo, aunque Johnny, sentado a mi lado, parecía un poco preocupado.

—Papá quiere verme —susurró—. Por casualidad no mencionaste nada de la cuenta del 21, ¿verdad?

—Francamente, lo olvidé por completo, pero ahora que lo dices...

Johnny puso cara de asombro.

—Nunca dije una palabra —susurré—, pero me alegra seguir poniéndote nervioso de vez en cuando. Creo que tu padre tiene una propuesta para ti.

—¿De verdad? Nunca me hablaste de eso.

—Te estabas recuperando de tus excesos con Hugo. Habría empeorado tus problemas.

—¿Problemas?

—Problemas.

—¿Qué problemas?

Por fin lo tenía atrapado, pero estábamos a mitad del desayuno, así que simplemente dije:

—Todo lo contrario, así que cálmate.

—Bueno, me siento un poco mejor ahora que lo dices así, y gracias por no aprovecharte de mí. Podrías haberme engañado fácilmente.

—Podría haberlo hecho y probablemente me arrepentiré de no hacerlo. Habla con él mientras dan un paseo. Casi todos usarán la biblioteca mientras se resuelve la disposición de las acciones.

—¿No presidirás?

—Por suerte, no. Voy a hablar con Dagmar.

—Interesante elección. Yo estaría atento a esa reunión. Si todo va bien, tendrás que estar disponible para recoger ese cheque de Hugo. Estará de buen humor, y en estos casos el momento lo es todo.

—Estaré atento. Nos vemos en el almuerzo y... buena suerte.

—¿Buena suerte? ¿Crees que la necesitaré?

Me levanté, saludé con la cabeza a todos, le lancé un beso a Bruni y me dirigí a la cocina. Johnny parecía convenientemente preocupado.

89

D agmar estaba sentada en su mesa.
—¿Es un buen momento? —pregunté.

—Sí. Estoy preparando un té. Pronto estará listo. Por favor, siéntate.

—Gracias, Dagmar. En primer lugar, quiero expresar mi gratitud. Sin tu ayuda con la carta y tus habilidades culinarias, no estoy seguro de lo que habría pasado este fin de semana. De lo único que estoy seguro es de que no habría salido tan bien.

—¿Estás contento, entonces?

—Mucho. ¿Y tú?

—Estoy contenta —asintió—. Se hizo justicia y, por lo que sé, eso es raro. Ciertamente, tardó un tiempo. Su señoría dijo lo que quería y ante doce testigos. Tu padre la agravió seriamente. Lamento si eso no es un cumplido; no te he preguntado qué sientes por él. Imagino que es conflictivo. ¿Estoy en lo cierto?

—Sí. Realmente no me gustaba, aunque hubo algunos momentos en los que debo admitir que sí. Mis disgustos se convertían en gustos y de nuevo en disgustos.

—Estoy segura de que él sentía una confusión semejante contigo. Nadie es totalmente malo y, por supuesto, lo contrario también es cierto. Nuestras intenciones frente a las acciones son a menudo contrarias, y eso nos crea dificultades a todos. Tenemos buenas intenciones, pero el resultado puede ser un desastre. Buscamos herir a alguien y ocurre lo más maravilloso. Se necesita tiempo para tener la perspectiva necesaria. Incluso entonces, puede que se requiera más. Ahora, estoy bastante segura de que no es de tu padre de quien debemos hablar.

—Stanley mencionó que dijiste que yo necesitaba un guía.

—Tal vez lo necesites. Lo sospechaba incluso antes de que Stanley me hablara de tu otra experiencia. El té está listo, tomémoslo y luego hablamos.

Dagmar puso el servicio y preparó el té. Lo tomé a sorbos cortos. Era relajante y muy agradable.

—Hay historias de ciertas personas que pueden viajar a lugares en su mente —dijo Dagmar después de un rato—. Algunos dicen haber visitado mundos diferentes a este. Ahora está de moda estudiar a los antiguos pueblos indígenas y sus creencias. Como resultado, hay muchos relatos registrados, sobre todo de pueblos del Norte. No sabemos si las historias que contaban eran reales o simplemente mentiras exageradas. Lo único que sabemos es lo que escribieron quienes fueron a buscarlas.

»La mayoría de estos informes constituyen la fuente de los estudios chamánicos, un campo de gran atractivo para su señoría y para mí. Mi interés se centraba en el campo farmacológico, más que en el místico. En la biblioteca encontrarás muchos textos sobre todos los aspectos de este tema, así como notas extensas escritas por las dos sobre asuntos relacionados. Si este campo te interesa, creo que necesitarás un guía, no un *hippie* de pelo largo y manillas de chaquiras, hablando sobre tonterías de la nueva era. Me refiero a algo real. Este tipo de personas son extremadamente raras, pero las reconocerás cuando las veas, y no dudaría de que ellas te reconocerán a ti.

Dagmar me miró críticamente.

—Tal vez querías que te dijera más sobre los detalles de lo que viste y que te diera mi interpretación. No puedo. Sé mucho, pero solo en líneas específicas de investigación. No tengo tu don. Necesitas a alguien que tenga el don para enseñarte. Por ahora, debes estudiar lo que está a tu alcance. Basándonos en las reglas para hacer los deberes que establecimos hace años, podemos hablar más sobre esto después de que te hayas esforzado mucho. Algunas de las respuestas están en ese material. Las demás debes encontrarlas en otra parte, si es que deseas avanzar en esa dirección.

»Pasando a otro tema, voy a enseñarle a tu prometida algunas técnicas en la cocina. Deberías animarla en esto. Su mente va a mil por hora. Debe aprender a usar sus manos para aquietarla. El niño podría ayudar, pero lo dudo. Lo que le enseñaré no va a solucionar sus problemas, pero, igual que a ti, le dará el tiempo para lo que debe resolver. Stanley te indicará cómo usar la biblioteca. Es un recurso extraordinario. Ahora, ¿hay algo más?

—Sí, todo este tiempo sabías lo que le esperaba a mi padre. ¿Cómo fue para ti saberlo?

—Difícil, pero no demasiado. Ocultárselo a Stan fue lo más complicado. Su señoría le dio a tu padre mucho espacio para evitar su destino. Ella no lo persuadió, sino que fue él quien corrió hacia ella. Al final, se lo causó a sí mismo. Quizás todos lo hacemos, creyendo lo contrario. ¿Tienes más preguntas?

—Creo que no, aparte de que deseo darte mi amable y sincero agradecimiento una vez más. Tus comidas fueron sensacionales.

Me levanté para abrazarla y ella también se levantó.

—Bueno... aprecio tu agradecimiento. Eres muy considerado. A decir verdad, no me lo habría perdido ni por todo el té de China, y me imagino que la mayoría de tus invitados piensan lo mismo. Me alegra que haya terminado. Ahora, todavía hay que preparar el almuerzo y debo ponerme a trabajar.

90

M e encontré con Malcolm bajando las escaleras.
—¿Quieres dar un paseo? —pregunté.

—Por supuesto.

La mañana era brillante y soleada. Subimos por el camino. La figura de Malcolm se elevaba sobre mí. Como la mayoría de los hombres altos que caminan junto a personas de menor estatura, redujo su ritmo para ajustarlo al mío.

—¿Se han hecho los arreglos necesarios? —pregunté.

—Sí, en su mayor parte. Tomaré el Queen Elizabeth 2 a Southampton y acompañaré el cuerpo de tu padre a su supuesto lugar de descanso. Puede que no descanse en absoluto. ¿Quién sabe? Lo de anoche me lo hace dudar. Una vez allí, haré más arreglos. ¿Vendrás al funeral?

—Debería, sí.

—Eso sería apropiado. Telegrafiaré los detalles. Mientras estén en Inglaterra, quisiera invitar a los dos a mi casa de campo.

—Eso nos gustaría. Tengo entendido que tienes un Aston Martin. Me haría feliz verlo.

—Incluso te dejaré conducirlo. Es el olor del cuero lo que me atrae. Eso y el sonido que hace. No hay nada igual. Alice y tu padre me visitaron hace años en su luna de miel. Fue donde ocurrió el accidente. De no haber sido así, me pregunto cómo habría resultado todo. ¿Sabes?, eso lo cambió.

—¿Quieres decir que aún hay esperanza para mí, siempre que no me caiga de cabeza?

Malcolm se rio. Su risa era profunda y rica. Nunca lo había escuchado reír de verdad.

—Siempre que no lo hagas —continuó—. Realmente era muy diferente entonces. Mi padre aún vivía, así que yo estaba en un segundo plano, pero Bromley y yo hablamos en varias ocasiones. Siempre me pareció considerado y amable. Nunca dejaba de saludarme y era siempre muy educado. Alice, por supuesto, era Alice. Me enamoré de ella en cuanto la vi. No era raro. La gente con la que hablaba —y conoció a muchas personas— la amaba o la odiaba. Nunca pareció importarle lo que pensaran de ella, aunque en el fondo siempre pensé que sí. Todos necesitamos seguridad, y dudo que ella fuera diferente. Solo que lo ocultaba mejor que la mayoría.

Caminamos, complacidos de ser parte de la mañana.

—Fueron bondades anteriores de tu padre las que me convencieron de trabajar con él años después. En realidad, no me hacía falta. Después de la muerte de mi padre, tenía suficiente dinero para jugar golf en las Bahamas durante los meses de invierno y volver a casa a finales de la primavera.

»Bromley no era el mismo después del accidente, aunque vi destellos de su antiguo ser en muchas ocasiones. El cambio se produjo en la volatilidad de su temperamento. Se volvió menos tolerante. El accidente causó eso. Supongo que intento decirte que su oscuridad no es tuya. No la hagas tuya. Tienes a Brunhilde y ella es realmente maravillosa. Haz que eso dure. Nunca me casé. En cambio, solo miré a la que amaba de lejos. Hubo mujeres en mi vida, no me malinterpretes, pero siempre fui demasiado... grande, demasiado alto. Apenas cabía en una cama. Así que aquí estoy. Incluso tengo un apodo. Me llaman *el hombre alto*.

—Soy consciente de ello. Perdona que te pregunte, Malcolm, pero ¿te sientes ligeramente a la deriva?

—No hace falta que te disculpes. Es una pregunta muy perspicaz, pero la gente de aquí es así. Ve cosas y no solo visiones. La mayoría tiene un sentido agudo del discernimiento. Pueden saber de un vistazo quién eres y de qué eres capaz. Todo el mundo es una especie de amenaza y, cuando te mueves entre las mejores mentes, ¿es de extrañar? Lo suyo es la supervivencia por interés mutuo y, al disponer de vastos recursos, se sienten más seguros entre ellos. Aun así, siempre desconfían unos de otros. Yo no soy como ellos. Nunca he encajado, en realidad no. Siempre he estado a la deriva.

Recorrimos el camino de acceso. El sol se colaba entre los árboles.

—Proyectas una sombra larga —dije—. Fuiste parte de tantas cosas que han sucedido aquí... Elsa bromeaba diciendo que se alegraba cuando estabas cerca porque siempre pasaba algo. ¿Por qué crees que ocurre eso?

—Es cierto. Alice decía lo mismo, e incluso Bromley lo dijo. Tal vez sea la forma en que veo el mundo. Me atraen los nudos. Los hilos de la vida de la gente se entrelazan y se enredan de manera extraña. Los nudos me fascinaban de niño. Todavía lo hacen. Conozco muchos y cada uno es diferente. Hay un propósito en ellos. Lo más importante no es de qué están hechos, sino sus formas, cómo los lazos aprietan e impiden el movimiento en una parte, mientras lo permiten en otra. Supongo que no me atrae la sustancia de los objetos, sino su disposición. Amo la elegancia por encima de todo y por eso trabajé para tu padre. Encontré piezas enigmáticas pero hermosas para él. Teníamos una relación extraña. Si me hubiera movido a mi antojo, mi vida habría sido muy diferente. Pero amaba a Alice, y tu padre era amable conmigo. Los seguí porque quería estar con ellos. Tú eres similar en ese sentido. Pides permiso cuando otros solo mandan. Por eso hablo contigo. De lo contrario, no lo haría.

—Gracias por decir eso. Me alegra saber que mi padre no era tan malo.

—Realmente no lo era. Simplemente estaba obsesionado.

—¿Con Alice?

—Con Alice, con el dinero, con las apariencias, con él mismo. Yo también estoy obsesionado, pero ¿no lo estamos todos? Él

416

actuaba sobre sus obsesiones. Yo nunca lo hice. ¿Cómo se puede confiar en una obsesión? Si se las deja en libertad, rápidamente se desbordan. A él le sucedió. Yo nunca confié en las mías. Por eso mi vida no ha sido tan dinámica como las de otros, pero me ha recompensado. He compartido muchos momentos críticos. He visto cómo el mundo se reorganiza. Si estás inmerso en tus propios deseos, ¿cómo puedes ver los patrones y los nudos que se tejen? Soy bastante feliz, en general. Solo espero que pueda disfrutar de tu compañía de la manera en que lo hice con la de él y la de ella. No soy demasiado problemático. Me encargo de mis propios gastos y observo todo. Esa realmente es la razón por la que soy alto. Tengo que serlo para ver tan lejos.

Nos reímos. Era extraordinariamente fácil llevarse bien con él. Nunca lo supe, nunca me había tomado la molestia. Regresamos. Nos separamos en el vestíbulo. Le agradecí su compañía durante nuestro paseo y le dije que siempre sería bienvenido a Rhinebeck. Le hice una pregunta más mientras subía la escalera.

—¿Qué ves, Malcolm, siendo tan alto?

—Todo, Percy. Lo veo todo. Solo que no sé lo que significa.

Se rio y subió las escaleras de a cuatro escalones a la vez.

91

Johnny debió de oírnos entrar. Me indicó que pasara al salón.

—¿Cómo estuvo la charla con tu padre? —pregunté.

—Quiere jubilarse y dejarme la empresa, contigo como socio.

—Son buenas noticias, ¿no?

—No sé qué pensar. Relevarlo a él es realmente aterrador.

—No puedo decirte la cantidad de veces que he sentido lo mismo, así que bienvenido a mi mundo. Además, estoy seguro de que tu padre te enseñará. Lo harás bien. Es para lo que naciste, y yo te ayudaré como tu segundo de a bordo. Lo pasaremos muy bien.

—Bueno, eso es inesperado, debo decir. Pensé que serías un poco más reservado en tu valoración del futuro, y que solo aceptarías que estuviéramos en igualdad de condiciones.

—Siempre fuiste el socio mayoritario, Johnny, y eso funciona para mí y para ti. En cuanto a mi evaluación del futuro feliz, la alternativa es demasiado horrible para considerarla. Además, cualquier giro diferente tendría consecuencias para todos, así que me quedo con la versión más optimista y la que mayor fuerza nos dé.

—Estoy de acuerdo. Esa sería la mejor opción. ¿Era Malcolm con quien hablabas?

—Así es.

—Por favor, habla con él un poco más. De hecho, habla con él regularmente. Esa será mi primera orden como socio principal. Esto va a ser muy divertido. Y no creas ni por un momento que no me di cuenta del comentario que hiciste cuando yo salía de la mesa del desayuno. Me volviste a preocupar. Tal vez en adelante haré que me traigas el café, para compensar.

—¡En serio, Johnny! El poder se te sube a la cabeza.

—Es cierto. La venganza es tan... deliciosa, pero no hay de qué preocuparse. Tú y yo haremos las cosas como siempre. No será de otra manera. Cincuenta y cincuenta, pero yo tengo el voto decisivo, por supuesto. Ahora, veamos si podemos conseguir ese cheque de Hugo antes del almuerzo.

Abrimos la puerta del pasillo mientras Maw entraba con Robert.

—Oh, cielos —dijo Johnny.

—Nada de «oh, cielos», Johnny. ¡Oh, Robert! A los tres les vendría bien un poco de ejercicio. Ahora, váyanse. Regresen para el almuerzo y no lleguen tarde.

Johnny y yo nos miramos y, mientras salíamos por la puerta francesa hacia el jardín sur, con Robert siguiéndonos, él dijo:

—Sabes, el hecho de que uno esté supuestamente al mando no significa necesariamente que así sea. ¿Te diste cuenta de eso o es solo mi percepción?

92

Nos dirigimos hacia el bosque lindero, al sur.

—Johnny, es mejor que lo dejes libre. De todas maneras lo vas a hacer.

Johnny pareció dolido y respondió con cierta molestia.

—Te aseguro que tengo un excelente control sobre mis impulsos.

—Estoy seguro de que lo tienes, pero cedamos ante lo inevitable. Además, prefiero pasear a nuestro antojo y detenernos de vez en cuando. Fíjate en la dirección que tome esa criatura, porque al final tendremos que recogerla.

—Sí, y en ese momento es cuando se complican las cosas, pero tienes razón. Lo soltaré.

Johnny se agachó y soltó la correa. Robert salió a toda velocidad, avanzando con grandes saltos hacia el borde del césped. Lo vimos desaparecer entre las sombras de los árboles y lo seguimos con más calma en la dirección que tomó.

—Creo que el desenganche define la naturaleza de mi relación con él —dijo Johnny con cariño—. Siempre se ve muy feliz cuando está libre, y eso me encanta.

—Lo sé, y se pone aún más feliz cuando intentas volver a ponerle la correa.

—Eso también. Es un perro muy peculiar. ¡Qué extraño! Anoche hizo una gran entrada.

—Es cierto. Maw me dijo en la tarde que lo había dejado arriba durmiendo. Pensé en ese momento que había sido un error.

—Dejarlo solo durante mucho tiempo no es para nada una buena idea. Seguro que le dio hambre. También le hace falta atención. Una de las razones por las que lo mantenía en la oficina de Stanley fue que aprendió a abrir todas las puertas de la casa para buscarme. Esa no pudo descifrarla o tal vez prefirió no hacerlo. La cocina quedaba justo al lado y estar tan cerca de toda esa comida lo apaciguaba.

—Claramente, no le gusta estar solo y es peculiar. ¿Cómo supo dar un cabezazo a esa puerta exactamente en ese momento, y no una, sino dos veces?

—Lo de las dos veces es fácil de responder. La primera vez no se abrió. ¿Por qué lo hizo en ese momento concreto? Esa es una pregunta mucho más compleja en la que todavía estoy pensando. ¿Te diste cuenta de que también hizo ese movimiento de caminar en cámara lenta, como en la luna, cuando entró en el comedor?

—Sí, lo noté. Parecía tan... antinatural. Cuando oí el golpe de la puerta detrás de mí, me di vuelta sobresaltado. La segunda vez, las puertas se abrieron de golpe, y el salón parecía completamente oscuro. No podía imaginar lo que estaba sucediendo hasta que reconocí a Robert.

—Solo el cielo sabe lo que debió de pensar tu padre. ¿Crees que la visión de Robert lo mató?

—Esa idea me pasó por la cabeza.

—Creo que todos lo pensaron, pero no creo que Robert hiciera la proeza. El momento fue demasiado perfecto y eso me desconcierta. Estaba observando a tu padre de cerca cuando se desplomó. Él vio algo. Sé que así fue y lo que vio le dio un susto de muerte. No murió directamente de un fallo cardíaco. Murió de miedo.

—Entonces, ¿lo mató Alice o fue lo que creyó ver?

—Creo que fueron varias cosas —dijo Johnny, mirando al infinito—. La sorpresa de la carta de Alice y lo que decía, para empezar. La aparición de Robert en el momento exacto, de manera precisa, poco después, ayudó a conjurar el misterio, y algo más. Algo detrás de todo que vincula la carta y la apertura de las puertas y que no puedo explicar.

—El momento fue extraordinario. —Consideré sus palabras—. Tal vez confluyó algún otro factor. Una explicación más prosaica es que la vanidad de mi padre también contribuyó. Debería de haber llevado anteojos, pero decidió no usarlos. Probablemente, su visión era borrosa y solo vio lo que imaginaba. La gente percibe patrones en formas al azar. Él vio algo y, fuera lo que fuera, lo mató.

—Eso puede ser verdad hasta cierto punto. Sus temores se materializaron. Aun así, fue necesaria la conjunción de todos los elementos que mencionamos. Estoy seguro de que el miedo que percibí dentro de él fue decisivo. Ninguno por sí solo fue suficiente para causar su muerte. La sumatoria de todos lo mató.

—Claramente, no fue un accidente.

—Y si no fue accidental, entonces debe de haber sido deliberado. Pero para resolver este misterio por completo es necesario abrir puertas que preferiríamos dejar cerradas: la muerte es una de ellas.

—Así es. Malcolm no sabe qué pensar y es él quien tiene que acompañar el cuerpo a su lugar de descanso, si es que habrá alguno.

—Supongo que de ahí viene la expresión «No hay descanso para los malvados». —Johnny sonrió.

—Una de nuestras expresiones favoritas y, a propósito, es hora de recoger a ese perro. ¿Estás preparado?

—Lo estoy. Decidí cambiar mi táctica. Voy a probar el silbido. Nunca lo he ensayado, pero he visto que funciona.

—Bueno, eso es diferente y podrías tener éxito. Inténtalo.

Johnny dio un silbido agudo y, de repente, vimos que la mancha blanca en la distancia giraba en nuestra dirección y se dirigía hacia nosotros. Johnny estaba sorprendido.

—Bueno, mira eso. ¡Es un milagro! Estamos salvados.

Vi cómo Robert se detuvo frente a Johnny, le dirigió una mirada inquisitiva y se marchó de nuevo.

—Odio decirlo, Johnny, pero quiere que lo persigas.

—Lo sé. Lo sé. ¡Maldito perro! ¡Vamos! ¡No voy a hacer esto solo!

—————— ❖ ——————

93

Cuando Johnny, Robert y yo entramos en el salón, encontramos a Hugo esperándonos. Me indicó con un gesto que lo siguiera. Nos dirigimos a la biblioteca. La reunión debía de haberse dispersado, porque solo estábamos los dos.

—Toma asiento —dijo.

Me senté y Hugo también.

—Dime por qué debería darte mi cheque —preguntó.

—No deberías.

—¿Y por qué no?

—La transacción original fue el resultado de una coacción y por esa razón no tienes ninguna obligación de completarla. No me debes nada.

—Me alegro de que estemos de acuerdo.

—Yo también me alegro. Si no te importa que te pregunte, ¿el negocio de las acciones está concluido?

—Sí, aparte del papeleo.

—¿Y a tu plena satisfacción?

—Eso también. Tu madre se encargó de la mayor parte. Cobb le debía una suma considerable por algunas piezas que le compró. Al parecer, tiene una buena colección. Ella convenció al doctor para que se desprendiera de las acciones a cambio de lo que le debía. Para cerrar el trato, puso en la mesa un extraordinario collar de esmeraldas. A Angus le gustó el acuerdo y accedió a transferirme las acciones. Todo el mundo está contento, incluida Elsa.

—Me alegra mucho. Mi madre quería pagarte por lo que hiciste por ella. Yo también debería agradecértelo.

—¿Cuál es el precio de un corazón roto? —preguntó Hugo, encogiéndose de hombros.

—No lo sé.

—Dudo que alguien lo sepa. Acepto lo que hizo. Nunca la perdonaré, pero eso no significa que no haya habido una reconciliación. El médico se equivocó. Es posible reconciliarse y no perdonar.

—Supongo que eso es bueno.

—No estoy del todo seguro. Por ahora, lo es. El tiempo dirá si sigue siendo así. ¿Cuándo te vas a casar?

—Pronto.

—Sigues diciendo eso.

—Teníamos otros asuntos que tratar. Por cierto, tu cheque nunca existió.

Hugo me miró con severidad y luego sonrió largamente.

—Por fin, un destello de brillantez. —Se levantó—. Puede que nos llevemos bien, después de todo. Estaba empezando a preguntármelo. Quiero una fecha antes de que nos vayamos. Le dije lo mismo a mi hija. Les sugiero que tengan una *conferencia*, como la llaman ustedes, y me la digan. Todavía me debes un puro y una copa de anoche.

—No lo olvido.

Hugo se dirigió a la puerta y se detuvo. Se volvió y dijo:

—Y una cena. Me dejaste plantado y en mi mundo eso no se perdona fácilmente. Puedes decirle a ese hijo de mi más viejo amigo que yo pagué la cuenta la otra noche a pesar de que él intentó hacerlo. Tu brandy era mejor que el mío. Guardé esa botella allí porque estaba segura y quería tenerla disponible para una ocasión adecuada. Esa noche calificaba para descorcharla. Después de haber bebido ambos, el de Josefina fue mejor. Lo recordaré. Háblame de esa fecha antes del almuerzo.

Con un gesto de la mano salió de la biblioteca. Me senté de nuevo en mi silla y sacudí la cabeza. La vida con mi futuro suegro podría llegar a ser tan emocionante como vivir con su hija. Sí que teníamos que fijar una fecha. Me levanté y fui a buscar a Bruni.

B runi estaba en nuestro apartamento cambiándose para comer.

—Ahí estás —dijo—. Te alegrará saber que el asunto de las acciones por fin se resolvió y que mi padre quiere una fecha para el matrimonio antes de que él y mamá vuelvan a la ciudad. Fue muy insistente. Yo digo que en diez semanas a partir de ayer. ¿Qué te parece?

—¿Es oportuno?

—Yo creo que sí. Si no, diremos que lo es. Además, el divorcio habrá concluido para entonces.

—Sería una buena idea que te divorciaras antes de casarnos.

—Ahora, tengo una noticia no tan buena. Debo volver a la ciudad con mis padres. Hay que completar el papeleo de las acciones y debo recoger a mis perros. Volveré con ellos esta misma semana. Tenía la intención de quedarme un tiempo. Tal vez lo haga cuando regrese, pero tal vez no. Está el funeral de tu padre y el castillo que debemos visitar en Austria. Es probable que haya más cosas por hacer. La lista parece crecer a pasos agigantados, pero así somos tú y yo. El mundo anda de prisa y nosotros vamos con él. ¿Vendrás conmigo o te quedarás aquí?

Decidí quedarme.

El almuerzo llegó y concluyó. Me encontraba maravillosamente relajado. En la despedida, los besé y abracé a todos, uno por uno, y les di las gracias. Cuatro largas limusinas se alinearon como vagones de tren en una estación, antes de subir en procesión por el camino, girar a la derecha y desaparecer tras los árboles que bordeaban la carretera de acceso.

Johnny se había ido con sus padres. Me dijo que John había insistido en que su aprendizaje comenzara el lunes temprano. Lo felicité, pero le mencioné que tendría que empezar sin mí. Necesitaba algo de tiempo. Él aceptó. Me dijo que, como socio mayoritario, me daría una semana para instalarme, pero no más tiempo. Le di las gracias por ser un socio principal tan comprensivo y amable. Me susurró que, si necesitaba más, lo consideraría, pero que demasiado ensimismamiento era improductivo. Además, dijo que vería qué podía hacerse para acelerar la devolución del millón que su padre aún debía a la hacienda. Estaba bastante seguro de que podrían hacerse los arreglos pertinentes, ahora que éramos parte de la administración. Con los setecientos cincuenta mil dólares de mi padre, Rhinebeck podría incluso tener más que suficiente. Se lo agradecí.

Angus se fue con Maw y Bonnie. Los dos intercambiamos números de teléfono. Nos veríamos en el funeral. Bonnie me llevó aparte y me dijo que la pitonisa estaba en lo cierto y que tenía un collar nuevo para demostrarlo. Maw anunció que me vería en Austria. Hugo y Elsa insistieron en que estuviera allí.

En privado, Bruni me abrazó y me besó intensamente y dijo que volvería en cuanto fuera posible. Elsa me apretó casi tan fuerte como su hija, pero Hugo las superó a las dos.

Malcolm y Mary se fueron juntos. Él prometió enviar un telegrama en cuanto tuviera una fecha. Invitó a Mary a acompañarlo en el viaje, ya que existían intereses mutuos que discutir, ahora que tenía espacio para otro cliente. También pensó que a los dos les vendría bien un tiempo para no hacer nada más que ver el mar. Mi madre me apartó e hizo lo que mejor sabe hacer. Volvió a derretir mi corazón y consiguió arrancarme la promesa de que Bruni y yo visitaríamos Florencia antes de la boda.

Me quedé con Stanley, Dagmar y el resto del personal mientras los despedimos. Stanley mencionó, después de que los autos se marcharon, que Dagmar quería un trago del mejor esta noche y me invitó a acompañarlos. Le dije que sí, y que no empezaran sin mí.

Di un paseo y me quedé un rato en la cima del camino, mirando hacia la casa. La tarde era brillante y calurosa, y una capa de bruma marcaba los límites de mi mundo.

Me di cuenta entonces de que Rhinebeck era tanto un resumen de mis miedos como la realización de mis sueños. Aquí podía ocurrir cualquier cosa, incluso mis fantasías más extremas, Bruni entre ellas. Me miró con cierta tristeza cuando le dije que tenía que quedarme. Asintió y me dijo que yo necesitaba tiempo para reflexionar sobre lo que había sucedido, y que había fantasmas que necesitaban mi atención: Alice era uno de ellos y quizás mi padre fuera otro. Sus palabras me parecieron extrañas en aquel momento, pero ahora sabía que tenía razón.

Podía hacer de Rhinebeck lo que quisiera, y en eso se convertiría para mí. Y en cuanto a los fantasmas, se disputaban mi atención. Querían un futuro tanto como yo, pero no podía decirles cuál sería.

Había intentado explicarles que el futuro acecha fuera de nuestra vista, como ellos, viéndonos, pero sin ser visto. Es un cazador implacable y siempre nos perseguirá. Es lo que hace. Pagaría lo que me pidieran, pero no sabía si sería con alegría o con pena. Esperaba que fuera con alegría.

Realmente lo esperaba.

FIN

Nota Final

Hay vías limitadas para correr la voz sobre mis historias y las reseñas son una forma significativa de conectarse con más personas. Puede dejar una reseña con su tienda en línea favorita, biblioteca, redes sociales, o en mi sitio web. Escribir una reseña marca una diferencia.

Leo cada una de ellas y aprecio el tiempo dedicado a compartir sus pensamientos y opiniones. Por favor, considere publicar una reseña, sea cual sea su experiencia.

Incluye un extracto de una entrevista con Pedro Arturo Estrada de Casa Museo Otraparte. Espero que la disfrute.

ivanobolensky.com
@ivanobolenskyofficial

Entrevista de Pedro Arturo Estrada de Casa Museo Otraparte en Medellín, Colombia

PAE: Los personajes de la historia son muy interesantes, sobre todo por el estilo de vida que los distingue, personas de un alto nivel social, sofisticadas, muy cultas y propias de una época que no era tan informal e irreverente como la que vivimos hoy. Hay una descripción detallada, un conocimiento profundo y convincente del ambiente en el que viven y se desenvuelven estos actores. Se puede decir que la novela describe un tipo de sociedad que en su momento fue bastante prestigiosa, brillante y, digamos, ejemplar. ¿Tu mirada en torno a estos personajes que describes podría ser, desde una óptica contemporánea, un tanto irónica, muy crítica o en realidad crees que en este tipo de sociedad que describes pueden darse aún valores humanísticos importantes? ¿Qué valores o ideales consideras que la novela destaca más allá de las intrigas, el lujo, el dinero, la elegancia, el estilo y la buena vida?

IO: Los negocios y las finanzas son parte de la novela porque Estados Unidos tiene esos elementos en sus raíces. El nuevo mundo, los medios para llegar allí y los beneficios potenciales que se obtienen describen las empresas .com de la era de la exploración. Nueva York era un enclave comercial holandés antes de que los británicos la conquistaran. Las transacciones comerciales implican una gran confianza. Uno confía en que las mercancías compradas son de la calidad y la cantidad esperadas. Si se trata de entregas futuras, uno confía en que los bienes se entregarán en el momento acordado. Incluso un matrimonio es un contrato.

Cada relación e intercambio en la novela es de naturaleza contractual, en parte para desarrollar los aspectos comerciales de la novela que la diferencian de la novela gótica típica, y también porque los contratos se extienden al ámbito espiritual. En la época romana se esperaba que los dioses tuvieran reciprocidad. Había un *quid pro quo*. Se hacía una ofrenda a los dioses y se esperaba que los dioses cumplieran su parte. No siempre funcionaba así, pero incluso en el entorno de la magia hay contratos.

En un plano informal las llamamos promesas, pero una promesa suele ser contractual, particularmente si lo prometido exige la reciprocidad de la otra parte. «Prometo estar en el restaurante al mediodía» es una promesa. «Prometo estar en el restaurante al mediodía y pagar el almuerzo si y solo si haces la reserva». Aquí nos estamos moviendo entre contratos. Los demonios —según la historia que tenemos de ellos, real o imaginaria— siempre han sido retratados como muy astutos para hacer tratos.

Los contratos generan confianza: el cumplimiento de la palabra empeñada. La verdadera confianza implica creer a pesar de todos los indicios contrarios. Cualquier otra cosa no es confianza. ¿Se extiende esta premisa al amor? ¿El verdadero amor no es amar a pesar de todas las razones para no hacerlo? En esta novela los personajes no tienen dónde esconderse. Las comidas rigen sus días y noches. Las promesas se hacen y se rompen, y cuando se rompen hay consecuencias. Si se rompe una promesa a un dios, ¿qué pasa? ¿Nada? No lo creo.

Los personajes de la historia son más grandes que en la vida real. Tito Livio en su historia de Roma hacía que los personajes dieran discursos, a menudo elocuentes. Hoy respondemos de un lado a otro y a menudo decimos lo primero que se nos viene a la mente o lo enviamos por mensajes de texto.

Cuántas veces hemos pensado: «Ojalá lo hubiera dicho eso *de otra manera*». A menudo son nuestros pensamientos «considerados», nuestros segundos pensamientos los que son más sabios, pero no hay tiempo, y el momento se pierde.

¿Qué pasaría con el mundo si todos dijéramos realmente lo que deberíamos haber dicho, si lo hubiéramos pensado de verdad? En la novela yo, el autor, controlo el tiempo. Puedo pensar en lo que dicen los personajes a menudo antes de que lo digan. De esta manera, los personajes de la novela son más grandes de lo que aparecerían en la vida real. Son elocuentes y a menudo muy profundos. Percy dice que para ser invitado a Rhinebeck, la persona tiene que ser bastante buena en lo que hace. Lo que rara vez se nota es que el lector también está sentado a esa mesa y está incluido en ese grupo selecto y, al estarlo, también cambia.

Volviendo al drama griego, el público es elevado e incluido en grandes hazañas. Principalmente, el drama es sobre la *polis*, la ciudad. Lo que significa estar en la mesa de la vida como ciudadano y lo que significa para la ciudad. En *El ojo de la luna* es la familia más que la ciudad. Cada una de las familias podría ser considerada como ciudades independientes que compiten por el control y el cumplimiento de sus planes.

Las comidas forman una gran parte de la novela. Estas pueden parecer superfluas e innecesarias, pero partir el pan con otro tiene un significado antiguo. No partir el pan es un anuncio de problemas entre las partes que no pueden resolverse sin la fuerza de las armas. Comer juntos es ponerse en igualdad de condiciones con quien ofrece la comida, el anfitrión, y con ello vienen las ideas de protección, santuario y socorro, con lo que el diálogo es posible y los problemas se pueden resolver.

La novela es como una muñeca rusa. Hay niveles de temas e historias dentro de las historias.. No todos los problemas tienen una sola solución porque ninguna respuesta se ajusta a todas las preguntas.

Ninguna solución es universal. Los problemas a menudo deben resolverse en secuencias, uno tras otro. Esto es cierto en la vida real.

Hoy hay conflicto en el mundo. No hay una sola solución. La vida real requiere muchas soluciones y, a menudo, las decisiones y soluciones deben ser secuenciales para tener eficacia. Se trata de un proceso, no de un acontecimiento, y en el corazón del conflicto humano debe haber confianza para resolverlo, y una de las partes, como mínimo, debe hacer el intento o nada sucederá. El drama griego lo dejó claro. Eso, y que a menudo hay planes divinos en marcha.

PAE: Literariamente creo que tu obra tiene afinidades con escritores que también exploraron en su momento un mundo socialmente refinado y culto, como Marcel Proust, Thomas Mann, Francis Scott Fitzgerald, Henry James y el mismo Truman Capote, entre otros muchos. ¿Sientes esa afinidad? ¿Qué escritores reconoces cercanos a tu escritura, a tu manera de ejecutarla?

IO: He leído mucho y toda la lectura me ha influenciado, incluso las malas. Leer desde mi juventud ha propiciado que sepa lo que me gusta y lo que no, y sé lo que quiero decir a mi manera. Todos tenemos una voz propia, pero mi voz escrita única es solo tan eficaz como las palabras que se pronuncian y su capacidad para involucrar y cautivar al lector. Creo que cada uno de los escritores mencionados fueron capaces de comunicar algo de una manera a la que el lector responde. Es como compartir un universo: esto es lo que veo, ¿tú también lo ves? En la medida en que se puede expresar la similitud, uno tiene afinidad con lo que escribe, incluso si es inquietante y perturbador. Los lectores también lo experimentamos y así sabemos que no estamos solos.

¿Pertenezco a esa clase de escritores que mencionaste? Me gustaría. Debido a que mi voz única es muy diferente, tengo una oportunidad. ¿Por qué? Porque si quiero ser el mejor en algo, no puedo hacer o copiar lo que hacen los demás, porque si lo hiciera, nunca sería el mejor por definición, por mucho que lo intentara. La lógica es irrefutable y desalentadora. Lo mejor es una minoría de uno y ese es un lugar solitario, así que escribo lo que escribo de la manera que lo hago sin otra razón de que es mío y no pertenece a ningún otro.

Que esto se reconozca no está en mis manos, salvo por mi deseo de llegar a un lector de una manera profunda. Por suerte para el lector, soy consciente de ello. Creo que todos los artistas esperan que, a través de su obra, el mundo cambie para mejorar. Tengo aspiraciones similares y lo hago lector por lector. Admiro a todos los escritores que mencionaste porque me ayudaron a entender lo que es posible y lo que no.

Para mí y para los que están cerca es una gran apuesta porque uno se juega el todo por el todo para llegar a la cima del oficio. Eso requiere un gran don, y es una tristeza que como individuos rara vez reconozcamos nuestros grandes dones. Los demás nos ven con mayor claridad. Siempre lo hacen, y por eso es que el público tiene la última palabra. Él lo sabe. El artista no, y por eso debe luchar contra las dudas, las costumbres y el pensamiento de la época en que vive y salirse de la norma. Lo entiendo, y por eso tengo una gran afinidad con todos los escritores y artistas, particularmente los grandes.

PAE: Es muy destacable el manejo sutil que logras de los hilos dramáticos para mantener al lector siempre atento y atado al desarrollo de la historia. Los diálogos son siempre muy amenos y también cargados de ironía, buen humor y, cuando se requiere, de hondura conceptual. ¿Cómo logras ese efecto, mantener ese ritmo, esa tensión narrativa?

IO: Los dramaturgos griegos utilizaban los cambios de ritmo para producir un efecto. La novela también lo hace y se ciñe a una sucesión orgánica de acontecimientos. En la no ficción es necesario mantener la atención de los lectores, lo que no es fácil. Con la ficción es más sencillo. El misterio y la curiosidad son sus amigos y yo capitalizo eso. Cada escena conduce a la siguiente. Cada conversación conduce a la próxima y el lector se ve arrastrado por el deseo de saber qué ocurre.

Para obtener más información sobre Ivan Obolensky,
visite su sitio web: ivanobolensky.com

Agradecimientos

Escribir es solo un tercio de publicar un libro. Los otros dos tercios implican presentar el trabajo para su publicación y luego sacarlo al mundo. Solo es desmoralizante, pero, traducir una novel escrita en inglés al español de manera que se mantenga fiel al original, e igual de elocuente, require mucho más.

Ha sido un sueño para mí ver mis obras leídas en el mundo de habla hispana, de la cual he aprendido tanto y a la que he llegado a amar. Esto require una destreza extraordinaria, determinación y conjunto de habilidades que pocos poseen. Afortunadamente, he tenido mucha ayuda en esta área.

Quiero agradecer a Mary Jo Smith-Obolensky por inspirarme y por su extraordinario trabajo en la concepción, edición y publicación de la versión en español. A Germán González por su maravillosa traducción, a Constanza Padilla por su edición y a María Eugenia Martínez por la revisión final del texto. También quiero agradecer a María Cristina Restrepo, Marta Botero y Felipe Ossa.

También quisiera expresar mi gratitud a Nick Thacker por su diseño de la portada y, por último, mi más sincero agradecimiento a los atentos lectores que con sus comentarios ayudaron a hacer la edición en español un libro mucho mejor.

www.ingramcontent.com/pod-product-compliance
Lightning Source LLC
Chambersburg PA
CBHW020924020726
47495CB00002B/338